CINZA E OSSO

JOHN HARVEY

CINZA E OSSO

tradução de
PAULO REIS

EDITORA RECORD
RIO DE JANEIRO • SÃO PAULO
2011

CIP-BRASIL. CATALOGAÇÃO-NA-FONTE
SINDICATO NACIONAL DOS EDITORES DE LIVROS, RJ

Harvey, John, 1938-
H271c Cinza e osso / John Harvey; tradução de Paulo Reis.
– Rio de Janeiro: Record, 2011.

Tradução de: Ash & bone
ISBN 978-85-01-08087-5

1. Romance inglês. I. Reis, Paulo. II. Título.

10-4911. CDD: 823
CDU: 821.111-3

TÍTULO ORIGINAL EM INGLÊS:
Ash & bone

Originalmente publicado na Grã-Bretanha em 2005 pela William Heinemman.

Editoração eletrônica: Abreu's System

Texto revisado segundo o novo Acordo Ortográfico da Língua Portuguesa.

Impresso no Brasil

ISBN: 978-85-01-08087-5

Para Graham
Bom amigo e firme conselheiro
há mais de vinte anos

Não venha aqui me lembrar de novo
Como o osso é quebradiço.

Billy Bragg: *"Valentine's Day is Over"*

Perto dos nossos 40 anos o chão começa a endurecer.
Vai endurecendo cada vez mais, até nos deixar entrar.

Thomas McGuane: ***Nobody's Angel***

A primeira garota morta, não havia escolha.

Sua amiga — sua irmã, ou tudo aquilo era parte do fingimento? — de pé no canto do quarto, nua, um braço cobrindo os seios.

Querendo saber o que ela vira, mas já sabendo. Lendo a coisa nos olhos dela. O pequeno filete de urina que escorria entre as pernas dela.

— Ah, meu Deus — dissera ele.

Então alguém:

— Eu cuido disso.

E quando ele olhou de novo, ela não estava mais lá. Nenhum deles estava lá.

CAPÍTULO 1

Maddy Birch nunca mais teria de volta seus 30 anos. Nem os 40. Afastando-se do espelho, ela fez uma careta para as rugas que começavam a aparecer nos cantos da boca e dos olhos; os fios grisalhos se infiltrando no cabelo, antes um castanho, quase marrom escuro. No aniversário seguinte, ela faria 44 anos. Quarenta e quatro e era uma sargento-detetive do esquadrão S07, encarregada do combate ao crime organizado e hediondo. Umas poucas centenas de libras no banco e um apartamento hipotecado naquela parte da Upper Holloway que os corretores da zona norte de Londres tinham a cara de pau de chamar de Highgate Borders. Não era muita coisa para quem dedicara metade da vida à força policial. Sem contar as rugas.

Ela puxou o cabelo para trás e o prendeu com uma faixa vermelha que tirou do bolso. Dando um passo para trás, olhou rapidamente as botas e a parte da frente da calça jeans, prendeu o velcro do colete à prova de balas, deu um último toque ao rabo de cavalo e voltou para a sala principal.

Para acomodar todo o pessoal envolvido, a reunião fora arranjada no salão de uma escola abandonada. O detetive-superintendente George Mallory, chefe da operação, dirigira-se a seus subordinados sobre o pequeno palco em que todo outono, desde a época vitoriana, os diretores da escola aconselhavam gerações de crianças a arar os campos e se espalhar. Os campos de Green Lanes e Finsbury Park.

Estruturas de escalada, gastas e cobertas de poeira cinzenta, continuavam pregadas às paredes. Novos gráficos, recentemente marcados com cores brilhantes, estavam postados de cada lado de uma tela apagada. Policiais da Unidade de Armamento Tático reuniam-se em grupos de três ou quatro (sempre com a cabeça baixa) ou estavam sentados a mesas de cavalete, a maioria em silêncio, com os novos colegas de Maddy, da seção de combate ao crime organizado e hediondo. Fazia três semanas e dois dias que ela se apresentara àquela unidade.

Chegando ao lado de Maddy, Paul Draper apontou para o relógio no seu pulso. Faltavam dez minutos para as 5h30.

— Esperar. É a pior hora.

Maddy assentiu.

Draper era um jovem policial que viera transferido de Manchester havia um mês; tinha mulher, um filho e ainda não completara 25 anos; ele e Maddy haviam se apresentado para o serviço em Hendon no mesmo dia.

— Mas por que diabos não começamos logo?

Maddy assentiu novamente.

O ar do salão estava pesado com o cheiro de suor, loção pós-barba e o óleo das pistolas Browning 9mm, das Glock semiautomáticas e das carabinas Heckler e Koch MP5 recentemente lubrificadas. Embora tivesse feito um curso de treinamento de tiro em Lippetts Hill, a própria Maddy, como cerca de metade dos policiais ali presentes, estava desarmada.

— Tudo isso por causa de um cara — disse Draper.

Dessa vez, Maddy nem mesmo se preocupou em assentir. Ela sentia o medo vindo do corpo do colega, lia o temor nos olhos dele.

Junto à porta, o superintendente observou o salão. Depois falou com Maurice Repton, seu auxiliar imediato.

Repton sorriu e checou o relógio.

— Muito bem, senhores — disse ele. — E senhoras. Vamos agarrar esse filho da puta.

Lá fora, o sol mal começara a nascer.

Dentro da van, Maddy se viu sentada diretamente na frente de Draper, os joelhos dos dois quase se tocando. À sua direita, estava um policial da S019, com um grande bigode ruivo caindo em volta da boca escarlate. Sempre que Maddy olhava para o lado, sentia o sujeito observando-a. Quando a van passou rapidamente sobre um quebra-molas, ele esbarrou em Maddy e apoiou a mão na coxa dela por um instante.

— Desculpe — disse ele, sorrindo.

Maddy se virou para a frente e ficou vários minutos de olhos fechados, desejando que a imagem do objetivo do grupo reaparecesse como surgira na tela. James William Grant. Nascido em Hainault, Essex, em 20 de outubro de 1952. A uma semana, portanto, de seu 52º aniversário, pensou Maddy. Sua mente estava ocupada com aniversários.

Assalto à mão armada, lavagem de dinheiro, tráfico de drogas, extorsão, tentativa de assassinato, mais de uma dúzia de prisões e apenas uma condenação: Grant era alvo da polícia havia anos. Escutas telefônicas, tocaias, o levantamento meticuloso de suas transações financeiras no país e no exterior. Quanto mais eles se aproximavam, mais parecia que Grant estava pronto para fugir para algum lugar onde as leis de extradição o tornariam intocável.

— É hora de derrubar esse cara — dissera Mallory ao término da reunião. — Já passou da hora.

Cinco anos antes, um parceiro de Grant, ambicioso o bastante para tentar vender sozinho um carregamento de cocaína colombiana (convenientemente desviada entre Amsterdã e o litoral de Sussex), fora morto a tiros no sinal de tráfego, no meio da rua Pentonville, em plena hora do rush londrino. Depois de um julgamento que durou sete semanas e custou 750 mil libras, um dos capangas de Grant foi por fim condenado pelo assassinato, enquanto o próprio escapava ileso.

— O que você acha? — perguntou Paul Draper, inclinando-se para a frente. — Acha que ele vai estar lá? O Grant?

Maddy deu de ombros.

— É melhor que o canalha esteja — disse o policial da Unidade de Armamento Tático, tocando o cano da carabina, como antes tocara a perna de Maddy. — Ganha a porra de uma medalha quem abater um filho da puta feito ele. Só espero que ele não se cague de medo e se entregue, aparecendo com as mãos na nuca.

Enquanto a van saía da rua Liverpool, alguém no interior do veículo começou a cantarolar desafinadamente; as cabeças se voltaram depressa para o sujeito, que parou a canção tão abruptamente quanto começara. As palmas das mãos de Maddy ficaram molhadas de suor.

— Estamos quase lá — disse Draper para ninguém em particular. — Só pode ser.

Consciente de que o homem ao seu lado a olhava mais abertamente, Maddy voltou-se para ele e disse:

— O que foi? O que foi?

O homem desviou o olhar.

Certa vez, depois de uma operação bem-sucedida em Lincoln (sua antiga jurisdição), com bons resultados, ela e um policial, que passara toda a noite de olho nela, haviam dado uns rápidos amassos. A mão dele nos seios dela. A mão dela entre as pernas dele. Pelo santo nome de Deus, o que a fizera pensar naquilo agora?

— Estamos chegando perto — falou o motorista por sobre o ombro.

Um dos lados da rua York estava abandonado, meio escondido entre muros enegrecidos e cercas de arame; do outro, havia galpões antigos e fábricas pequenas, que em pouco tempo virariam prédios. Estacionamento no subsolo, porteiro 24 horas, além de prostitutas de 15 anos com úlceras nas pernas e nos braços a uma conveniente caminhada de apenas dez minutos.

Visto de frente, o edifício parecia pouco mudado: uma porta de madeira em arco, trancada por dois cadeados e uma corrente, com a pintura manchada e descascada. Havia também pequenas janelas tapadas por tábuas, as vidraças cobertas de teias de aranha. Maddy sabia, pelas instruções recebidas, que o interior do prédio já fora demolido e que a restauração já começara. De uma das janelas do andar superior, jorrava uma luz tênue.

Em ambos os lados de Maddy havia policiais armados, vestidos com macacões pretos, e uma única palavra, POLÍCIA, impressa em branco na parte da frente dos coletes, entrando silenciosamente em posição.

Já não havia mais suor nas palmas de suas mãos, e sua garganta estava seca.

— Seu filho da puta!

Risos.

— O quê?

— Você sabe.

— Não. O quê?

Atenta, Vicki andou até a cama em que Grant estava estendido, o lençol de algodão dobrado abaixo da cintura. Para um homem da idade dele — pensou ela, e não pela primeira vez — ele estava em boa forma. Enxuto. Ágil. Ele malhava. E a agarrara pouco tempo antes, com os dedos envolvendo fortemente o pulso dela.

— Chega aqui um minuto... anda — disse ele, com um sorriso malicioso no rosto. — Não vou fazer nada, vou? Ainda mais depois dessa última... Na minha idade!

É claro que Vicki sabia que ele estava mentindo, mas concordou. Ficou ali de pé, com uma camiseta apertada e um fio dental prateado, a blusa terminando bem acima do piercing de platina preso ao umbigo. Do que mais poderia se tratar senão aquilo?

O primeiro encontro deles, há mais ou menos um mês, acontecera no Motor Show, em Birmingham. Verdade seja dita, Vicki não estava muito mais vestida do que agora: duzentas libras por dia para chamar a atenção para as virtudes de um motor diesel de 3,2 litros, injeção direta, controle de temperatura e interior todo em couro.

Ele praticamente comprara o veículo assim que a viu e, depois, treparam no assento traseiro num acostamento da rodovia A6.

— Batizando o estofamento — dissera ele com uma piscadela, metendo duas notas de 50 libras dentro do vestido da moça. Ela amassara o dinheiro e lançou tudo na cara dele. Depois disso, o homem passara a prestar mais atenção nela.

— Eu tenho um apartamento em Londres — dissera ele. — Por que você não fica lá um pouco?

— Um pouco de quê?

A primeira vez que ele a vira nua ficara de queixo caído; já tivera mulheres mais bonitas antes, mas nenhuma com uma bunda tão redondinha, firme e alta.

— Meu Deus! — exclamara.

— O que foi?

— Você tem uma bunda maravilhosa.

Ela rira.

— Só não pense que você vai se servir delà

— Vamos ver — dissera ele.

Com os dedos levemente apoiados um pouco abaixo dos quadris de Vicki, ele plantara um beijo cuidadoso no centro das costas dela.

— Quem foi? — dissera ele, as mãos deslizando para baixo. — Que enfiou o dedo lá dentro e tirou uma ameixa? O pequeno Jack Horner? O pequeno Tommy Tucker?

Depois disso, ele transou com Vicki no chão de madeira envernizado: rosto para baixo, machucados nos joelhos dela e seios com cheiro de óleo de linhaça.

— Will, não — falou, libertando-se dele. — Agora não. Preciso fazer xixi.

— Qual o problema fazer aqui? — perguntou Grant, apontando para o próprio peito.

— Você quer dizer em cima de você?

— Por que não? Não seria a primeira vez.

— Você é nojento.

— Você não sabe nem metade. — Ele estendeu as mãos para Vicki, mas ela escapuliu.

— Não demora — disse ele, reclinando o corpo nos travesseiros e vendo a amante ir na direção da porta.

Do pátio havia um acesso pelos fundos: escadas que passavam por três varandas e levavam ao andar de cima. A entrada do loft onde

Grant morava era por uma porta dupla, e uma única saída de emergência levava à escada de incêndio, na extremidade mais afastada.

Com Draper logo atrás, Maddy dobrou um canto do pátio e ficou com o corpo colado à parede. Com as armas apontadas para cima, os policiais já estavam posicionados nas extremidades da praça; outros se esgueiravam sorrateiramente para a primeira e a segunda varandas, enquanto ela esperava o sinal para prosseguir. Quando este veio, momentos mais tarde, ela correu para a escada.

As paredes eram de tijolo aparente, e os poucos móveis eram de bom gosto. Mudando de posição, Grant se serviu outra taça de vinho. Dusty continuava tocando no aparelho de CD, e ele clicou no controle remoto.

— Por que você fica ouvindo essas velharias? — perguntou Vicki do outro lado do quarto.

— O maior cantor de soul branco que já existiu — disse ele.

— Isso é história — replicou Vicki, se aproximando.

— Que nem eu, você quer dizer? — sorriu Grant.

— Se a carapuça serve...

Pondo um joelho na cama, ela correu os dedos pelos cabelos grisalhos do peito dele. Levantando um pouco o corpo, ele a beijou na boca.

No alto da escada, Maddy esperava, recuperando o fôlego, com Draper no patamar logo abaixo. A porta externa do apartamento de Grant estava visível. Mallory apareceu junto a Draper e depois passou por ele. Havia armas por toda parte.

— Atrás de um pouco de glória? — sussurrou o superintendente ao ouvido dela.

— Não, senhor.

Ele sorriu, e Maddy sentiu o hálito de hortelã e alho na boca dele.

— Segundo violino desta vez, Birch. Recolhendo as sobras.

— Sim, senhor.

— Você e seu amigo Draper desçam um andar. Só por precaução.

Mallory caminhou até a porta, com Repton às suas costas, e dois policiais carregando marretas com eles.

Em alto volume, o interior do apartamento vibrava com o som de trompa, cordas, piano e depois a voz. Inconfundível.

Vicki estendeu a mão e tocou o rosto de Grant, montando nele. Arqueando as costas, de olhos fechados, Grant encontrou os mamilos dela com a ponta dos dedos.

Dusty mergulhava, subia e mergulhava de novo.

Ao primeiro baque, Grant jogou Vicki para o lado e pulou fora, com uma das mãos pegando a calça ao lado da cama, e a outra passando por cima da cabeça dela.

A porta externa foi arrancada das dobradiças.

O rosto de Vicki se inundou de medo, e ela começou a gritar.

Ao se virar, Grant já tinha uma pistola na mão.

No patamar de baixo, Maddy ouvia música, gritos, pés correndo rápido pelas tábuas nuas e batidas de portas.

— Que porra é essa? — perguntou Draper.

— Vamos — disse Maddy, afastando o colega. — Agora.

Posicionado num dos balcões do lado oposto, um atirador de elite teve Grant sob sua mira por vários segundos: um tiro fácil através da vidraça, enquanto ele descia correndo a escada de emergência. Sem a ordem de fogo, porém, o momento passou e ele perdeu Grant de vista.

— Aqui dentro — disse Maddy, abrindo a porta com um pontapé e se abaixando.

Draper foi atrás, virando para a esquerda.

Maddy sentia o sangue pulsando nas veias, o coração batendo acelerado contra as costelas. O aposento em que eles estavam se estendia ao longo do prédio, com suportes de ferro colocados estrategicamente do chão ao teto. Algumas das tábuas do soalho tinham sido removidas para serem substituídas. Havia material de construção empilhado contra a parede do fundo: obra começada e depois abandonada. Uma luz fraca se infiltrava pelas janelas, manchadas de graxa e poeira.

Maddy levou a mão ao interruptor na esquerda, sem resultado. Vozes eram ouvidas da escada em tom alto e urgente; mais gritos abafados, vindos do pátio externo.

— Venha — disse Draper. — Vamos.

Maddy já estava quase cruzando a porta quando parou, alertada por um som baixo. Voltou ao aposento no momento em que Grant abria cuidadosamente a porta na extremidade mais afastada e entrava. Sem camisa, descalço, com uma pistola abaixada a seu lado.

A voz de Maddy travou na garganta.

— Polícia! — gritou Draper. — Ponha a arma no chão agora!

Mais tarde, ela ficaria imaginando se Grant realmente esboçara um sorriso ao levantar a arma e atirar.

Draper caiu de costas através do umbral, agarrando o pescoço. Instintivamente Maddy virou-se para ele. Assim que ela o fez, Grant correu para a frente, pulando para o andar de baixo através de uma falha nas tábuas do assoalho. Depois de uma breve hesitação, ela correu atrás dele; quando se apoiou, com as pernas balançando num buraco de 1 metro de largura, as tábuas laterais cederam e ela caiu.

Grant caíra mal, torcendo o tornozelo, e rastejava como um caranguejo pelo chão, procurando a pistola que caíra de sua mão. Uma Beretta 9mm, encostada na parede. Enquanto ele se punha de pé e saía pulando na direção da arma, Maddy se lançou sobre o sujeito, agarrando o tornozelo dele e jogando-o no chão. Ao se debater, a mão dele bateu na coronha quadrada da pistola e a fez rodopiar para longe de seu alcance.

— Puta!

Ele deu um pontapé para se livrar dela, que caiu de costas.

— Puta de merda!

Grant já estava de pé e caminhava na direção dela. Não sorria mais.

Maddy ouviu um passos atrás dela, e depois o som de uma arma disparada perto de seus ouvidos. Uma vez e depois outra. Enquanto observava, Grant escorregou para trás e depois dobrou os joelhos, com o rosto praticamente desaparecendo numa poça de sangue.

— Como manda o manual — disse Mallory em voz baixa. — Cabeça e coração.

Maddy tinha a pele fria; seu corpo tremia.

— Você ou ele, é claro. Não me deu escolha.

O vômito ficou engasgado na garganta de Maddy. Ela fixou o olhar na pistola de Grant, ainda a alguns metros de distância no chão.

O superintendente se inclinou na direção do corpo.

— Ambulância, acho eu. Não que vá adiantar muito. Ele está se esvaindo em sangue.

Quando levantou, uma segunda arma, uma Derringer calibre 22, estava próxima à perna dobrada de Grant; era pequena o bastante para ser escondida numa mão fechada. Por mais que Maddy repassasse aquela cena na sua mente, ela nunca teria certeza.

— No bolso da calça. Na curva das costas — disse Mallory em tom normal de conversa, dando de ombros. — Vai haver um inquérito de rotina. Sei que você será uma boa testemunha.

A mão dele no ombro dela era leve, quase sem pressão.

Havia policiais em ambos os lados da porta, com as armas apontadas para o chão.

CAPÍTULO 2

Maddy parou nos paralelepípedos do lado de fora, os motoristas passavam vagarosamente por ela e observam-na através dos vidros embaçados dos carros. Caía uma chuva fina, dando à rua um brilho opaco. Ela não fumava, nunca fumara na vida, mas parecia ter um cigarro na mão.

Sem que ela o ouvisse se aproximar, Mallory apareceu ao lado dela.

— Você está bem?

— Estou, acho que estou.

— Segurando a barra, isso é bom, isso é bom.

Maddy abriu os dedos e viu o cigarro cair.

— Venha tomar um drinque conosco. Mais tarde. Uma pequena comemoração.

— Não sei.

— É o que todos esperam. — Os dedos dele tocaram o braço dela. — Não precisa ficar muito tempo. Só marcar presença.

Ela olhou para ele, sem saber o que dizer. O cabelo dele era cinza-escuro, emplastrado pela chuva.

— Então está combinado. — Com um meio sorriso ele se virou e foi embora.

Atrás deles, o pessoal continuava registrando e limpando a cena. Juntamente com um dos policiais, a namorada de Grant estava sentada no banco de trás de uma radiopatrulha, com o casaco de alguém por cima dos ombros, uma garrafa térmica de chá. Uma ambulância esperava para levar o corpo de Grant ao necrotério, depois dos exames preliminares. Paul Draper já tinha sido levado para a Unidade de Tratamento Intensivo, lutando para sobreviver.

"Uma comemoração", pensou Maddy...

O lugar ficava na rua Gray's Inn, no lado mais afastado de King's Cross, com o salão no primeiro andar. Um escudo com o brasão de São Davi pendia da parede sobre o comprido balcão, Van Morrison e Rod Stewart tocando alternadamente nos alto-falantes em cada canto, quase não se fazendo ouvir em meio ao barulho reinante. Quarenta ou cinquenta pessoas e bebidas grátis na hora seguinte.

Duas das mesas de sinuca haviam sido ocupadas e já estavam repletas de copos usados. Na terceira mesa, Maurice Repton meticulosamente passava giz no taco, observando seu adversário, um jovem policial asiático, encaçapar a última bola vermelha e alinhar à bola cor-de-rosa. Ele viu Maddy olhar em sua direção e fez um sinal de reconhecimento com a cabeça.

— Posso te pagar um drinque? — O tal policial da van, de bigode ruivo, estava ali do lado, sorrindo, esperando a resposta.

— Pensei que o chefe estava bancando tudo.

— Está mesmo. Que besteira, falei só por falar.

Maddy ficou calada, na esperança de que ele fosse embora.

— Graeme Loftus — disse ele, estendendo a mão.

— Maddy Birch.

Loftus fez sinal para o barman, empurrando uma caneca vazia na direção dele.

— E você?

Maddy abanou a cabeça.

— Foi por um triz, eu ouvi dizer.

— Pode-se dizer que foi.

— Filho da mãe sortudo.

— Você acha?

Loftus levantou a caneca já cheia, derramando cerveja pelas costas da mão.

— Lá onde a gente estava não dava para ver muito.

— Pergunte ao Paul Draper onde ele preferiria estar — disse Maddy. — Pergunte à esposa dele.

— Paul...? Ah, é, ele. Coitado. Ainda segurando a barra, não é?

— É, pela última notícia que ouvi.

— Olhe — falou Loftus. — Quando nós sairmos daqui, você gostaria...

— Não — disse Maddy.

— Tá legal, fique à vontade — disse Loftus com um tom de ressentimento na voz, ao se virar e abrir caminho no meio do burburinho.

De pé, um pouco afastado, George Mallory parecia estar se preparando para fazer um discurso; de vez em quando, sua voz sobressaía acima da cacofonia geral de sons.

Sempre que fechava os olhos, Maddy via a cabeça de Grant implodindo feito uma rosa ensanguentada. Esvaziou o copo e foi na direção da escada.

Repton estava saindo do banheiro, ainda fechando a braguilha.

— Você já está indo embora?

— Não — mentiu ela.

— Ótimo. Venha tomar um drinque comigo. — Segurando-a pelo cotovelo, ele conduziu-a de volta para o balcão. — O que vai querer?

— Água tônica seria ótimo.

— Gim-tônica para a moça — pediu Repton. — Uísque para mim.

Maddy achou melhor não protestar.

Mais ou menos cinco anos mais jovem do que Mallory, corpo esbelto, Repton usava um terno cinza com listas finas, uma gravata azul-escura com uma flor-de-lis prateada. Suas unhas pareciam ter sido aparadas e polidas. Aparência esmerada, era essa a expressão? Outrora, provavelmente fora.

Repton bebeu o uísque de um só gole.

— Bem, essa é minha contribuição para relações raciais. Deixar que um desses irmãozinhos de pele marrom me ganhe na sinuca. Oitenta e sete pontos a 13 — disse ele, piscando. — Hubris. A dieta Atkins para a alma. E você, nenhum efeito colateral do que aconteceu hoje de manhã, eu percebo. Ainda bela, como sempre.

Deliberadamente, Maddy escolhera uma saia rodada de veludo cotelê verde, terminando bem abaixo do joelho, com uma blusa folgada de algodão azul, meia-calça bege e sapatos de salto baixo.

— Estou me sentindo uma merda — disse ela.

— O jovem Loftus não parecia pensar assim. Praticamente gozando nas calças só por estar do seu lado.

Maddy ficou com o rosto vermelho.

— Desculpe. Sem ofensas, espero. Você não vai me denunciar por assédio sexual, vai? — disse ele, piscando de novo. — Um monte de babaquice, não acha? Empiricamente falando.

— Já ouvi coisas piores, senhor — disse Maddy.

— Fico contente por saber disso.

Maddy tomou um gole da bebida, e Repton cutucou o braço dela.

— Aí vem o discurso de George — disse ele. Depois deu um aperto no braço de Maddy. — Se você for mencionada nos relatórios, eu não vou ficar surpreso.

Maddy foi embora o mais depressa que pôde, fingindo que ia ao banheiro e pegando seu casaco da pilha no vestiário do andar de baixo; uma rápida caminhada até King's Cross e depois a linha norte do metrô até Archway. Dali, ela poderia caminhar até sua casa em dez minutos ou menos.

Quando fora transferida de Lincoln, três anos antes, ela ficara em um albergue. Diariamente tirava da banheira os cabelos de outras mulheres e ouvia as histórias de seus casos amorosos nos corredores. Nas noites de sábado, quando elas voltavam das noitadas, Maddy ficava limpando vômito na pia, enxugando rostos chorosos e ouvindo queixas. A tia favorita de todo mundo.

Assim que pôde, ela saiu de lá, alugou um quarto e começou a procurar algo que pudesse comprar. Tivera sorte em conseguir seu atual apartamento, com os preços subindo e as famílias com crianças pequenas começando a colonizar o que previamente fora território de mães solteiras vivendo de seguro social, migrantes econômicos, operários amontoados num único quarto, e gente velha o bastante para se recordar dos bombardeios alemães sobre Londres.

Comparado com o que ela tivera em Lincoln, um apartamento pequeno e recém-construído duplex, razoavelmente perto do centro da cidade, o que ela tinha agora não era muito. Três quartos e um banheiro no andar térreo, e a cozinha não maior do que um armário. As janelas do chão ao teto davam para um pedaço de jardim que ela compartilhava com os moradores do sobrado. Quem morara ali antes tinha verdadeira paixão por tinta vermelha; quando ela acordava de manhã, o ambiente vibrava diante de seus olhos.

Gradualmente, quando seus turnos não a deixavam esgotada, ela foi arrumando o lugar fazendo-o parecer mais dela. Duas demãos de tinta, tanto no quarto quanto na sala, e depois um verde suave por cima. Fazer a mesma coisa na cozinha significava pôr abaixo muitas prateleiras, de modo que ela recorreu ao truque de cobrir o máximo de espaço possível com cartões-postais e fotografias antigas. Aqueles girassóis reproduzidos de forma berrante; o vilarejo perto de Louth onde seus pais moraram.

Ao chegar em casa, Maddy atirou o casaco na cama, tirou os sapatos e seguiu para a sala, trocando de canal antes de desligar a televisão. Não queria assistir ao noticiário.

Achou que era uma boa ideia preparar uma xícara de chá.

Enquanto esperava a chaleira ferver, ela telefonou para o hospital onde Paul Draper estava internado.

— Você é parente?

— Colega. Eu estava com ele quando...

— Desculpe, mas só podemos passar informação para os parentes próximos.

"O que diabos aquilo significava?", pensou Maddy. Que ele ainda estava no meio de uma porcaria de uma operação? Que ele morrera?

Maddy levou o chá para a sala e, sem acender a luz, com as pernas dobradas debaixo do corpo, sentou no sofá que comprara em uma loja de leilões perto de Angel.

A expressão no rosto de Graeme Loftus voltou à mente de Maddy, com a raiva mal disfarçada na voz diante da negativa dela; os dedos de Maurice Repton, firmes e rápidos, apertando-lhe o braço. "Haveria alguma situação", pensou ela, "em que os homens, a maioria deles, não se sentissem no direito de aproveitar o ambiente para dar uma cantada ou roçar em você feito um cachorro farejando uma cadela no cio?"

Cansada, ela fechou os olhos. Quando fez isso, viu Grant levantando no armazém remodelado.

— Puta de merda!

Enquanto ele caminhava em sua direção, as mãos... O que as mãos estão fazendo?... A esquerda se estendendo para ela, os dedos espalmados, a direita... Onde está a direita?... Está se curvando para baixo, para baixo e fora da linha de visão, talvez procurando algo?

A arma na mão de Mallory disparou duas vezes, com um intervalo mínimo entre os tiros e, quando ela abriu os olhos de novo, Grant já era.

A pistola no chão. Uma Derringer, do tamanho da palma de uma mão: uma arma que outrora era apenas vista em filmes de faroeste em tardes chuvosas de domingo, saindo da manga de um apostador medíocre pego trapaceando com um baralho viciado.

Às vezes você vê, às vezes não.

Maddy estremeceu.

O chá esfriou.

Abaixando a xícara, ela olhou na direção da janela alta e, por um momento, atrás do tênue reflexo de seu próprio rosto, alguma coisa se moveu.

Maddy ficou paralisada.

Dois segundos, talvez quatro, não mais. Levantando-se rapidamente, ela virou a chave na porta, puxou os dois ferrolhos e saiu. Folhas da pereira do quintal ao lado coalhavam a grama. Arbustos e flores murchas nas bordas laterais. Na extremidade do jardim uma enovelada moita de verbasco, entremeado de azevinho, assomava alta e escura, com uma brisa bastante forte para agitar as folhas em formato de lanças.

Maddy ficou completamente imóvel.

A não ser pelos sons da cidade pairando em volta, nada se movia.

O coração dela voltou ao ritmo normal.

Então fora isso, apenas algo se movendo com o vento.

De volta ao apartamento, ela trancou a porta, fechou as cortinas e foi cuidadosamente para a cama.

CAPÍTULO 3

A sala do delegado-adjunto que dirigia a Diretoria Especializada em Crimes ficava no sétimo andar: juntamente com algumas outras unidades, a S07 estava sob seu comando geral. Portanto, corria uma história de que as únicas coisas acima dele eram Deus e todos os anjos. Maddy rezava para que eles estivessem do seu lado.

Ela deu seu nome a um funcionário civil na sala externa e recusou o convite para se sentar. Quando o homem a examinou de cima a baixo, ela fingiu não notar. Passara dez minutos da manhã engraxando as botas pretas que estava usando, com o terno azul-marinho que comprara há pouco mais de um ano numa loja popular, e que já mostrava sinais de muito uso.

Soou uma campainha na mesa do funcionário.

— Pode entrar.

Maddy bateu à porta, respirou fundo, e entrou. Esbelto, de óculos, e com uma calvície incipiente, Harkin, o delegado-adjunto, sorriu por trás de sua mesa. Laço de gravata bem-feito, com prendedor, ele usava camisa social com as mangas dobradas. Mais jovem que muitos policiais que ocupavam postos inferiores, inclusive Mallory, ele não era muitos anos mais velho que a própria Maddy.

— Sargento-detetive Maddy. Prefere sentar ou ficar em pé?

— Em pé, se for possível, senhor.

— É claro, o que for confortável para você. Tenho certeza que não vamos demorar.

A sala não tinha ventilação, mas a temperatura não era desconfortável, com um leve aroma de antisséptico e flores. Pinturas anônimas pelas paredes. Uma garrafa de água e um copo em uma mesa estreita em um dos lados. Aquilo fez Maddy se lembrar do saguão do aeroporto Gatwick, a única vez em que ela viajara na classe executiva.

Harkin bateu de leve os papéis sobre sua mesa.

— Você não está na unidade há muito tempo.

— Não, senhor.

— Ainda se acostumando?

— Sim, senhor. Acho que sim.

— Quanto a ontem, a primeira coisa que é preciso esclarecer... A sua conduta foi de primeira classe. Absolutamente de primeira classe. — Ele sorriu, como se estivesse se autoelogiando. — Tudo que ouvi, o relatório do detetive-superintendente... Bem, você o ouviu ontem à noite, é claro, exaltando longamente as suas virtudes... Tudo aponta para um trabalho muito bem-feito. Iniciativa. Tranquilidade. Raça. Acima de tudo, raça. Enfrentando um homem armado. Se você fosse condecorada com uma medalha, eu não ficaria surpreso.

— Obrigada, senhor.

— Isso conta muito quando chega a hora de uma promoção. Você já fez concurso para inspetor, não é?

— Duas vezes, senhor.

— Hum. Bom, suas qualidades vão sobressair. Por fim. Esse tipo de qualidade. Se destaca no campo. — Ele tossiu, cobrindo a boca com as costas da mão. — Haverá um inquérito, é claro. Tiroteio com morte. Policiais de outra força. É procedimento padrão.

— Sim, senhor. Compreendo.

— E você não está preocupada, não é?

— Preocupada, senhor?

— Quanto ao inquérito. A sequência de acontecimentos e o resto.

— Senhor?

— Você não se pergunta como as coisas se desenrolaram?

Maddy sentiu o suor começando a porejar debaixo dos braços.

— Não, senhor.

Harkin assentiu e olhou para a janela, como se algo lá fora subitamente tivesse chamado sua atenção.

— Você diria que as ações do detetive-superintendente Mallory foram condizentes com a situação?

— Sim, senhor.

— Bom. Excelente.

Depois de notar um pequeno tique no olho esquerdo do delegado-adjunto, Maddy achou difícil não encarar aquele detalhe; em vez disso, olhou para o chão.

— Incidentes como esse, com morte violenta, às vezes levam um pouco de tempo para cicatrizar na mente — disse Harkin.

— Sim, senhor, tenho certeza disso.

— Se houver alguma coisa que você sinta que podemos fazer... Talvez uma rápida folga. Uma breve conversa com alguém acostumado com essa situação, um profissional...

— Um psiquiatra, senhor?

— Esse tipo de coisa.

— Acho que não há necessidade alguma. Sério. Estou bem.

— Sim, sim. Tenho certeza de que está. — Harkin arrumou novamente os papéis sobre a mesa. — Se não há mais nada, então...

— O detetive Draper, senhor. Há alguma notícia?

— Ah. — Harkin retirou os óculos e beliscou a ponte do nariz, entre o indicador e o polegar. — Uma pena, o detetive Draper. Uma grande pena.

Uma das primeiras coisas que Paul Draper fizera ao conversar com Maddy no primeiro dia deles na divisão fora mostrar a ela a fotografia de sua esposa e de seu filho. Alice e Ben. De férias, em algum lugar da região noroeste. Blackpool. Morecambe. Uma tênue sugestão de mar no horizonte. Alice num maiô de duas peças, não exatamente um biquíni, sua silhueta ainda sem ter voltado ao que era antes. Ben num pequeno macacão no joelho dela. Alice com os olhos semicerrados contra a luz, mas mesmo assim sorrindo, a pele clara como se não estivesse acostumada com o sol.

— Você precisa nos visitar — dissera Paul. — Podemos pedir comida e jantar em casa. Alice ficaria satisfeita com a sua companhia.

Maddy nunca fora.

Agora, ela estava sentada desajeitadamente na beirada de uma cadeira. Alice curvada no sofá de dois lugares defronte dela, com a criança choramingando no seio. Xícaras de chá intocadas na mesa. Biscoitos, alguns pedaços de torrada. Havia alguns fotógrafos lá fora, além de um repórter insistente de algum jornal local.

— Alice...

Ao som da voz de Maddy, novas lágrimas surgiram no rosto de Alice Draper. "Como ela poderia não chorar?", pensou Maddy. Vinte e três anos, um garotinho com não mais do que 6 ou 7 meses de idade, e agora aquilo...

Maddy se obrigou a levantar. Através das cortinas parcialmente cerradas, podia ver os apartamentos do outro lado da rua, idênticos àquele em que se encontrava agora; varanda sobre varanda, cheias de flores, bicicletas enferrujadas, roupa lavada se agitando à brisa do fim de tarde. A escuridão começando a surgir.

— Não é ruim — dissera Draper. — Nem um pouco ruim. Um antigo conjunto governamental, e eu não podia pagar por coisa melhor. Mas é legal. Você vai ver.

"Ele parecia um pouco com aquele guitarrista", pensara Maddy, "aquele que costumava tocar com Morrissey."

Alice falara muito pouco. Antes de ser finalmente declarado morto, seu jovem marido não dissera coisa alguma. Flores do chefe da Polícia Metropolitana estavam na pia, esperando serem colocadas na água. "Vou fazer isso antes de ir embora", pensou Maddy. "Vou lavar aquelas xícaras, fazer mais chá. Ver se consigo convencer Alice a comer alguma coisa, um sanduíche, pelo menos."

Enquanto esperava a água na chaleira ferver, Alice mudou para o noticiário.

— Alice, tem certeza que isso é uma boa ideia?

Em cores inusitadamente vívidas, o rosto de Paul Draper reluziu por um momento na tela e depois desapareceu.

— Alice...

Sentado atrás de um conjunto de microfones o delegado-adjunto tinha um ar soturno, porém decidido.

— Segundo todas as informações que me chegaram às mãos, não tenho dúvida de que a operação foi cuidadosa, profissionalmente planejada, e executada com um alto nível de competência, e deve ser creditada a todos os policiais nela engajados. Com relação à trágica morte do jovem policial...

A despeito do que Alice queria, Maddy inclinou-se para a frente e desligou a televisão.

Ben estava se contorcendo no colo da mãe, choramingando contra o peito dela.

— Alice, Alice. Acho que você está segurando o garoto com força demais. Quer que eu o segure um instante? Pronto. Assim. Só enquanto você toma o chá.

Os olhos claros do bebê fitaram a mãe espantados quando ela o entregou para a policial, que sentiu um chute forte em suas entranhas. Alice pegou a xícara, mas esta escorregou entre seus dedos, derramando chá pela mesa e pelo chão.

— Não tem importância — disse Maddy. — Eu limpo isso.

Alice olhou para ela com uma expressão vaga, e disse:

— Paul... Paul, Paul.

— Coitada — disse Vanessa Taylor, pegando um pedaço de pão integral frito, que usou para limpar o resto de galinha temperada com ervas indianas do prato. — Que tipo de vida ela vai ter agora?

Havia um ano que elas vinham fazendo aquilo, Maddy e Vanessa, encontrando-se quase toda semana, quando seus turnos permitiam, para tomar um ou dois drinques e depois um curry. Fofocas e bate-papo. Às vezes, um pouco de reclamação. Regras e regulamentos. Salários. Todas aquelas insinuações sobre sapatões que supostamente já tinham sido abolidas.

Aos 29 anos, Vanessa era não apenas mais nova do que Maddy, mas também mais baixa e curvilínea, com um corpo que ela se orgulhava de exibir. Antes de entrar para a polícia, ela tentara ser secretária, e depois enfermeira, mas não por muito tempo. "Umas porcarias de camareiras endeusadas, é só isso que elas eram". Vanessa costumava reclamar. "Via mais sangue e mijo do que nos bares em Kentish Town", onde atualmente trabalhava. Depois de três anos como policial, ela ainda não tinha certeza se iria seguir a profissão.

Maddy a conheceu num curso de treinamento, logo depois de se mudar para Londres: "Integrando o Trabalho Policial com a Comunidade Étnica." Avaliando o assistente social asiático que coordenava a sessão das tardes, Vanessa piscara e dissera:

— Bem que eu gostaria de me integrar com isso, se tivesse chance.

Por acaso, ela morava a poucos quarteirões de Maddy, em Upper Holloway.

Naquela noite, olhando para um dos garçons sempre que ele passava pela mesa, Vanessa lembrou a Maddy aquela primeira ocasião, e perguntou se ela já havia transado com algum indiano ou paquistanês.

Maddy disse que achava que não.

— Uma vez, eu transei com um — disse Vanessa, abaixando a voz e se inclinando para a frente. — Um estudante de enfermagem no hospital. Ele tinha olhos grandes.

— Só os olhos?

— Pare. — Risos. — Ele era um amor, tinha uma pele linda.

— Agora você vai contar que traçou o cara no depósito, entre ataduras e penicos.

— Melhor do que isso. No andar de cima, numa das camas vazias. A enfermaria estava temporariamente fechada por cortes no orçamento. — O rosto de Vanessa estava avermelhado, mas provavelmente isso se devia ao curry.

— Que aconteceu? — perguntou Maddy.

— Como assim? O que aconteceu... — Vanessa riu novamente, mais alto do que antes. — Faz tanto tempo que não dá para lembrar? Quer que eu desenhe?

— Não é isso, sua idiota. Quero saber... O que aconteceu com o cara?

— Ah, ele? Não sei. Na semana seguinte, foi transferido para a Obstetrícia. Mas ele era muito bom. Um dos dez melhores, eu diria. — Ela sorriu. — E você? Suas dez melhores trepadas de todos os tempos?

Maddy lançou um olhar desconfiado em volta, preparada para ficar embaraçada.

— Não brinque. Eu precisaria raspar o fundo do tacho para arrumar cinco ou seis.

— Você está brincando.

— Experimente se casar antes de completar 21 anos. Isso reduziria um pouco o seu campo de ação, posso garantir.

Vanessa cruzou a faca e o garfo no prato.

— Você se casou assim tão cedo?

— E não casei?

— Como nunca falou?

— Não sei. Acho que não gosto muito de falar sobre isso.

— Bom, quem era ele? Pelo menos conte isso. Qual era o nome dele?

— Terry, o nome dele era Terry. Está bem? Satisfeita? Era um cara mais velho, um pouco mais velho, e eu era só uma criança. Ainda morava na casa dos meus pais e pensei que ele fosse um presente de Deus. Agora vamos parar por aqui, certo?

— Certo.

Vanessa deu de ombros e pediu mais duas garrafas de cerveja. Não havia por que ficar futricando aquilo, dava para perceber. A menos que, mais tarde, ela quisesse ir sozinha para o caraoquê do bar.

Poucos minutos depois, Maddy disse:

— Fico pensando no coitado daquele menino, o filho do Paul Draper, crescendo sem pai.

— Ela vai encontrar outra pessoa. Se tiver algum senso prático, pelo menos. O garoto nem vai lembrar.

Maddy balançou a cabeça.

— Você acha mesmo que é tão simples?

— Acho. Quando a gente quer que seja.

— Às vezes, fico imaginando se você já foi criança um dia — disse Maddy.

— Vai se foder — disse Vanessa, rindo. — E passe para cá esse troço de berinjela, se você não quer mais.

Pouco depois da meia-noite, as duas saíram do brilho áspero do bar e foram andando, de braços dados, ao longo da rua Holloway. Vanessa convencera Maddy a acompanhá-la numa versão a duas vozes de "Dancing Queen". A coisa fora bem até pouco além da metade, quando Maddy se perdera.

— O que deu em você? — perguntou Vanessa. — Nós estávamos indo tão bem.

— Não sei. De repente percebi o que estava fazendo, eu acho. Aqui, na frente de todo mundo. Uma perfeita idiota.

— Vamos — disse Vanessa. — Eu vou com você até o final da sua rua.

— Tem certeza? Não precisa.

— Não, isso vai me fazer bem. Suar um pouco daquela cerveja. Nada pior do que acordar de manhã e se sentir inchada. — Ela riu. — A menos que você nem acorde.

— Não tem graça, Nessa.

— Desculpe. — Ela apertou o braço da amiga. — Aquilo realmente mexeu com você, não é? O que aconteceu.

— Na noite passada, quando cheguei em casa e me preparei para dormir, notei o rímel borrado, junto do meu olho — disse Maddy. — Só que não era rímel, era sangue.

Vanessa ficou calada até as duas chegarem à esquina da rua da amiga.

— Se cuide — disse ela, dando um aperto no braço de Maddy. — Procure dormir, hein? Tente não pensar muito nisso. E me telefone amanhã.

— Está bem — falou Maddy. — Se eu conseguir. Se cuide você também.

Maddy ficou olhando enquanto Vanessa apertava o passo e depois seguiu na direção da casa. O estalo dos saltos baixos na calçada enquanto andava. Aqui e ali, as luzes tênues atrás de cortinas cerradas ou persianas abaixadas. É claro, tudo que acontecera a deixara perturbada. Grant, Draper. Fazia sentido. Só que agora aquilo não era tudo. Sua chave ficou presa por um momento na fechadura, depois girou. Ela sabia que não deveria ter dito nada a Vanessa sobre o fato de ter sido casada, sobre Terry, desencavando tudo aquilo, pensando nele depois de todo aquele tempo. Terry. Só abdominais e promessas. Maddy se permitiu um sorriso tristonho. Norte do País de Gales, o último lugar que ela ouvira dizer que ele estava. Novamente casado. Boa sorte para os dois.

Maddy colocou o resto do suco de laranja num copo e levou-o para a sala. Não havia como ter sido ele ali, rondando um bar da zona norte de Londres no meio da semana, olhando para ela através da multidão. O rosto dele a fizera paralisar, no meio do refrão. Todo mundo batendo palmas, rindo. "Dancing Queen". Apenas alguém um pouco parecido com ele, nada mais.

As cortinas estavam bem cerradas nas portas duplas que davam para o jardim, deixando a noite lá fora. O copo transmitia uma sensação de frio para a mão de Maddy. Ela permaneceu ali sentada até suas pernas começarem a ficar dormentes, desejando que os olhos fechassem e que a mente repousasse.

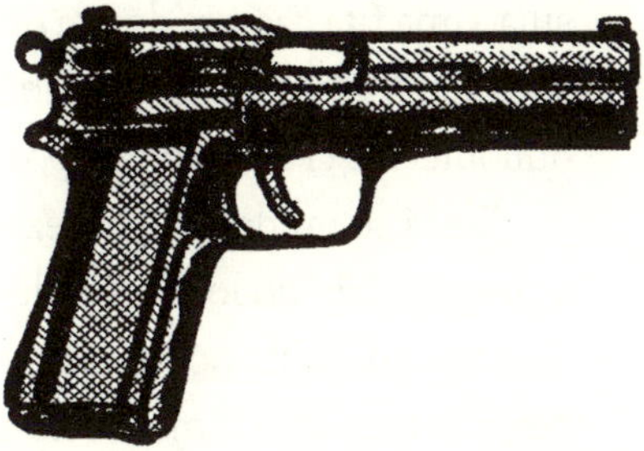

CAPÍTULO 4

No princípio, Elder se perguntou se um dia conseguiria se acostumar com o clima daquela parte da Cornualha. Principalmente porque o tempo parecia um delinquente de 5 anos de idade, incapaz de se decidir como seria a cada dez minutos. Sol, seguido de ferozes pancadas de uma chuva quase horizontal, e depois sol de novo; no meio disso tudo, o quase inevitável vento. "Mantém a gente na ponta dos cascos", diziam os nativos quando ele se queixava. Isso quando diziam alguma coisa.

Então, no final de uma tarde escura, no fim de outubro, ele percebeu que havia três dias, sem parar, que o nevoeiro rolava do Atlântico, encontrando e se misturando com a névoa que descia pelas colinas e que nunca subia de volta, formando uma enorme massa cinza imóvel. Através disso tudo, a chuva continuava a cair, forte e incessante, e ele quase não notara.

Sentado num canto da cozinha, iluminado por uma única lâmpada, ele lia sem parar (principalmente Priestley, em uma edição surrada de *Os bons companheiros*), levantando ocasionalmente para fazer chá ou ligar o rádio para ouvir o som de uma voz que não fosse a sua. Às vezes, ele colocava Priestley de lado, fechava os olhos e ouvia uma das poucas peças musicais que possuía, uma fita cassete de um quarteto de cordas que comprara na loja pegue-e-pague do vilarejo local. Local significava uns bons 3 quilômetros cruzando campos com sebes e cercas.

Ele já se mudara duas vezes desde o início do verão, quando o proprietário do local que ele alugara por um período de quase dois anos decidira pôr o imóvel à venda. Antes, passara um curto período num apartamento no terceiro andar de uma propriedade de estilo vitoriano em Penzance, com vista para o porto do monte St. Michael. Não foi uma boa experiência. Mesmo pequena e quase sem movimento, Penzance ainda era uma cidade que fazia Elder se lembrar do que ele deliberadamente deixara para trás: Lincoln, Leeds, Mansfield, Nottingham. Depois, atravessara a península de volta para o ponto onde se achava agora, o chalé de um trabalhador numa antiga fazenda entre a charneca e o mar.

O andar térreo era aquecido por um fogão a óleo, que esquentava a água quando lhe dava na telha, e no qual Elder gradualmente reaprendeu a cozinhar. Nada muito sofisticado: ensopados, assados, massas e peixes. Que adiantava morar tão perto do mar se você não comesse peixe? Cavalinha, tainha, perca, linguado, ocasionalmente tubarão. Seu favorito, a cavalinha, era de longe o mais barato.

As paredes do quarto onde Elder dormia eram de pedra nua, salvo uma parte em que fora aplicado um reboco irregular. Em um aposento menor ficavam roupas que ele raramente usava, caixas, malas, trastes de uma vida que ele tentava esquecer. Em certa época, um banheiro fora acrescentado nos fundos do chalé: a latrina balançava precariamente quando tocada, as ferragens eram de segunda ou terceira mão, e a própria banheira, abaixo das antiquadas torneiras largas, era marcada por gerações de manchas avermelhadas sobrepostas.

A uma pequena distância, ao longo de uma estrada estreita, ficava a fazenda à qual o chalé pertencia, agora dilapidada e abandonada. Sacos de aniagem nas janelas, fechos e cadeados grosseiros nas portas. Uma história que Elder entreouvira falava de uma briga de família que pusera filho contra pai e pai contra filho. Outros fazendeiros levavam seu gado para pastar nos campos, pagando aluguel. Com exceção de andarilhos vadios, Elder raramente via alguém de um fim de semana ao outro.

Era tudo que ele queria.

Fazia três anos que seu casamento com Joanne acabara, e ele se aposentara da polícia de Nottingham com o rabo entre as pernas, indo o mais distante possível para oeste. Fazia mais de um ano desde que sua filha, Katherine, fora sequestrada por Adam Keach. Sequestrada, estuprada e quase morta. Katherine tinha 16 anos.

O que aconteceu com ela, Frank, foi culpa sua. Você quase a matou. Você. Não ele.

Palavras de Joanne.

Pois você tinha que se envolver, não podia deixar as coisas acontecerem. Você sempre sabe mais do que todo mundo, foi por isso.

É claro, ele tinha sonhos.

Mas nenhum tão ruim quantos os de Katherine.

Você vai superar isso, Frank. Vai aceitar tudo e encontrar uma saída. Mas Katherine nunca vai conseguir.

Na primavera, antes do julgamento, Katherine viera visitá-lo. Eles haviam conversado, saído para passear e bebido vinho. À noite, ele fora acordado pelos gritos dela.

— Esse sonhos — dissera ela. — Eles vão passar, não vão? Quer dizer, com o tempo.

— Vão — replicara Elder. — Vão, tenho certeza que vão.

Ele mentira.

Querendo protegê-la, ele mentira.

Agora, ela se recusava a falar com ele, desligava o telefone ao ouvir sua voz. Mudara o número do celular. Não escrevia.

Culpa sua, Frank.

Bom, claro, de certo modo isso era verdade.

Adam Keach assassinara outra mulher, uma jovem, Emma Harrison, poucas semanas antes de sequestrar Katherine. Na época, Elder voltara à Unidade de Crimes Hediondos como consultor civil ligado à investigação. Achando melhor ir a julgamento na esperança de pegar uma sentença mais branda, Keach confessara, e Elder suspirou aliviado. Aquilo evitava que Katherine fosse ao tribunal para depor e ser interrogada.

Quanto à acusação de sequestro e grave violência sexual, o juiz dera dez anos. Pelo assassinato de Emma Harrison, prisão perpétua.

— Prisão perpétua não significa a vida toda, não é? — dissera Katherine.

— Atualmente não.

Essa fora, praticamente, a última conversa que os dois haviam tido.

A família Nott. Desde então, a polícia contatara Elder sobre outro caso, em que consideravam que a experiência e os conhecimentos especializados dele poderiam ser úteis.

— Depois do Keach, achei que vocês nunca mais iriam querer a minha ajuda — dissera ele.

— Não seja tão duro consigo mesmo, Frank — replicara o policial mais antigo. — Foi você que encontrou e capturou o cara. Salvou a vida de sua garota.

Elder fora educado, mas firme. A aposentadoria lhe caía bem.

— Você vai ficar maluco aí, Frank. Provavelmente vai acabar se matando.

Elder agradeceu o lembrete e desligou o telefone.

O dia começara com uma névoa ligeira vinda das colinas, e depois uma chuvinha fina que mal parecia molhar o solo. Por volta de meio-dia, o tempo estava ensolarado e claro, com apenas algumas poucas nuvens espalhadas no céu a oeste. Elder meteu seu livro em um dos bolsos da capa de chuva, uma maçã e uma fatia grossa de queijo no outro, e partiu na direção da trilha costeira em River Cove, pouco antes de Towednack Head. Passou uns trinta minutos sentado no rochedo defronte da ilha Seal, comendo o pequeno almoço, lendo e apreciando as ondas que quebravam e depois recuavam. Geralmente havia focas por ali, estendidas nas rochas ou nadando perto da costa, suas cabeças redondas desapareciam rapidamente quando elas mergulhavam à procura de peixes, mas, naquele dia, não viu nenhuma.

No caminho de volta, ele percebeu que as samambaias diante da charneca haviam virado um marrom-ferrugem quase uniforme, pontilhadas aqui e ali por flores de tojo amarelas. O outono ia avançado, e as noites chegavam cada vez mais cedo.

Elder teve tempo apenas de tirar o casaco e desamarrar as botas, antes que o toque do telefone o sobressaltasse.

— Alô?

— Frank?

— Sim.

— É Joanne.

Ele sabia: ninguém vive vinte anos com uma pessoa sem reconhecer a entonação da voz dela, até mesmo a respiração antes de falar, o peso de uma pausa.

— O que há de errado? — perguntou ele.

— Precisa haver alguma coisa errada?

— Provavelmente.

A respiração na outra ponta, a cabeça virando para o lado. Uma taça de vinho? Um cigarro?

— É a Katherine — disse Joanne.

É claro que era. A adrenalina já começara a pulsar nas veias de Elder.

— O que há com ela? — indagou ele.

— É difícil.

— Então me diga.

Outra pausa. Ainda mais longa.

— Estou preocupada com ela. E de como ela vem se comportando ultimamente.

— Comportando? Como? O que você quer dizer com isso?

— Ah, voltando tarde para casa, ficando bêbada. Chegando em casa só às 3 ou 4 da manhã. Dormindo fora.

— Você conversou com ela?

— Frank, ela tem 17 anos.

— Eu sei que idade ela tem.

— Quando falo alguma coisa, ela manda que eu cuide da minha vida.

— E o Martyn?

— O Martyn não tem nada a ver com isso.

Elder suspirou.

— Ela não quer falar comigo.

— Ela é sua filha, Frank.

Como se ele tivesse esquecido.

— Quando ela dorme fora, você sabe onde é? — perguntou Frank.

— Ela está namorando alguém. Isso eu sei. Acho que, às vezes, ela dorme lá.

— Você acha?

— Frank, eu simplesmente não tenho certeza.

Ele suspirou de novo.

— Está bem. Vou até aí amanhã. Depois de amanhã. Vou pegar o trem.

— Obrigada, Frank.

Ela é sua filha.

Ele largou o telefone, foi até a janela e olhou para fora. O nevoeiro se infiltrava entre os filamentos enegrecidos da sebe. A escuridão se aproximava. Imagens do que Adam Keach fizera com Katherine continuavam tentando entrar à força na mente de Elder, e ele lutava para afastá-las.

Quando ela tinha 7 anos, talvez 8, numa das últimas vezes que permitira que Elder a levasse até a escola, bem até os portões — teria sido em Londres, em Shepherd's Bush, blusa de lã verde, saia com dobras cinza, meias verdes, sapatos pretos que ele engraxara na noite anterior, a bolsa de livros na mão —, ele inclinara a cabeça na direção dela e ela levantara um braço — "Não me beije agora!" — e correra na direção das amigas, afastando-se do pai.

Chegando em casa só às 3 ou 4 da madrugada. Dormindo fora.

Dezessete anos.

Ele se sentiu um idiota, parado ali. Idiota, desamparado e velho.

A garrafa de uísque estava na gaveta.

Não adiantaria nada, ele sabia disso, mas o que mais ele poderia fazer?

CAPÍTULO 5

O inquérito oficial sobre a morte de William Grant e Paul Draper no tiroteio foi aberto duas semanas depois dos incidentes. A Corregedoria da Polícia, que rotineiramente tratava desses casos, solicitou que o detetive-superintendente Trevor Ashley, da polícia de Hertfordshire, conduzisse a investigação e, como seu braço direito, Ashley escolheu Linda Mills, uma inspetora-chefe recentemente promovida. Os dois eram totalmente diferentes. Ashley usava discretos paletós enxadrezados, com reforços de couro nos cotovelos, e tinha um sotaque mais vagaroso e mais interiorano do que o da região onde fora criado, certamente a menos de quarenta minutos de carro ao norte de Londres. Mills tinha a aparência magra e impulsiva de quem começou o dia com uma ducha fria ou 15 ou 20 voltas enérgicas na piscina.

Auxiliados por três outros policiais e dois funcionários civis, Ashley e Mills receberam uma viatura Portakabin, juntamente com duas salas de entrevistas no prédio principal. Um dos primeiros oficiais a serem chamados para interrogatório foi a própria Maddy.

Sem se apressar, o superintendente repassou com Maddy seu relatório escrito, passo a passo, etapa por etapa. Mills a observava com atenção, mas sem agressividade, ocasionalmente fazendo uma anotação com boa caligrafia. Maddy usava o mesmo terno azul: casamentos, entrevistas e enterros.

— A partir do momento em que você fez seu relatório... Quando foi? — disse Ashley. — Na manhã depois do incidente? Você não pensou mais no assunto? Não há nada que queira acrescentar?

— Não, senhor. Acho que não.

— Às vezes, você sabe, ao refletir...

— Obrigada, senhor, mas não.

— Bom, bom.

Ashley lançou um olhar para sua assistente e recostou-se na cadeira, mas Linda Mills permaneceu como estava.

— Você e o policial Draper, se compreendi bem, estavam entre os primeiros a chegar à entrada do apartamento de Grant.

— Sim, senhora.

— E isso estava previsto?

— Desculpe, eu...

— Isso fazia parte do plano descrito nas instruções que você e o policial Draper...

— Não. Não exatamente.

— Então foi o quê? Por acidente? Acaso?

— Sim, senhora.

— Qual dos dois?

Maddy hesitou.

— Acaso, suponho.

A inspetora-chefe mirou os papéis à sua frente.

— Não exatamente.

— Desculpe, não entendi...

— Segundo o seu relatório, foi o superintendente Mallory que ordenou que vocês descessem a escada.

— Sim. Sim, foi isso.

Mills olhou diretamente para ela.

— Por que, na sua avaliação, ele fez isso?

Maddy não se apressou; sua cabeça estava começando a zumbir.

— Acho que ele estava preocupado com a nossa segurança.

— E foi essa a única razão?

— Acredito que ele queria cobrir qualquer via de escape possível.

— Embora vocês ainda estivessem desarmados?

— Havia policiais armados na escada. Por toda parte.

— Com ordens para atirar, se necessário?

— Creio que sim.

— E, apesar disso, no incidente foi o superintendente Mallory quem realmente atirou?

Maddy teve uma ligeira hesitação involuntária.

— Sim, senhora.

— E por que razão o superintendente Mallory descarregou sua arma naquele momento?

— Como eu disse no meu relatório...

— Qual a razão?

— Pelo meu relatório, foi...

— A razão, sargento?

— O meu colega já tinha sido baleado. Grant tinha dado um tiro nele.

— E o superintendente sabia disso?

— Penso que sim.

Mills suspirou e se recostou. Embora a sala não estivesse particularmente quente, um filete de suor começou a descer vagarosamente pelas costas de Maddy. Suas mãos estavam grudadas nos braços da cadeira. O superintendente Ashley enviesou alguns papéis, e disse:

— De acordo com esse diagrama, a arma que Grant usou para atirar no policial Draper estava fora de seu alcance quando o superintendente Mallory entrou no aposento.

— Sim. É verdade. Mas ele tinha outra arma.

— Grant levava uma segunda arma?

— Sim.

— E essa seria a Derringer 22?

— Sim, senhor.

— E onde ele levava essa arma reserva?

Maddy hesitou.

— Não sei. Quer dizer, não tenho certeza.

— Mas você viu mesmo a segunda arma?

Meu Deus! Por que aquilo era tão difícil?

— A princípio, não.

— Como você explica isso?

— Ele levava a arma escondida.

— Mas eu pensei que ele tinha acabado de pular da cama nu — disse Mills, assumindo o interrogatório. — Quase nu.

— Ele estava de calças.

— De calças?

— Sim.

— Só de calças?

— Sim.

— Então, onde estava a arma?

Maddy já sentia o suor debaixo dos braços.

— Não sei. Talvez na cintura. Nas costas. Em um dos bolsos. Desculpe, mas eu simplesmente não sei.

Mills e Ashley se entreolharam.

— Então, só para esclarecer, você viu Grant estendendo a mão para pegar a segunda arma? — disse Ashley.

— Eu vi quando ele abaixou a mão, sim.

— Abaixou a mão?

— Sim.

— Abaixou a mão para pegar a Derringer?

— Creio que sim.

— E você se sentiu ameaçada?

— Claro.

— Pelo Grant?

— Sim.

— Porque você viu a arma na mão dele?

— Eu tinha acabado de ver Grant atirar no policial Draper. Achei que ele me mataria, se pudesse.

— Então, a ação do superintendente Mallory foi inteiramente justificada? Aos seus olhos?

— Foi.

Em tom mais duro do que antes, Mills disse:

— Embora você nunca tenha visto a arma na mão de Grant?

— Eu vi a pistola no chão ao lado dele, quando ele caiu.

— Mas não na mão dele?

Maddy hesitou por mais tempo dessa vez.

— Não, senhora, não na mão dele.

Linda Mills fechou os olhos. Trevor Ashley sorriu.

— Ótimo — disse Ashley. — Acho que é só, no momento. Agradecemos seu comparecimento, sargento.

Ao se levantar, Maddy sentiu uma ligeira tontura.

— É bom evitar discutir isso com seus colegas — disse Mills. — É muito provável que nós queiramos conversar com você de novo.

Lá fora, Maddy farejou sua transpiração subindo em ondas.

* * *

Maurice Repton interceptou-a no corredor do andar térreo, com o cabelo cuidadosa e esmeradamente penteado, exalando um suave odor de colônia.

— E então, como foi? — perguntou ele. — A entrevista. Cassetetes de borracha e polegares torcidos?

Maddy conseguiu esboçar um sorriso.

— Não, senhor. Nada parecido.

— Nada de artimanhas?

— Não, senhor. Nada mesmo, de verdade.

— Nenhuma pergunta capciosa sobre o tiroteio?

Maddy balançou a cabeça.

— Ela pegou pesado com você, não foi?

— Como?

— Aquela mulher, Mills. Do tipo que sempre endurece ao máximo com a própria classe.

— Não foi tão ruim assim, senhor.

— Ela vai tomar o cargo do coitado do Ashley logo, você vai ver. Assistente-chefe dos patrulheiros em dez anos. Anúncios de oportunidades igualitárias, fotos nos jornais — disse Repton, dando um pequeno passo para trás com um sorriso sarcástico nos lábios. — É uma pena que ela não seja abençoada com um toque de cor na pele, pois já estaria no lugar dele.

Quando chegou à porta principal, Maddy ficou parada por cinco minutos, respirando todo o ar que podia.

CAPÍTULO 6

A chegada do inverno sempre afetava negativamente Maddy Birch e o final do verão estava próximo; o atraso dos relógios mexendo com seu corpo tal como nos períodos menstruais, fazendo com que procurasse Nurofen e se encolhesse debaixo do edredom com uma garrafa de água quente apertada contra o estômago.

Ela corria para casa nas noites que escureciam cada vez mais cedo, como aquela, o vento varrendo o labirinto entre a rua Holloway e Hornsey Rise, e nem mesmo o cachecol e o casaco conseguiam afastar a friagem. Se pudesse se dar ao luxo de manter o aquecedor ligado no seu apartamento durante todo o dia, ela o faria. Tudo para evitar entrar nos mesmos aposentos frios do andar térreo, que, com a proximidade de novembro, exalavam um cheiro eternamente úmido.

Geralmente, a primeira coisa que fazia, antes mesmo de tirar o casaco, era levar um fósforo à lareira a gás; depois enchia a chaleira e a ligava em busca de uma caneca de chá para aquecer as mãos. Se estivesse realmente frio, torrada quente com manteiga. Como estaria quando chegasse fevereiro, ela nem queria pensar.

— Aqui não pode ser tão ruim quanto na sua terra — dissera Vanessa certa vez, quando Maddy se queixara. — A porcaria do condado de Lincoln! O vento sopra direto da Sibéria para lá. A gente ouve os lobos uivando na porcaria da madrugada.

Naquela noite em particular, porém, havia mais coisas na mente de Maddy do que o vento: o assistente do inspetor-chefe, Repton, esperando para lhe fazer perguntas sobre a entrevista com a equipe do inquérito, a preocupação dele mal disfarçada atrás do preconceito, real ou fingido; a pergunta do superintendente "*Então, só para esclarecer, você viu Grant estendendo a mão para pegar a segunda arma?*", em tom casual, quase displicente. *É muito provável que nós queiramos conversar com você de novo.*

Maddy abriu o portão e pegou as chaves da bolsa: alguém usara o pequeno quadrado do jardim da frente como lata de lixo e jogara uma bandeja cheia de batatas fritas e ervilhas murchas.

Ela entrou no apartamento. No instante em que fechou a porta e acendia a luz, Maddy ficou paralisada, sentindo uma onda de eletricidade fria correr por detrás das pernas e braços. Por um momento, seu coração parou de bater.

As portas da sala e do banheiro, que davam para o hall, estavam completamente abertas e, àquela altura do ano, ela sempre as deixava fechadas.

— Olá?

Sua voz parecia estranha, inusitadamente aguda.

Havia tempo para sair de novo, trancar a porta, mas e depois?

Em vez disso, ela avançou rapidamente, entrando na sala e acendendo a luz.

Nada se agitou, nada se mexeu.

Quarto, banheiro e cozinha na mesma.

A respiração de Maddy se estabilizou e a adrenalina parou de correr em suas veias. As poucas coisas de valor que ela possuía ainda estavam lá. No escorredor havia um copo que ela raramente usava. O ferrolho no alto das portas duplas estava destrancado e, quando ela pressionou a maçaneta curva, a porta se abriu, destrancada. Do lado de fora, havia leves marcas circulares que Maddy não se lembrava de ter visto antes.

A pele se arrepiou ao longo dos seus braços.

Depois de trancar a janela, Maddy examinou cada cômodo cuidadosamente. Seu relógio de pulso mostrava 20h10, e ela deveria se encontrar com Vanessa às 21 horas. Maddy pegou o telefone para cancelar o encontro, mas mudou de ideia.

A casa de curry favorita delas ficava na rua Kentish Town e sofrera uma reforma, o papel de parede fora tirado, o que dera ao local um caráter mais enxuto, de modo que agora parecia uma cantina cara, com iluminação discreta e guardanapos de algodão egípcio, num tom suave de lavanda. No limbo entre o parque Tufnell e Archway, aquele lugar era mais ao gosto delas, de padrão médio e sem frescura, ótimo até a hora em que os pubs fechavam, pois então a atmosfera ficava excessivamente barulhenta e era possível ver pães indianos voando feito frisbees pelo ar fumacento.

— Não roubaram nada, não é? — disse Vanessa. — Tem alguma coisa faltando?

Maddy balançou a cabeça.

— Mas alguma coisa estava fora do lugar? A casa estava desarrumada?

— Uma ou duas coisas. Eu acho. Não tenho certeza.

— E as portas que dão para o jardim, é possível que você tenha as deixado destrancadas?

— Não.

— Tem certeza?

— Sim. Não. Quer dizer, sempre tomo muito cuidado com essas coisas. Mas não, não posso jurar.

Vanessa inclinou a cabeça para o lado.

— Você não está dando uma de louca para cima de mim, está? Pirando?

— Para você tudo bem — disse Maddy. — Pode me sacanear.

— Não estou sacaneando — respondeu Vanessa. — Pegue um pedaço do meu frango apimentado. Para se animar.

— Isso não tem graça — Maddy se surpreendeu com a força de sua voz. — Não é brincadeira.

— Então dê queixa — disse Vanessa.

— Não adianta.

— Por que não?

— Porque qualquer policial a quem eu comunicar o fato vai ter essa mesma reação.

— Desculpe.

— Tudo bem. — Forçando um sorriso, Maddy pegou um pedaço do frango apimentado de Vanessa. — Foi assim também com esse outro troço, o inquérito. Eles me pegaram hoje à tarde.

— E como foi?

— Como se eu estivesse no banco dos réus por algo que não sabia que tinha feito.

— Filhos da mãe.

— Eu acho que eles estavam cumprindo seu dever.

— Mas agora acabou?

Maddy balançou a cabeça.

— É muito provável que queiram conversar comigo de novo.

Elas já estavam tomando café, quase certamente solúvel, mas com tabletes de menta e chocolate, quando Maddy disse:

— Na noite do caraoquê, você se lembra? Quando tudo deu errado. Aconteceu uma coisa que eu não te contei.

Vanessa parou de mexer os dois cubos de açúcar.

— Continue.

— Acho que vi alguém que eu conhecia.

— No bar?

— Sim. De pé, no fundo, observando.

— Quem?

— Meu ex-marido, Terry.

— E era ele?

— Não, acho que não. Alguém parecido com ele, era isso. Pelo que sei, Terry está no norte de Gales, e que Deus o tenha!

Vanessa sorriu.

— Então, você não perdoou o sujeito?

— Perdoar por quê?

— Como vou saber? A última vez que perguntei sobre ele, você praticamente pulou no meu pescoço.

— Desculpe.

Vanessa deu de ombros.

— É problema seu, não meu.

— Não é isso, é que... Você sabe...

— Você ainda está a fim dele?

— Cristo, não!

— Então, qual é o grande mistério?

— Não há mistério.

— Você simplesmente não quer se abrir com a sua melhor amiga, é só isso.

Maddy riu.

— Você não desiste, não é?

— Geralmente não.

— Está bem, mas vou precisar de um drinque.

— Aqui ou no bar?

— No bar.

Vanessa se virou e fez sinal para que o jovem garçom, recostado contra a parede mandando uma mensagem de texto a alguém, trouxesse a conta.

Estava bem escuro do lado de fora: alguns transeuntes, carros, um ônibus de vez em quando. O bar estava silencioso, com a maioria de fregueses habituais, uma mesa de sinuca, e uma televisão em cima do balcão. Elas levaram seus drinques para um canto sossegado perto da janela. Quando começou a contar sua história, Maddy pensou que aquilo soava prosaico, banal.

Quando os dois se conheceram, Terry trabalhava na mesma rua onde ela morava com os pais. Ele era operário e construía casas, ou mais exatamente, aplicava o reboco nas casas, sendo que a maioria delas naquela área de Stevenage estava sendo reformada. Maddy se apaixonou imediatamente. Terry era um sacana abusado, mas não era tão ruim quanto alguns de seus colegas; não era grosseiro. Ficava bonito sem camisa, observou ela. Mãos suaves, considerando o trabalho que fazia, não muito ásperas.

Depois de uma semana de insinuações e indiretas, ele se declarara, convidando Maddy para sair com ele e tomar uns drinques na sexta-feira à noite. Ela pensara, sim, por que não? Na época, trabalhava na Capital Radio de Londres como recepcionista e tomava o trem todo dia para a estação de King's Cross, e depois o ônibus da linha Piccadilly até a praça Leicester. A princípio era excitante, toda aquela agitação e barulho.

Eles haviam viajado juntos nas férias daquele primeiro verão e, em Majorca, ele a pedira em casamento, não se ajoelhando, mas de um modo tão legal quanto: rolando pela areia defronte do hotel, que oferecia seis dias com café da manhã e jantar incluído. Maddy pensara que aquilo era papo de bêbado, que no dia seguinte ele diria que foi tudo brincadeira, mas não foi assim que aconteceu. Três meses mais tarde, eles estavam saindo do cartório, Maddy num lindo terninho da Next com sapatos novos insuportáveis, e a expressão azeda no rosto da mãe a ponto de estragar leite. Quaisquer que fossem as expectativas que ela acalentara sobre um futuro genro, era claro que Terry não as preenchia.

— Tome cuidado, minha filha, ele vai te engravidar num piscar de olhos, e então onde fica a sua independência? Para onde vai a porcaria da sua vida?

As coisas não haviam acontecido assim, mas não fora por falta de tentativas.

Maddy pensara que o problema poderia ser com Terry, mas por acaso era com ela. Terry já tinha um filho, um menino de 4 anos que morava em Milton Keynes com a mãe, uma cabeleireira chamada Bethan que trabalhava durante meio expediente. Maddy só descobriu isso por acaso.

Acontece que, enquanto ela pensava que Terry estava fora da cidade, trabalhando num projeto imobiliário em Northampton, ele estava em um apartamento em Milton Keynes com Bethan e o menino, brincando de família feliz.

— Não é da porra da sua conta, é? — falou Terry quando ela o confrontou com a verdade.

Maddy falou que ele tinha de escolher: ela ou Bethan. Ele começou a fazer a mala.

— Mas por que diabo você casou comigo? — perguntou Maddy.

— Sei lá, cacete!

Quando ela disse que queria se divorciar, ele respondeu que tudo bem.

Quando ela voltou do trabalho à noite, ele já tinha ido embora. Maddy não ficara casada mais que dois anos e, ao olhar para trás, não acreditava que aquilo tivesse durado tanto tempo.

— Foi aí que você entrou para a polícia? — indagou Vanessa, quando Maddy estendeu a mão para pegar o copo.

Maddy assentiu.

— Eu estava entediada, queria cair fora. Sempre que eu chegava, a expressão no rosto da minha mãe era uma mistura de pena e "eu-bem-que-te-avisei". — Ela riu. — Eu já estivera em Lincoln algumas vezes, quando tiramos férias em Skegness. Fomos lá ver a catedral e passear. Eu achei que era um lugar bastante bom. — Riu de novo. — Pelo menos não era Stevenage.

— O que fez você sair de Lincoln e vir para cá, para a polícia metropolitana?

— Eu acho que foi tédio de novo.

— E agora esse negócio do Grant, o inquérito. Isso está deixando você estressada. Não é de admirar que esteja vendo coisas.

— Obrigada, doutora.

— Eu já fui enfermeira.

— Eu sei.

— Você sabe o que precisa fazer? — perguntou Vanessa. — A solução perfeita?

— Voltar para Lincoln!

— Nada tão radical. Em vez disso, fazer ioga.

— Eu? Ioga? Você está brincando.

— Por quê?

— Você consegue me ver sentada de pernas cruzadas em uma sala com corrente de vento, feito Buda, usando malha de ginástica?

— Não é assim. Isso é meditação. Ioga é fantástico. Ajuda a relaxar. E é realmente um bom exercício. — Ela sorriu. — É só olhar para mim.

— Não sei.

— Vamos. Há uma turma nova começando lá onde eu vou, naquele centro comunitário em Crouch Hill. Introdução à ioga. Faça uma para experimentar.

— Vou ver. Mas não prometo nada.

— Tudo bem. Agora beba tudo e eu vou com você até sua casa. Para ter certeza que não há nenhum bicho-papão debaixo da cama.

A primeira noite em que foi à ioga, Maddy quase desistiu durante o aquecimento. Todas aquelas mulheres (eram todas mulheres) revezando-se para ficar de pé encostadas na parede, uma perna esticada para a frente e levantada o mais alto possível, a parceira segurando-a pelo tornozelo. Uma ou duas delas levantavam a perna tão alto que podiam descansá-la no ombro das parceiras, enquanto Maddy só conseguia atingir um ângulo de 45 graus, e só por alguns segundos de cada vez.

A coisa não parecia ir ficando mais fácil. Só alcançar a posição exigida já era algo bem complicado (*Cachorro Olhando para Baixo* ou a *Postura da Criança*), mas mantê-la era ainda mais difícil. Maddy tinha plena consciência de que seus músculos estavam se esticando, as pernas e braços tremendo, o instrutor curvado sobre ela de tempos em tempos, e colocando-a com suavidade, mas firmeza, em posição.

— É isso aí, Maddy. Mais aberto, mais aberto. Um pouco mais aberto.

Quando terminava, ela ia mancando para casa, tomava um banho quente e jurava nunca mais voltar. Mas voltava. Na quarta-feira seguinte, na outra, e na quarta-feira posterior. A essa altura, seus músculos já haviam até parado de doer.

CAPÍTULO 7

Milagre dos milagres, o trem chegou à estação de Nottingham com não mais do que vinte minutos de atraso. O jovem taxista conversava amigavelmente enquanto dirigia, desculpando-se pelo desvio provocado pela linha de bonde que corria junto à rua Canal até Maid Marian Way.

— Estão fazendo testes, entendeu? Colocam trilhos, arrancam trilhos, colocam de novo. Os bondes vão rodar a uns 8 quilômetros por hora, se você tiver sorte. Os primeiros devem começar ano que vem. Mas disseram a mesma coisa ano passado, né?

A casa ficava no Parque, uma grande e confusa propriedade particular perto do castelo. Mansões vitorianas, originalmente construídas para aqueles que enriqueceram com mineração e indústrias, com o suor e a labuta dos outros. Atualmente, eram advogados e executivos aposentados, os novos heróis da era da tecnologia de informação e da informática.

Martyn Miles ganhara dinheiro com o mercado de moda feminina e uma cadeia de salões de beleza, num dos quais a esposa de Elder, Joanne, trabalhava quando começara o caso com Miles.

Ele comprara um pedaço de terra perto da extremidade norte da propriedade, um terreno em que antes havia quadras de tênis, e encomendara a um arquiteto amigo algo moderno, mas modesto, com uma fachada curva em concreto copiada de Frank Lloyd Wright e do museu Guggenheim, de Nova York. Lá dentro, a ênfase estava no espaço e na luz, tudo disposto em torno de uma sala com pé-direito duplo, separada de um pátio de pedra e do jardim por uma parede de vidro.

Quando o casamento dela com Elder acabou, Miles trouxera Joanne para morar consigo. Desde então, a relação dos dois se deteriorara; a última notícia que Elder recebera é que Miles, tendo saído de casa e magnanimamente deixado as chaves com Joanne, pensara melhor e voltara. Mas as coisas podiam ter mudado de novo.

O Freelander de Joanne estava estacionado do lado de fora. Não havia nenhum sinal de qual fosse o carro que Martyn poderia estar dirigindo no momento, mas ele estava estatelado no sofá, com as pernas cruzadas à altura dos tornozelos, uma camisa de linho azul-claro combinando com o cinza-azulado do aposento.

— Oi, Frank. — Ele girou vagarosamente as pernas e sorriu. Alguma coisa sem cor, como água tônica, estava a seu alcance, no chão. — Estava só segurando a barra por aqui até você chegar.

Elder ficou calado. Ouvia-se tenuamente um jazz desconhecido, saindo de alto-falantes invisíveis.

Joanne parou junto à vidraça, fumando um cigarro.

Ao abrir a porta para ele, ela desviou o rosto do beijo que Elder tentou, desajeitadamente, dar em seu rosto.

— Quer beber alguma coisa, Frank? — disse ela.

Ele balançou a cabeça.

Ela usava um vestido cinza prateado com tom metálico, que tremia quando se movia. A maquiagem, aplicada com capricho, não disfarçava a pele escura debaixo dos olhos.

— Ainda bem que você veio, Frank — disse Miles. — Ainda bem. É melhor esclarecer tudo antes que a coisa vá longe demais.

"Até que ponto já foi?", pensou Elder.

— Nessas últimas semanas ela se descontrolou — disse Miles. — Está enlouquecida.

— Não exagere — falou Joanne.

— Não tem como você saber, Frank — continuou Miles, ignorando-a. — Não tem mesmo, morando onde você mora. Mas ela vem fazendo só o que quer, fora de casa e a noite toda. Eu sei, Frank, ela tem 17 anos, é jovem, mas mesmo assim. Tem aparecido bêbada muitas vezes, cheirando a não-sei-o-quê, deixando os coitados dos taxistas esperando lá fora para serem pagos. Tentei conversar, mas ela não escuta. E, além disso, você poderia achar que não é da minha conta.

— Acontece que você acaba ficando nervoso — afirmou Joanne.

— Às vezes, ela consegue fazer um santo se enfurecer.

— Porque, é óbvio, você saberia.

— Está bem, está bem. — Miles ergueu as mãos, resignado. — Vou sair para tomar um drinque e deixar vocês dois conversarem. Foi bom te ver, Frank.

Elder assentiu.

Assobiando baixinho, Martyn Miles calçou um par de sapatos de couro macio, pegou o casaco também de couro, preto e caro, e saiu da sala. Nenhum dos dois falou até ouvir a porta da frente fechar.

— Sente, Frank. Tem certeza que não quer um drinque? Estou tomando um.

— Está certo, uma dose de uísque cairia bem.

— Vou ver o que temos.

— Qualquer coisa.

Ela serviu-se de uma grande taça de vinho branco. Para Elder, uma dose generosa de malte.

— Então ela não está aqui? — perguntou Elder. — Katherine?

— Chegou há uma hora, trocou de roupa e saiu de novo.

— Ela sabia que eu viria?

— Sim, contei a ela.

— E você não sabe aonde ela foi?

Joanne balançou negativamente a cabeça.

Elder tomou um gole de uísque.

— Você disse que ela estava namorando alguém.

— Rob Summers.

— Algum conhecido da escola ou...?

— Ele não é mais nenhum garoto, Frank. Está na casa dos 20 anos, talvez mais.

— E você já conheceu o sujeito?

— Conhecer, exatamente, não.

— E entre eles, a coisa é séria?

— Se fosse, não seria tão ruim. É mais casual do que isso, pelo que sei. Eu diria que ela é um capricho dele. Quando não estão juntos, ela sai por aí com todo tipo de gentalha. Punks, góticos e só Deus sabe mais o quê. O tipo de gente que você vê zanzando na praça do Old Market.

— Meu Deus — disse Elder.

— Estou preocupada com ela, Frank. Você sabe, drogas e essas coisas.

— Ela tem a cabeça boa.

— Você acha?

Elder levantou-se e andou pela sala.

— Aquela psiquiatra com quem ela estava se consultando...

— Psicanalista.

— Você já falou com ela?

— Katherine parou de ir às consultas há vários meses.

Elder chegou mais perto de Joanne, sentada no sofá.

— É uma confusão, não é? Uma puta de uma confusão.

Estendendo o braço, ela pegou a mão dele e, durante um momento, até que ele a retirasse, descansou a cabeça em seu braço.

Elder passou a noite em um dos pequenos hotéis da rua Mansfield, deu uma olhada no desjejum e, em vez disso, optou por uma rápida caminhada até o centro da cidade, onde tomou café sentado junto à janela no Caffè Nero, dando uma lida na primeira página do jornal que alguém esquecera por ali.

A praça do Old Market melhorara muito desde a última vez que Elder a vira. Os gramados na direção da extremidade de Beastmarket haviam sido recuperados, e alguns dos velhos bancos, substituídos. Katherine estava sentada entre dois homens de idade indefinida, barbudos, desgrenhados e malvestidos, com latas de cerveja barata nas mãos. Ainda não eram 10 horas.

Uma garota de calça jeans justa e corpete de contas, o rosto cheio de rugas, estava sentada no chão com as pernas cruzadas.

Um terceiro sujeito, de rabo de cavalo louro, jeans e um agasalho manchado dos Stone Roses estava parado com um pé pousado na ponta do banco, enquanto via Elder se aproximar.

Ele parou a uma pequena distância.

— Kate...

Sem levantar o olhar, Katherine continuou a enrolar um cigarro cuidadosamente.

— Katherine, nós precisamos conversar.

— Cai fora — disse um dos homens sentados.

Katherine levou o cigarro enrolado à boca e lambeu a borda; limpou alguns fragmentos de fumo, tirou do bolso um isqueiro descartável e acendeu o cigarro, puxando a fumaça para dentro dos pulmões. Depois de outra tragada, passou o cigarro para o homem à esquerda.

— Katherine — disse Elder novamente, em tom mais alto e nervoso.

— Me deixe em paz.

— Não posso.

Elder chegou mais perto, mas o homem de rabo de cavalo tirou o pé de cima do banco e barrou-lhe o caminho.

— Ele é policial — disse um dos homens no banco. — A porra da lei.

— Não é mais — falou Katherine.

— Quem é, então?

— Meu pai. Ele pensa que é meu pai.

— Katherine...

— Ela não quer falar com você — disse o homem de rabo de cavalo. — Não percebeu?

— Saia da frente — exigiu Elder.

O homem sorriu e continuou ali parado.

— Tente me obrigar.

Com os punhos cerrados do lado do corpo, Elder sentiu vontade de golpear aquele rosto zombeteiro, dando-lhe um soco com a maior força possível. Em vez disso, com um último olhar para Katherine, ele se afastou sob as risadas dos homens.

* * *

"Que porra", pensou Elder enquanto cruzava o South Parade e seguia pelo Wheeler Gate, "que porra estou fazendo aqui? De que adianta tudo isso? Uma perda de tempo." Ele já estava a uma curta distância da estação ferroviária quando parou e voltou.

Durante as duas horas que se seguiram, ele ficou parado na porta de lojas, sentou-se nos degraus de pedra defronte da câmara de vereadores e estabeleceu uma conversa vaga com um jornaleiro perto da esquina da rua King com Long Row. Comprou um sanduíche e um café no Pret-A-Manger e foi sorvendo lentamente a bebida pelo canudinho enfiado na tampa.

Do jeito como Katherine estava sentada agora, de braços cruzados sobre o peito, com apenas um suéter leve, pensou ele, ela deveria estar com frio. Talvez se ele lhe comprasse café, um pouco de chá quente, ou sopa... Mas não fez nada disso, só continuou observando e esperando, sabendo que ela não o queria perto, mas incapaz de ir embora.

Ainda se lembrava dela bem jovem, uma criança, com lágrimas correndo dos olhos, gritando "Eu odeio você!" a plenos pulmões e, poucos momentos depois, permitindo que ele a abraçasse e beijasse o topo de sua cabeça, sentindo o calor do cabelo dela.

Quando os sinos repicaram um quarto de hora, um sujeito se aproximou de onde Katherine estava sentada.

O instinto arrepiou os pelos nos pulsos e nas costas das mãos de Elder.

Não era um homem grande: perto de 1,70m, com compleição esguia, jaqueta de brim e calça jeans, camisa quadriculada, tênis de basquete, cabelo louro balançando sobre o rosto. Ele falou com vários membros do pequeno grupo em torno do banco, recuando um passo ou dois para conversar com o homem de rabo de cavalo, que tinha ido embora, mas retornara. Ignorou

Katherine, porém Elder notara que após a chegada dele ela ficara mais atenta, com as costas mais empertigadas, os dedos correndo pelo ninho de ratos que era seu cabelo.

Cinco minutos depois, como que percebendo pela primeira vez a presença de Katherine, ele ofereceu um cigarro a ela. Mais uns minutos e ela estava de pé ao lado dele, ambos conversando com muita animação. Três ônibus passaram vagarosamente em comboio, escondendo-os temporariamente da visão de Elder, e quando ele os viu novamente, estavam andando na direção dos chafarizes, passando entre estes, a mão dele descansando no ombro dela, enquanto se dirigiam para além das esculturas de leões que guardavam a câmara de vereadores, antes de virarem à direita na Exchange Arcade.

Elder os viu novamente quando surgiram atrás de um arco de pedra.

No início da rua Victoria, o homem tentou pegar a mão dela, mas ela recusou. Foram descendo a Hockley sem se tocar, lado a lado. Lanchonetes, bares, salões de beleza, roupas retrô, restaurantes indianos. De Goose Gate para Gedling. Aguardando uma brecha no tráfego na rua Carlton, o braço dele pousou nos ombros dela novamente, e ela não resistiu.

Agora, eles estavam em Sneinton, série de ruas estreitas, de casas com terraços lado a lado, algumas com portas da frente vividamente pintadas e venezianas padronizadas, outras com cortinas improvisadas e vidraças quebradas nas janelas. A casa diante da qual pararam ficava no meio do caminho, com um pôster desbotado de “Não em Meu Nome” junto de outro mais recente, em que se via “Criminoso de Guerra!” rabiscado em grandes letras sobre uma foto de George W. Bush.

Um gato amarelo e branco, com rabo de ponta clara, pulou para o peitoril da janela e esfregou a cabeça no braço de Katherine, enquanto ela esperava o homem destrancar a porta. Correndo entre as pernas dela, o animal seguiu-os para dentro de casa, e a porta fechou-se atrás deles.

Embora o dia ainda estivesse pela metade, Elder conseguiu entrever Katherine por um momento, parada junto à janela do andar térreo, antes que ela fechasse as cortinas. Não sabia dizer se ela o vira ou não.

CAPÍTULO 8

Ele ficou ali parado durante 5, 10, 15 minutos. *Meu pai. Ele pensa que é meu pai.* Ainda havia tempo para ir embora. Em vez disso, Elder atravessou a rua e, por não ver nenhuma campainha, bateu à porta.

A música que tocava quando a porta se abriu era alta, rítmica e rápida, nada que ele reconhecesse.

— Sim?

— Rob Summers?

— Depende.

— De quê?

Summers sorriu. O quadriculado em sua camisa era formado principalmente por tons de verde e cinza; seus olhos eram de um azul pálido, aquoso.

Elder lançou o olhar além dele, para o hall estreito. Casacos pendurados, amontoados ao longo de uma parede; uma faixa de carpete, gasto porém limpo, estendido no chão.

— Polícia, correto? — disse Summers. — Você não está vendendo nada, nem é religioso. Só pode ser policial.

— Não exatamente.

Um sorriso de compreensão passou pelo rosto de Summer. Relaxando os ombros, ele se encostou de lado na parede e, num tom ligeiramente de cantiga, disse:

— Katie. O seu velho está aqui.

Depois de um instante, Katherine apareceu na extremidade do hall, esperou tempo suficiente para reconhecer o rosto do pai e foi embora.

— Acho que é melhor você entrar — falou Summers.

A sala era pequena e parcamente iluminada, com um pequeno sofá e duas poltronas descasadas ocupando a maior parte do espaço. Prateleiras dos dois lados de uma lareira vazia estavam cheias de livros, vídeos e DVDs, amontoados desordenadamente. Mais livros e revistas estavam empilhados no chão. Num canto, uma pequena televisão, com um videocassete ao lado, DVD em cima. Mais prateleiras se estendiam ao longo da parede dos fundos, com o que só podiam ser várias centenas de discos de vinil embaixo de diferentes partes do sistema de som estéreo, e CDs em profusão por cima.

Pairava no ar um odor de maconha, leve mas adocicado.

Summers arriou o corpo numa das poltronas e acenou para que Elder fizesse o mesmo. A batida do contrabaixo saída dos alto-falantes era repetitiva e insistente.

— Quer tomar alguma coisa? — perguntou Summers. — Café, alguma coisa?

— Você acha que poderia abaixar um pouco o som?

— Claro. — Summers apertou um botão no controle remoto no braço da poltrona.

— Quero falar com a Katherine — falou Elder.

— Isso depende dela.

— Eu vim de longe.

— Cornualha, não é mesmo?

— É — disse Elder, surpreendido de que ele soubesse, que Katherine tivesse se dado ao trabalho de lhe contar.

— Foi você que escolheu, não foi?

— Olhe aqui. — Elder inclinou-se para a frente. — Você pode ver o estado em que ela se encontra.

— Estado?

— Você sabe do que estou falando.

— Não tenho certeza se sei.

— Aquelas pessoas na praça...

— Que há com elas?

Elder abanou a cabeça.

— Eles cuidam dela — disse Summers. — Deixe Katherine em paz.

— E você?

Summers ergueu o corpo da poltrona.

— Volto num minuto, está bem? Vou ver o que ela diz.

Sozinho na sala, Elder deu uma olhada em torno. White Stripes. Four Tet. *The People's Music*. Diane di Prima. Ginsberg. Dylan. *Drop City*. Neil Young. Vários exemplares do mesmo livrinho verde-claro em cima de uma pilha de revistas. *Cicatriz: poemas de Rob Summers*. Elder pegou uma delas e folheou as páginas.

o giro do punho dele
a borda de uma lâmina
fiapos brilhantes
asas rubras

espirais de suor
lentas e seguras
corda violeta
em torno do seu pescoço

de rosto vendado
eu reteso as costas
contra um súbito
clarão de luz

— Você lê poesia? — perguntou Summers, voltando para a sala.

Elder deixou o livreto cair fechado no colo.

— Não; na verdade, não.

Summers sentou-se novamente.

— Você escreve muito? — indagou Elder.

— Muito? — Summers sorriu. — Não sei. Mas, quando posso, sim. Principalmente poesia. Um conto, de vez em quando.

— E você consegue ganhar a vida com isso?

— Gostaria.

— O que você faz?

Summers sorriu de novo. Ele sorria muito.

— Eu dou aulas, o que mais? Aulas na universidade. Educação para adultos. Uma coisa ou outra, aqui e ali.

— Quero mesmo falar com a Katherine — afirmou Elder. — Depois, vou embora.

— Ela sabe que você está aqui. Ela é que decide.

— Se você pedisse a ela... — disse Elder.

Sorrindo, Summers balançou a cabeça.

— Não é assim que funciona.

— Rob — disse Katherine do umbral da porta. — Está tudo bem.

Há quanto tempo ela estava parada ali, Elder não tinha certeza.

— Você quer que eu fique? — Summers perguntou a ela.

— Não, está tudo bem. — O rosto da menina estava pálido, com o cansaço escurecendo os olhos.

Quando passou, Summers tocou nela ligeiramente.

Elder esperou que Katherine se aproximasse e sentasse, mas, em vez disso, ela foi até a janela e abriu as cortinas o bastante para espiar lá fora. A música tinha acabado, e dava para ouvir vozes débeis e indistintas do outro lado da parede. Na cozinha, Rob Summers lavava panelas e guardava a louça.

— Sinto muito — disse Elder, finalmente.

— Pelo quê?

Elder precisou se esforçar para distinguir as palavras.

— Por qualquer coisa que eu tenha feito para deixar você tão perturbada ou zangada.

Quando ela se virou para encará-lo, tinha lágrimas nos olhos. Ele não esperava por isso.

— Não sei o que você quer de mim — falou o pai. — Não sei o que você quer que eu faça.

— Nada.

— Mas você está se machucando, deveria saber disso.

Vagarosamente, Katherine balançou a cabeça.

— Você me salvou. Do Keach. Depois que ele fez tudo aquilo comigo. Ele ia me matar, e você me salvou.

— Foi.

— E agora, você está arrependido.

— Isso é ridículo.

— É mesmo?

— É.

— Você não gosta de me ver assim.

Elder fez uma pausa.

— Não. Não, é claro que não.

— Você quer que eu volte a ser como antes.

— Quero.

Ela deslizou as mãos pelo rosto.

— Papai, eu nunca mais vou ser como era antes.

Por quanto tempo ficou sentado ali, Elder não saberia dizer. Summers não retornou. Katherine saiu da sala e depois voltou novamente; logo em seguida, ele estava parado à porta, ao lado dela.

— Tenha cuidado — disse ele.

— Sim, é claro. — Com um pequeno sorriso nos lábios, ela parecia jovem de novo, jovem e velha além dos anos que tinha. "Você tem 17 anos", Elder teve vontade de dizer. Dezessete. O que vai fazer com a sua vida?

— Se... Se eu precisar entrar em contato?

— Ligue para a casa da mamãe.

— Mas não para cá?

— Adeus, papai. — Ela o beijou levemente no rosto. Sua mão tocou a dele. Ela voltou para dentro e fechou a porta. Um momento depois, as cortinas foram cerradas rapidamente.

Depois de Plymouth, o trem diminuiu a velocidade, parando aproximadamente a cada vinte minutos numa ou noutra aldeia. Inúmeras vezes Elder pegou o livro, apenas para abaixá-lo de novo. Olhando pela janela a escuridão que passava, ele via apenas seu próprio rosto olhando de volta. Seis garrafinhas de uísque se alinhavam vazias na mesa à sua frente: a lenta mas contínua aplicação de álcool ao ferimento, o emplastro sobre o desespero e a culpa. Será que ele deveria ter permanecido? Com um movimento de mão, Elder fez voar as garrafas em miniatura, fazendo-as ricochetear sobre os assentos vazios e espalharem-se pelo chão. As poucas pessoas ainda no vagão endureceram suas expressões e encolheram-se o máximo possível.

Quando o trem finalmente chegou a Penzance, não restava mais do que uma dúzia de passageiros. Da plataforma dava para ouvir o mar, as ondas quebrando contra a parede de concreto.

O taxista reagiu quando Elder lhe deu o endereço.

— Vai custar caro. Meu pneu furou na última vez que fui lá.

Elder ignorou a observação e recostou-se no assento.

Sabia que, quando amanhecesse, sua cabeça pareceria uma bola pesada que quicara muitas e muitas vezes. O chalé parecia um casco escuro. Ele deu 5 libras a mais ao taxista e ficou observando o veículo se afastar. As luzes traseiras vermelhas eram visíveis entre os contornos escuros da charneca e das pedras que limitavam a estrada, mas depois desapareceram. Lá dentro, ele bebeu água, engoliu duas aspirinas e foi dormir.

Batendo nas janelas, a forte chuva acordou Elder às 3 da manhã; às 5, ele já estava sentado na cozinha do andar térreo, folheando um exemplar da semana anterior do *Cornishman* e bebendo chá. Quando por fim saiu de casa, uma luz roxa já era vista sobre a crista da charneca, mas tudo que ele conseguia ver era o rosto de Katherine.

Mas, depois de uma hora, a chuva parou, e surgiu um frescor no ar. Logo ele poderia dar uma caminhada, possivelmente ao longo de Tinner's Way, passando por Mulva Quoit até Chun Castle, e seguir adiante, dando uma chance para a cabeça clarear. Mais tarde, poderia pegar o carro e ir à cidade, passar algum tempo na academia, comprar comida, ir à biblioteca, dar uma volta, talvez se inscrever naquele curso de entalhe em madeira que desejava havia algum tempo. Voltar à rotina. Tão longe, era quase possível esquecer que o resto do mundo existia.

Família. Amigos. Responsabilidades.

CAPÍTULO 9

O corpo de Maddy Birch foi encontrado perto de Crouch Hill, no final de uma trilha íngreme que levava a uma linha férrea desativada. Uma mulher que passeava com o cachorro, de manhã cedo, viu algo cor da pele sobressaindo entre as folhagens. Seu chamado para o telefone de emergência foi imediatamente retransmitido a uma radiopatrulha que chegou minutos depois, percorrendo o estreito caminho que levava ao playground e à creche, na direção do centro comunitário existente na extremidade mais afastada.

O corpo caíra, ou fora atirado, de uma altura de 13 metros por sobre o barranco enlameado, dentro de um emaranhado de amoreiras pretas e samambaias.

Os primeiros oficiais que chegaram à cena do crime pediram reforços e começaram a afastar o pequeno grupo de curiosos que começava se formar. Logo a área seria interditada e apropriadamente isolada com faixas por policiais da divisão médico-legal, o corpo coberto com um toldo até que o perito fizesse sua investigação preliminar. Seriam confeccionados diagramas, a cena seria examinada com detalhes, numerosas fotos tiradas e medições feitas, enquanto toda a operação era filmada.

Os dois primeiros detetives da Divisão de Homicídios chegaram cerca de vinte minutos mais tarde. Lee Furness e Paul Denison mostraram suas identidades e, enquanto conversavam brevemente com os policiais no local, começaram a vestir trajes protetores. Para não apagar quaisquer vestígios que os peritos pudessem descobrir na trilha, eles desceram pelo matagal a uns 20 metros de distância.

Escorregando no meio do caminho, Furness soltou um palavrão ao sujar a perna do macacão de lama.

Denison chegou primeiro lá embaixo.

— Minha nossa — disse ele, fazendo instintivamente o sinal da cruz. Os olhos da morta estavam abertos, e ele desejou que estivessem fechados. De cabelo crespo e rosto redondo, aos 27 anos Denison era o mais jovem da equipe, sendo um ano mais novo do que Furness.

A pele da mulher estava da cor de massa de vidraceiro após um dia de aplicação, com exceção dos lugares onde fora cortada e arrancada.

Com cuidado para não contaminar a cena do crime, Furness, usando um par de luvas de borracha, pegou uma calcinha de algodão branco presa a uma moita e colocou-a num saco plástico de provas.

Quando olharam para cima, viram que o sargento-detetive Mike Ramsden acabara de chegar e estava parado na beira do barranco. Corpulento, ombros largos, alto, com uma jaqueta de couro puída, calça cáqui e gravata frouxa no pescoço, Ramsden resumia a imagem que o público pós-TV fazia de um detetive da polícia.

— A chefe já chegou? — indagou Ramsden.

— Ainda não — disse Denison.

— E os peritos?

— Estão a caminho.

— Dá tempo de vocês dois esclarecerem o caso — falou Ramsden. — Podem ficar famosos com isso. Só não saiam pisoteando tudo.

Sua respiração era visível no ar da manhã.

Karen Shields, promovida a detetive-inspetora chefe cerca de 12 meses antes, estava a caminho de Hendon para uma reunião mensal da Divisão de Homicídios Oeste quando o telefone tocou. Tomando uma quantidade excessiva de café solúvel e sem muito rancor, ela e os outros policiais de alto escalão revisariam o progresso nas diversas investigações em curso, reuniriam informações e estabeleceriam prioridades.

O assassinato de um lojista afegão em Stroud Green, atacado por uma gangue de jovens armados com facas e barras de ferro, espancado e deixado para morrer, estava naufragando no meio de uma enxurrada de negativas, falsos álibis e mentiras deslavadas. Os dois garotos de 14 anos que, com toda certeza, haviam ateado fogo a uma octogenária depois de invadir o apartamento dela, haviam sido presos e depois libertados a contragosto por falta de provas. Uma semana antes em Wembley, uma família composta por mãe e três crianças de menos de 10 anos havia sido encontrada morta a cacetadas: duas das crianças nas camas, uma na escada, e a mãe no jardim quando tentava pedir socorro. O pai se enforcara no playground do parque local.

E depois havia o caso dos jovens negros: investigações sob responsabilidade da Divisão de Crimes Raciais e Hediondos. Um homem foi morto a tiros quando tomava café na calçada de uma lanchonete em Camden Town; outro, possivelmente como represália, abatido a tiros quando subia a escada na estação de Willesden Green; um terceiro, com não mais do que 17 anos, esfaqueado diante do boliche no parque Finsbury. E assim por diante.

Karen conhecia os números: nos últimos anos a quantidade de assassinatos na Inglaterra e no País de Gales alcançara um pico jamais visto, com mortes por arma de fogo subindo cerca de 32 por cento. A maior taxa geral de crimes registrada ocorrera no condado de Nottingham, embora a de crimes violentos por habitante fosse mais alta em Londres, com homens abaixo dos 26 anos sendo as vítimas mais frequentes. Tirando os crimes com arma de fogo, o maior aumento foi registrado na taxa de violência contra desconhecidos, de assédio e de estupro. E, a despeito da crescente prevalência de armas de fogo nas ruas, a arma de assassinato mais popular era, de longe, algum instrumento afiado. Faca. Machete. Navalha. Pá.

Ela pensava nessas coisas enquanto, dando meia-volta no carro, retornava com dificuldade no tráfego da hora do rush; homens solteiros de terno dirigindo com uma das mãos apenas, enquanto fumavam um cigarro após o outro e falavam indevidamente nos celulares; jovens mães elegantes levando seus filhos para a escola em máquinas possantes.

— Quando você vai sossegar, menina? — perguntara-lhe a avó, na última visita dela. — Ter seus próprios filhos?

A casa da avó era em Spanish Town, na Jamaica, com todas as irmãs e primas esvoaçando em torno dela feito um tribunal.

— Menina, você não está ficando mais jovem.

Como se, faltando apenas alguns meses para os 39, ela precisasse ser lembrada disso.

Em Crouch End Broadway, Karen desviou de um carro que freava lentamente num sinal de trânsito, pegou a pista da esquerda e acelerou, subindo a colina. Em local inadequado, um gigantesco totem fora do playground assinalava a entrada da trilha, e ela foi diminuindo a velocidade até parar atrás do Sierra de Mike Ramsden.

Um rápido olhar no espelho retrovisor, a mão ajeitando o cabelo curto e desgrenhado; o batom deveria ser retocado, mas no momento isso poderia esperar. Ela usava um terno marrom escuro e botas de salto alto que a deixavam com quase 1,80m. Bem, 1,78m. Aquela aparência de não-brinque-comigo, como ela gostava de pensar.

Tirando as mãos dos bolsos, Ramsden se aproximou. Lá embaixo, dava para ver os peritos criminais trabalhando, ocultando o corpo da vista dos curiosos.

— O que já temos? — perguntou Karen.

Ramsden tossiu, cobrindo a boca com as mãos.

— Mulher, branca, 35 a 45 anos, com facadas múltiplas. Morta há pouco tempo. Ontem à noite, eu acho.

— O legista ainda não chegou?

— Está preso no trânsito.

— Nem me fale. — Karen se aproximou da borda e olhou para baixo. — Onde aconteceu?

— Meu palpite é que ela foi atacada em algum lugar aqui em cima e depois foi jogada daqui.

Karen olhou para a área na esquerda, que agora fora isolada, vendo o íngreme barranco enlameado que descia.

— Dá para ver marcas, e o ângulo do corpo também indica que ela foi jogada — disse Ramsden, dando de ombros. — Talvez ele tenha acabado com ela lá embaixo, quem sabe?

— Já têm alguma identificação?

— Ainda não.

— Nenhum informe de desaparecimento de alguém semelhante?

— Ainda é cedo.

Karen suspirou e bateu de leve no bolso do paletó, na esperança de encontrar uma bala de hortelã; desde que parara de fumar no dia de Ano-Novo, ela vinha cometendo suicídio dentário.

— Alguma pista do que ela fazia por aqui?

Ramsden contou que, até então, eles haviam encontrado um sutiã esportivo cinza que combinava com um colete manchado de lama e, quase certamente, sangue. Uma calça de corrida também cinza estava por ali. Um tênis Puma de corrida, azul e branco, fora descoberto perto do corpo, com o outro pé entre as árvores na extremidade mais afastada da linha de trem, onde presumivelmente fora atirado.

— Ela estava correndo — disse Karen. — Provavelmente morava aqui por perto.

Anteriormente, no mesmo ano, uma mulher fora atacada e morta enquanto corria na zona leste de Londres, em Hackney. Fora esfaqueada. A investigação do caso ainda prosseguia.

Karen deu uma olhada para os prédios espalhados lá embaixo. No fim da pista, ela sabia, havia uma trilha que levava a um grupo de casas vitorianas e a outro conjunto habitacional de prédios baixos, na extremidade mais distante da rua Hornsey. Antes de ser transferida para a SCD1, ela conduzira uma investigação de desaparecimento naquele local; um menino de 3 anos que sumira da creche e fora encontrado 48 horas depois, são e salvo, mas com frio, dormindo no galpão do jardim de um morador local.

— Quem descobriu o corpo?

Ramsden apontou para uma mulher com cerca de 30 anos metida numa jaqueta amarela, parada com duas outras mulheres que aparentavam a mesma idade. Todas fumavam cigarros.

— Quem conversou com ela?

— Furness e Denison.

— Fale com ela novamente.

— Mas...

— De novo, Mike. Porém, faça isso você mesmo. Vou dar uma olhada lá embaixo.

Seu traje protetor estava na mala do carro. Depois de vesti-lo, Karen desceu cuidadosamente, para não se expor ao ridículo de escorregar. O chefe da equipe de peritos era um sujeito com quem ela já trabalhara.

Debaixo do toldo que protegia o corpo das vistas dos curiosos, ela se inclinou para o cadáver. Alguns dos cortes pareciam superficiais, outros, ela imaginou, mais profundos. Havia machucados no pescoço e no rosto, e ainda outro (resultado de um pontapé?) sobre a pelve do lado esquerdo. Uma pequena camada de sangue seco manchava a parte interna da coxa, e algo prateado e cristalino escorria, como uma lesma, pela curva do estômago.

Violência sexual?

Antes que fosse feita a autópsia, não havia como saber ao certo.

Ela saiu do recinto e circundou vagarosamente o local, tentando entender como aquilo ocorrera, sem se apressar.

Ramsden estava se aproximando, tendo escolhido o caminho mais longo.

— A tal mulher... Não disse nada de diferente do que falou na primeira vez — afirmou ele. Pegou um chiclete no bolso de cima, tirou a embalagem e colocou-o na boca.

Karen estendeu a mão.

— Desculpe — falou Ramsden. — Era o último.

Karen ficou sem saber se acreditava nele ou não e perguntou:

— Ela reconheceu a vítima?

— Não pelo que viu.

— Mostre uma foto para ela. Há uma boa probabilidade, se as duas vinham muito a este lugar, que ela já a tenha visto antes.

Mas Denison começou a gritar lá de cima do barranco, com o rosto de sacristão brilhando, agitando uma sacola esportiva de lona.

— Babaca sortudo — disse Ramsden, quase entre dentes. — Se escorregar na bosta, ele levanta com uma nota de 5 libras.

Os dois subiram de volta.

— Estava aqui — disse Denison, apontando. — Centro comunitário. Empurrada para debaixo dos degraus pela porta.

— Já examinou o interior? — perguntou Karen.

Denison balançou a cabeça.

— Só dei uma olhada rápida. Agasalho de ginástica. Toalha. Meias.

— Então não sabemos se é dela — falou Ramsden.

— Vamos ver — disse Karen, metendo as mãos enluvadas na bolsa.

A carteira estava dentro de um bolso interno. Era quadrada e escura, com o couro amaciado de tanto uso. Ela a levantou e deixou-a cair aberta na mão.

— Ah, merda — disse ela, baixinho. — Merda, merda, merda.

— O que foi? — indagou Ramsden.

Karen virou para ele o cartão com uma pequena fotografia quadrada: Maddy Birch. Sargento-detetive.

— Ela é uma de nós.

CAPÍTULO 10

A coletiva de imprensa estava lotada. Câmeras de televisão, gravadores, um punhado de blocos de anotações, canetas esferográficas a postos. No tablado, um técnico fazia uma última verificação dos microfones. O barulho no salão diminuía e aumentava. Na frente, o policial encarregado de relações com público e imprensa trocava palavras breves com o repórter da Sky News. Tirando um ataque terrorista ou um escândalo com uma celebridade, aquele horário deveria garantir uma cobertura completa em todos os canais terrestres, mais os de satélite e os a cabo. A Rádio BBC ia dar uma chamada ao vivo no noticiário das 17 horas. Uma cortina foi afastada num dos lados, uma porta se abriu, e os policiais entraram com ar severo.

A plataforma ficou lotada de pessoas importantes. O delegado-adjunto Harkin ocupou o centro do palco, tendo à direita o superintendente-chefe dos detetives da Divisão de Homicídios Oeste. Sentada na extremidade esquerda mais afastada, Karen Shields era a única mulher, o único rosto negro dentre todos aqueles homens brancos de caras soturnas e ternos escuros.

Boatos de que ela estaria aproveitando melhor o tempo de trabalho em outros lugares já haviam sido afastados: o pessoal de relações públicas gostava de tê-la diante das câmeras o mais frequentemente possível.

Na ausência dela, Lee Furness fazia a ligação com os peritos criminais e supervisionava os interrogatórios feitos no local, enquanto Mike Ramsden viajara para o norte, a fim de entrevistar a mãe de Maddy Birch. Alan Sheridan, o gerente do escritório dela, já acessava o Cadastro de Criminosos Sexuais, procurando crimes semelhantes nos arquivos. Apenas Paul Denison andava temporariamente ocioso, torcendo os polegares no estacionamento e esperando Karen, que estava ali, presa e infeliz, atrás de um microfone.

Com a careca reluzindo um pouco sob as luzes, o delegado-adjunto iniciou sua declaração.

— Estamos todos chocados e entristecidos com a morte trágica e sem sentido de uma colega de trabalho. — Consultando pouco suas anotações, ele falou de Maddy Birch como uma policial habilidosa e dedicada, que mostrara grande coragem recentemente ao enfrentar um criminoso armado e perigoso, estando ela própria desarmada. Depois concluiu: — Todos os integrantes da Polícia Metropolitana têm a firme determinação de levar a julgamento o assassino ou assassinos de Maddy, o mais rápido possível.

Espocaram os flashes.

Harkin deu breves detalhes das circunstâncias da morte de Maddy e continuou assegurando que os policiais da Divisão de Homicídios responsáveis por conduzir a investigação iriam, se necessário, pedir o apoio de outras unidades operacionais ligadas a crimes, bem como as instalações do Serviço Nacional de Inteligência Criminal. No final, Karen foi apresentada como um dos agentes que estavam, segundo as palavras dele, lidando, minuto a minuto, dia a dia, com o lado negro do caso. Ninguém prevenira Harkin que, devido a possíveis ligações com o problema do racismo, não era mais politicamente correto falar em "lado negro".

A primeira pergunta foi lançada quase antes mesmo de Harkin terminar o discurso: era verdade que Maddy Birch fora atacada sexualmente antes de morrer?

— Antes da divulgação do resultado da autópsia feita pelo patologista, qualquer afirmação é pura especulação — disse ele. Era uma resposta que certamente multiplicaria a especulação por dez.

Seguiram-se várias perguntas sobre a natureza do ataque, a maioria ignoradas ou respondidas com a declaração inicial.

— Dada a semelhança das circunstâncias, a polícia acredita que há alguma ligação entre esse assassinato e o da mulher atacada e morta enquanto corria em Hackney, em fevereiro? — perguntou o repórter da CNN.

Eles já estavam esperando essa pergunta, que foi respondida por Harkin.

— Certamente iremos apurar os detalhes com os policiais que estão conduzindo aquela investigação.

Então ele achava que havia uma ligação?

— Como eu disse, estamos explorando essa possibilidade, juntamente com diversas outras.

— Ninguém foi indiciado ainda pelo assassinato no parque Victoria, correto?

Isso estava correto.

— E os três homens que haviam sido presos em ligação com aquele crime já foram libertados?

Também correto.

Harkin suspirou.

— Seria melhor se concentrássemos nossa atenção na trágica morte da sargento-detetive Birch...

Mas o jornalista do *Guardian* já se levantara.

— O senhor fez alusão à operação policial em que a sargento-detetive Birch esteve envolvida, que resultou na morte de um colega policial, e também na morte, no tiroteio, de William Grant... Pode nos informar qual o progresso feito no inquérito relativo àqueles acontecimentos, atualmente sendo conduzido pela polícia do condado de Hertford?

— Lamento, mas não acho que isso tenha alguma relevância aqui.

— Mas o inquérito ainda prossegue?

— Já respondi isso — disse Harkin, assumindo uma expressão facial dura feito pedra.

O relações-públicas disse:

— Acho que, se não há mais perguntas...

— Eu tenho uma para a detetive-inspetora chefe Shields. — Os olhos se voltaram para o correspondente de Assuntos Internos da BBC. — Como mulher, esse caso tem uma importância especial para você?

"Merda", pensou Karen.

Vinte câmeras viraram na sua direção.

— Como policial, todos os casos graves, mesmo quando envolvem a morte de colegas policiais, têm a mesma importância — disse ela.

Lá na ponta, o encarregado de relações públicas quase se mijou de contentamento.

— Senhores — disse o delegado-adjunto Harkin, levantando. — Senhoras. Obrigado por comparecerem.

Vendo Karen Shields se aproximar no estacionamento pelo espelho retrovisor, Denison girou a chave na ignição.

— Como foi, chefinha?

Karen bateu com força a porta do veículo.

— Pare de me chamar de chefinha e dirija a porra do carro.

"Não muito bem", pensou Denison.

Karen colocou o cinto de segurança e olhou para a frente. Hendon até Kentish Town, meia hora se tivessem sorte, caso contrário 45 minutos.

O superior de Vanessa estava esperando na recepção.

— A patrulheira Taylor está na minha sala. Vocês podem conversar com ela lá.

— Obrigada.

Vanessa ficou de pé em um sobressalto assim que a porta se abriu. Estava usando seu uniforme, com o último botão da túnica apertado no pescoço; havia um ligeiro, mas indefectível, cheiro de suor na sala.

Ela estendeu a mão desajeitadamente, mas antes que Karen a apertasse deixou o braço cair ao lado do corpo.

Sentando-se, Karen apresentou Denison e a si própria.

— Você conhecia Maddy Birch. Acredito que possa ter alguma informação.

— Sim. Logo que ouvi o que aconteceu... Desculpe, ainda não consigo acreditar... Logo que ouvi a notícia, procurei meu chefe e pedi a ele que me pusesse em contato com os responsáveis pela investigação.

Karen assentiu.

— Eu gostaria de gravar essa conversa. Você faz alguma objeção?

— Não, é claro que não.

Denison colocou o pequeno gravador na escrivaninha entre eles, e ligou o aparelho.

— Muito bem, então, quando você estiver pronta.

Vanessa falou sobre os crescentes medos de Maddy de estar sendo vigiada e seguida, bem como a sensação de que alguém invadira seu apartamento.

— Ela não deu parte de nada disso?

— Não.

— Você sabe por quê?

Vanessa se contorceu um pouco na cadeira.

— Não era como se ela tivesse uma prova. Acho que ela tinha medo de não lhe darem crédito. Que as pessoas pensassem que ela estava, sabe, imaginando coisas.

— E você? O que você acha?

— Se eu acreditei nela?

— Sim.

— A princípio, não. Para ser honesta, não. Desde o negócio do Grant, em que aquele jovem policial morreu, ela ficou abalada de verdade. Dava para ver. Eu achei que talvez fosse uma reação àquilo. Uma reação nervosa, sabe? Mas quando ela disse que alguém tinha invadido o apartamento, eu acreditei.

— E ela não tinha ideia de quem essa pessoa... Se é que foi só uma pessoa... Poderia ser?

— Não, não mesmo.

— Você parece não ter certeza.

Vanessa mexeu no cabelo.

— Bem, teve uma vez que fomos a um bar e Maddy achou que tinha visto alguém que conhecia. Seu ex.

— Ex-marido, amante, o quê?

— Marido. Terry.

— E como ela reagiu?

— Ela não disse nada a princípio, pelo menos não para mim. Mas dava para ver que ela ficou surpresa. Pensando que tinha visto o sujeito.

— Eles não se falavam?

— Não, de jeito nenhum. Há muito tempo, pelo que sei. Ele tinha ido embora. Se não me engano, para o norte do País de Gales.

— E quando ela viu o ex-marido, a reação foi de surpresa apenas?

Vanessa demorou um pouco a falar, tentando ser clara.

— Não. Acho que foi mais do que isso. Foi mais como se ela estivesse com medo, sabe?

As canecas de chá repousavam na bandeja de metal, intocadas. Pela primeira vez, Karen percebeu o ruído abafado do aquecimento central. Mike Ramsden fora a Lincoln conversar com a mãe de Maddy. Onde era mesmo? Louth? Sobrenome Birch, ela se lembrou. Maddy provavelmente tinha voltado a usar o antigo sobrenome depois do divórcio.

— Quando contou para você que o apartamento dela tinha sido invadido, ela não falou se achava que podia ter sido ele? Terry?

— Não. E, a essa altura, ela já estava dizendo que provavelmente não era mesmo ele. Só alguém que era um pouco parecido, mais nada.

— Parecido o bastante para que ela ficasse com medo.

— Sim. Acho que sim.

Karen sentiu suas pernas e seus braços tremerem, enquanto um cenário começava a se formar na sua mente. Precisou se conter para não deixar o pensamento disparar.

— Na noite no bar, vocês não notaram ninguém por ali agindo de maneira suspeita, ninguém mesmo? Alguém que pudesse ser ele?

— Não. Andei pensando nisso também, mas não. — Vanessa parecia perturbada e prestes a chorar.

Karen abriu dois envelopes de açúcar e esvaziou-os na caneca de chá.

— Beba um pouco disso aqui.

— É preciso? — perguntou Vanessa, sorrindo, a despeito de tudo.

— Meu Deus, não. — Inclinando-se para a frente, Karen desligou o gravador. — Onde fica o bar mais próximo?

— No fim da rua.

— Quanto tempo você precisa para tirar esse uniforme? — Colocando o gravador no bolso, Karen se levantou. — Paul, telefone para a sede e mande alguém examinar o dossiê de Maddy. Seu sobrenome de casada deve estar em algum lugar por ali, e eu não notei. E veja se faz contato com o Mike... Diga a ele para me telefonar.

Karen trouxe uma vodca com suco de laranja para Vanessa, Coca-Cola com gelo e limão para ela e água tônica para Denison.

— Paul não tem idade suficiente para beber, de qualquer forma — disse ela.

Denison enrubesceu.

Quando Vanessa perguntou como a investigação estava indo, Karen deu de ombros e balançou a cabeça.

— Pergunte daqui a dois dias.

A televisão do bar parecia estar mostrando uma reprise de algum jogo de futebol; pelo menos não era o noticiário. Na extremidade mais afastada do local, algumas máquinas de colorido berrante disputavam entre si qual tinha o *jingle* eletrônico mais irritante. A maioria das mesas estava tomada por fregueses solitários, homens bebericando qualquer coisa que estivesse em promoção.

— Você gostava dela, não é? Da Maddy?

— Ela era bacana. Vivia rindo, sabe. Mas não de forma idiota, como fazem alguns. Era sensata. E franca; com ela não havia subterfúgios, sabe o que quero dizer? Ela dizia o que sentia. Ela... — O rosto de Vanessa estremeceu, e ela procurou um lenço de papel na bolsa. — Aquilo estava perturbando muito a Maddy, sabe? Foi por isso que...

Ela engoliu ar e levou as mãos à boca.

— Foi por isso que sugeri ioga. Achei que ajudaria, faria com que ela ficasse menos estressada.

Ela não conseguia mais conter as lágrimas.

— A merda daquele lugar. Se não fosse por mim, ela nunca teria ido. Nunca teria ido ali. Nunca teria sido morta, porra.

Karen chegou mais perto e pôs um braço em torno dos ombros dela.

Denison parecia mais constrangido do que o normal.

— Escute, Vanessa — disse Karen. — Se a Maddy estava certa, se alguém a estava perseguindo e pretendia fazer algum mal a ela, a coisa teria acontecido de qualquer maneira. E, se foi por outro motivo, por puro acaso, não há o que você ou qualquer outra pessoa poderia ter feito. Entendeu?

— Sim. Sim, acho que sim.

— Ótimo.

Vanessa assoou o nariz ruidosamente.

— Vamos — falou Karen. — Beba.

Nesse momento, o celular de Karen tocou e ela foi atender na rua.

A voz de Mike Ramsden não estava muito nítida.

— A ligação está uma bosta ou você está sussurrando?

— A ligação está uma merda.

— Ouça, Mike. Eu quero saber o nome do ex-marido de Maddy Birch. O endereço também, se você conseguir. E tudo mais sobre ele. Como estavam as coisas entre os dois. Ameaças. Animosidades. O que tiver. Certo?

— Vou fazer o que puder.

— Muito bem, assim que você tiver um nome, ligue de volta.

Karen desligou.

Em Louth, no corredor da pequena casa, Mike Ramsden meteu o celular de volta no bolso e olhou para a fotografia emoldurada na parede: uma jovem Maddy Birch na sua formatura. Na sala atrás dele havia mais fotografias, um livro de recortes e recordações abarrotado, aberto na mesinha de centro, ao lado da cadeira de Carol Birch. Ele passara quase uma hora sentado diante dela, balançando uma xícara vazia e um pires na palma da mão, fingindo que escutava.

— Eu só me mudei para cá para ficar junto dela, e aí ela foi embora e mudou-se para Londres.

Ramsden suspirou e voltou para a sala.

— E namorados? — Karen perguntou a Vanessa. — Mulher bonita, ainda jovem, devia ter alguém.

— Acho que não. Ninguém em especial. Quer dizer, quando nós saíamos, os caras davam em cima, sabe, tentavam conversar, mas ela não parecia interessada. Era como se alguma coisa fosse acontecer; ela queria que fosse mais do que apenas uma transa rápida, sabe como é, não?

Karen sabia até bem demais.

— Então, absolutamente ninguém?

— Ah, um cara, talvez. Um reparador de telhados que ela conheceu.

— Reparador de telhados?

— É. — Vanessa fez um gesto vago para cima. — Um desses caras que está sempre encarapitado num andaime, gritando muito, trocando telhas. Steve era seu nome. Steve Kennet.

— Há quanto tempo foi isso?

— Há alguns meses, talvez mais.

— E a coisa foi séria?

— Não; na verdade, não.

— Você sabe onde esse Steve mora?

Vanessa balançou a cabeça.

— Em algum lugar de Archway.

Karen tomou nota; se fosse o caso, ele não seria difícil de achar.

Menos de dez minutos depois, Ramsden telefonou de volta.

— O nome é Patrick. Terence Patrick. Consegui um endereço em Prestatyn: 15 Sea View Terrace.

— Atual?

— Não tenho certeza.

— Não deve ser muito difícil checar. Ouça, Mike, se eu não ligar para você dentro de uma hora, quero que você me encontre lá amanhã de manhã. Em Prestatyn. Às 20 horas ou 20h30. Eu pego um voo cedo para Liverpool ou Manchester, e de lá vou dirigindo.

— E como eu vou chegar até lá, saindo daqui dessa porra de roça de Lincoln?

— Saia bem cedo.

Karen desligou e olhou para o relógio. Ela precisava voltar para sua sala e dar uns telefonemas. Achava que já extraíra de Vanessa Taylor tudo que era possível no momento. Eles sempre poderiam falar com ela novamente. Estava pensando em Terry Patrick, em como ele poderia ter ouvido falar da morte da ex-esposa. Se, quando, e o que ele sentira. Se é que não soubera antes.

Pensando também na mãe de Maddy, tentando imaginar como você começava a aceitar o que acontecera. Se é que você chega a aceitar. Os filhos deveriam sobreviver aos pais não é assim que as coisas deveriam ser?

CAPÍTULO 11

Quem batizara aquilo de Sea View Terrace ou possuía um senso de humor irônico ou uma escada de mão muito alta. Nem mesmo era uma rua com casas geminadas, mas sim uma rua da década de 1970, com casas semisseparadas, cada uma com sua própria garagem, à direita ou à esquerda. A fachada do número 15, revestida de pedrinhas, outrora branca, era agora de uma cor creme-amarelada. Pranchas de madeira e peças variadas de andaimes amontoavam-se no quintal da frente. A porta da garagem estava parcialmente aberta.

Karen, que dirigia vagarosamente o carro que alugara no aeroporto, fez uma manobra e estacionou muito depois da casa. O Ford Sierra de Mike Ramsden, mostrando todos os sinais de ter sacolejado numa sucessão de estradas esburacadas debaixo de forte chuva, estava parado um pouco além, do outro lado da rua, com o dono cochilando atrás do volante.

Karen saiu do carro usando um traje verde pálido, certamente uma má escolha; jogou uma pastilha de hortelã na boca e levantou a gola do casaco. A chuva se transformara numa garoa firme, que caía de um céu cinzento.

Ela bateu com as chaves de leve na vidraça do Sierra e Ramsden acordou instantaneamente. Havia diversos copos de café e uma caixa do Burger King no assento do carona, e um invólucro de suco de laranja no chão.

— Pensei que você tinha dito oito? — disse ele, abaixando a vidraça. — Oito e meia?

— Eu disse.

Ramsden olhou para o relógio e resmungou. Ela atrasara vinte minutos, mais ou menos.

— A que horas você chegou aqui? — perguntou Karen.

— Por volta de 19 horas.

Karen balançou a cabeça na direção da casa.

— Aconteceu alguma coisa?

— Patrick já entrou e saiu da garagem duas vezes, mexendo em umas coisas na van. Da segunda vez, estava usando um macacão branco, pronto para ir trabalhar, sem dúvida.

— Mais alguma outra pessoa?

— Um rosto na janela. Esposa, namorada, alguém.

— Bem, vamos nos apresentar — disse Karen.

A mulher que veio até a porta era rechonchuda e baixa, com uma boca de fumante, cabelo cor de palha meio curto e seios que, debaixo de um corpete de algodão desbotado, pareciam ter vida própria.

— A senhora é esposa de Patrick?

O olhar dela foi de um rosto para o outro.

— Desculpem, acho que não tenho tempo...

Mas Karen já estava mostrando seu distintivo.

— Somos da polícia.

A mulher espichou o olhar além deles para a rua vazia lá fora.

— Terry — chamou ela, por sobre o ombro. Depois, recuando para o corredor. — É melhor vocês entrarem.

O aquecimento central funcionava a todo vapor. Um rádio tocava num outro aposento, com a voz melosa de algum DJ desesperado. Terry Patrick apareceu no fim do corredor. Seu cabelo louro, quase cor de areia, precisava ser penteado. Havia manchas secas de reboco e respingos de tinta velha grudados no macacão, e botinas nos pés. "Cinquenta anos", pensou Karen, "no mínimo." Mais ou menos da mesma altura que ela. Um desses homens que se tornam mais atléticos com a idade, em vez de engordarem.

— Do que se trata?

Pelo olhar, ele já sabia.

— É sobre a Maddy, não é?

— Só algumas coisas — disse Karen. — Na verdade, só rotina.

— Entrem — convidou ele. E depois: — Tina, ponha a chaleira no fogo, sim?

O suspiro foi rotineiro, automático.

— Chá?

— Pode ser café? — perguntou Karen.

— Só tenho café solúvel.

— Para mim, está ótimo — afirmou Karen.

— Para vocês dois, então?

Ramsden assentiu.

— Como queiram.

A sala era escura e estava atulhada de mobília. O rádio que tocava não estava ali. Na cozinha, provavelmente. Karen ainda conseguiu reconhecer "Didn't I Blow Your Mind This Time?", dos Delfonics. Do fundo do baú.

— Por favor, sentem-se — disse Patrick.

Karen sentou na extremidade do pequeno sofá que já vira dias melhores, e Ramsden numa cadeira de espaldar alto perto da janela. Patrick ajeitou-se no que era obviamente sua cadeira, de couro gasto, defronte de uma TV de tela grande.

— O que aconteceu deve ter sido um choque — falou Karen.

— É claro que foi, cacete. Está em todos os noticiários. A princípio não consegui acreditar. — Ele fez um breve barulho zombeteiro, algo entre um bufo e uma risada. — É o que todos dizem, não é? Quando acontece alguma coisa. Não consegui acreditar. Mas é verdade. Alguém é morto, sabe, em um acidente, seja como for... E a gente nunca espera que seja alguém conhecido.

Ele se recostou e apoiou os pés numa mesa de madeira baixa que parecia ter sido posta ali para aquele propósito. Manter as botinas fora do tapete felpudo.

— Coitada dela. Saiu para correr, foi o que disseram — falou ele, balançando a cabeça. — Londres. Tarde da noite, em um ou outro parque. É de se supor que ela seria mais cautelosa.

O café e o chá vieram numa bandeja de metal, com o açúcar ainda no envelope, e uma única colher.

— Obrigado, Tina, meu amor.

As mãos de Patrick, pensou Karen observando-o colocar dois saquinhos de açúcar no chá, eram largas nos nós dos dedos, ligeiramente manchadas de tinta.

— Quanto a Maddy — disse Karen. — Quando foi a última vez que vocês se viram?

Patrick deu um meio sorriso. Pela primeira vez, Karen sentiu que ele devia ter sido um homem atraente, há uns 15 anos.

— Estive pensando sobre isso, sabe? Tina me fez a mesma pergunta. Acho que o divórcio foi em 1986. Um ano depois que tudo acabou, sabe, quando a vaca foi pro brejo. — Ele tirou um pequeno círculo de tinta da perna do macacão e atirou-o na lareira vazia. — Há 17 anos.

A mulher ainda estava parada na soleira da porta, observando o marido com uma expressão impossível de ser lida.

— Você não a viu durante esse tempo todo? — perguntou Karen.

— Nem uma única vez.

— Mas vocês mantiveram contato?

— Não, na verdade não. A família dela sempre foi educada, me mandava um cartão todo Natal, esse tipo de coisa. Pelo menos, até o pai dela morrer. Há quatro ou cinco anos, mais ou menos. Talvez mais.

— E você não se encontrou com Maddy, não fez nenhum contato, nada?

— Eu já disse isso, não é?

— Senhor Patrick, tem certeza?

— Conte para eles, Terry. Pelo amor de Deus, diga a eles — exclamou a esposa. Depois voltou para o corredor, fechando a porta vagarosa, mas firmemente atrás de si.

Patrick segurou a caneca com as duas mãos por alguns segundos, sem beber, e colocou-a de novo sobre a mesa.

— Há sete ou oito anos...

— Quantos, exatamente?

— Sete, sete. Tina e eu estávamos passando uma fase difícil. Isso acontece. As coisas se complicam.

Ele olhou rapidamente na direção de Ramsden, como se estivesse buscando apoio.

— Eu fiquei um período fora, fui para a casa de um amigo. Depois de algum tempo, entrei em contato com a Maddy. Tentei. Não sei, acho que eu ainda tinha a ideia idiota de que a gente poderia voltar. Peguei o endereço com a mãe dela. Telefonei e foi como falar com a porcaria do relógio. Ela simplesmente não queria saber, entendeu? Depois disso, escrevi algumas vezes perguntando, sabe, se nós podíamos nos encontrar. Burrice, na verdade. Pura burrice, cacete. É claro que ela nunca respondeu porra nenhuma.

Ele levantou a cabeça e deu um pequeno sorriso amargo.

— Eu e a Tina... Nós nos acertamos. — Ele deu de ombros. — Talvez não seja perfeito, mas vocês podem me dizer o que é?

O som do rádio, indistinto, perdeu-se no ruído de um aspirador de pó que batia no rodapé do corredor.

— Tudo isso aconteceu há sete anos — disse Karen.

Patrick assentiu.

— E não houve contato entre vocês depois disso?

Ele balançou a cabeça.

— Nada mesmo. Você não falou com ela, nem a viu?

— Não, já disse.

— E em outubro?

— Perdão?

— Outubro deste ano.

Patrick inclinou-se para a frente, depois para trás, e olhou para a porta. O barulho do aspirador cessou, mas depois recomeçou. Karen ficou observando, enquanto Patrick abria os dedos das mãos e comprimia fortemente a parte superior das coxas. Quando ele falou, a voz parecia sufocada e deliberadamente baixa.

— Foi um acidente, certo? Não. Coincidência. Foi só uma coincidência. Eu tinha ido fazer um serviço em Londres. Bem, o dinheiro lá é bom, melhor do que aqui, e sempre dá para dormir umas noites na van. De qualquer forma, naquela noite nós fomos tomar umas cervejas depois do trabalho, só nós três, eu e mais dois caras. Paramos num bar, depois em outros, e de repente lá estava ela no palco, cantando a porcaria de uma música com outra gata.

Patrick passou as costas da mão pela boca antes de continuar.

— Eu não conseguia acreditar. Fiquei ali parado, olhando. "Qual é?", perguntou um dos sujeitos. "Tá gostando, é?" Tive vontade de cobrir o cara de porrada, sabem? Enfiar a mão na porra daquele sujeito. Em vez disso, simplesmente dei meia-volta e fui embora. Não conseguia mais ficar ali. Devo ter andado quilômetros. Quilômetros e quilômetros, porra. Não me perguntem o porquê.

Ele deu outra olhada para a porta.

— Eu não quero que ela saiba.

Karen esperou, observando o rosto de Patrick, vendo as manchas de raiva sumindo aos poucos das bochechas dele. Depois disse:

— Por que você não esperou para falar com ela, dizer "oi"?

— Não sei.

— Depois de tudo o que você fez antes...

— Eu sei, eu sei. Foi só... Não sei... A surpresa, acho eu. O choque. Patético, não é? E agora...

Ele olhou para o rosto de Karen.

— Vocês não sabem quem fez isso? Quem matou Maddy?

— Ainda não — disse Karen. — Nada em definitivo.

Os olhos dele eram de um cinza esverdeado pálido, e quase não se mexiam sob o olhar dela.

— O filho da mãe — disse Patrick. — A forca não é suficiente para ele, seja quem for.

— Onde você estava duas noites atrás? — perguntou Karen, como quem pede outra xícara de café.

Patrick piscou.

— Aqui, por quê? Ah, sim. É claro. Acho que vocês precisam perguntar isso.

— Em casa, com sua esposa? — indagou Karen.

— Mais ou menos. Larguei o serviço por volta de 16h30, 17 horas. É uma obra nova do outro lado da cidade. Venho trabalhando lá há algumas semanas, aplico reboco e faço outros serviços. Bom, eu saí de lá, dei uma parada na casa de apostas, tomei uma cervejinha do outro lado da rua e cheguei aqui às 19 horas, no máximo. Depois do jantar, vi televisão. Não me pergunte o que eu assisti. Fui para cama cedo. A Tina gosta de ler um pouco na cama, mas eu não. Acho que apaguei antes das 23 horas.

Ramsden falou pela primeira vez:

— Além da sua esposa, há mais alguém que possa confirmar isso?

— Acho que sim. O sujeito da casa de apostas, certamente, e um ou dois caras no bar.

— Você pode nos dar detalhes?

— É claro.

Dez minutos depois os policiais estavam de volta à rua, ao lado do carro de Mike Ramsden, que fumava um cigarro (algo raro) com Karen, parada perto o suficiente para inalar a fumaça.

— O que você acha? — perguntou ele.

— Quando ele começou a falar de Maddy, e do modo como ela o ignorou, dava para ver veias saltando nos seus pulsos.

Ramsden assentiu.

— Você acha que ele está falando a verdade?

— Em algumas coisas.

— Quer que eu cheque alguns desses nomes?

— Faça isso. Acho que vou esperar que ele saia para o trabalho. Então volto e converso um pouco com a esposa.

— Ela não gostou nada dessa história do Patrick encontrar Maddy, hein?

— Talvez tenha uma boa razão para isso.

— Se minha patroa achasse que eu tenho um caso com alguém, ia me ajudar a fazer a malas e me dar a bênção.

Karen riu.

— Mike, toda regra tem exceção.

— Ele me bateu uma vez — disse Tina. — Já faz alguns anos. Nem consigo me lembrar do motivo, muito provavelmente não foi nada importante, mas lembro que aconteceu. Uma cacetada de um lado do rosto. Um misto de soco e bofetada. Ficou tudo preto, sabe? Preto, roxo, amarelo.

— O que você fez depois? — perguntou Karen.

Elas estavam sentadas à uma pequena mesa na cozinha, tomando mais café solúvel, e o rádio tocando baixinho. Karen sabia que havia outra razão, além do gosto, para que ela não tomasse coisas feitas pela Nestlé... Tinha algo a ver com crianças na África, bebês, mas ela não conseguia se lembrar exatamente o quê.

Tina tirou um cigarro do maço e pegou um isqueiro descartável.

— Eu esperei, sabe? Esperei até a hora de passar roupa. Ah, não quando o ferro estivesse pelando. Só um pouco quente. Encostei o troço nas costas da mão do Terry, que estava sentado onde você está agora, lendo jornal. Ele saiu uivando e berrando de uma maneira pavorosa. A mão inchou feito uma salsicha cozida; ele ficou uma semana sem trabalhar. "Se você encostar essa mão em mim de novo", falei para ele, "eu passo a faca nela quando você estiver dormindo."

— Ele não tentou dar o troco?

Tina riu.

— Ocupado demais sentado ali com pena de si mesmo, sabe? Repetindo sem parar: "Por que diabos você tinha que fazer isso?"

— Mas ele tem gênio ruim.

— Nós dois temos, aí é que está.

— Ele disse que vocês tiveram alguns conflitos há alguns anos e quase chegaram a se separar

— Meu Deus! Teve muita confissão lá dentro, não teve? Uma espécie de terapia.

Karen sorriu.

— Talvez.

— Ele estava saindo com uma mulher. Uma vagabunda que conheceu Deus sabe onde. Foi patético. Eu falei que se era aquilo que ele queria, podia cair fora e ir viver com ela. Mas ele logo voltou com o rabo entre as pernas. Implorando para ser aceito de volta.

— E você aceitou.

Levantando uma das mãos, Tina tirou o cabelo que caía no rosto.

— Olhe para mim... Dá para confundir com a Miss Inglaterra? Eu não passo de uma piranhazinha gorda com uma bunda enorme e meio cérebro. Mas aprendi a aceitar o que consigo arrumar. Além disso, ele não é tão ruim. Ganha um bom dinheiro na maior parte do tempo e não é pão-duro, como alguns. — Ela deu uma tragada forte no cigarro. — Podia ser pior, acredite. Muito pior. Eu sei.

Karen tomou um gole de café morno aos acordes abafados de "Rocket Man".

— Ah, eu adoro essa música — disse Tina, estendendo a mão para o rádio. — Você se importa se eu aumentar o volume?

Karen sempre achara que ouvir Elton John parecia uma trepada rápida no escuro: legal até você acender a luz.

— Você estava aqui quando ele ouviu a notícia sobre a ex-mulher. Qual foi a reação dele? — perguntou ela.

— Nós dois estávamos assistindo ao noticiário. Meio assistindo, de qualquer forma. De repente, Terry deu um grito porque ouvira o nome dela, e depois apareceu a foto dela na televisão. Alguém falando que ela tinha sido assassinada. Terry ficou meio paralisado. Como que em choque. Como se não acreditasse. Demorei um tempão para conseguir que ele falasse alguma coisa. Ficou abalado com tudo isso, sabe?

Ela apagou o cigarro.

— Aquilo me fez pensar duas vezes antes de sair por aí à noite, mesmo aqui por perto, sozinha. Tem sempre um filho da mãe lá fora, esperando a gente.

Ela abaixou o volume do rádio.

— Ele escreveu para ela, você sabe. Para Maddy. Diversas vezes. Eu não deveria saber disso. Mas encontrei uma das cartas no bolso do casaco dele. Passei no vapor e abri. Um monte de babaquice... Que ela era o amor da vida dele, e coisas assim. Queimei o troço, sabe? Rasguei em pedacinhos e botei fogo em tudo. O babaca nunca falou nada. Deve ter pensado que já tinha colocado o troço no correio.

Ela acendeu outro cigarro.

— Talvez ela fosse mesmo, sabe? O amor da vida dele. Pelo menos alguém pensou isso dela, né?

CAPÍTULO 12

Elder terminara o livro de J. B. Priestley e voltara a ler Patrick O'Brian. Toda manhã ele ouvia o noticiário da região na rádio Cornwall: NCI St. Ives, NCI Gwennap Head, NCI Bass Point. Num dia ventoso, voltando de uma caminhada pelos campos, achou um animal morto no pátio de uma fazenda completamente deserta ao longo da trilha, as pernas duras se projetando de cada lado do abdome distendido, uma folha de plástico batendo frouxa na cabeça. Quando ele voltou, já ao escurecer, a carcaça desaparecera, deixando apenas um rastro pela lama por onde fora arrastada.

Desde que voltara de Nottingham, ele vinha telefonando para Joanne com certa regularidade, perguntando por Katherine; a princípio com intervalos de poucos dias, depois com menos frequência. Às vezes sua filha estava em casa, às vezes não. "Ela parece ter se acalmado", assegurava Joanne. "Fica mais em casa agora. Está até falando em entrar para uma faculdade, terminar os exames no supletivo." Katherine andava falando com alguém, mas não com ele.

Elder enviou uma carta, elaborada cuidadosamente, tentando explicar como ele se sentia, o que sentia a respeito dela. Não esperava resposta, mas mesmo assim checava a caixa de correio todo dia, e sempre sentia uma pontada de dor. Pensou em ir vê-la de novo, mas a razão indicava que isso só pioraria as coisas. Katherine talvez tivesse se acalmado, como Joanne sugerira, mas ele não.

Açoitado cada vez mais pelos ventos do Atlântico, Elder encomendou um carregamento de lenha e amontoou as achas num alpendre ao lado do chalé, partindo algumas delas para acender o fogo. A garrafa de uísque na cozinha diminuía mais e mais toda noite, vagarosa porém continuamente.

E então, no dia 1º de dezembro, uma segunda-feira, ele abriu o jornal da última sexta e leu a notícia: molestada sexualmente e dada como morta, uma policial fora encontrada assassinada perto de um ramal ferroviário desativado ao norte de Londres. Assim que viu o nome, ele lembrou quem ela era.

Fazia 16 anos. Elder trabalhava em Lincoln, era casado e estava a poucos meses de completar 40 anos. A crise dos 40. Katherine mal tinha 2, já começava a andar, ágil o bastante para se infiltrar entre ele e Joanne na cama à noite. Na delegacia, ele prestara atenção a Maddy Birch, uma palavrinha trocada ao se cruzarem, cumprimentando-se na cantina; o bastante para notar a cor dos seus olhos, a mesma dos olhos de Joanne, a ausência de aliança na mão esquerda. Chegando aos 30, imaginou ele, talvez ainda mais moça.

Uma noite, já tarde, em uma festa em homenagem a alguém da divisão de tráfego, o qual nenhum dos dois conhecia direito, eles se esbarraram no burburinho do bar, a mão dela segurando levemente o braço dele para talvez se equilibrar; a segunda vez certamente por outros motivos. Quando ele dera o que deveria ser um sorriso-convite, ela desviara o olhar. Qual dos dois tramara para que saíssem juntos do bar, nenhum deles soube: talvez ambos. As pedras do calçamento estavam escorregadias e úmidas, a rua era estreita e íngreme. Era natural que ele estendesse a mão, evitando que ela caísse. Acima e atrás deles as luzes iluminavam a fachada oeste da catedral, as pedras do castelo do lado oposto. Os dedos dele roçaram a face e o pescoço dela. O umbral da porta para o qual eles foram meio tropeçando, meio escondidos, mal dava para os dois. Suas bocas se encontraram. Ela disse o nome dele. Desabotoando desajeitadamente o casaco dela, a mão dele fechou-se sobre o seio dela. Ela apalpou a frente das roupas dele, pressionando seu pênis. O pescoço dela era quente e macio, e quando ele a beijou ali embaixo, na curva entre músculo e osso, ela gemeu, apertou mais ainda, e ele gozou ali de pé, na mão dela.

Minha nossa!

Ela beijou-o no canto da boca e, depois de um momento, quando se afastou, já havia luz bastante para mostrar seu sorriso entristecido no rosto.

— Desculpe — disse ele.

— Não tem problema. — O dedo dela nos lábios dele. Depois, dando-lhe o braço, disse: — Vamos, vamos andar.

No pé da colina, eles seguiram caminhos diferentes, ela a uma curta caminhada do apartamento que comprara recentemente, e ele tomou um táxi para casa, onde sua mulher e filha estariam sem dúvida dormindo, a criança conseguindo ocupar a maior parte da cama entre eles.

O aquecimento central desligou automaticamente. Sem tirar o casaco, Elder se sentou na cozinha com um copo de uísque nas mãos, repassando mentalmente, com o máximo de detalhes que podia, aquilo que acontecera: momentos que já eram incertos, meio imaginados.

Nenhum deles mencionou novamente o assunto; não aconteceu mais nada.

Fora a única vez, em todos os anos de casado, que Elder pulara a cerca.

Contudo, ele se via, de tempos em tempos, rememorando as imagens que apareciam do nada, um caleidoscópio de toque, calor e hálito.

E agora ela estava morta.

Ele leu a reportagem de novo.

Maddy estivera numa aula de ioga naquela noite e saíra de lá sozinha; presumia-se que fora atacada pouco depois. A polícia ainda não tinha certeza quanto à exata sequência dos acontecimentos. O fato era que, algum tempo depois de terminada a aula, após trocar de roupa e sair do centro, Maddy Birch fora atacada, muito provavelmente estuprada, espancada, esfaqueada e abandonada morta.

Elder sabia que Robert Framlingham era atualmente chefe da Unidade de Revisão de Homicídios, em Trenchard House; não muitos meses antes, Framlingham entrara em contato com ele, a fim de persuadi-lo a integrar sua equipe de detetives recentemente aposentados, cada vez mais usados para reexaminar casos arquivados ou revisar investigações que haviam chegado a um impasse. Como fizera com a abordagem anterior por parte do Departamento de Polícia de Nottingham, Elder, educada mas firmemente, declinara do convite.

A voz de Framlingham, como sempre, era bonita e forte, diferentemente de seu dono, que era muito magro e alto o bastante para fazer com que Elder precisasse entortar o pescoço sempre que eles se encontravam.

— Frank, mudou de ideia, aposto.

— Acho que não — disse Elder.

Framlingham deu uma risadinha.

— Bem, se for um empréstimo...

— Não se preocupe, não é isso.

— Então fale.

— A sargento-detetive que foi assassinada em Crouch Hill, Maddy Birch...

— Não é por pura curiosidade...

— Na verdade, não. Eu conhecia a Maddy. Quer dizer, nós trabalhamos juntos. Há algum tempo. Em Lincoln.

— Assunto pessoal, então?

— Como quiser.

— Qual é o seu interesse, Frank? Quer dizer, exatamente?

— Não tenho certeza. Só fiquei imaginando quem anda conduzindo a investigação e como está indo?

— Não é do meu departamento, Frank. Ainda não. Se não houver progresso, eles logo vão nos entregar o caso.

— Não há alguém com quem eu possa falar informalmente?

Framlingham pareceu hesitar.

— Vou anotar seu telefone de novo, Frank. Volto a falar com você.

Quando isso aconteceu, Elder estava raspando as cinzas do fogão a lenha, antes de acendê-lo à noite. Ainda não estava completamente escuro, havia um arco luminoso, vermelho e rosado na direção do mar. A temperatura parecia ter caído uns cinco graus.

— Falei com o chefe da Divisão de Homicídios — disse Framlingham. — Expliquei a situação. Ele me deu o nome de uma das investigadoras-chefes. Shields. Karen Shields. Significa alguma coisa para você?

— Nada.

— Foi promovida a investigadora-chefe há um ano mais ou menos. Houve as queixas costumeiras por parte de alguns... Discriminação positiva, sabe como é.

— Por ela ser mulher, você quer dizer?

— Por ser negra.

— Entendi.

— Isso não é problema para você, é, Frank?

— Meu Deus, não.

— Ótimo.

— Desde que ela esteja fazendo o trabalho.

— Ela está.

— Você acha que haveria problema se eu telefonasse para ela?

— Você pode tentar. Fale que conversou comigo antes, se achar que pode ajudar. Se ela pensar que você tem alguma informação que ajude, o passado da morta, esse tipo de coisa, ela talvez queira conversar com você.

— Isso foi há muito tempo, Robert.

— Bom, você é que sabe. De qualquer maneira, anote o telefone dela.

Elder encontrou uma caneta e escreveu o número nas costas da mão.

— E, Frank...

— Sim?

— Você sabe o que eu ia dizer, não é? Se, a qualquer momento, mudar de ideia...

— Obrigado pelo número, Robert — falou Frank.

Karen sentia as coisas se esvanecendo.

O que Vanessa lhes contara sobre o medo de Maddy de estar sendo espionada sugeria fortemente que quem a atacara era alguém que a conhecia, e bem. Terry Patrick parecia o candidato óbvio. Mas seus álibis na noite em questão provaram ser quase perfeitos. Além de Tina, havia mais cinco testemunhas prontas para jurar que ele estava no norte do País de Gales, e não em Londres.

Muro de pedra; tente de novo.

Até aquele momento, os peritos criminais lhes haviam fornecido pouco ou simplesmente nada. Nenhum fragmento de pele debaixo das unhas de onde Maddy procurara se livrar de seu agressor, nenhuma saliva, nenhum sêmen; o que parecia ser o lento avanço de uma lesma pelo corpo dela se revelara exatamente isso. O único sangue era da própria Maddy. Todos os indícios eram de que ela fora estuprada, com certeza houvera penetração; provavelmente fora usado um preservativo, embora nenhum houvesse sido descartado na cena do crime ou perto. As pegadas de sapatos e botas estavam muito confusas, parciais demais para serem de qualquer utilidade direta. Não havia sinal da arma usada no crime.

Todos os alunos da turma de ioga de Maddy haviam sido entrevistados. Ela conversara rapidamente com uma ou duas colegas da turma antes do início da aula, e com algumas outras quando esta terminara, mas não conseguiu nada significativo. Fora uma das últimas a ir embora. A cantina do centro fechara às 19 horas, e havia poucas pessoas no recinto; todas tinham sido procuradas e entrevistadas. Os ocupantes dos imóveis cujos fundos davam para o centro comunitário haviam sido convocados, houve apelos para que se apresentasse qualquer pessoa que pudesse estar passeando com o cachorro, ou usando a pista e a linha de trem desativada como atalho.

O zelador se lembrou de ter visto alguém, quase certamente Maddy, caminhando ao longo da pista na direção de Crouch Hill, no sentido oposto àquele que ela deveria ter tomado se estivesse indo para casa. Nesse caso, porém, Crouch Hill a teria levado rapidamente para a Broadway e muitos bares, restaurantes e cafés; lá ela poderia ter um encontro marcado ou poderia estar indo jantar ou tomar um drinque sozinha. Só que nenhum dos garçons ou atendentes reconheceu Maddy como estando entre seus fregueses naquela noite.

Portanto, ela fora atacada quase que imediatamente depois de sair do centro — o que era arriscado, pois outras pessoas ainda estavam presumivelmente ao alcance de sua voz — ou realmente descera até Broadway, e mais tarde retornara pelo mesmo itinerário? E seria o agressor alguém desconhecido, que a espreitava entre as sombras, esperando uma oportunidade? Ou fora tudo um ato aleatório, Maddy por azar estava no lugar errado e na hora errada?

Muitas perguntas ainda sem resposta.

— Telefone, chefinha — disse um dos policiais da equipe, interrompendo sua linha de pensamento. — Para você.

— Quem é?

— Um tal de Frank Elder. Ele já telefonou antes, diversas vezes. Aparentemente, sabe algo sobre Maddy Birch.

Karen suspirou. Já passava das 19 horas. A equipe fazia hora extra. O que ela queria era ir para casa, abrir uma garrafa de vinho tinto e beber a primeira taça enquanto mergulhava num banho quente.

— Está bem.

Karen sentou-se na ponta de uma mesa, com um pé descansando no assento da cadeira. Do outro lado da sala, conseguia ver Lee Furness percorrendo vagarosamente uma lista de nomes no computador.

— Alô, aqui é a inspetora Shields.

— Frank Elder.

— Acredito que você tem alguma informação sobre Maddy Birch.

— Nenhuma informação, exatamente.

— O que é, então?

— Eu trabalhei com ela. Maddy. Em Lincoln.

— Há quanto tempo?

Uma pausa.

— Em 1987, 1988.

— E vocês eram o quê? Amigos? Colegas próximos? O quê?

— Próximos, não sei. Realmente não sei. Nós trabalhamos juntos, só isso. Eu só queria saber como vão as coisas. A investigação.

— Como vão as coisas? O que você pensa que isto é? Um programa de televisão?

— Desculpe. Me deram o seu nome...

— Olha aqui, talvez você deva conversar com a assessoria de imprensa. Se é que deve falar com alguém. Fique na linha que eu vou transferir a chamada.

— Não, tudo bem. Não importa. Desculpe ter tomado seu tempo.

Karen ouviu um clique quando o fone foi colocado no gancho.

Era a última coisa de que ela precisava: um velhote sem nada para fazer.

CAPÍTULO 13

— Que coisa — dissera Linda Mills, ao saber da morte de Maddy.

— Chocante — concordou Trevor Ashley.

— Agora nunca mais teremos chance de falar com ela de novo.

Ashley lançou um olhar penetrante para ela, mas ficou calado.

As coisas andavam vagarosamente. Estavam na primeira quinzena de dezembro, umas oito semanas depois que fora aberto o inquérito sobre a morte de Grant e cerca de três desde que o corpo de Maddy Birch fora encontrado em Crouch Hill.

A despeito da franca hostilidade de muitos interrogados, o inquérito se mantivera obstinadamente nos trilhos. Frustrada pela falta de progresso, Linda se tornara azeda e irritadiça, enquanto seu superior adotava uma atitude mais condescendente e benigna. Apesar de todas as sondagens, interrogatórios e reconstituições, depois de quase dois meses ainda não havia prova de nenhum procedimento errado, nenhuma reprimenda, nenhuma acusação.

Sem dúvida, Grant era um grande bandido, e tinha fundamento a presunção de que ele estava prestes a fugir do país, bem como a suposição de que estaria armado. A logística da ação policial propriamente dita deixava algo a desejar, e o relatório final teria um anexo em que se recomendava a revisão da sistemática de planejamento dessas ações. No fundo, entretanto, os fatos falavam por si: Grant abatera um policial com um tiro, e, se Mallory não tivesse agido, havia toda razão para acreditar que ele mataria outro.

Final da história.

Era só embrulhar a coisa, colocar os pontos finais, assinar embaixo e se mandar.

Honra lavada e justiça vista como feita.

Quando a coisa terminasse, fossem quais fossem as dúvidas que pairassem, Linda Mills ficaria contente de limpar a poeira de Londres de seus pés. Ashley a avisara como seria: ela se sentiria isolada, sitiada e encarada como inimiga. Ele tinha razão. A experiência, contudo, fora algo que ela desejara, algo a acrescentar a seu perfil, para enriquecer seu currículo.

— Eu devo a vocês dois um muito obrigado — disse o delegado-adjunto em sua sala. — Uma tarefa difícil, executada com profissionalismo.

— Eu lhe devo um jantar de despedida — disse Ashley mais tarde, um largo sorriso no rosto. — Coquetel de camarão, filé-mignon com fritas, torta de chocolate, tudo.

— Você me deve muito mais do que isso — respondeu Linda.

Um dia depois que o relatório final foi entregue para a impressão e um dia antes que a cópia encadernada fosse passada ao delegado-adjunto, Linda estava sentada nos degraus baixos da viatura que fora sua casa temporária, fumando um cigarro há muito desejado.

Ela mal ouviu Mallory cruzar o estacionamento com passos leves e só levantou o olhar no último momento. Apressadamente jogou o cigarro fora, como se fosse uma colegial da quarta série apanhada fumando atrás do lendário galpão de bicicletas.

— Não se preocupe — disse Mallory. — Seu segredo está a salvo comigo.

Enquanto se levantava, Linda esmagou a guimba fumegante debaixo do pé.

— Somos todos culpados de algo, grande ou pequeno. De outra forma, não seríamos humanos — falou Mallory com um sorriso nos lábios, tirando um pacote de Benson & Hedges do bolso lateral do paletó. Paletó azul e calça marrom. Sapatos muito bem engraxados. — Tome, pegue um dos meus.

— Não, obrigada, senhor.

Mallory deu de ombros e pegou um isqueiro.

— Eu tinha esperança de encontrar você por acaso — disse ele, enquanto a fumaça flutuava na direção do rosto de Linda.

— É mesmo? Por quê?

— Antes que você feche o botequim e se mande para Hatfield...

— Hertford, senhor. É Hertford, na verdade.

— Hertford, Hatfield, Hitchin... Dá tudo na mesma. Cidadezinhas com lojas baratas, onde mal há um penico para mijar. O máximo que se pode esperar é tráfico de drogas de segunda classe, com um punhado de violações da ordem pública no fim de semana.

Linda assentiu sem se comprometer.

— Há sempre o problema de que pessoas como você pulem a cerca, pois nunca se sabe para onde pularão. Coisa arriscada, como jogar fogos de artifício no meio de uma fogueira. Qualquer merda pode acontecer — disse Mallory. Quase que imperceptivelmente, ele se aproximou dela. — Pode ser até que alguém se queime.

Durante um momento, talvez mais, o olhar de Mallory perfurou o de Linda, antes que ele se afastasse com um sorriso maroto.

— Já você não tem necessidade de se preocupar, pelo que dizem — afirmou ele. — Tudo de acordo com o figurino. Acenda o pavio e se afaste.

— O senhor leu o relatório — indagou Linda, desafiadora.

— Num lugar como este, é difícil manter as coisas em sigilo.

— Mas o senhor viu. Uma cópia, pelo menos.

— Você acha?

Ela sabia. Ele lera, gostara e relaxara. Impresso em Times New Roman, espaçamento duplo. A assinatura dela no final.

— Você talvez ache que eu lhe devo um favor — falou Mallory.

— De jeito nenhum. Nós fizemos o nosso trabalho, só isso. Foi como o senhor disse. E, de qualquer modo, eu era apenas a segunda em comando.

— Sim, talvez, mas sempre insistindo mais, ansiosa pela verdade. Deu uma dura na pobre Maddy Birch, pelo que me disseram. Encostou a moça na parede. Para misturar uma ou duas metáforas. Ainda assim, não há vantagem em ter sua ficha marcada como idiota, e você não é idiota.

Com uma piscadela e um sorriso, ele se afastou, fazendo Linda pensar se havia algo crucial que lhes escapara.

— Filho da mãe arrogante — disse Ashley, quando Linda contou o episódio. — Não basta ganhar a parada... Ele faz questão que a gente saiba.

— Mas por que eu? Por que não você? Você é que comanda.

Ashley riu.

— Pelo modo de pensar do Mallory, não vale a pena sair da cama para sacanear velhos gagás como eu. Já você... É atenta, inteligente, empreendedora e, além disso, mulher. Se ele puder intimidar você um pouco, é o que fará.

— Não vejo o que ele ganha com isso.

— No momento? Além de inflar o ego? Controle. Quem sabe uma oportunidade no futuro?

Ela lançou a ele um olhar penetrante.

— Você acha que nós deixamos ele se safar com alguma coisa, não é?

Ashley deu de ombros.

— Desta vez, sinceramente não sei. Mas já trabalhei na Polícia Metropolitana, antes de optar por uma vida mais calma. Policiais como o Mallory, da velha guarda, vêm há anos se safando com coisas assim. Grandes ou pequenas, com muita frequência só para provar que podem fazer isso. É o barato deles.

Pensando no modo com que Mallory se materializara quase silenciosamente a seu lado, e a superioridade sorrateira do sorriso dele, Linda estremeceu, como se alguém tivesse acabado de se aproximar dos cantos da sua sepultura.

CAPÍTULO 14

Aquilo mordia Elder feito um carrapato que se infiltrara debaixo de sua pele. Não importa onde fosse, o que fizesse. As rotinas com as quais ele estimulara sua vida desde que se mudara para oeste já não pareciam suficientes. Todos os dias ele fazia questão de ouvir o rádio, esquadrinhando os jornais à procura de notícias.

Na página 2 do *Telegraph*, em meados de dezembro, uma coisa lhe chamou a atenção: a investigação de duas mortes numa incursão policial que ocorrera há mais de dois meses. O correspondente para assuntos policiais do jornal, alegando ter visto uma cópia que vazara do relatório, previa um resultado positivo para o inquérito oficial conduzido pelo superintendente Trevor Ashley e outros integrantes da polícia do condado de Hertford.

Ao lado da reportagem, ocupando duas colunas, havia uma fotografia do sorridente detetive-superintendente George Mallory, tirada diante de Old Bailey. Seu auxiliar, Maurice Repton, aparecia muito atrás, quase fora de quadro. Na época, lembrava o jornal, o oficial comandante de Mallory se apressara a atestar o profissionalismo com que a incursão fora planejada e executada. Um outro parágrafo fazia menção à trágica morte do patrulheiro Paul Draper, e um pequeno retrato mostrava um policial incrivelmente jovem. *Se não fossem o pensamento rápido e a ação decisiva do superintendente Mallory, mais vidas poderiam ter sido ceifadas*. Nada sobre a viúva e o filho de Draper.

Duas páginas adiante, um único parágrafo quase ao pé da página afirmava que a investigação da morte da sargento-detetive Maddy Birch ainda estava em curso, e que não haviam sido feitas prisões relativas ao caso.

Deixa pra lá, Frank, disse ele para si mesmo. Deixa pra lá.

Depois de mais uma noite em que não conseguiu descansar, ele se levantou cedo, fez café, percorreu a trilha costeira para clarear a mente, telefonou para Robert Framlingham e pegou o trem para Londres.

A estação ferroviária de Paddington estava apinhada de gente. O burburinho e movimento típicos eram intensificados pelos gemidos melosos de vozes baixas desejando a todos um feliz Natal. Enquanto Elder cruzava o saguão, um vendedor de *Big Issue*, com lantejoulas no cabelo e dois extravagantes gravetos amarrados ao lado da cabeça feito chifres, cambaleou na direção dele, fazendo beicinho com os lábios cobertos de batom.

A plataforma do metrô estava muito cheia, devido a atrasos nas linhas District, Circle e Bakerloo. Quando o trem chegou, era quase impossível embarcar. Em Oxford Circus havia uma grande fila para sair da estação.

À luz do dia, as armações de renas e flocos de neve penduradas no alto da rua pareciam feias e incompletas. As vitrines pareciam atulhadas de exortações às compras, caras e cafonas. Odiando aquilo, odiando cada detalhe daquilo, Elder se sentia, apesar da situação, com a consciência pesada por não ter comprado um presente para Katherine, nem ter pensado em escolher um. Na realidade, ele não comprara nada para ninguém.

O restaurante ficava numa das vielas estreitas que correm entre a rua Regent e a rua Great Portland, onde ficam a maior parte dos pequenos atacadistas de roupas, as janelas salpicadas de neve sintética. Um cartaz na porta desejava a Elder um feliz Natal em italiano, e lá dentro flâmulas vermelhas e verdes pendiam alegremente ao longo das paredes.

Framlingham já estava sentado a uma mesa no canto, engolindo uma entrada de atum e fagiolini. Usava camisa creme, gravata mostarda, e um terno xadrez que fez Elder lembrar de couro molhado.

Levantando seu extenso corpo da cadeira, o superintendente-chefe estendeu a mão.

— Frank, há tanto tempo?

— Sete anos, oito?

— E desde que eu e você éramos o terror de cada marginal e malfeitor em Shepherd's Bush?

Elder sorriu.

— Treze, mais ou menos.

Um garçom pegou seu casaco e puxou a cadeira para ele.

Quando Elder e Joanne se mudaram para Londres, Robert Framlingham fora seu superior imediato. Agora, depois de um ou dois casos bem-sucedidos de alta visibilidade, sua importância como chefe da Unidade de Revisão de Assassinatos estava crescendo. Ele possuía uma casa em Chiswick, que tivera a clarividência de comprar antes do *boom* imobiliário, e um chalé em Dorset, perto do litoral. Sua paixão era velejar.

Tinha uma esposa que Elder encontrara apenas uma ou duas vezes; três filhos, o mais novo ainda na universidade, e os outros já no mundo, sem dúvida pagando as dívidas contraídas como estudantes.

— Você e Joanne — disse Framlingham, depois que se sentaram. — Fiquei triste ao saber que as coisas não deram certo.

Elder deu de ombros.

— Ainda se encontra muito com ela?

— Não muito.

— E a garota... Katherine, não é? Frank, aquilo foi uma coisa terrível. Não podia ter sido pior. — Ele partiu um pedaço de pão para limpar o prato. — Mas ela está conseguindo superar tudo aquilo, não está?

— Não tenho certeza.

— E você?

Elder ficou em silêncio.

Framlingham inclinou-se para a frente.

— Toda essa deferência para com os valores humanos e decência é tudo muito legal, mas em casos assim, se eu pudesse, o filho da mãe provaria o gosto do próprio remédio.

O garçom, com um enfeite de azevinho preso ao colete vermelho, reapareceu junto à mesa, sorrindo.

O azeite escorria dos dedos de Framlingham.

— Fígado de vitela é bom, Frank. Artemísia e manteiga, bom e simples.

Elder assentiu, deu uma olhada rápida no cardápio e escolheu costeletas de carneiro com alecrim, batatas sautée e espinafre.

— Quer vinho, Frank? Tinto ou branco?

— Tinto.

Framlingham pediu uma garrafa de Da Luca Primitivo e água mineral, e durante uns dez minutos mais ou menos eles se permitiram fofocar sobre colegas dos quais tinham algumas lembranças. O fígado de Framlingham pingava sangue cor-de-rosa sobre o prato.

— O que me espanta, Frank, nesse caso da Maddy Birch, é... Por que isso é tão importante? Quero dizer, para você.

— Eu já lhe disse, nós trabalhamos juntos.

— Vamos lá, Frank, tem que ter mais coisa do que simplesmente isso.

Elder balançou a cabeça.

— Eu conheci a Maddy, gostava dela. Só isso.

Framlingham serviu mais vinho.

— Já faz mais de 15 anos. Mais ou menos no ano em que Katherine nasceu, um pouco depois? Você estava transando com ela, Frank. Não é nada de mais. Em tempos assim, essas coisas acontecem. Você estava se sentindo um pouco aprisionado, eu imagino. Olhou em volta e lá estava ela. Jovem e disponível.

— Não foi assim.

Framlingham riu.

— Pelo amor de Deus, homem, quer nos poupar dessa imagem de santo? Nós todos vivemos isso. Com sorte fazíamos a coisa entre os lençóis e escondidas, sem ninguém saber.

Elder deu uma mordida no carneiro. Ele tinha pedido bem passado, e bem passado era o que lhe haviam servido.

— Admita, Frank. Vocês transaram. Uma vez, duas, cinquenta. Isso não importa.

— Não.

Framlingham viu a seriedade no rosto do amigo.

— Então, é pior ainda. Você não transou com ela, Frank, mas quis transar. Ficou encantado com a moça e provavelmente era recíproco. Mas, de alguma forma, você ficou com uma forte lembrança dela na cabeça. Ela era a mulher que você imaginava quando estava transando com sua esposa ou tocando punheta durante o banho.

Elder estendeu a mão para pegar a garrafa e encheu novamente o copo.

— Ela está morta, e eu quero saber o porquê. Quero que o responsável por isso seja pego. Isso é errado?

— Não, não é errado. Absolutamente. Entretanto, é mais do que isso, Frank. Mais do que pura e simples vontade.

— O que você quer dizer?

Framlingham sorriu.

— Vamos lá, homem, você não viria de tão longe só para um simples almoço de algumas perguntas e talvez algumas respostas. Você talvez não queira se comprometer em tempo integral, mas não se importaria de dar uma olhada nesse caso. Não tenho razão?

— Acho que sim.

— Isso é um sim?

— Está bem. É.

Framlingham esticou os dedos.

— A Divisão de Homicídios deu todo o apoio para essa investigação. Horas extras, apoio técnico, equipe administrativa, tudo. Maddy Birch era uma de nós, afinal de contas. Então, quando não houve progresso inicial, os esforços diminuíram. Você sabe como é. Normalmente, a essa altura, alguém do meu pessoal já estaria pegando o caso e iniciando a revisão. Começando desde o princípio, se fosse necessário.

— E isso não está acontecendo?

Framlingham descansou o copo.

— Precisamos ir com cuidado nesse caso, Frank, pois Shields é a encarregada.

— Não estou entendendo.

— Vamos lá, Frank. Uma policial negra. Se formos vistos colocando-a para escanteio...

— Isso é ridículo.

— Política, Frank, é isso que é. Percepção. É o que importa. Duvido que a própria Shields levantasse a bandeira da cor da pele, mas outros fariam isso. — Ele suspirou. — É um atoleiro, Frank. Uma merda de um atoleiro. Por um lado, estamos estimulando políticas antirraciais, da esquerda, da direita e do centro, praticamente tirando as minorias étnicas das ruas e dando-lhes um uniforme. Por outro, gastamos meio milhão de libras para provar que algum membro da Associação de Policiais Negros está esbanjando nosso dinheiro. Não dá para acreditar.

Estendendo a mão, ele serviu o restante do vinho.

— Vamos chegar lá, Frank. É preciso só um pouco mais de paciência, só isso.

Elder recostou-se na cadeira.

Olhando para a conta que o garçom deixara ali discretamente, Framlingham pegou um cartão de crédito e colocou-o na mesa.

— Vá para casa, Frank, relaxe. É quase Natal. Vou manter você informado.

CAPÍTULO 15

Karen Shields começou o dia às 5h35 com dor de garganta, a cabeça pesada e uma dose de analgésico. Era tudo de que ela precisava, ficar adoentada na manhã em que deveria explicar ao seu superior por que, depois de quase quatro semanas, não apenas nenhuma prisão fora feita, mas como o único suspeito que eles haviam encontrado estava limpo como neve. Ela já podia ver a expressão no rosto do chefe quando ele lhe oferecesse um lenço de papel para o resfriado e a mandasse embora.

Não só o ex-marido de Maddy, Terry, deixara de ser um suspeito viável, mas qualquer ligação com o assassinato em Hackney já parecia mais tênue do que nunca. Um segundo ataque, semelhante, mas não fatal, ocorrera contra uma mulher que se exercitava num parque, a cerca de 3 quilômetros do primeiro incidente; dois homens haviam sido presos por ambos os crimes e estavam sendo interrogados. Não surgira ainda qualquer ligação com a morte de Maddy.

Na cozinha, Karen fez café e meteu uma fatia de pão na torradeira. Todo mundo que tivera alguma intimidade com Maddy nos últimos anos fora entrevistado, desde uma prima que morava em Esher até o homem que consertava telhados, com quem ela tivera encontros casuais durante quatro meses. Em alguns casos, as pessoas haviam sido interrogadas duas vezes e, quando necessário, os álibis haviam sido checados.

— Uma coisa é preciso dizer a respeito dela — observara o sargento de Karen, Mike Ramsden. — Ela tinha uma queda por homens que faziam trabalho pesado.

— Gostava de um pouco de brutalidade — dissera Lee Furness. A expressão no rosto de Karen, lembrando como Maddy fora encontrada, interrompeu-o feito um tapa na cara.

Mas era perturbadora a possibilidade de que o assassino fosse alguém com quem Maddy estivera envolvida, alguém cuja identidade eles ainda não conheciam.

Karen voltara a falar com a amiga de Maddy, Vanessa, sondando-a em busca de alguma referência esquecida, alguma observação casual que tenha escapado da memória; conversara com outros policiais com quem Maddy trocara alguma confidência ocasional e voltara de mãos vazias. Todos os centímetros quadrados do local onde Maddy morara haviam sido esquadrinhados, todo nome anotado, todo telefonema rastreado.

Nada. Ninguém.

Karen passou manteiga na torrada.

Ainda assim, poderia ter existido alguém?

Alguém que, conforme Maddy temera, começara a segui-la, espreitando-a, invadindo, sem ser visto, a segurança de sua casa?

Mais informação, era isso que Karen desejava, mas não conseguia ver de onde essa informação poderia vir. Se houvesse um laptop, ou mesmo um endereço de e-mail, eles poderiam rastrear algum site que revelasse uma predileção secreta. Uso de roupas masculinas, fantasias sexuais dentro d'água, couro... Não era absurda a possibilidade que Furness levantara, e que Maddy gostasse de um elemento de dor, perda de controle, ou um pouco de brutalidade...

Lá fora ainda estava escuro, com os carros passando continuamente pela rua Essex atrás de faróis baixos. Dentro de meia hora mais ou menos, o trânsito começaria a engarrafar, ao norte rumo a Canonbury, ao sul rumo a Angel.

O responsável pelo conserto de telhados, Kennet, ao ser levado à delegacia, fora a própria polidez, com a devida deferência nos modos e calos nas mãos. Durante todo o período em que os dois haviam saído juntos, ele duvidava que tivessem se encontrado mais de uma ou duas vezes na semana.

— Sabe como é — dissera ele, dando um sorriso franco para Karen. — Turnos de trabalho. Horas extras.

Ela conseguia imaginá-lo...? Karen já estava na polícia há tempo suficiente para conseguir imaginar qualquer um fazendo qualquer coisa.

Ela deixara o café ferver demais, e em consequência a bebida ficou com um ligeiro gosto de queimado. Abrindo a geladeira, tirou um pouco de geleia para sua segunda fatia de torrada. Talvez devesse tomar mingau no café da manhã? Trigo? Começar a ruminar sobre vitaminas e aquelas sementes sobre as quais lia a toda hora. Linhaça? Gergelim?

Se Maddy tivesse razão, e de fato estivesse sendo seguida, pensou Karen, não teria que ser, necessariamente, alguém que ela conhecesse, mas poderia facilmente ser alguém com quem tivera contato por acaso, e que, de alguma forma, ficara fascinado por ela. Merda, poderia ser qualquer um. Possíveis suspeitos na lista do Registro de Infratores Sexuais estavam sendo examinados, mas, sem nenhuma pista da perícia legal para ajudar a estreitar o campo, as chances eram mínimas. O mesmo acontecia com as informações dos Registros Nacionais, o computador Holmes2. Karen já não esperava respostas dali.

Às 6 horas, ela ligou o rádio para ouvir o noticiário. Outro soldado americano emboscado no Iraque, algumas crianças palestinas mortas. Com apenas seis dias de compras até o Natal, os varejistas estavam cautelosos, porém otimistas, quanto a um ano recorde. Karen comprara presentes para seus parentes mais próximos na Jamaica, já os embrulhara, mas ainda não os despachara pelo correio. Chegariam atrasados. Seus primeiros cartões de Natal jaziam na prateleira junto do som, ainda fechados. No ano anterior, ela conseguira assinar e enviar os seus próprios somente antes do Ano-Novo.

Venha passar o Natal conosco, diziam seu irmão de West Bromwich e sua irmã caçula em Stockwell. *As crianças iriam adorar ver você,* escreveu sua outra irmã, de Southend.

Ela não sabia se suportaria tanto peru, tanta gritaria, tanta felicidade aparente. Servindo o restante do café, pegou a xícara e voltou ao quarto para acabar de se vestir.

CAPÍTULO 16

Pensando no frio e lembrando-se de Katherine sentada, entregue às intempéries num banco de praça, Elder comprou para a filha um cachecol de lã grossa, comprido o bastante para dar mais de uma volta em torno do pescoço e ainda enfiar aconchegadamente as pontas na roupa. Quando ela o fora visitar, pela primeira vez na Cornualha, quase dois anos antes, Elder apontara para o Ninho da Águia, a casa onde vivera o artista Patrick Heron, e que dominava a paisagem onde ele morava na época. Agora, comprara para ela um livro fino com reproduções das pinturas que Heron fizera dos arbustos e flores no seu jardim cercado de granito. Acrescentou uma caixa de chocolate meio amargo belga e, no último minuto, um par de luvas azuis Polartec; embrulhou tudo e despachou o pacote pelo correio, juntamente com um cartão, para Nottingham, como remessa de primeira classe.

Vários dias depois, indeciso, comprou um cartão simples para Joanne, nada extravagante; escreveu rapidamente "Feliz Natal. Com amor, Frank", fechou-o e enfiou-o numa caixa de correio já entupida.

E foi só.

Ele tinha primos em algum lugar, e quando morara em Londres e (mais tarde) em Nottingham, todos trocavam cumprimentos no Natal e, esporadicamente, nos aniversários. Desde que se mudara para oeste, porém, eles perderam contato.

Em vez de peru, ele encomendou, no açougue da rua Fore, uma perna de carneiro de primeira. E, por ter sido criado na época em que a maioria das lojas ainda ficavam fechadas durante vários dias nas festas de fim de ano, armazenou hortaliças, leite e pão. Passou alguns minutos hesitante diante um pequeno pudim de Natal, mas acabou levando um pacote com tortas de carne e uma caixa grande de creme.

No último fim de semana antes do Natal, Elder foi de carro assistir o time do Plymouth Argyle jogar melhor e derrotar o Notts County por três a zero. Era seu primeiro jogo ao vivo em anos. Numa mistura de sol cegante e chuva gelada, ele viu o County se esforçar ansiosamente, mas sem propósito ou plano. A expressão "galinhas sem cabeça" vinha facilmente à mente.

No dia de Natal, ele colocou o carneiro para assar em fogo brando e partiu para uma caminhada que o levaria quase à costa oposta, certamente dentro do alcance da vista do monte St. Michael, antes de voltar. Apesar das previsões de tempestade e ventos fortes, ele foi brindado com céu claro e não mais que um pequeno pé-d'água. Um banho longo, lento, e um copo de uísque na volta, e o carneiro que se desprendia do osso ao simples olhar.

O cartão de Joanne, tão breve e funcional quanto o seu, estava na prateleira da cozinha, entre um vidro de picles Branston e uma garrafa de molho HP. Embora tentasse, sem sucesso, ignorar a van do correio na estrada, persuadindo-se o melhor possível de que, por mais que quisesse, não havia nenhuma probabilidade de que ela lhe enviasse qualquer coisa, a ausência de um envelope com a caligrafia de Katherine, um cartão com o nome dela, lançava uma mortalha, mais longa e mais profunda, a cada santo dia.

Para Elder, assim como para Karen Shields, o ano-novo começou cedo, uma segunda-feira cinzenta no finalzinho de dezembro, na sede londrina da Divisão de Homicídios/Oeste.

Elder estava na sala quando Karen chegou. Ele estava junto a um homem alto que usava uma jaqueta Barbour e calça social, que ela reconheceu como Robert Framlingham, chefe da Unidade de Revisão de Assassinatos.

— Karen — disse Framlingham, estendendo a mão. — Que bom conhecê-la, enfim.

Então era assim que iria ser. Ela ficou surpresa de que tivesse demorado tanto tempo.

Apresentada, ela apertou a mão de Elder; seu contato foi seco, porém forte e não mais demorado que o dele.

— O caso Maddy Birch — falou Framlingham. — Eu pedi a Frank que desse uma olhada, para ver se ele pode ajudar.

Elder vestia um terno escuro que já vira melhores dias, camisa azul bem clara e uma gravata sem graça, sapatos que, embora engraxados recentemente, expunham tantas rugas quanto as que seu dono tinha em torno dos olhos. Karen ficou imaginando como é que ele conseguira aquela cicatriz no rosto.

— Você está me deixando de lado — disse Karen.

— Não — replicou Framlingham. — Não é assim que a coisa funciona, em absoluto.

— É?

— Não. Frank vai sentar com você e a equipe, revisar o progresso da investigação até agora.

— E isso vai constar negativamente no meu currículo?

— Não, de modo algum. O que ele fará, sempre consultando você, é tentar apontar áreas que possam abrir novos horizontes para a investigação.

— Mas a investigação ainda será minha?

— Você ainda está na chefia, sim.

— Responsável por tudo?

— Perfeitamente.

Mentira, pensou Karen. Mentira.

— Frank conheceu Maddy Birch — disse Framlingham. — Trabalhou com ela em Lincoln.

Karen lançou um olhar para Elder, a expressão no rosto dele não denotava nada.

— Bem — falou Framlingham, alegre —, quanto mais cedo você e Frank conversarem, melhor será.

Depois de brindar com um copo imaginário, ele foi embora.

— Quer café? — perguntou Karen. — Enquanto conversamos.

— O que eu gostaria de fazer — disse Elder — é ler o dossiê e o relatório do patologista. Ficar a par do que já foi feito. As gravações dos interrogatórios. E depois gostaria de ir até onde ela foi morta. Dar uma olhada lá. Depois disso, poderemos conversar.

Karen olhou para ele com os olhos apertados.

— Como quiser.

— Desculpe — disse Elder.

— Não, não, não há nada a desculpar.

* * *

O sargento-detetive Sheridan era encarregado da parte administrativa da divisão: jovial, porte um pouco imponente, ainda possuía sotaque de Potteries que se manifestava depois de ficar com os torcedores locais no estádio Britannia, coisa que ele fazia sempre que podia. Aos sábados, o Stoke City jogava em casa.

— Me chame de Sherry, todo mundo faz isso.

Elder explicou do que precisava e foi colocado numa mesa num canto, com um gravador de som com fones de ouvido, um computador barulhento mas ainda funcionando e, até que as fitas começassem a chegar em profusão, muito espaço.

Eliminando o ruído de fundo o melhor que podia, Elder leu, escutou e leu mais, só parando quando a visão ficou embaralhada e a cabeça começou a latejar.

No fim da manhã, o sargento da equipe de Karen, Mike Ramsden, apareceu e se apresentou a Elder, e os dois descobriram que tinham alguns conhecidos comuns na Polícia Metropolitana.

— Que tal comermos alguma coisa na cantina? — perguntou Ramsden.

— Em algum outro dia, com certeza — disse Elder. — No momento, eu vou continuar.

Ramsden lançou um olhar de "como-você-quiser" para o outro e foi embora. "Como fazer amigos e influenciar pessoas", pensou Elder, "segunda vez hoje." Por volta das 16h30, ele percebeu que já lera a mesma página na tela pela terceira vez, sem apreender mais do que umas poucas palavras.

Uma das maiores preocupações de Elder quanto a sua vinda para Londres fora onde ficaria alojado e quanto isso custaria, mas Framlingham lhe assegurara que iria providenciar um lugar, e, quanto chegou, Elder recebera um telefone celular e dois molhos de chaves: um de um carro Vauxhall Astra já não muito novo, e o outro de um apartamento num pequeno prédio no fim da rua Hendon, perto da estação Finchley Central.

O carro funcionava melhor do que sua aparência dava a entender; o apartamento, presumivelmente mantido como uma residência segura para o Programa de Proteção a Testemunhas e coisas assim, era bem mobiliado, fora limpo recentemente e era totalmente anônimo. Cozinha, sala de estar, banheiro, quarto. Um rádio Roberts na cozinha; TV e videocassete na sala. Com as janelas fechadas era quase possível isolar o barulho do trânsito da rua próxima, North Circular. Havia manteiga e um pacote de leite na geladeira, um pacote de pão de forma, biscoitos, um vidro de café solúvel, um pacote de chá e um pouco de geleia de morango.

Elder passou pela estação do metrô na direção da rua Ballards e comprou, percorrendo várias lojas, um generoso pedaço de queijo cheddar, um pacote de bacon, ovos, laranjas e bananas, uma garrafa de uísque Jameson e um pouco de café moído da Nicarágua.

Quando ficara com o pai na Cornualha, Katherine caçoara sobre o modo como ele, não tendo bebido nada a não ser chá durante anos, se tornara fissurado em café. Bem, pensou ele, há coisas piores para a gente ficar fissurado.

De volta ao apartamento, ele colocou o café numa jarra de porcelana branca simples e, ainda de pé, tirou o lacre do uísque, e serviu-se de uma dose pequena. Lendo os relatórios, ele pôde ver por que o primeiro marido de Maddy, Terry Patrick, aparecia quase como um suspeito irresistível, e ele percebia a raiva e o desapontamento de Karen Shields nas entrelinhas. Não apenas o perfil de Patrick parecia perfeito, mas ele era, depois de tantas horas de esforço, o único suspeito verdadeiro que ela tinha.

Cruzando os nomes do Registro de Criminosos Sexuais com os do Serviço Nacional de Inteligência Criminal, o computador apontara cerca de vinte nomes, e todos, a não ser três, haviam sido checado e eliminados. Elder ficou pensando quantos desses valeria a pena examinar novamente.

Quanto à perícia legal, ele não se lembrava de nenhum caso nos quais trabalhara em que as provas fossem tão escassas. Não havia sangue, salvo o da própria vítima. Nenhum fio de cabelo, nenhum fragmento de pele. Era difícil de acreditar: tão pouco que valia a pena persuadir o serviço médico-legal a dar uma nova olhada, reexaminar as roupas e o corpo.

E ele queria conversar com — qual era o nome? — deslizando o copo para o lado, ele folheou suas anotações — Vanessa Taylor, a melhor amiga de Maddy. Talvez aquele sujeito, também. O que conserta telhados. Kensit? Kendrick? Kennet. Ele aparecia tão moderado nas fitas, falando dos tempos em que Maddy lhe dera o bolo no último momento, os encontros cancelados sempre que ela tivera que fazer uma inesperada hora extra. Como um garoto da zona sul de Londres, que em algum lugar recebera lições de sexo e como negociar seu espaço pessoal. Elder tirou os fones. Talvez Kennet não estivesse mesmo envolvido, ou pelo menos não o bastante para ter importância. Talvez ele fosse apenas um cara legal. Ainda havia gente assim no mundo.

Espreguiçando-se, Elder foi até a janela. As luzes traseiras dos veículos piscavam, indistintas, enquanto se movimentavam em lenta procissão na direção da rua Finchley, a grande via do norte, a M1. Homens e mulheres — a maioria homens — apressavam o passo para casa vindos da estação, ombros baixos, cabeça curvada contra o vento. Aqui e ali, guarda-chuvas se abriam; gotas espatifavam-se contra a vidraça. Ele deveria telefonar para Joanne e dizer a ela onde estava, deixar seu número para alguma eventualidade. Mas que eventualidade?

Papai, eu nunca vou ser como era antes.

No impulso, ele ligou primeiro para Maureen Prior.

Ele e Maureen haviam trabalhado juntos lado a lado durante três anos em Nottingham, um pouco antes da época de sua aposentadoria, e depois de novo, no ano anterior, quando Katherine fora sequestrada. Como policial, ela era eficiente e tinha um bom discernimento — senso de julgamento justo, mas inflexível. No trabalho, era intolerante com idiotas, oportunistas, qualquer um que saísse da linha. Mas como pessoa, como mulher, Elder não tinha ideia de como ela era. Ela nunca revelara nada sobre sua vida particular, e todas as especulações que geralmente são levantadas a respeito de policiais solteiras haviam simplesmente se evaporado. Elder sabia onde ela morava e nada mais; ele nunca fora convidado para ir além da porta da frente.

— Eu achei que você tinha dado as costas a tudo isso — disse Maureen quando ele falou o que fazia em Londres.

— E dei, mesmo.

— Então, isso foi diferente?

— Mais ou menos.

— Eu gostaria de pensar que você faria o mesmo por mim, Frank, se as circunstâncias fossem iguais.

— Como assim?

— Monte no seu cavalo branco e se mande para oeste.

— Bobagem, Maureen.

Ela deu uma risadinha.

— Espero que você se dê bem, Frank. Trabalhando com uma mulher.

— E eu não deveria?

— Depende.

— Eu trabalhei com você.

Ela riu de novo, mais abertamente dessa vez.

— Aquilo foi fácil, Frank. Você quase não pensava em mim como mulher, em absoluto.

Joanne, quando Elder telefonou para ela, estava taciturna, abstraída, a mente em algum outro lugar.

— Como está Katherine?

— Ah, você sabe, na mesma.

— Imagino que ela não esteja aí?

Ele ouviu vozes abafadas. A mão de Joanne, pensou ele, cobrindo parcialmente o fone.

— Não, Frank. Sinto muito, não.

O que, naquelas circunstâncias, significava sim. Joanne queria agradar a filha. Elder não insistiu.

Eles trocaram umas poucas palavras sobre o Natal, os planos de Joanne para a véspera do Ano-Novo, e foi isso. Assim que desligou o telefone, Elder, subitamente faminto, preparou bacon com ovos, fatias de pão branco amanteigadas e dobradas, além de mais café. Ao ligar o rádio, ele apertou as teclas das estações pré-programadas: um forte ruído que o DJ lhe informou estar vindo do grande e falecido Johnny Cash; alguma coisa clássica, melosa; alguém com um ligeiro sotaque escocês explicando os meandros do orçamento da União Europeia; comentários inflamados sobre o jogo Coventry versus West Ham; um surto de som violento e áspero, como se fosse o conteúdo de uma cozinha antiga sendo demolida em torno de algum guitarrista — esse era o heavy metal sobre o qual ele lera em algum lugar?

Optando por música sinfônica, ele estendeu as pernas sobre o sofá. O assassino; será que Maddy o conhecia ou fora atacada de surpresa? Abrindo o envelope, ele olhou para as fotografias dos ferimentos. Selvagens e profundos. Selvagens, mas quem quer que os houvesse causado mantivera um certo controle, uma certa calma; calma bastante para não deixar quaisquer pistas aparentes, para ter um cuidado escrupuloso. Tivera raiva controlada.

Treinamento, então?

Elder fechou os olhos.

Exército? Forças Especiais?

Sob a influência da música, ele adormeceu.

Com todo aquele café, pensou ele, acordando 15 minutos depois ao som de uma voz de um anunciante e aplausos entusiásticos, como pude adormecer?

Tentou a televisão. Em um canal, um grupo diversificado de homens e mulheres abria caminho, laboriosamente, pela selva; num outro, as mesmas pessoas, ou outras que pareciam muito com as anteriores, sentadas numa roda, em sofás, sem falar, não fazendo absolutamente nada. Era tão fácil desligar.

O volume de trânsito diminuíra. Ali do alto onde se encontrava, Elder podia ver o brilho estranho, amortecido, lançado pela cidade. Uma troca falsa, inalterável, da noite pelo dia. Lá na Cornualha, o céu estaria quase negro e pontilhado de estrelas, Cassiopeia, Pégaso, Ursa Maior.

Ele imaginou Maddy caminhando — correndo? — por um local escuro que ele ainda não vira, exceto em fotografias. Os galhos dançando com o vento. Raposas seguindo a trilha que atravessava os quintais do fundo das casas; o uivo espectral de gatas no cio. Nuvens passando pela lua.

Alguma coisa se movendo nas moitas e pelo mato na antiga linha de trem.

Uma voz.

Será que ele a chamara?

Maddy. O nome dela.

Tentando visualizar o rosto dela quando se voltou ao ouvir o som, Elder só conseguia ver seus olhos, verdes, na sombra da luz da catedral, a boca se abrindo num sorriso e depois fechando-se sobre a dele, num beijo.

Você não transou com ela, Frank, mas quis transar... De alguma forma, você ficou com uma forte lembrança dela na cabeça.

Soltando a cordinha do gancho em torno do qual estava enrolada, Elder abaixou a veneziana. Outra pequena dose de uísque antes de deitar. Os lençóis, pouco convidativos e frios. Depois do cochilo que tirara, ele achou que ia ser difícil adormecer, mas não foi. Umas poucas mudanças de posição, e o que percebeu em seguida foi que estava se espreguiçando por hábito, os ponteiros de seu relógio de pulso marcando 6 horas.

CAPÍTULO 17

Verde e sombreada, a estreita faixa do parque se estendia de oeste para leste, atravessando a página 29 do guia Londres A-Z, em Highgate, na direção de Stroud Green e mais além. O melhor itinerário até o trecho que ele queria não ficava claro no mapa; Elder saiu da via principal e estacionou entre um caminhão cheio de mercadorias e um Nissan há muito abandonado, com as vidraças arrebentadas e metade do motor desaparecida. Dali, seguindo uma placa, caminhou por uma viela estreita entre as casas, passando por uma geladeira descartada e um carrinho de supermercado desmontado, antes de se avistar numa trilha que levava a um prédio de madeira de dois andares, que ele presumiu ser o centro comunitário.

Ao alargar-se, a trilha levava a uma creche à direita, uma quadra de futsal e playground um pouco além; uma cerca, derrubada em diversos lugares, separava este último do barranco, cheio de arbustos emaranhados e vegetação rasteira, que descia, íngreme, na direção da linha de trem abaixo.

Elder ficou ali, de pé, completamente imóvel, procurando se isolar o máximo possível do ligeiro burburinho matutino dos apartamentos próximos e dos ruídos do trânsito vindos do outro lado. A uns 20 metros de distância, um melro fêmea se agitou entre as folhas secas, antes de voar estridentemente para as árvores mais distantes. O céu era de um azul aquoso, coalhado aqui e ali de cinzento. Elder podia ver sua respiração, esbranquiçada, esvoaçando no ar.

Ela caminhara por ali, Maddy; parara um momento, alertada por um som.

Ou, correndo, fizera uma pausa e se inclinara para a frente com as mãos nos quadris, recuperando o fôlego?

Elder andou, descrevendo um pequeno círculo: até que ponto, mesmo à noite, alguém poderia ter se aproximado dela sem ser ouvido ou visto?

Na sua imaginação, ele viu uma sombra saindo sorrateiramente da escuridão.

Por que Maddy não fugira? E, se ela o fizera, por que, esguia e forte como era, não escapara?

Certamente porque ela o conhecia.

Perto. O hálito dela no rosto dele. Rindo, saindo cambaleante da soleira da porta para a rua de calçamento de pedras. Será que ela pegou a mão dele ou passou o braço pelo dele?

Cuidadosamente, Elder abriu caminho para a antiga linha de trem, enquanto acima, assobiando alegremente, um homem empurrava um carrinho, com uma criança bem agasalhada, na direção da creche. Com um passo vivo, uma mulher apareceu com seu cachorro e, então, rapidamente desapareceu. Nos relatórios que ele lera, Maddy fora atacada na parte de cima e depois fora empurrada, ou caíra, os últimos e fatais golpes muito provavelmente sendo feitos perto de onde ele se encontrava agora.

Havia grande probabilidade de que o agressor continuou a esfaqueá-la depois que ela morrera. Não foi encontrada nenhuma arma. Relembrando a severidade e a extensão dos ferimentos, Elder viu o assassino limpando as marcas de sangue da grama, do solo.

Quanto tempo aquilo durara?

Quanto tempo?

Possivelmente, demorara mais limpar os vestígios do que cometer o crime propriamente dito.

Quanto tempo decorrera até que alguém mais passasse por ali, talvez parando, pensando ter ouvido alguma coisa, e olhando para baixo, mas sem ver nada?

E o assassino, por onde foi embora?

Para leste, a trilha ia em direção ao sopé de Crouch Hill e adiante, quase até o parque Finsbury, uma miríade de pequenas ruas secundárias com fácil acesso para cada um dos lados. Para oeste, a trilha se abria em Sheperd's Hill, adjacente à rua principal seguindo para o norte, na direção da via expressa. Um carro convenientemente estacionado. Tráfego favorável. O assassino de Maddy já estaria bem escondido por volta de meia-noite, deixando o corpo entregue aos animais, às raposas, aos roedores, aos pequenos insetos e corvos.

Elder viu novamente as fotos, tiradas no necrotério, do rosto, dos ferimentos, abertos, ainda não cobertos de crostas, feitos nas costas e ao longo da parte interna dos braços.

Subindo o barranco de volta, Elder levantou a gola do casaco para se proteger do vento, lama pregando nas bainhas da calça, nas solas dos sapatos.

De volta à rua onde estacionara, dois adolescentes consideravam a possibilidade de afanar o rádio do Astra; vendo Elder se aproximar, eles cuspiram no chão prudentemente e foram embora, mãos nos bolsos, desinteressados.

De folga, Vanessa usava uma calça justa de brim preta, botas de couro avermelhado chegando ao meio da canela, uma jaqueta sobre um suéter roxo de gola alta que parecia ter encolhido com a lavagem. Seu cabelo, negro e cacheado, emoldurava bem seu rosto; o batom, recentemente aplicado, era vermelho vivo.

O café onde ela sugerira se encontrar com Elder ficava perto da delegacia de polícia na rua Holmes. A maioria das mesas já estava ocupada, e o burburinho das conversas e do sibilar ocasional da máquina de café, ficavam em segundo plano por causa da música, do Meio-Leste, imaginou Elder, vinda de um rádio sobre o balcão.

Elder abriu caminho até o lugar em que Vanessa estava sentada e a cumprimentou.

— Então, conseguiu me pegar de folga? — disse ela, sorrindo.

A maior parte dos fregueses ou tinha crianças pequenas fazendo algazarra em torno deles, ou estava bem além da idade de se aposentarem.

O garçom apareceu junto a Elder quase imediatamente depois de ele se sentar. Ele pediu um café espresso e um copo d'água. Vanessa estava avançando numa fatia de torta viscosa, da cor de morango, e bebendo o que parecia ser Coca-Cola.

— Então, como vou lhe chamar? — perguntou Vanessa.

— Frank?

— Nenhum posto ou coisa assim?

— Agora não.

Vanessa olhou para ele, como que o avaliando.

— E eles foram te buscar na aposentadoria para dar uma mãozinha?

— Mais ou menos.

— Até o filho da mãe ser apanhado.

— É.

— Bem, em que eu puder ajudar. — Ela ainda não tinha terminado a torta, e com uma expressão de pena, empurrou o prato para o lado.

— Eu conheci Maddy há algum tempo, em Lincoln — disse Elder. — Mas isso foi há muitos anos. Talvez você, mais do que qualquer pessoa, possa me dar uma ideia melhor de como ela era.

— Por onde quer que eu comece?

— Por onde quiser.

Durante 15 minutos, Vanessa falou e Elder escutou, estimulando-a ocasionalmente, mas na maioria das vezes ele se contentou em ficar sentado e tomar goles esporádicos do café.

— Conte-me um pouco mais sobre Kennet — pediu Elder, quando ela terminou. — Maddy parece ter se encontrado com ele durante bastante tempo.

— Não sei se há muito mais a dizer. Eu encontrei o cara algumas vezes, parecia um sujeito legal. Bonito, eu diria. Talvez um pouco convencido. — Ela sorriu. — Não tanto como alguns outros.

— Mas ela gostava dele?

— Acho que gostava, sim. Nunca teria saído com ele se não gostasse. — Vanessa estendeu a mão e, com o garfo, pegou um pedaço da torta antes rejeitada. — Para ser sincera, eu acho que mais por causa do sexo. Não quero dizer que era maravilhoso; pelo menos, não de acordo com Maddy. Nada de abalar a terra, nada como Meg Ryan naquele filme, mas, bem, ela não transava com ninguém havia séculos, e eu suponho... — Vanessa riu. — Bem, eu suponho que aquilo representou uma grande mudança. Fez com que ela se sentisse bem consigo mesma, sabe como é?

Elder achou que sabia.

— E, pelo o que você diz, a coisa simplesmente acabou?

— De certa forma. — Um largo sorriso surgiu no rosto de Vanessa.

— Você sabe se Kennet aceitou tranquilamente?

— Pelo que sei, ele foi legal. Não fez nenhuma cena ou coisa assim. — Ela deu de ombros. — Eu acho que não representou um grande trauma para nenhum dos dois, para falar a verdade. Não havia amor genuíno, sabe o que quero dizer?

Elder fez sinal ao garçom para que trouxesse um outro espresso.

— Esses medos de Maddy, de que ela estava sendo observada. Espionada. Você acha que eram reais?

Vanessa sorriu.

— Ou que ela estava apenas sendo paranoica, como todos nós?

— Se você pensa assim.

— Não, acho que não. Não Maddy. Quero dizer, talvez tudo tenha ficado um pouco exagerado na mente dela, mas não, havia algo de real atrás daquilo, tenho certeza.

— De acordo com o que você disse, tudo começou na época do caso de Grant.

— Mais ou menos. Acho que foi.

— Esse policial que foi morto. Draper...

— Paul, é.

— Maddy estava lá quando ele foi baleado, no mesmo local...

— De pé ao lado dele, tão junto quando eu estou de você agora. — Ela se inclinou sobre a mesa, como que a reforçar sua afirmação.

— Isso deve tê-la abalado muito.

— Abalou sim, deu para perceber. Maddy ficou perturbada por causa da esposa e do filhinho dele também. Foi visitá-los várias vezes.

— E ela não falou muito sobre o caso além desse aspecto? A coisa não ficou martelando muito na cabeça dela?

— Não. Não mesmo. Embora ela tenha mencionado uma vez. Deve ter sido na última vez em que eu a vi, na última vez que saímos juntas, pelo menos. Sobre o inquérito, sabe, a respeito do tiroteio.

— O que, exatamente, ela disse?

— Apenas que eles tinham sido duros com ela, coisa assim. Com as perguntas, você sabe. Maddy achava que ela ia ser chamada de novo.

Elder fez uma anotação mental para checar se isso havia realmente acontecido. Ele deveria ler o relatório do inquérito, talvez devesse falar com um dos policiais encarregados da investigação.

O espresso dele chegou, o garçom sorrindo para Vanessa, tentando estabelecer uma conversa.

Elder recostou-se na cadeira e afrouxou a gravata.

— Você acha que ela poderia estar indo se encontrar com alguém na noite em que foi morta?

Vanessa mastigou um tufo de cabelo que chegara até o canto de sua boca.

— Não sei quem poderia ser. E, além disso, por que naquele lugar?

— Talvez fosse conveniente. É possível que, quem quer que fosse, não quisesse ser visto.

— Alguém casado, você quer dizer?

— Isso ou alguém com quem ela trabalhava.

— Não — afirmou Vanessa. — De jeito nenhum.

— Por que não, de jeito nenhum?

— Era algo que ela sempre condenou. Deus! Ela me repreendeu por isso muitas vezes. Misturar trabalho com prazer. Só trazia aborrecimentos, dizia ela. Claro... — olhando agora para Elder — até onde isso se baseava em experiências próprias, eu não faço ideia. Mas ela estava coberta de razão, de qualquer forma. — Vanessa deu um meio sorriso. — É um desastre, toda vez que acontece. E, além do mais, se a coisa fosse séria, ela teria mencionado. Uma pequena dica, alguma coisa. Não teria guardado segredo.

— Ela parece ter sempre escondido o jogo no que diz respeito ao ex-marido.

— Mas aquilo é diferente, não é?

— É?

— É. Você sabe, maridos, esposas, alguém que você está tentando fingir que nunca existiu. — Vanessa olhou para o relógio. — É melhor eu ir.

— Muito bem. — Elder puxou a cadeira quando ela se levantou. — Se você se lembrar de mais alguma coisa...

— Eu telefono para você — falou Vanessa.

Ele se lembrou do número de seu celular na terceira tentativa, e ela o anotou. Da rua, ela lhe lançou um rápido olhar pela vidraça, boca vermelha e cabelo escuro, um rápido sorriso, e se foi.

Elder permaneceu sentado durante mais alguns minutos, ordenando seus pensamentos, antes de seguir para a estação.

CAPÍTULO 18

Karen Shields não estava feliz. De manhã, procurando uma colher perdida, ela descobrira uma mancha do tamanho de dois pratos de jantar na parede, entre o fogão e a pia. Diversos tons de cinza salpicado se projetando do reboco como uma infecção nos pulmões. Depois, quando ela colocara leite em uma xícara de café, em vez de misturar, o líquido branco boiara na superfície em bolhas estranhas. E, como que para completar, alguém, usando uma moeda ou uma chave, riscara uma linha ondulada ao longo de quase toda a lateral do seu carro, estacionado no meio-fio, do lado de fora. Tudo isso antes das 8 horas.

Só faltava o subchefe de polícia, entre todo mundo, convocá-la para sua sala, o que, é claro, aconteceu 15 minutos depois de ela chegar. Apenas para fazê-la esperar do lado de fora por mais cinco minutos. Karen ficou ali de pé, com um terno preto-azulado, os dedos ligeiramente apertados dentro das botas, um calcanhar começando a roçar. Se ela conseguisse uma hora para uma saída rápida, havia um par de botas Camper, de couro vermelho, que ela vinha namorando, e estava decidida a encarar a despesa.

— Karen. Excelente, excelente. — Quando finalmente mandou-a entrar, Harkin estava em uma das suas irritantes fases de bom humor, todo sorrisos e clichês. — Só queria verificar, você sabe, como vão indo as coisas.

Aquele ar protetor também poderia descrever essa fase. Ela preferia quando ele estava mal-humorado; achava mais fácil dar o troco.

— Você e Elder estão se entendendo bem?

Karen abriu o botão do meio de seu paletó e abotoou-o de novo.

— Nenhum atrito?

Ela achou que era melhor dizer alguma coisa.

— Não, senhor, nenhum.

— Tem certeza? Porque se...

— Para dizer a verdade, senhor, quase não notamos a presença dele.

— Indo devagarzinho no início, imagino. Sensato.

— É sim, senhor.

— Mas, se houver qualquer coisa, eu quero que você o traga aqui. Podar as arestas antes que cresçam.

Porra de pergunta para ganhar tempo, pensou Karen.

— Sim, senhor — disse ela. — Embora eu tenha certeza de que não haverá necessidade.

Ela podia se ver correndo para a sala do subchefe de polícia, como algum garoto com o nariz escorrendo, o tipo que sempre estava inventando histórias. Por favor, senhor. Billy Bang roubou minha caixa de lápis. Por favor, senhor, Frank Elder roubou minha investigação. Nem pense nisso. Qualquer coisa que precisasse ter as arestas aparadas, ela o faria sozinha.

Mike Ramsden estava sentado à sua mesa, a cadeira empinada nas pernas traseiras, usando a ponta de um clipe de papel aberto para limpar as unhas.

— Algum sinal dele? — perguntou Karen.

— De quem? — disse Ramsden.

— Mike, não banque o idiota. Não estou com humor para isso.

"Quando é que você está?", pensou Ramsden.

— Está bem, está bem — disse ele. — Ele telefonou, deixou uma mensagem. Quer nos encontrar hoje à tarde.

— A que horas?

Ramsden deu de ombros.

— Ele não disse.

Karen soltou um palavrão e olhou para o teto. No que Elder estava pensando? Que ela ia ficar ali de bobeira até que ele desse a honra de juntar-se a eles?

— Onde estão Furness e Denison, porra? — perguntou ela.

— Indo atrás de um dos últimos conjuntos de possibilidades que arrancaram do computador. Perto de Ealing. Algum pobre-diabo morando na porra de um albergue. Perda de tempo, se quer saber minha opinião.

— Uma das últimas possibilidades. Quantas sobram, então?

Ramsden inclinou-se para pegar uma folha de papel.

— Duas. Cricklewood e Dalston.

— Muito bem. — Ela atirou para ele as chaves do próprio carro. — Você dirige. Vamos ver Cricklewood primeiro.

* * *

Baldeação em Camden, voltar no ramal de Edgware até o parque Belsize e, daí em diante, caminhar. O hospital era no alto de uma colina e depois descia novamente ao final de uma rua com pedras soltas. Elder se lembrou desses detalhes sem conseguir determinar quando estivera ali e por quê.

O bar na esquina anunciava sua festa de Ano-Novo. Tíquetes adiantados, só restavam poucos.

Dentro do hospital, os corredores eram largos, os tetos, baixos. Havia cartazes que alertavam sobre os perigos do tabagismo e da obesidade pendurados nas paredes, juntamente com peças de artesanato, brilhantes e de um expressionismo abstrato, de uma escola primária local.

O patologista era cadavérico, condizentemente com a profissão, com dedos finos, parecendo caniços, e óculos bifocais dependurados na ponte do nariz; não pela primeira vez Elder ficou imaginando se nós escolhemos nossas profissões ou se, geneticamente marcados, são as profissões que nos escolhem.

— É em Maddy Birch que você está interessado? — Ele falava com um sotaque escocês preciso, educado, o qual Elder associou, talvez erroneamente, com a cidade de Edimburgo.

— É.

— Você sabe se o corpo já foi liberado para o enterro?

Elder assentiu.

— Como eu disse ao telefone, estou fazendo uma revisão da investigação. Achei que você poderia me conceder alguns minutos do seu tempo...

— Manda ver.

— Você não encontrou vestígios do agressor em lugar algum. Nenhum fio de cabelo, pele, saliva, sangue, nada. Certo?

— Absolutamente nada.

— Até que ponto isso é comum?

— O que é comum nessa vida?

— De acordo com a sua experiência, então.

— De acordo com a minha experiência, é surpreendente. Inesperado.

— E isso sugere algo? Quero dizer, sobre o assassino?

— Além do fato de que foi escrupuloso, meticuloso, cuidadoso?

— Além disso.

Uma das luzes no teto fazia um ligeiro chiado; quase imperceptível, o cheiro de produtos químicos permeava o ambiente.

— Qualquer coisa que eu disser será pura especulação. Se há algo a dizer é que esse tipo de conjectura está muito mais para a sua área do que para a minha.

— Fique livre para especular o que quiser.

— Muito bem. O quadro poderia sugerir alguém que, por instinto ou treinamento, seja muito metódico. Alguém que, mesmo com muita raiva, seja capaz, não obstante, de exercitar um grau incomum de autocontrole.

— Você está pensando no estupro, na natureza dos ferimentos?

— Sim.

— O estupro propriamente dito aconteceu quando a vítima ainda estava viva?

— Não tenho motivos para pensar de outra forma. Todos os sinais de relações sexuais não consentidas estavam presentes... machucados, roupas rasgadas. Nenhum sinal de sêmen, é claro Presumivelmente, usou uma camisinha.

— E a arma que a matou?

— Vamos dar uma olhada. — Ele pegou um conjunto de fotografias numa gaveta. — Alguns dos ferimentos, aqui no braço, por exemplo, são talhos. Bem compridos, você vê, mas não muito profundos. Olhe para a extremidade aqui, indicando o ângulo do golpe, vindo de cima.

— Alto, então? Quem quer que fosse, era mais alto do que ela.

— É possível. Mas isso não é absolutamente certo. Ela poderia ter caído, poderia estar de joelhos, ele poderia estar de pé, acima dela. Acho que há uma infinidade de possibilidades.

— E esses? — perguntou Elder, apontando para as costas.

— Estocadas. Bem diferentes, quase que certamente fatais. Ambos são profundos. E veja aqui, onde a abertura do ferimento é mais larga do que a lâmina, a faca foi movida para a frente e para trás antes de ser retirada.

— E quanto à faca usada?

— A lâmina tinha só um gume; isso é possível deduzir por causa da terminação quadrada na parte de baixo do ferimento. Para conseguir esse grau de penetração, quase certamente afiada até a ponta. Eu diria um mínimo de 20 centímetros de comprimento, alguns centímetros de largura na parte mais larga.

— Uma faca de açougueiro?

— Pode ser.

Elder olhou para as fotografias. Raiva e controle extremos. A capacidade de mudar de um para outro. Facilidade, talvez fosse uma palavra melhor. Ele conversou com o patologista por talvez mais dez minutos, sem que viesse à tona nada digno de nota.

— Boa sorte, Sr. Elder. — Ao se despedir, a mão do patologista era lisa e fria como porcelana.

Descendo a colina, Elder parou em frente a uma das diversas lojas de caridade e remexeu em duas caixas de livros. Tom Clancy, Jeffrey Archer. Diversas mulheres chamadas Maeve. Não interessava, ele ainda tinha mais uma centena de páginas, ou isso, de Patrick O'Brian para ler.

CAPÍTULO 19

Havia uma fotografia de Maddy Birch na parede, olhando para a câmera, sem sorrir. É recente, presumiu Elder, linhas de expressão no rosto que ela devia odiar, o cabelo grisalho esquisito.

Nem Karen Shields nem Mike Ramsden estavam na delegacia; a mensagem deixada por Karen era vaga: eles poderiam voltar ou não.

Um mapa detalhado mostrava onde fora encontrado o corpo de Maddy, suas roupas e seus pertences. Elder se lembrou de ter estado ali de pé pela manhã, um silêncio significativo no meio da agitação e atividade da cidade; imaginou novamente o que teria acontecido naquela noite, naquele fim de dia, com Maddy esperando, passando sua bolsa esportiva de um ombro para o outro, olhando de novo para o relógio, as mãos brilhantes na meia escuridão.

Elder olhou mais uma vez para as fotografias da câmera Polaroid, tiradas na cena do crime. Os braços de Maddy estavam nus. Não havia nenhum relógio.

O sargento-detetive estava escondido atrás de centenas de megabytes de seu computador pessoal.

— Sherry — perguntou Elder —, posso perturbar você um instante?

Sheridan apertou a tecla “Salvar”, tirou os óculos e piscou.

— Manda ver.

— O relógio dela. O relógio de Maddy. Ela estava usando relógio naquela noite? Você sabe?

Sheridan balançou a cabeça.

— Não foi relacionado nenhum relógio até onde eu me lembre. Posso checar, mas não, tenho plena certeza.

— Quantos policiais você conhece — indagou Elder — que não usam relógio?

— Não significa que ela usava um quando estava de folga.

— Nesse caso, ela o teria deixado em casa. As coisas que estavam no apartamento dela, onde estão agora?

— Até onde sei, foi tudo embalado e enviado para a mãe.

— Mas deve haver um inventário.

Sheridan fez uma menção com a cabeça para o computador.

— Em algum lugar aqui.

— Cheque isso para mim, por favor? E talvez você possa mandar uma mensagem para a mãe para confirmar. Pode?

— Pode deixar.

— Ah, Sherry, mais uma coisa. O registro das prisões efetuadas por Maddy. Qualquer um que tenha sido preso e solto recentemente. Isso já foi checado?

Sheridan assentiu.

— Foi uma das primeiras coisas que fizemos. Contudo, não sei de cabeça até onde recuamos no tempo. Posso conseguir uma relação para você.

— Obrigado. Temos que nos certificar de que examinamos a atuação dela em Lincoln, também. Alguém que ela mandou para trás das grades por um longo tempo, talvez, que possa ter motivo para querer vingança, que tivesse rancor dela.

— Está bem.

— Obrigado, Sherry. — Elder descansou a mão com firmeza, por um momento, no ombro do sargento-detetive. Tenha um problema com o chefe da administração, pensou, e você vai se ver em maus lençóis a partir do primeiro dia.

Steve Kennet estava encarapitado numa viga de telhado a quatro andares de altura, numa dessas casas geminadas do fim do período vitoriano, que, no parque Dartmouth, alcançavam um preço acima de 1,5 milhão de libras. Elder gritou para ele, levantando a voz acima do ruído de um pequeno radiotransistor pendurado no andaime. Depois de vários minutos sem conseguir entender ou se fazer entender, Kennet desceu, com uma expressão bastante satisfeita, enxugando as mãos num pedaço de pano pendente de seu cinturão.

— Como vai o serviço? — perguntou Elder, acenando com a cabeça para o telhado.

O sorriso de Kennet era honesto e largo.

— Deveria estar pronto bem antes do Natal. Estaria se não fosse o tempo. Os dois sujeitos com quem eu trabalho já estão em outra obra em Highgate Hill. Uma parte do antigo hospital. Vão transformar em apartamentos.

— Você se importa se eu lhe fizer algumas perguntas sobre Maddy?

— Ainda não pegaram ninguém, não é?

— Ainda não.

Kennet limpou a garganta da poeira e cuspiu com precisão para o lado.

— Pode começar.

Antes de sentar no muro baixo, Kennet pegou uma algibeira fina de tabaco do bolso de trás de sua calça jeans, um pacote de papéis do bolso de cima de sua camisa quadriculada. Seu rosto e as costas das suas mãos tinham marcas de terra e poeira.

Elder sentou-se ao lado dele.

Do outro lado da rua, uma babá seguia empurrando uma criança pequena num carrinho, conversando animadamente em uma língua que Elder não conseguia entender.

Metodicamente, Kennet começou a enrolar o cigarro.

— Como foi que você conheceu Maddy? — perguntou Elder.

— Num bar. Holloway. Ela estava lá com uma amiga. Vanessa. Para ser franco, foi nesta última que eu fiquei interessado a princípio. Você já se encontrou com ela?

Elder assentiu.

— Então, sabe do que estou falando. — Kennet umedeceu a borda do papel com a língua. — Ela é moderna, acho que é o que se poderia dizer. Não tem vergonha de dar em cima. — Quando seu isqueiro não funcionou da primeira vez, ele deu-lhe uma rápida balançada. — Eu estava com um amigo. Nós fomos sentar na mesa delas. Na verdade, foi ideia dele. Depois de um tempo, meu amigo foi embora. Vanessa estava incrivelmente excitada... já tinha tomado umas e outras, acho eu... enquanto Maddy, na maior parte do tempo, ficou sentada ali, sorrindo um pouco, você sabe, sem hostilidade, mas sem se mostrar... como diria? ...oferecida.

— E você gostou do jeito dela? — perguntou Elder.

Kennet sorriu.

— Acho que sim. Que cara não gostaria? No final da noite, peguei o telefone das duas, mas foi para Maddy que liguei. Ela pareceu surpresa, eu me lembro disso. Pensou que eu me enganara, que trocara os números.

— E você saiu com ela durante quanto tempo?

— Uns poucos meses. Três. Não foi mais do que isso. — Ele tentou acender o isqueiro de novo, sem resultado. — Você não tem fogo aí, tem?

— Acho que não.

Kennet cruzou a calçada até o carro estacionado junto ao meio-fio, destrancou o veículo e estendeu a mão até o painel para pegar uma caixa de fósforos.

— Então, vocês não se deram tão bem quanto achavam que dariam — disse Elder.

Kennet deixou cair o fósforo apagado na direção da sarjeta e deu uma profunda tragada no cigarro.

— Não, não foi assim. Nós nos demos muito bem. Pelo menos essa é minha opinião. Foram apenas... ah, não sei, como é que você chamaria isso?... as circunstâncias, acho eu. E, honestamente, acho que ela perdeu o interesse. Nós marcávamos encontro algumas vezes e ela telefonava, em cima da hora, e cancelava. Isso aconteceu tantas vezes que, quando o telefone tocava, eu já sabia o que era.

Ele vislumbrou Elder e depois lançou um olhar ao longo da rua.

— E aí vocês romperam? — perguntou Elder.

— Sim.

— Você rompeu com ela?

— Sim. — Ele foi mais enfático dessa vez.

— Não foi Maddy?

— Não. Olha aqui...

— Está bem. Estou só tentando obter um quadro preciso do que aconteceu.

— Por quê?

— O que quer dizer?

— Por que isso é tão importante? Por que você precisa saber? Já me fizeram todas essas perguntas antes.

— Compreendo. É que, neste momento, não sei o que é importante e o que não é.

— E você acha que isso é?

— Como eu disse, é possível.

Kennet balançou a cabeça, descrente.

— Glenn Close, certo?

— Não entendi.

— Glenn Close no filme *Atração fatal*. Não suportou ser rejeitada. Ataca Michael Douglas com uma faca. Você acha que eu fiz isso.

— Michael Douglas?

— Glenn Close.

— É?

— Eu persegui Maddy com uma faca?

— Perseguiu?

— Não, não persegui.

— É claro que não.

O cigarro de Kennet se apagara e ele o acendeu de novo numa segunda tentativa.

— Você sabe se Maddy estava se encontrando com mais alguém? — indagou Elder.

— Você quer dizer, enquanto ela saía comigo?

— Naquela época ou depois.

— Naquela época eu acho que não; depois, não saberia dizer.

— Vocês não mantiveram contato?

Kennet balançou a cabeça.

— Foi um rompimento completo. Além disso, quando eu disse para ela que achava melhor pararmos de nos encontrar, ela concordou. Certamente, eu não iria querer ficar importunando Maddy.

Ele se levantou e olhou na direção do telhado.

— Desculpe, mas tenho que voltar ao trabalho.

Elder estendeu a mão.

— Obrigado pelo seu tempo.

O aperto de mão de Kennet foi firme.

— Pegue o filho da mãe, certo?

— Certo.

— E, ei!

— Sim?

— Feliz Ano-Novo.

Elder ficou observando Kennet galgar os andaimes de volta, sem colocar um pé no lugar errado, sem hesitar um momento.

CAPÍTULO 20

A primeira sexta-feira do ano, um dia frio e cinzento, o céu da cor de ardósia velha, uma fina camada de gelo nas vielas maltratadas. Enterro de Maddy Birch: crematório Hendon, 11h30 em ponto. Os canteiros de flores, um quadro de terra revolvida e folhas antes verdes (agora escurecidas pela geada), roseiras esguias cortadas quase até a raiz. A mãe de Maddy estava sentada, comovida, no comprido carro negro enquanto este acompanhava o caixão pelas lentas curvas das ruas Nether e Dollis. A irmã, que Maddy quase não vira nos últimos vinte anos, sentada junto à mãe, estava com o rosto abatido. Amontoados nos carros seguintes, tios e primos iam com as mãos crispadas no colo. Aqueles que acharam que a mãe ia querer um funeral perto do lar da família, em Lincoln, ficaram rapidamente desiludidos. A senhora Birch dissera:

— Ela deu as costas para nós há muito tempo.

Culpar, naquele momento, era mais fácil do que lamentar.

Elder chegara cedo e ficara de pé em um canto. Condizente com o ritual funerário de uma colega policial morta no cumprimento do dever, a presença da polícia era de tristeza, evidentemente. Perto da entrada, uma equipe de vigilância, o mais distante possível, registrava em vídeo as pessoas ali reunidas, no caso de haver alguma verdade no antigo mito de que assassinos são atraídos ao enterro de suas vítimas. Gramados, poucos e secos, se estendiam na direção de uma alta cerca divisória e do campo de golfe municipal situado além dela.

Ao sair do carro, a Sra. Birch cambaleou, e foi somente a mão estendida do detetive-superintendente Mallory, sempre alerta, que evitou que ela caísse no chão.

Dentro da capela, um CD produzia música edificante, cortesia da estação de rádio Classic FM. Karen Shields, usando um terno preto, o cabelo todo puxado para trás, deslizou com suas longas pernas para um banco do lado oposto em relação ao corredor em que Elder se encontrava, e começou a folhear um livro de hinos colocado no espaldar do banco da frente.

O caixão estava a plena vista: sólido, real.

O pastor limpou a garganta.

Elder se lembrou da ocasião em que estava de pé no final da rua de calçamento de pedra, vindo de Lincoln Cathedral, observando Maddy se afastar. "Boa noite, Frank. Se cuide." Esperando que ela se virasse e sorrisse. Ela não fez isso.

O hino foi cantado desafinadamente, as vozes silenciando até que apenas o eco da música pré-gravada do órgão resfolegou os últimos versos.

— Vamos rezar.

Metida num casaco de veludo preto, saia preta, botas pretas, Vanessa Taylor começou a chorar e, virando-se, Karen entregou um lenço de papel para ela.

Condizente com a ocasião, o subchefe de polícia estava com o uniforme completo. Ele falou de Maddy como sendo uma policial modelo, uma servidora dedicada ao público, uma jovem corajosa, cuja vida fora cruelmente interrompida. George Mallory, com um cravo branco, de certa forma deslocado na lapela de seu terno de lã cinza, prestou testemunho da honra que ele tivera em ter sob seu comando uma policial competente como Maddy, mesmo que, infelizmente, por tão pouco tempo. Referindo-se à operação de prisão de James Grant, ele relembrou com orgulho dos momentos de extremo perigo, quando ela ficara ali de pé, a seu lado, indômita.

A mãe de Maddy, sentada, inclinou-se para a frente, a cabeça baixa.

Vanessa Taylor continuava a chorar.

Relutantemente, os fiéis se levantaram e, com dificuldade, entoaram outro hino.

Com um pequeno solavanco, o mecanismo que levaria o caixão começou a se movimentar.

Quando o caixão atravessou as pesadas cortinas e desapareceu da vista, Elder sentiu a respiração de Maddy passando, fria, por seu rosto.

Desesperada por um cigarro, Karen Shields caminhou entre as coroas e arranjos florais que haviam sido dispostos para apresentação nos fundos do prédio. Procurando um pacote de pastilhas de hortelã no fundo da bolsa, ela acabou tirando, junto com as pastilhas, uma antiga lista de compras e dois lenços de papel rasgados. A véspera do dia de Ano-Novo tinha terminado. Se beber, não dirija. Ela passara a noite com três antigas colegas de escola, uma tradição que vinha de muitos anos, mais do que elas gostavam de se lembrar. Duas delas estavam casadas e com filhos; uma, finalmente assumida, vivia com sua parceira na arborizada Letchworth Garden City, apreciando a agitação que levantavam toda vez que decidiam caminhar ao longo da rua principal, de mãos dadas. Karen já se acostumara a aparecer sozinha e ir embora do mesmo jeito.

Vendo Elder ali, sozinho, ela atravessou o corredor para se juntar a ele.

— Antigamente, eu achava que cremação era melhor que enterro — disse Karen. — Agora, não tenho tanta certeza.

— Quando a gente vai a fundo nessa questão, duvido que haja muito a escolher.

— Um pensamento um tanto frio, não?

Elder não via como podia ser diferente.

— Você foi ver Kennet — falou Karen, mudando de assunto.

— Fui, sim.

— E o que achou?

— Pareceu-me bem direto.

— Foi mais ou menos o que Mike disse. Além do mais, o álibi dele é forte. De férias na Espanha com a namorada. Não voltou até o dia em que o corpo de Maddy foi encontrado. — A despeito de seus melhores esforços, a hortelã se fragmentara entre seus dentes. — Sherry mencionou alguma coisa sobre um relógio.

Elder assentiu.

— O relógio de Maddy. Sim. Parece que desapareceu.

Por sobre o ombro de Karen, ele pôde ver Mallory e um homem, mais baixo e de feições angulares, em animada conversa.

— Quem é aquele com Mallory?

— Maurice Repton, seu subchefe inspetor.

Como que percebendo que estavam sendo observados, ambos viraram a cabeça e Mallory, sorrindo, levantou a mão numa saudação alegre.

— Esse negócio do Grant, a que Mallory fez menção — disse Elder. — Não há nada ali que nos sirva?

— Acho que não.

— Mesmo assim, talvez valesse a pena examinar novamente. Na ausência de qualquer outra coisa. — Vendo a mãe de Maddy apoiar-se no braço da irmã enquanto se inclinava na direção de uma das coroas, Elder pediu desculpas e foi até lá apresentar seus pêsames.

Vanessa apagou o cigarro debaixo do salto da bota e começou a andar em direção ao portão principal. Ela não percebeu que a cerimônia funerária a perturbara tanto, quase envergonhando-a com a confusão que causara, o modo como chamara atenção para si mesma. Contudo, durante todo o tempo ela não conseguira suprimir as imagens de Maddy rindo, escutando, fingindo ficar chocada com a irreverência de Vanessa, seu bom humor prejudicado, já no fim do encontro, com os vestígios de medo que Vanessa deixara de levar a sério. *Você não está encarnando comigo, está? Querendo me meter medo?* Ouvindo o carro se aproximar atrás dela, Vanessa afastou-se para o lado.

Em vez de passar direto, o carro parou.

— Para onde vai? — O cabelo grisalho de Mallory parecia ter sido recentemente escovado e penteado.

— Vou pegar o metrô.

— É uma longa caminhada. Entre aqui, eu lhe dou uma carona.

Enquanto Vanessa hesitava, a porta se abriu, e Mallory, dando as boas-vindas, afastou-se no banco traseiro, abrindo espaço para ela.

— Está bem, obrigada.

— Excelente. Vamos, motorista. — Embora o cravo houvesse desaparecido da lapela, o detetive-superintendente ainda estava de bom humor. Parecia mais que ele saíra de um casamento do que de um funeral.

— Patrulheira Taylor, não é?

— Sim.

— Vanessa.

— Sim.

— Você e Maddy eram amigas íntimas.

— Nós éramos boas amigas, sim. — Lágrimas brotaram novamente no fundo dos olhos dela.

— Vá em frente — disse Mallory. — Deixe a coisa fluir. Um pouco de emoção genuína. Não há motivo para se envergonhar.

— Não, está tudo bem...

— Maurice, seja um bom moço, empreste um lenço à senhorita.

Uma dos últimos homens do século XXI a realmente carregar um lenço, lavado e passado, Repton virou-se no banco do carona onde estava sentado, e passou o lenço para Vanessa, com um mão bem cuidada.

— Obrigada. — Vanessa fungou e enxugou os olhos.

— Eu vejo essas mulheres chorando e soluçando nos noticiários — dizia Mallory. — Irã, Iraque. Não posso deixar de imaginar, se, às vezes, elas não estão certas. É melhor do que guardar tudo para si mesmo, como nós fazemos. Maurice, o que é que você acha? Vanessa?

Vanessa falou que não tinha certeza. Maurice pareceu não dar importância à pergunta.

Eles pararam num cruzamento, entre uma mulher lutando para engrenar a primeira marcha em um Isuzu Trooper e um caminhão articulado a caminho da loja Asda mais próxima.

— Vocês eram amigas íntimas, você e Maddy — observou Mallory, chegando perto dela.

— É, acho que sim.

— Não tinham segredos, esse tipo de coisa.

— Isso mesmo.

— Amizade entre duas mulheres é uma coisa admirável. Nada de guardar segredos. Aberta, honesta. Não como eu e o Maurice aqui, lado a lado por quase vinte anos, e o que acontece no cérebro dele ainda é um mistério. E também comigo.

O motor da SUV afogou e, com a mulher observando, diversos homens tentavam tirar o veículo do caminho.

— Aquele horrível episódio, Grant sendo baleado, o garoto Draper morrendo, ela deve ter falado sobre isso, eu não me admiraria.

— Um pouco, sim. Não muito.

— Ela lhe confidenciou, portanto.

— Aquilo a perturbou, sim. Especialmente o que aconteceu com Paul Draper.

— E Grant? Ela falou algo sobre ele? O tiroteio. — Por um momento, a mão de Mallory descansou no joelho de Vanessa.

— Não, não que eu me lembre.

— Se houve alguma coisa...

— Realmente, não houve.

— É claro. — Como que subitamente perdendo o interesse, Mallory se deslocou para o seu lado no assento e, instantes depois, eles encostavam no meio-fio.

— Sua parada — disse Repton, sem se virar. — Estação Hendon Central.

— Camden Town e uma baldeação — disse Mallory. — É em Kentish Town que você trabalha?

— Sim.

— Coisa maravilhosa, o metrô de Londres. O que faríamos sem ele, eu gostaria de saber.

— Obrigada pela carona — falou Vanessa, abrindo a porta.

— Quando quiser — disse Mallory, com um generoso aceno de mão. — Quando quiser.

Observando o carro voltar ao trânsito, transeuntes se aglomerando à sua volta, Vanessa abaixou as mãos rapidamente para os lados do corpo, as pernas fracas, a barriga se revolvendo, sem que ela soubesse muito bem o porquê.

CAPÍTULO 21

Uma coisa que sempre fazia Elder sentir que estava envelhecendo era um bar em Camden numa noite de sábado. As mesas, quadradas e pesadas, estavam superlotadas e cobertas de garrafas e copos vazios, molhadas de cerveja e com gente falando de si mesmas. Não havia um único lugar vazio em qualquer parte. No balcão, três fileiras de cadeiras estavam ocupadas. Uma grande tela de televisão mostrava continuamente clipes de música, ninguém escutando, ninguém assistindo. A fumaça de tabaco misturada ao cheiro instantaneamente reconhecível de maconha. As vozes se elevavam, altas, sobre a mistura de reggae e um tipo de rock pauleira despojado. Além da idade, Elder se destacava por não ter alguma parte do corpo marcada ou furada e por não usar roupa preta.

— Aqui — falou Vanessa, segurando-lhe o braço.

Com um sorriso rápido e bom uso dos cotovelos, ela conseguiu para eles um lugar mais abrigado, espremido contra a janela que dava para a rua High, fumaça e vapor condensado manchando a vidraça.

— Desculpe — disse ela.

— Pelo quê?

— Por trazer você aqui.

Elder conseguiu sorrir.

— Já vi piores. — Ele apenas não se lembrava quando.

— É claro — disse ela — que talvez não seja nada. — As palavras dela se perdendo em um súbito aumento do som.

— O quê?

— Eu disse que talvez não seja nada.

— Me conte.

Ele precisou se inclinar para conseguir compreender cada palavra. Ele não tinha certeza do que Mallory e Repton estavam querendo, mas uma coisa era certa: eles tinham conseguido assustar Vanessa.

— E você não escondeu nada deles? Alguma coisa que Maddy poderia ter dito?

— Meu Deus, não.

— Você disse que eles a fizeram passar um aperto quando interrogada.

— Foi. Disse que era provável que ela fosse chamada novamente, mas eu acho que não chegaram a fazer isso.

Elder conseguira cópia do relatório feito pela equipe de Hertford, mas ainda não o lera.

Vanessa se inclinou para perto dele, o suor aparecendo no lábio superior.

— Aquilo me fez pensar em uma coisa que Maddy falou sobre o caso de Grant, uma coisa que eu havia meio que me esquecido. Havia um sujeito, um especialista em armamento, sabe? Dando em cima dela. E não foi só uma vez. Ele não aceitava "não" como resposta.

— Você sabe o nome dele?

— Acho que ela não mencionou. Mas ele é meio ruivo, isso ela disse. Cabelo louro-avermelhado. Não admira que não tenha gostado dele.

— Você acha que ele poderia ter insistido? Tentado uma nova cantada?

— Nunca se sabe, não é? O que certos caras podem fazer.

Uma garrafa se quebrou na extremidade mais afastada do balcão e Elder levantou da cadeira.

— Vamos acabar nossas bebidas e cair fora daqui, está bem?

Os carros passando lentamente na rua, uma chuvinha fina agitando o ar e obscurecendo os faróis. Jovens de ambos os sexos caminhavam pela calçada em grupos de três ou quatro; eventualmente, um casal de braço ou de mãos dadas. Sem ligar para nada, uma garota com não mais de 16 ou 17 anos estava sentada na calçada, as pernas cruzadas, as lágrimas escorrendo pelo rosto. Um negro idoso, cachinhos escorrendo para fora do barrete, imitava um gingar sinuoso ao som baixo de um tambor no chão.

Sempre o ruído intermitente das sirenes da polícia a curta distância.

— Estou faminta — disse Vanessa, subitamente. — E você?

— Acho que não — respondeu Elder, percebendo, assim que falou, que não era verdade.

Em um quiosque eles compraram uma porção de falafel que comeram com pão pita, encostados num muro.

— Como é que as coisas estão indo, aliás? — perguntou Vanessa. — A investigação.

— Ah, sabe como é...

— Ainda parada?

— Bastante. Mas algum caminho vai aparecer, como geralmente acontece.

Ela sorriu.

— Acho que não fui exatamente de grande ajuda.

— Não. Você agiu certo em me contar. Cabelo louro-avermelhado, vamos checar o sujeito. Além disso, esses bolinhos estão gostosos. Não tem isso na Cornualha. Pastelaria é basicamente o que há por lá.

— Chá com creme.

— Isso também.

Um jovem usando uma camisa de um time de futebol inglês e pouco mais que isso, mesmo com o frio, se lançou contra eles, pediu desculpas e saiu cambaleando.

— Acho melhor ir andando — disse Elder, se afastando.

— Está bem.

— Como é que você volta daqui? Metrô?

— Ônibus.

Eles caminharam juntos até a estação.

— Tenha cuidado — disse ela, na entrada. — Boa sorte.

— Você também.

A luz do poste iluminou o rosto dela.

Quando Vanessa se desviou do costumeiro círculo de drogados e semibêbados a caminho do ponto de ônibus, provavelmente não percebeu a limusine azul-escura estacionada ilegalmente perto do cruzamento e o homem observando-a atentamente por detrás do volante.

Elder finalmente conseguiu dormir, o sono perturbado por pesadelos nos quais sua filha, como uma libélula, descartava a pele para revelar uma outra, o rosto e o corpo transformando-se nos de Maddy Birch, apenas para serem substituídos, também com facilidade, por outros de pessoas que ele não reconhecia. Quando acordou, seu cabelo estava colado ao couro cabeludo a colcha, pegajosa de suor, amarfanhada entre as pernas.

Cambaleando para fora da cama, ele ficou por cinco minutos debaixo do chuveiro, a água morna caindo sobre sua cabeça e seus ombros, enquanto ele se lavava e limpava, um jato final de água fria, como que se purificando antes de sair do banheiro.

Café, torrada, uma camisa branca mais ou menos passada, tirada do cabide, calça azul-marinho, os sapatos confortáveis de sempre, já muito usados; a camisa e a cueca de ontem ele enfiou na lavadora, juntamente com a colcha e a fronha.

Ao discar o número de Joanne, esperando falar com Katherine, tudo que conseguiu foi uma voz automatizada pedindo que deixasse uma mensagem.

Alguém no apartamento de baixo mimoseava-o com a música do Capital Gold e ele revidou com Radio 3. Haydn, provavelmente. Será que era Haydn? Mozart ou Haydn. Talvez Bach.

Um capítulo de Patrick O'Brian — navio inimigo às 4 horas no horizonte, já sem artilharia, hasteia a bandeira —, e ele estava pronto para algo mais seco. Dando uma olhada no celular, apenas por desencargo de consciência, ele meteu o aparelho no bolso; o "Relatório do Inquérito Grant", notebook e caneta esferográfica estavam todos prontos para serem levados. Ele checou no carro o guia de ruas de Londres.

Não havia vaga no pequeno estacionamento perto de Kenwood House, de modo que ele estacionou na rua Hampstead. A maior parte das mesas na calçada do café estava ocupada, as toalhas de papel já todas estendidas. O tempo estava bom. Ele encontrou um espaço perto do canto dos fundos, partiu um pedaço de croissant de amêndoas, provou o café e começou a ler. De certa forma, o fraco burburinho à sua volta tornou a concentração mais fácil.

Ashley e sua equipe aparentemente haviam se lançado ao trabalho de modo total, se não inspirado. Lendo as entrelinhas, ficava claro que certas seções da Polícia Metropolitana não haviam tornado a tarefa dos responsáveis pelo inquérito mais fácil do que necessário. As conclusões do relatório, que atribuíam uma pequena parte da culpa a falhas organizacionais, porém nada além disso, não eram, em nenhuma circunstância, excepcionais. Quanto a James Grant e à segunda arma, o detetive-superintendente Mallory recebera o benefício da dúvida.

Elder achou que umas palavrinhas com Trevor Ashley talvez fosse uma boa ideia.

Tirando o celular do bolso, ele tentou falar com Joanne de novo. Nada.

O resto de seu café ficara frio.

Quando da sua estada como membro da Polícia Metropolitana, sendo sua jurisdição na zona oeste de Londres, ele e Joanne haviam ido de carro a Hampstead Heath com Katherine, numa tarde de domingo, e lá empinaram uma pipa por sobre a colina Parliament. Katherine — 5 anos na época, ou eram 6? — perdera a paciência e descera a colina correndo na direção do playground e da piscina. Elder correndo atrapalhado atrás dela, rindo, enquanto Joanne enrolava a fina linha da pipa.

Será que na época ela já estava transando com Martyn Miles?

Algumas coisas é melhor não saber.

CAPÍTULO 22

Segunda-feira cinzenta. O sol de inverno da véspera aparecera só para enganar. Karen Shields estava sentada à sua mesa, dando andamento a um monte de circulares e memorandos, colocando-os direto no picador de papel. Elder parara na máquina de café para encontrá-la.

Eles ficaram sentados em lados opostos da mesa, o burburinho do dia em torno deles.

— Como foi seu domingo? — perguntou Karen.

— Nada de especial. E você?

— Assim também. — Karen dormiu o máximo que pôde antes de ir encontrar-se com uma amiga na rua Upper, para um café da manhã reforçado, seguido de um filme ruinzinho no cinema Screen on the Green. À noite, ela assistiu TV, lavou e passou roupa, falou com a irmã em Stockwell e com a mãe na Jamaica.

— Na verdade, eu fiz uma coisa — disse Elder. — Li todo o relatório sobre o tiroteio de Grant.

— Tem alguma coisa que nos sirva?

— Não que eu pudesse ver de imediato. É bastante direto, na verdade.

— Um beco sem saída, então?

— Provavelmente. — Elder tomou um gole de café. — Talvez valha a pena contatar Ashley, o superintendente de Herts, que conduziu o inquérito. Apenas um bate-papo. Revisar algumas coisas.

— Uma pequena ajuda, lendo nas entrelinhas.

Elder sorriu.

— Algo assim.

Como é que ele podia tomar um café tão quente, ela não sabia.

— Eu e Mike checamos as duas últimas possibilidades do Registro de Criminosos Sexuais.

— Alguma novidade?

Karen balançou a cabeça.

— Não precisaríamos nos incomodar com esse trabalho. Um estuprador já velho com diabetes e quadril avariado, e outro duas vezes condenado por crime sexual, agora incapacitado pela Aids.

— Ah, bem. Elimine esses e vamos em frente.

— Para onde?

Elder colocou o copo na borda da mesa.

— Vanessa Taylor.

— O que é que há com ela?

Ele relatou a Karen os pontos essenciais do que a moça lhe contara na noite de domingo.

Karen ficou pensando durante um tempo.

— Mallory e Repton, quem diria? Será que eles a pressionaram só para se distrair? Será que estão querendo brincar?

— É possível. Mas, não. Acho que há mais coisa aí do que simples brincadeira.

— E isso vai até Grant?

— É o que parece.

— Grant e Maddy.

— Sim. De alguma forma.

— Motivo pelo qual você quer conversar com Ashley.

— Certo.

— Então, é um pouco mais do que um bate-papo casual?

Elder sorriu. Houve um súbito tintilar de telefones a meia distância. Vozes se altearam. Alguém, repetidamente, dizendo palavrões, de forma urgente.

— E quanto a outra coisa que ela mencionou? — disse Karen. — Esse de cabelo avermelhado, Lothario, da divisão de armamento?

— Localizar esse cara não deve ser difícil.

— Você não acha que estamos nos agarrando a coisas sem importância?

— No momento, acho que devemos nos agarrar ao que pudermos.

Karen sabia que ele tinha razão.

— Vou colocar Mike e Lee para fazer isso. — Quando ela bebeu o café novamente, estava na temperatura ideal. — A propósito, o relógio de Maddy. Mandei fazer uma dupla checagem no inventário no caso de ter ocorrido um erro burocrático. Mas não, não há sinal dele.

— Eu perguntei à mãe dela, no funeral — disse Elder. — Ao que parece, foi um presente do pai. Um Lorus. Nada muito caro. À prova d'água. Aço inoxidável. O nome de Maddy gravado na parte de trás. E a data: 15 de setembro de 1981.

— Seu 21º aniversário — disse Karen, fazendo o cálculo mentalmente.

— É.

Uma breve imagem de Katherine relampejou no fundo dos olhos de Elder.

— Vanessa confirmou — disse ele — que Maddy ainda usava esse relógio.

— Nesse caso — falou Karen —, onde ele está agora?

Ambos se viraram para o mapa na parede, a área em torno da antiga linha de trem onde o corpo de Maddy fora encontrado. Macega cerrada, arbustos, árvores.

— A área foi toda revistada — disse Karen.

— Podia ser revistada novamente.

— Você acha isso importante?

— Se não estiver lá, há a possibilidade de que tenha sido levado por quem a matou.

— Uma lembrança.

— Talvez.

Durante minutos ninguém falou. Se o relógio tinha realmente desaparecido, era algum traço do assassino, algo que poderia ser de utilidade para um especialista em fazer perfil de criminosos.

Karen inclinou-se e jogou o copo de plástico e o resto do conteúdo deste numa cesta de lixo.

— Conseguir um bom número de pessoas para procurar lá vai ser um problema. Talvez tenhamos que contar com voluntários. Mas eu vou me esforçar ao máximo para fazê-lo.

— Ótimo — disse Elder, se levantando. — Apenas mais uma coisa.

— O quê?

— Kennet. O álibi dele. Presumo que foi todo checado.

Karen lançou-lhe um olhar.

— Eu achei que você havia acreditado nele.

— Eu sei. É que é difícil abrir a mão possibilidade de quem quer que tenha feito isso, Maddy o conhecia, talvez conhecesse bem.

— Eu não diria exatamente que eles se conheciam bem, não é?

— Eles tiveram um caso.

— Se é que se pode chamar aquilo de caso.

— Eles transaram.

— Uma meia dúzia de vezes, em quê? Três meses?

— Isso não é um caso?

— Você me diz se é.

Elder sustentou o olhar dela.

— Eu gostaria que Sherry investigasse mais uma vez o passado dele. Se você não tem objeções?

Karen achava que isso seria uma perda de tempo.

— Vá em frente — disse ela.

— Obrigado.

Graeme Loftus ajeitou sua postura, os pés separados, braço estendido, a mira ao longo do cano da pistola e atirou bem no centro da figura impressa que o ameaçava, no muro distante. Havia 18 furos amontoados em torno do coração.

Ao terminar o treinamento e deixar o prédio, a chuva que vinha ameaçando parar e começar de novo decidira ir à desforra. Mike Ramsden interceptou-o a caminho do estacionamento.

— Graeme Loftus?

— Quem quer saber?

— Sargento-detetive Ramsden. Homicídios.

— O que é que há?

— Uns poucos minutos do seu tempo; não vai demorar.

— Estou ficando ensopado, parado aqui.

— O meu Sierra está ali adiante. Vamos sair da chuva.

Lee Furness estava no assento traseiro, e, com Ramsden mantendo a porta aberta, Loftus deslizou resmungando para junto dele.

— Tempinho miserável, não é? — disse Furness, com um sorriso.

Loftus ficou em silêncio. Seu cabelo avermelhado estava escurecido pela chuva.

— Maddy Birch — falou Ramsden.

Loftus piscou.

— Quem?

— Maddy Birch.

Loftus balançou a cabeça.

Furness tirou uma fotografia do bolso e mostrou a ele.

— Ah, sim. — Loftus piscou de novo e enxugou alguma coisa no bigode.

— Agora você se lembra dela — disse Ramsden.

— É claro que me lembro, porra.

— Conheceu-a bem, então?

— Não.

— Você tem certeza?

— É claro que tenho.

— Não por falta de vontade.

— Olhe aqui, o que...

Ramsden sorriu.

— Se jogou todo sobre ela, pelo que ouvi. Como uma porra de um cervo macho no cio.

— Isso é bobagem.

— Um porco fuçando a porra do cocho.

Ao lado de Loftus, Furness riu. Lá fora, a chuva não mostrava sinais de amainar.

— Escute aqui — disse Loftus, de homem para homem. — Eu conversei com ela, convidei-a para tomar um drinque, você sabe como são as coisas.

Ramsden sorriu encorajadoramente.

— Certo. Uma mulher bonita, sozinha. Umas cervejas. Vocês estavam engrenados.

— Se você pensa assim...

— A perna sobre a dela no final da noite, coisa natural, certo? Que mal há nisso?

— É.

— Exceto pelo fato de que ela não queria conversa. Maddy.

— Sim, bem... Não se pode ganhar todas as vezes, você sabe.

— E quando ela disse para você que não queria conversa?

Loftus riu.

— Fim de papo. Apenas isso.

— Você foi embora.

— Sim.

— E depois?

— Depois, nada.

— Mas é preciso ter espírito esportivo para levar um fora diante de todo mundo. Sair com o pau entre as pernas não faz bem ao velho ego.

Loftus balançou a cabeça.

— Isso acontece, não é?

— Frequentemente? Com você, quero dizer?

Loftus reagiu.

— Não, não com frequência.

Ramsden deu uma olhada para Furness e piscou.

— Garanhão. O dono do pedaço. Olhe para ele, Lee, não é? Apresentando seus documentos. Pegando geral.

— Tudo bem — disse Loftus, ruborizando —, chega.

— Pavio curto, também. Perde logo as estribeiras. Ruivos, é lógico, o que mais se poderia esperar? De acordo com o estereotipo. — Os dedos de Ramsden tamborilaram rapidamente nas costas do assento. — Não descontou seu mau humor em cima de Maddy, espero? Você encontrou com ela de novo, não foi?

Loftus abriu a porta do carro.

— Muito bem, já chega. Se quiserem que eu diga algo mais, façam um pedido oficial. Peçam a um advogado da federação, toda essa coisa. De outra forma, fiquem longe de mim.

Deixando a porta inteiramente aberta, ele saiu para a chuva.

— Sensível, não? — disse Ramsden.

CAPÍTULO 23

O trânsito no sentido norte para Hertford estava lento e ficara ainda mais devagar devido a um caminhão enguiçado e duas obras de companhias telefônicas na estrada. Perto do ponto em que a A10 encontrava a M25, junto a Waltham Cross, a chuva começou a cair pelo segundo dia seguido. A princípio leve, mas quando Elder retornava para o centro da cidade, ela caía com tanta força que os limpadores de para-brisa funcionavam a toda velocidade. O único lugar onde ele conseguiu estacionar o Astra foi na lateral do estacionamento, o mais distante possível da entrada. Correndo, a gola levantada, ele já estava, apesar de tudo, ensopado quando entrou e se apresentou no balcão de inquéritos.

Um patrulheiro uniformizado conduziu-o a uma pequena sala que tinha uma placa com o nome do detetive-superintendente Ashley pregada na porta.

Ashley apertou afavelmente a mão de Elder e queixou-se do tempo.

— Se quiser tirar esse casaco, coloque-o no radiador.

— Obrigado, vou fazer isso.

O próprio Ashley usava um paletó de lã, já gasto, com reforços nos cotovelos e em torno dos punhos. Elder até esperava que ele tirasse um cachimbo e começasse o ritual de riscar fósforo depois de fósforo, tentando acender o maldito fumo.

— Você é um dos companheiros de Framlingham? A brigada dos velhinhos.

— É assim que eles nos chamam?

— Entre outras coisas. Veja só, eles também me chamam assim, e de coisas piores.

Elder achou que provavelmente eles tinham a mesma idade.

— Eu diria que ajuda a complementar a aposentadoria — continuou Ashley. — Evita que as juntas enferrujem.

— Algo assim.

— Como era nos velhos tempos? Tomando conta de uma banca de jornal. Gerenciando um bar. Agora, tudo é segurança. Guardando um condomínio de luxo onde os moradores esperam que você lhes bata continência e os chame de senhor e madame.

— Você não se vê fazendo essas coisas?

— Você faria? — Ashley sorriu e refestelou-se na cadeira. — Hereford, é para lá que eu vou. Não há lugar melhor para se pescar. Fora a Escócia, é claro. Já tenho um lugarzinho lá todo pronto.

Elder já ouvira conversa igual ou parecida muitas vezes antes, e ficava imaginando se o sonho se tornaria realidade.

— Você quer falar sobre Maddy Birch — disse Ashley.

— Quero.

— O que aconteceu com ela, essa violência sem sentido, como aquelas mulheres em Londres, correndo no parque... Bem, você conhece as estatísticas tanto quanto eu. Não interessa como a gente manipule os números, o crime contra a pessoa está aumentando... em quanto?... 15 por cento em relação ao ano passado. E aí vem esse idiota do secretário do Interior enchendo a boca ao falar de planos delirantes para rastrear os agressores por meio de satélite, dizendo aos integrantes dos conselhos locais que, se querem um policiamento decente, eles têm que pagar por isso do próprio bolso. É aquela conversa de um cego guiando a porra dos outros cegos.

Ele levantou as mãos.

— Eu sei, eu sei, estou mudando de assunto. Mas aquele homem e esse governo, eles fazem o meu sangue ferver.

Elder sorriu e esperou que Ashley se acalmasse. Do lado de fora, a chuva continuava a castigar a vidraça.

— Você acha que pode haver alguma ligação entre o caso de Grant e o assassinato de Birch? — perguntou o detetive-superintendente.

— Não tenho certeza. Acho que é possível, mas realmente não vejo como. Estou só fazendo suposições.

— Eu lhe conto o que puder.

— Você mesmo a interrogou, você e aquela mulher, Mills?

— Certo.

— Qual foi sua impressão?

Ashley pensou por um momento.

— Um pouco nervosa, talvez. Porém, não mais do que a maioria que se vê naquela situação. Ciente de que estava sendo criticada. Flagrada no erro.

— E isso aconteceu mesmo?

— Não, até onde posso ver.

— E a versão dela dos fatos, o tiroteio...

— Basicamente, a mesma de todos os outros. Cumprindo seu dever, o detetive-superintendente Mallory atirou e matou um homem armado, sendo que as circunstâncias não deixavam outra alternativa para ele.

— A versão do que aconteceu, contudo, e a questão da segunda arma, isso depende em grande parte do testemunho de Maddy.

— Não; na verdade, não. Mesmo sem esse testemunho, não havia outra saída. Não havia razão para Mallory abrir fogo sem motivo justo.

— Vocês não pensaram em fazer com que ela depusesse novamente?

— Nós pensamos nisso, sim, uma vez. Mills estava muito inclinada a fazê-lo. Mas aí... Bem, você sabe o que aconteceu depois. Perdemos a oportunidade.

Ashley empurrou uma caneta sem tampa por cima dos papéis sobre a mesa.

— Não vejo como isso poderia ter mudado alguma coisa.

Elder agradeceu pelo tempo gasto e, um minutos depois, já estava de volta ao carro, o noticiário dos 13 horas apenas começando, o céu clareando para o sul, enquanto a chuva diminuía.

Karen sempre achara que ir atrás de Loftus não levaria a lugar nenhum e, pelo que Mike Ramsden dissera, ela tinha razão. Em alguns casos, a pressa ao contratar um advogado poderia ser encarada como uma admissão de culpa, mas Loftus parecia ser pavio curto mesmo. Antes, naquele mesmo dia, ela tivera um conversa rápida com o superior imediato dele na S019, e todas as indicações eram de que, embora fosse um pouco irritadiço, era um bom policial, com um currículo praticamente irretocável. Outro beco sem saída, pensou Karen. Mas talvez valesse a pena explorar um pouco mais, apenas para ter certeza. Ela mandaria o jovem Denison esmiuçar os detalhes do caso, ver o que poderia encontrar, se é que encontraria alguma coisa.

Talvez mais do que meia dúzia de policiais e vinte voluntários que estavam na pequena floresta ao longo da linha de trem, à procura do relógio de Maddy, e, até então, tinham voltado de mãos vazias.

Ela não tinha certeza se Elder ainda estava em Hertford ou não. "Possivelmente está de volta ao apartamento", pensou ela, sorrindo, "tirando a sesta da tarde." Provavelmente, era isso que aposentados costumavam fazer.

Já eram quase 15 horas quando Sheridan veio ao seu encontro, afobado, a gravata desarrumada, a excitação palpável no rosto.

— Sherry, o que é que há?

Karen ouviu, boquiaberta.

— Como não tivemos conhecimento disso antes?

— Eu não tinha acessado pelo computador.

— Merda!

Agarrando o casaco do encosto da cadeira, ela empurrou Sheridan para o lado.

— Me conte tudo enquanto descemos. Tudo que você conseguiu.

Do carro, ela telefonou para Elder.

— Kennet, há 11 anos uma namorada dele entrou com um pedido na justiça, proibindo-o de se aproximar dela.

— E nós acabamos de descobrir isso?

— Hoje à tarde. Como ela não deu andamento com a solicitação, o registro dele voltou a ser limpo. Sherry descobriu por acaso, procurando informações no computador, olhando registros antigos.

— A namorada, alguma ideia de onde está, agora?

Karen permitiu-se um sorriso.

— Tome nota desse endereço. Eu encontro você lá em meia hora.

CAPÍTULO 24

Karen dirigia rápido: desvios constituíam um teste para os nervos. Após semanas de becos sem saída e de desapontamento, ela estava a mil. Friern Barnet, Totteridge e Whetstone, Hadley Wood. As ruas ficaram mais estreitas, depois alargaram-se e, em seguida, estreitaram-se de novo. Todas aquelas perguntas, declarações, buscas, levando a nada. Árvores, algumas recentemente podadas, ornamentavam as calçadas. As casas, a maioria isoladas umas das outras, ficavam afastadas da rua, atrás de sebes altas, jardins bem-cuidados; pequenos prédios localizados nas entradas de garagem curvilíneas apinhadas de BMWs, Jaguars, SUVs. Diminua a marcha, disse Karen a si mesma, diminua a marcha.

Quando chegou, Elder já estava lá.

— A ordem de não se aproximar — disse ele — refere-se apenas a ficar espreitando ou há mais restrições?

— Há mais. — O rosto de Karen, ele observou, assumira um brilho definido.

A casa era de tijolos, telhado de ardósia, nas janelas do térreo havia um hachurado de pequenos quadrados que fariam quem quer que fosse contratado para limpá-los praguejar consigo mesmo e acrescentar umas 5 libras à conta. Um Mini Cooper quase novo, cinza com debruns prateados, estava estacionado fora da garagem para dois carros.

Quando tocou a campainha, Karen esperava ser atendida por uma empregada, não do tipo que usava touca e avental plissado, mas por alguém superqualificado e sub-remunerado da Croácia ou do Brasil. Na realidade, foi a própria Estelle Cooper, Estelle Robinson, como se chamava quando Kennet a conheceu; Sra. Cooper agora, sozinha em casa com o *Mail* e assistindo a TV, quem a atendeu. Até chegar sua vez ela não tinha muito a fazer, os pais das redondeza eram inteligentes o bastante para se revezar em buscar os filhos no colégio, a fim de não congestionar as estradas. Hoje, Jake e Amber seriam pegos pela mãe de Tara, do número 35.

— Sra. Cooper? Eu sou a detetive-chefe inspetora Karen Shields. Esse é o meu colega, Sr. Elder.

Eles a seguiram por um corredor de chão de tacos, entrando em uma comprida sala de estar nos fundos da casa. Janelas do teto ao chão davam para uma estufa em formato de diamante, com grandes tufos de gerânios cultivados dentro do recinto, para protegê-los da geada. Havia fotografias de crianças sobre a lareira e na mesa oval em um canto do aposento, a maioria fotografias escolares em que usavam uniformes imaculadamente limpos e iluminação artificial. Essas fotos sempre davam a impressão a Elder, principalmente quando diziam respeito a Katherine e suas amigas, que as crianças eram padronizadas, tornando-se muito semelhantes.

Estelle Cooper sentou-se no centro de um sofá largo, de espaldar alto, o vestido estampado que usava parecia perder-se no meio do revestimento floreado. Ela tinha um rosto delicado, com cantos da boca virados para baixo e olhos sem brilho.

— Gostariam de uma xícara de chá? — perguntou ela. — Não tinha certeza se...

— Não é necessário, Sra. Cooper, obrigada — disse Karen. — Não tomaremos mais do seu tempo do que o necessário.

— Estelle — disse ela. — Por favor, me chamem de Estelle.

— Muito bem, então. Estelle, você manteve um relacionamento com Steven Kennet...

Elder achou que ela se encolhera ao ouvir esse nome.

— Isso foi há muito tempo — disse ela.

— Eu sei. Gostaria de saber se você poderia nos contar um pouco sobre essa relação? Por exemplo, como terminou?

— Terminou? — Ela fez um barulho, algo entre uma risada e um suspiro. — Mal. Mas imagino que vocês saibam disso.

— Por favor, nos conte nas suas próprias palavras.

— Muito bem. — Os olhos dela pousaram sobre Karen, mas depois se afastaram até encararem o chão. — Comecei a sair com Steven em 1989. Eu trabalhava no centro de Londres, Holborn, como secretária de uma firma de advocacia. Não havia cursado nada na universidade... Bem, eu tinha iniciado o curso, mas, por algum motivo, me pareceu que não poderia continuar. De qualquer forma, eu estava trabalhando para essa firma quando comecei a sair com Steven. Eu o conheci por meio de um amigo, um amigo em comum e ele foi... Bem, tudo foi maravilhoso a princípio. Ele era gentil, amável e... parece uma coisa terrível de se dizer... mas para alguém que fazia o que ele fazia, trabalho de construção, sabe, trabalho manual, ele era... Bem, não exatamente um intelectual, mas interessado em coisas, assuntos culturais. Nós íamos ao teatro de vez em quando, víamos filmes estrangeiros, exposições.

— Quando aconteceu tudo isso — disse Karen —, vocês estavam morando juntos?

— Estávamos. Steven queria que eu me mudasse para a casa dele desde o início. E, afinal de contas, ele era... Ele podia ser muito persuasivo.

— E como foi morar com ele?

— Por um tempo, foi muito bom. Pelo menos eu achei que foi. Eu nunca vivera com ninguém antes. Acho que posso dizer que era um pouco ingênua. — Ela apalpava o tecido do próprio vestido. — Às vezes, ele ficava zangado quando eu não... — Ela olhou de novo para Karen, como que procurando algum tipo de compreensão, simpatia. — Ele me pedia para fazer coisas...

A voz dela se esvaneceu.

Karen lançou um olhar para Elder; esperou.

— Nessas ocasiões — disse ela, a voz suave, quase uma cantilena. — Nessas ocasiões, quando ficava zangado, ele alguma vez bateu em você?

Os olhos de Estelle Cooper estavam fechados.

— Alguma vez ele bateu em você, Estelle?

— Bateu.

— Com frequência?

Olhos ainda fechados, Estelle virou o rosto para o lado.

Karen olhou outra vez para Elder.

— Você conversou com alguém sobre o que estava acontecendo? — perguntou Karen. — Pediu ajuda?

— Eu tentei, mas não sei... Não era fácil. No final, reuni coragem e falei com minha mãe, mas ela simplesmente não me deu atenção. Ficava ali, com as mãos tapando os ouvidos, e depois, quando eu persisti, ela disse: "Sua idiota, por que você não para de se queixar e simplesmente faz o que ele manda?"

Agora ela estava soluçando, os braços cruzados apertando o peito, balançando vagarosamente para a frente e para trás. Karen foi até ela, inclinou-se e, ao primeiro toque de uma mão no ombro, Estelle se empertigou e arquejou.

Elder foi para a cozinha e quando voltou com um copo d'água, as duas estavam sentadas lado a lado no sofá.

Estelle bebeu a água em pequenos goles, como se fosse um remédio.

— Não se apresse — disse Karen, a voz baixa.

Com a mão não muito firme, Estelle entregou o copo de volta a Elder.

— Quando finalmente juntei coragem para dizer a ele que o estava abandonando — disse ela —, ele simplesmente falou não. Como se não coubesse qualquer discussão. "Eu vou mudar", dizia ele. "Não vou fazer mais isso, você vai ver." E, por muito tempo, meses, talvez um ano, foi exatamente assim. Foi como havia sido antes, quando nós começamos a sair juntos, e então, de repente, sem motivo, aconteceu de novo. Ele me bateu tão forte que fui parar no hospital no meio da noite, na emergência, e eu falei: "Certo, dessa vez eu vou te abandonar, vou mesmo", e ele disse "Eu mato você, se fizer isso."

De algum lugar vinha um tique-taque de relógio, que Elder não percebera antes.

Karen apertou uma das mãos de Estelle nas dela.

— Você acreditou nele — falou.

— Acreditei. É claro.

— E o que você fez?

— Contei ao meu pai. Eu não tive coragem de contar a ele antes. E ele foi ótimo. Foi até a minha casa quando Steven não estava e me ajudou a embalar as minhas coisas, e depois foi comigo até a polícia. Eles me perguntaram se eu queria apresentar uma queixa formal contra Steven, solicitar uma ordem judicial para ele não se aproximar, e eu tentei dizer: "Não, apenas digam a ele para se manter longe de mim", mas meu pai falou: "Você tem que apresentar uma queixa", e, no final, eu fiz o que ele sugeriu.

— Mas, pelos acontecimentos, não chegou a esse ponto?

— Não.

— A questão nunca foi aos tribunais.

— Não, eu... mudei de ideia. O pensamento de comparecer diante de um juiz, outras pessoas, e ter que falar... Eu não consegui ir adiante. E, além disso, achava que Steven tinha sossegado, encontrado outra pessoa.

Ela riu nervosamente, como se alguma coisa divertida lhe tivesse ocorrido de repente.

— Eu fiquei com meus pais por uns seis meses antes de encontrar um apartamento, e foi aí que ele começou a aparecer de novo. Apenas uma ou duas vezes, a princípio. Eu o via, sabe, no supermercado, ou do outro lado da rua, porém ele foi aparecendo cada vez mais. Às vezes ficava esperando quando saía do trabalho, me oferecendo uma carona para casa, coisas desse tipo, e eu lhe disse que aquilo precisava parar. Eu não queria mais vê-lo de novo, mas então, uma noite voltei para casa e ele estava lá, dentro do apartamento, ele arranjara um meio de entrar. Não sei como conseguiu...

Afastando-se de Karen, ela apertou as mãos contra o rosto.

— Eu voltei à polícia e eles me disseram que, se eu quisesse que alguma providência fosse tomada, teria que passar por todo o processo de novo, e dessa vez eu concordei. Já tinha sofrido o bastante. Meus nervos estavam em frangalhos. E então... Não sei se Steven soube, sobre a polícia, quero dizer... Mas ele simplesmente parou de me seguir. De ficar me perseguindo. Não o vi mais. Não depois daquilo. Nem uma única vez. — Ela baixou os olhos. — Suponho que ele conheceu outra pessoa.

— Quero pedir desculpas — disse Karen — por ter feito você passar por tudo isso de novo.

— Está bem — disse Estelle. — Steven, ele... Ele fez alguma coisa?

— Não sabemos — disse Karen.

— Ele fez, não é? Ele fez alguma coisa a alguém.

— Nós realmente não sabemos.

Ela olhou na direção da janela; mais um pouco e estaria escuro lá fora.

— Logo as crianças chegarão em casa.

Karen levantou-se e Elder a acompanhou.

— Peço desculpas por ter trazido tudo de volta — disse Karen na porta. — Me desculpe mesmo.

Estelle sorriu da melhor forma que pôde.

— Espero que isso traga algo de bom.

— Tenho certeza que sim. Obrigada de novo.

Ela ficou ali, observando os dois se afastarem. Jake e Amber logo estariam entrando correndo pela porta, perseguindo um ao outro. Biscoitos e uma bebida quente para espantar o frio. Contariam como tinha sido a escola hoje e então, provavelmente, um filme antes do jantar.

Karen parou junto ao carro, as chaves na mão. Seu rosto perdera o brilho.

— Preciso de um drinque e não quero sentar sozinha num bar. Talvez pudéssemos parar e comprar um garrafa de uísque escocês.

— Que tal irlandês? — perguntou Elder. — Eu tenho um pouco lá no meu apartamento.

— Ótimo. Eu acompanho você.

Os dois dirigiram seus carros pela autoestrada Whetstone na direção de North Finchley, o trânsito congestionado em torno deles. Elder imaginou por que motivo a história de Estelle perturbara Karen tanto quanto ele achava.

CAPÍTULO 25

— Meu Deus! — exclamou Karen. — Você não tem aquecimento aqui?

Elder sorriu.

— É aquele dispositivo debaixo do assoalho. Entra em funcionamento automaticamente, até onde sei.

— Não tem termostato? Um mecanismo de controle manual?

— Há uma coisa que parece um termostato no quarto. Mas acho que não funciona.

Karen olhou para ele, as sobrancelhas erguidas.

— E quanto à sala de estar? Não há nenhum aquecimento ali?

— Duvido, mas não tenho certeza. Eu passo a maior parte do tempo aqui na cozinha.

No cômodo havia uma mesa de jantar, duas cadeiras e pouco mais que isso. Karen deu uma circulada para checar a sala de estar, enquanto Elder lavava e secava dois copos. Ainda usando seu casaco, Karen voltou e examinou vagarosamente as prateleiras da cozinha.

— Então, é assim que funciona? Eles te colocam em um desses lugares, para não precisar pagar aluguel?

Elder assentiu.

— Mais salário?

— Uma espécie de diária.

— Horas extras?

— Esse ponto não foi discutido.

— Talvez eu devesse entrar com um pedido de aposentaria precoce.

— O quê? Antes de chegar a superintendente?

— É. E antes que o inferno congele.

Elder segurava a garrafa do uísque irlandês sobre o copo de Karen.

— Diga quanto está bom.

— Diga você, por mim.

Ele serviu uma boa dose para ambos e, depois, um pouco mais.

— Saúde.

Eles brindaram e se afastaram.

— Quer sentar?

— Por que não?

As cadeiras eram feitas de um tipo de plástico moldado, menos confortável do que parecia.

— Você ficou perturbada com a conversa — disse Elder. — De tarde.

Karen deu de ombros.

— Você ouve esse tipo de coisa a toda hora.

Elder achou que havia mais por trás daquela afirmação do que transparecia, mas deixou passar.

— Como é que você bebe isso? — perguntou Karen. — E não uísque escocês?

— Acho que já estou acostumado.

Karen provou um pouco mais.

— Se você bebesse isso às cegas, acha que conseguiria distinguir?

— Duvido.

— Kennet — disse ela, alguns momentos mais tarde —, o que você deduz? Acha que ele é o nosso homem?

Elder fez uma careta.

— Nada apareceu nos laudos da perícia, nada que o colocasse na cena do crime.

Karen assentiu.

— E mais o detalhezinho de que ele ainda estava na Espanha quando Maddy foi morta.

— Você disse que isso foi checado?

— Nós vimos um documento da empresa de aviação... bilhetagem eletrônica, não é como chamam? Mas você acha que folheamos os registros de voo ou algo assim? Não. Acho que não. — Ela suspirou, balançou a cabeça e bebeu um pouco mais do uísque. — Nós fodemos com tudo, certo?

— Não sei, não.

— Não — disse ela, rindo a despeito de sua própria opinião. — Ainda não. Mas as chances são grandes.

— Como eu disse, na verdade, não sabemos se foi Kennet.

— Nós sabemos o que acontece quando alguém tenta abandoná-lo.

— Aquilo foi diferente, eles estavam morando juntos.

— "Eu mato você", foi o que ele disse.

— Em situações como essa, os ânimos ficam acirrados e as pessoas falam qualquer besteira. Mas não significa que elas cumpram a promessa.

Karen olhou para ele.

— Você já disse isso?

— Se eu já disse alguma vez "eu mato você"?

— É, para alguém com quem estava envolvido.

— Não. Não. Sinceramente, acho que não. — Mas ele pensara nisso, mais de uma vez. Joanne. Martyn Miles. Quando soube da verdade, pela primeira vez.

— Kennet não apenas ameaçou — falou Karen. — Ele espancou Estelle. Mandou a mulher para o hospital.

— Mas não significa que ele matou Maddy.

— Você está recuando de sua posição agora?

— Não. Não estou mesmo. Só acho que não deveríamos ficar demasiadamente...

— O quê? Entusiasmados demais?

— Sim.

— A oportunidade seria ótima. — Ela acabou de beber o uísque e empurrou o copo sobre a mesa na direção dele. — Visão de túnel, é contra isso que devemos nos prevenir, não é? Quando estamos conduzindo uma investigação. Já assisti a palestras sobre isso, porra, pelo amor de Deus.

— Não é fácil — disse Elder. — Tudo começa a apontar numa certa direção, você se vê arrastado para lá.

— Frank — falou, apontando o dedo para ele —, por favor, não fique me fazendo de coitadinha.

— Desculpe, eu não estava. Não pretendia fazer isso.

Karen não desviou o olhar do dele.

— Durante 12 anos eu tive uma ideia fixa — disse Elder. — Um caso em que eu trabalhei. Uma garota que desaparecera. Dezesseis anos. Eu tinha tanta certeza de que estava certo sobre quem a assassinara que, no processo, quase causei a morte da minha filha. E eu estava errado. Não poderia estar mais errado.

Karen não falou imediatamente.

— O assassino da garota, você pegou ele, no final?

— Ela não estava morta. Estava viva. Do outro lado do mundo.

— E a sua filha? Como ela está agora?

Em vez de responder, Elder empurrou a garrafa de volta na direção dela.

— Você já teve filhos?

Karen balançou a cabeça.

— Antes de Katherine nascer, quando Joanne estava grávida, as pessoas caçoavam de nós, você sabe, meio que brincando sobre noites sem dormir, e de como nossas vidas nunca mais seriam só nossas. O que não falam é de como no minuto em que elas dão o primeiro passo, as crianças se afastam de você, vão por si próprias, e esse medo que você sente a respeito do que vai acontecer. Não me refiro a pedófilos ou algo assim, mas a coisas comuns, do dia a dia, como atravessar a rua no momento errado, cair do alto de um escorrega e abrir a cabeça. E, então, você começa a se preocupar consigo mesmo. Sobre mortalidade. Assuntos em que você dificilmente pensava antes. Como o que acontece quando você está correndo, subindo uma ladeira com elas num carrinho, só vocês dois no parque, e de repente você tem um infarto e elas ficam sozinhas.

Karen encheu o copo de Elder e depois o seu próprio.

Ela fingira não notar as lágrimas que momentaneamente haviam surgido nos olhos dele.

— Mas ela está bem, agora? Sua filha? Katherine, não é esse o nome dela?

— Katherine, sim.

— Ela está bem?

— Depende.

— Um negócio desses, não deve ser fácil. Para nenhum dos dois.

— Eu não sei como conversar com ela. Não sei mais. Talvez, nunca tenha sabido. Não, não, isso não é verdade. Acho que nos dávamos muito bem. Até mesmo depois que eu e Joanne nos separamos. Na época, conseguíamos conversar um com o outro. Mas agora, eu não sei o que dizer, nem mesmo como proceder em relação a ela. E na opinião da minha filha, quanto menos tivermos contato, melhor será.

Karen sorriu com os olhos.

— Sabe de uma coisa, Frank?

— Não, o quê?

— Você está sentindo pena de si mesmo.

— Provavelmente.

— Mais do que você sente pena dela.

— Isso não é verdade.

— É isso mesmo que acontece.

— Dane-se. — Raivoso, ele empurrou sua cadeira para trás e seguiu em direção à janela.

Karen ficou sentada onde estava, a cabeça abaixada, depois foi juntar-se a ele.

— Eu não quis chatear você.

— Você não me chateou.

A respiração dela estava quente no rosto dele.

— Acho que estou um pouco bêbada, Frank.

— É muito provável.

— E você?

— Eu? Eu estou bem.

— Antes, quando você perguntou sobre a conversa dessa tarde. Sobre eu ter deixado aquilo me perturbar...

— Você não precisa me contar.

— Não, está tudo bem. — Ela bebeu outro gole do copo. — Quando eu era mais jovem, formada há pouco tempo, e com um emprego de meio período na faculdade, comecei a sair com um cara. Mais velho do que eu. Bastante. Ele era músico. Na verdade, nem isso. Era o cara que instala os equipamentos. Mal sabia tocar. Trabalhava um tempo como DJ, nada especial. Mas eu era apenas uma criança. O que eu sabia? Ali estavam todos os meus amigos querendo me abrir os olhos, mostrar que ele pegava qualquer uma. Bem, ele conseguiu a mim, não é? E nós continuamos nos encontrando. Eu saía, dormia fora, ficava com ele nos fins de semana. Meus pais... eu ainda morava na casa deles... estavam ficando loucos, mas eu não estava nem aí. Não metam o nariz na minha vida, deixem eu viver como eu quiser, esse tipo de besteira. É claro, eles tinham razão. Certa noite, eu cheguei tarde a algum lugar em que deveríamos nos encontrar, um clube. Tudo bem, eu estava cinquenta minutos, quase uma hora atrasada. Ele me deu um soco na boca, bem ali, na frente de todo mundo. Bem na boca, e sangrou. No dia seguinte, ele veio todo cheio de desculpas, comprou um bracelete para mim, sabe, nada barato. Falou em morarmos juntos, ficarmos noivos.

Um sorriso vago passou pelo rosto de Karen.

— Passou um mês inteiro antes que ele me batesse de novo. Numa festa, dessa vez. Na frente de todos os nossos amigos. Como se ele precisasse mostrar que podia fazer aquilo.

— Você parou de sair com ele? — perguntou Elder. — Depois disso?

— Não imediatamente.

— Desculpe.

Karen balançou a cabeça.

— Aquela pobre mulher, na porra daquele casarão.

— Ela caiu fora — disse Elder. — Começou uma vida nova.

— Será mesmo?

— As pessoas fazem isso — disse Elder, mesmo sabendo, no momento em que falava, que a verdade é que ele estava desejando aquilo para Katherine.

— Acho melhor eu chamar um táxi — disse Karen. — Pego meu carro amanhã.

— Posso levar o carro para você.

— Está bem.

Nenhum dos dois se mexeu.

O braço dele quase tocava o dela. E aí, aconteceu.

Inclinando-se para a frente, ela o beijou ligeiramente na boca e depois se afastou.

— Isso não vai acontecer, Frank. Desculpe.

Um pequeno suspiro.

— Está bem.

Metendo a mão na bolsa, ela tirou o celular, ligou, falou, ficou ouvindo e desligou.

— Vinte minutos.

— Vou fazer café.

— Ótimo.

O táxi demorou apenas 15 minutos.

— Kennet — disse Karen na porta. — Amanhã de manhã, vamos visitar a namorada. Aquela com quem ele foi à Espanha.

Durante algum tempo depois que ela se fora, Elder continuou sentindo seu perfume na sala, recordando a quentura de seu braço, a pressão sobre seus lábios, levemente abertos. Era tolice entornar mais um uísque antes de dormir, mas quem iria saber?

CAPÍTULO 26

Vanessa estivera pensando em Maddy. Ah, não constantemente, longe disso; estava ocupada demais para tal coisa. Uma gangue de garotos de 12, 13 anos, entediados durante o feriado escolar, estava se divertindo atirando pedras da passarela de pedestres entre as ruas Churchill e Ingestre sobre os trens que passavam embaixo. Na última ocasião em que haviam feito isso, eles estilhaçaram um para-brisa, ferindo gravemente o maquinista, que teve 27 fragmentos de vidro removidos do rosto e do pescoço. Depois, houve o caso dos dois garotos de 15 anos que, por três vezes durante uma mesma semana, haviam roubado o caixa de um jornaleiro, uma vez fugindo em bicicletas furtadas, duas outras usando skates. Para não falar do excesso de invasões a propriedades que precisavam ser checadas e registradas, estatísticas de crimes a serem contabilizadas, pessoas ansiosas ou nervosas a serem acalmadas, toda aquela coisa entediante e sem sentido posta em movimento.

Contudo, no meio de tudo isso, havia momentos em que ela se lembrava do rosto de Maddy, o sorriso, os medos. *Não tem graça. Não é nenhuma piada, porra.* No final, não era mesmo nenhuma piada, em absoluto. Uma estatística, uma tragédia, uma manchete pelo tempo que fosse novidade; o objeto de um inquérito não levando a nada, uma ausência, uma nuvem de fumaça cinza subindo no ar do inverno.

Até mesmo naquela hora da noite, muito tarde para os últimos trabalhadores voltarem para casa, muito cedo para os vagabundos e semibêbados irem ao bar ou sair para uma noitada nas boates, ela precisou abrir caminho até as portas do vagão quando o metrô chegou à estação de Archway. Um cotovelo nas costas. Um rosto na plataforma que ela meio que reconheceu. Ninguém.

Saindo da estação, desconfortavelmente consciente do cheiro do próprio suor, ela atravessou a costumeira aglomeração de pedintes e vendedores do *Big Issue* distribuídos na calçada, e foi se juntar à pequena multidão de gente esperando para atravessar a rua. Às vezes, ela tomava as rédeas do destino e atravessava com o sinal aberto, desafiando os carros que vinham de várias direções; mas, naquela noite, depois de um plantão duplo e algumas horas extras não remuneradas pondo a papelada em dia, faltava-lhe energia.

Na esquina oposta, alguém saiu do bar bem defronte dela, e por um instante ela se sobressaltou, espantada. Depois, com as músicas e vozes passando através da porta, ela pensou em dar uma rápida parada antes de ir para casa, talvez uma dose de rum com Coca-Cola. Mas o momento passou e ela seguiu adiante, cruzando novamente a rua, mais para baixo, quase exatamente o mesmo caminho, quase exatamente os mesmo passos que Maddy teria dado, muitas noites antes.

Um calafrio correu inexoravelmente pelos braços de Vanessa. *Você não está querendo me assustar, não é? Me meter medo?*

Passando pela proteção que barrava a entrada de veículos na sua própria rua, já longe do barulho e do tráfego, ela riu. Sua idiota! Imbecil! Pelo amor de Deus, contenha-se.

Havia luzes atrás de várias janelas, as venezianas dos andares superiores estavam abertas. Os sons sobrepostos dos aparelhos de TV e de som, indistintos e confortadores. Ainda uma dúzia de casas longe da sua própria ela começou a procurar as chaves na bolsa. Parando para desembaraçá-las da agenda e do carregador de celular, alguma coisa chamou sua atenção para o outro lado da rua.

Alguém estava parado, na penumbra, a curta distância. Uma silhueta e pouco mais. Largo e alto se projetando contra a sebe. Uma forma. Um homem. Embora ela não conseguisse distinguir seu rosto, ela sabia que os olhos estavam focalizados nela. Observando-a.

O medo, por um momento, paralisou suas pernas, sua voz, e então ela se apressou, apertando o passo para percorrer a pequena distância até sua porta; chave na fechadura, ela olhou para trás, e não viu mais nada lá.

Uma rua vazia.

Mergulhada na escuridão.

Dentro de casa, ela bateu a porta e recostou-se nela, recuperando o fôlego e os pensamentos bem devagar, antes de subir os degraus na direção de seu apartamento no segundo andar.

Sem acender a luz, ela foi até a janela e olhou para fora. Um casal caminhava por ali, abraçado, as cabeças unidas; mais além, um homem baixo, não aquele que ela vira, observava seu cachorro defecar na calçada. Com a respiração quase voltando ao normal, o coração parando de acelerar, ela já começara a pensar no que deveria ter feito, como deveria ter enfrentado o homem, desafiando-o. Ela era uma policial, pelo amor de Deus. Mas policiais, ela sabia muito bem, podiam ser vítimas também.

Demorou um pouco para ela sair da janela, fechar as cortinas, acender a luz. O que ela dissera a Maddy? Dê parte, por que você não faz isso? Você devia.

Havia uma garrafa de vinho na geladeira meio vazia.

Meio vazia ou meio cheia?

Amanhã ela daria parte do ocorrido na delegacia, mesmo que já pudesse antever o policial entediado e escutar suas perguntas. Aquele homem, o que exatamente ele queria? Talvez ela devesse telefonar para Frank Elder, contar para ele? Ou para Karen Shields?

Ela podia ver a expressão no rosto da outra mulher, compassiva, porém, direta: depois do que aconteceu com Maddy, é normal você ficar sobressaltada durante algum tempo. Apreensiva. A imaginação funcionando à toda. Não seria natural se fosse de outro modo.

O vinho era ralo e tinha um gosto amargo, e ela jogou o restante na pia. Já na cama, ela colocou a pequena lâmpada de leitura no chão para diminuir o brilho, mas deixou-a acesa durante toda a noite.

CAPÍTULO 27

Quarta-feira de manhã. Uma chuvinha fina. Cedo, Elder levara o carro de Karen para Hendon, deixara o veículo estacionado e matara o tempo na cantina. Na fila, bandeja nas mãos, seu estômago se rebelou à vista e ao cheiro das salsichas e do bacon, mas ele só pegou duas fatias de pão torrado. Havia um exemplar do jornal *Mirror* por ali, e ele o folheou, sem prestar muita atenção. Depois de algum tempo, viu Mike Ramsden entrar e levantou uma mão acenando.

Ramsden veio até ele com um prato do café da manhã transbordando.

— A melhor refeição do dia.

— Sua chefe já chegou? — perguntou Elder.

— Acabou de chegar. — Ramsden sorriu. — Hoje ela está como um urso com dor de cabeça. Não sei o que houve ontem à noite, mas o que quer que tenha acontecido mexeu com ela, vou lhe contar.

— Vejo você em breve — disse Elder.

Ramsden resmungou alguma coisa com a boca cheia de ovo e feijão.

Karen estava sentada à mesa, uma caixinha de suco de laranja à mão. Elder a cumprimentou e devolveu-lhe as chaves do carro.

— Por que você está parecendo tão presunçoso hoje? — indagou ela.

— Eu não sabia que estava.

— A namorada — disse Karen —, ela se chama McLaughlin. Jennifer McLaughlin. Vinte e sete anos. Trabalha numa farmácia, em Muswell Hill Broadway. Mas não todo dia.

— Hoje?

— É o que estou esperando descobrir.

Mais 15 minutos, e eles estavam a caminho.

Jennifer McLaughlin estava elegante em seu uniforme branco, abotoado e com um cinturão, o cabelo avermelhado puxado para trás e preso, sardas claras pelo rosto. Se Kennet tinha um tipo, não era fácil descobrir qual era.

Karen mostrou-lhe a identidade o mais discretamente possível.

O gerente concordou em deixá-los usar sua sala.

— O que vocês querem comigo? — perguntou Jennifer McLaughlin, mas o modo, mesmo naquele espaço limitado, com que ela procurava não encarar nenhum dos dois sugeria que ela sabia a resposta.

— Em novembro passado — disse Karen — você foi à Espanha.

— Málaga, sim. Férias de inverno.

— Você e Steve. Steve Kennet.

— Sim, por quê? Qual é o problema?

— Quando vocês voltaram?

— No dia 28. No final da semana.

— Jennifer.

— O quê?

— Isso pode ser importante.

Ela deslizou as mãos ao longo do pescoço, as pontas dos dedos contra as raízes do cabelo.

— Nós tivemos uma discussão. Uma coisa idiota, na verdade. Nada importante. Sobre em qual restaurante íamos comer, e ele se exaltou. Realmente perdeu a cabeça, sabe?

— Ele lhe bateu?

Ela olhou para o chão, com ar de culpa; como se ela tivesse motivos para se sentir culpada.

— Eu disse que não queria continuar lá, não queria mais. Ele poderia continuar lá se quisesse, mas eu ia voltar para casa. Ele disse que, se eu fosse embora, ele também iria. Eu telefonei para a empresa aérea para mudar o voo. Custou uma fortuna. Não conversamos durante toda a viagem de volta, sentamos em fileiras separadas. Logo que chegamos ao aeroporto de Stansted, a coisa terminou.

— Você ainda tem se encontrado com ele?

— Não.

— Que dia vocês voltaram, Jennifer?

— Na terça-feira. Terça-feira de manhã. No dia 25.

— Muito bem. Obrigado. — Karen controlava o melhor que podia a excitação na voz.

— Steve — disse Jennifer McLaughlin. — Ele não fez nada grave, não é?

— Não necessariamente. — Karen abriu a porta do escritório. — Obrigado por ter nos cedido seu tempo.

Na rua, a chuva tinha parado, deixando as pedras do calçamento escorregadias e escuras.

— Ele não perdeu tempo — disse Karen. — Chegou no dia 25 e um dia depois Maddy estava morta.

— Nós ainda não temos provas.

— Já temos o bastante para interrogar ele.

Elder assentiu.

Com um largo sorriso, Karen discou o número de Ramsden no próprio celular.

— Muito bem, Mike. Traga o sujeito.

Kennet terminara o trabalho no parque Dartmouth e fora para outro local. Uma ala do hospital Wittington estava lentamente sendo transformada em apartamentos de luxo, com vista para Londres, o parque Waterlow à sua porta, dez minutos de caminhada para Highgate Village, cinco mais para Heath.

Kennet estava sentado numa plataforma a dois terços da altura total dos andaimes, tirando um descanso para fumar e tomar um gole de chá de uma garrafa térmica. Um de seus colegas lhe fazia companhia, deitado, o jornal *Sun* cobrindo o rosto.

Em situações como essa, as pessoas entram em pânico, e até mesmo pessoas inocentes tentam correr, mas Kennet, pensou Ramsden, para onde iria? Além do mais, ele os viu chegar, com toda certeza, e não fez nenhum movimento.

— Steve. — Ramsden chamou pelo seu nome, mantendo uma expressão amistosa. — Uma palavrinha, sim?

Kennet jogou fora o que restava de sua caneca de chá, atarraxou-a na boca da garrafa, colocou tudo na mochila, disse alguma coisa para o colega, que agora já se sentara, imaginando o que estava acontecendo, e começou a descer.

— Sargento-detetive Ramsden. Este é o patrulheiro Furness.

— Sim, lembro de vocês.

— Não está inteiramente defeituosa, então?

— O quê?

— A sua memória.

— Desculpe, vocês terão que explicar.

— Na delegacia.

— O quê? Ah, deixa disso.

— Não, você vem conosco.

O corpo de Kennet ficou tenso e os olhos se estreitaram apenas um pouco, enquanto Ramsden se preparava para o que viria, mas então Kennet relaxou e disse, acenando com a cabeça para onde estivera trabalhando.

— Só me dê uns minutos.

E Ramsden respondeu:

— Pode ir, tudo bem. — E para Furness: — Vá com ele.

Ramsden acendeu um cigarro e ficou andando de lá para cá, querendo acreditar que eles o tinham pegado, mas não se entregando, não inteiramente, preferindo acreditar no que disseram sobre "até que termine tudo".

Eles o mantiveram esperando por quase uma hora, testando sua paciência, o jovem patrulheiro uniformizado tão inescrutável como um dos guardas do Palácio de Buckingham. Quando Karen Shields entrou, com Ramsden e Elder logo atrás, o patrulheiro saiu da sala.

— Você sabe que pode solicitar um advogado, se quiser? — disse Karen, se sentando.

Kennet sorriu.

— Não há necessidade disso.

— E você sabe que pode ir embora a qualquer momento?

Kennet fingiu que ia se levantar, mas depois se sentou novamente.

— Você se importa se eu gravar essa entrevista?

— Como preferir. — Agora ele se recostou, divertindo-se com a situação.

Veremos quanto tempo esse humor vai durar, pensou Karen.

— Eu gostaria de lhe fazer algumas perguntas — disse ela — sobre as suas recentes férias na Espanha.

— Ótima comida, tempo maravilhoso, hotel duvidoso.

— Anteriormente você declarou que o senhor e a Srta. McLaughlin voltaram daquele país na sexta-feira, dia 28.

— Correto.

— De acordo com a Srta. McLaughlin, vocês voltaram mais cedo, no dia 25.

Kennet tamborilou os dedos na mesa. Dedos largos, unhas curtas aparadas. Karen lembrou-se do primeiro marido de Maddy Birch. Mãos de trabalhos pesados.

— Sr. Kennet, foi isso que aconteceu?

— Não entendi, o quê?

— Que vocês voltaram no dia 25.

Um pequeno movimento dos ombros.

— Se ela diz isso...

— O que você diz?

— Tudo bem, sim. Sim, no dia 25.

— Então, por que, quando interrogado, você alegou que voltara no dia 28?

Kennet estendeu as mãos, balançou-se para trás na cadeira.

— Meu Deus, mulher! Por que você acha isso?

Karen inclinou-se para ele, quase imperceptivelmente.

— Me diga.

— É óbvio, não é? Ela foi morta na quarta-feira, não foi? Maddy. E vocês iriam procurar todos os caras com quem ela andara. Amigos. Qualquer um que a conhecera. Fazendo perguntas, se metendo em suas vidas. Era mais fácil ficar de fora, não é? Não haveria mal, qualquer que fosse.

— A menos que você tivesse alguma coisa a esconder.

— Quem não tem?

— Onde você estava na noite da quarta-feira, dia 26?

— Viu? Lá vêm vocês com chavões policiais...

— Onde você estava?

— Fui ver aquele filme, *O medalhão*. Jackie Chan. No Holloway Odeon. Uma perfeita bobagem. Não costumo ver muito coisas assim, mas às vezes o que é que você quer, certo? Bobagem. Dar um descanso ao cérebro. Mas eu posso provar? Não. Quem guarda entradas de cinema? Ninguém. Depois, fui ao bar na mesma rua, ali atrás, após os sinais de tráfego na direção da Archway. Nem mesmo sei como é o nome do local. Tomei umas duas cervejas e fui para casa.

— E mais tarde, o que aconteceu?

— Não aconteceu nada. Levantei-me às 6h30 seguinte. Saí para trabalhar, como sempre.

— Você não saiu de casa de novo?

— Não.

— Tem certeza?

— Claro que tenho certeza.

— Como a certeza que você tinha de ter voltado para a Inglaterra no dia 28?

— Já expliquei isso.

— Esse bar, ao qual você disse que foi, conversou com alguém lá?

— Com o cara atrás do balcão.

— Você acha que ele se lembraria de você?

— Duvido.

— Então não há testemunhas para confirmar o que você diz ou onde esteve.

— Certo.

— E, como álibi, isso não vale muito, não é?

Kennet sorriu.

— Agora você percebe porque eu menti.

— Então, o que você acha? — indagou Karen.

Eles estavam na sala dela, Karen, Elder e Ramsden. Fim da tarde, início da noite. Furness tomava conta de Kennet na sala de interrogatórios.

— Eu lhe daria um soco na cara — disse Ramsden.

— Frank?

— Será que ele estaria tão seguro de si se fosse culpado? Não sei.

— Você acha que ele está encobrindo algo?

— Provavelmente.

— E?

— Eu não sei se é aquilo que queremos que seja.

— Meia hora com ele sozinho — disse Ramsden. — Eu descobrirei, porra.

Karen riu, a despeito de si mesma.

— Mike, você é um cara tão gentil e antiquado.

— Besteira — disse Ramsden, adicionando um "senhora", caçoando.

— Bem, eu gostaria de interrogá-lo de novo, perguntar-lhe sobre seu relacionamento com Maddy. Ver se tem alguma coisa com que possamos dar-lhe uma sacudida.

Elder estava a ponto de dizer algo quando seu celular tocou. Ao atender, ele escutou rapidamente o que diziam.

— Cinco minutos. Eu telefono de volta.

— Desculpe — disse ele a Karen —, é uma coisa que eu tenho que tratar. Continuem vocês.

Quando ele se afastou, ela ficou imaginando o que poderia ter trazido, de modo tão claro, tanta preocupação aos seus olhos.

CAPÍTULO 28

Elder reconheceu instantaneamente a voz de Maureen Prior, o tom de sua voz preparando-o para algo mais, mas não para aquilo.

— É Katherine.

Por um instante, o coração de Elder pareceu parar.

— Ela foi presa.

De todos os seus temores, esse não era aquele de que ele mais tinha medo, não era o pior.

— Ela foi presa por posse.

— Maconha? Ecstasy? Confusão numa boate e...

— Não, Frank.

— O que foi, então?

— Heroína.

— Meu Deus. — A expressão foi dita com um sopro de ar.

Elder fechou os olhos e inclinou a cabeça para a frente, contra um canto de parede. Ele podia ouvir a respiração de Maureen do outro lado da linha.

— Quanto?

— Cinco gramas.

— Eles vão processá-la como traficante?

— Ainda não.

— Ainda não? Ou eles vão ou não, eu não vejo...

— Não é tão direto assim, Frank. Há outra pessoa envolvida.

— Está bem, estou indo.

— O caso não foi entregue a mim, Frank. Ela está detida em Canning Circus. Posso te passar o contato deles, se você quiser. Talvez se você der uma palavrinha...

— Não. Vou para lá. — Dando um passo atrás, ele olhou o relógio. — Posso estar lá em duas horas, mais ou menos.

— Está bem. Você telefona para mim?

— É claro. Se não hoje de noite, amanhã cedo.

— Ótimo. E, Frank...

— Sim?

— Se for dirigir, tome cuidado.

Elder concordou e desligou. Pelo menos, ele estava perto da M1, embora naquela hora o volume de tráfego estivesse crescendo velozmente.

Suando um pouco, ele discou o número de Joanne.

— Você sabia? — disse ele, antes que ela pudesse falar.

— É claro.

— Por que não telefonou para mim?

— Frank...

— Pelo amor de Deus, por que você não telefonou para mim?

Ele ouviu o tinir de um copo.

— Desculpe, Frank, eu...

— O quê? Você achou que eu não ia descobrir? Achou que eu não ia querer saber?

— Não é isso, é que...

— Como está ela?

— Ela está bem. Quero dizer, acho que está. É difícil, você não sabe...

— Vou até aí, estou saindo agora. Eu só queria te informar.

— Não venha, Frank.

— O que você quer que eu faça?

— Ela não vai querer vê-lo, você sabe.

Elder teve vontade de atirar o celular para longe do estacionamento. Em vez disso, colocou o aparelho no bolso cuidadosamente e forçou-se a ficar de pé por alguns momentos, completamente imóvel, controlando a respiração, antes de pegar as chaves do carro.

Os primeiros 80 quilômetros da rodovia foram um verdadeiro pesadelo de lentidão; depois, o tráfego clareou um pouco para que ele pudesse aumentar a velocidade, mas além da floresta Leicester piorou de novo. Finalmente, saindo da autoestrada para Nottingham Sul, ele ladeou o rio e depois pegou a Maid Marian Way até a rua Derby, dobrando à esquerda logo depois de Canning Circus, e entrando no estacionamento da delegacia.

Havia um pequeno tumulto perto da entrada, um patrulheiro assediado por um grupo de mulheres enraivecidas, fazendo o melhor que podia para acalmar os ânimos. Dentro, um homem calvo com sangue na camisa estava de pé com as costas para a parede, comprimindo um chumaço de gaze quadrada contra um corte na testa.

Elder identificou-se para o policial de plantão.

— Acho que vocês prenderam minha filha, Katherine.

— Um momento, senhor.

Elder deu uma olhada no homem ferido.

— Que porra você está olhando? — disse o homem, com forte sotaque do norte do país. — Está querendo levar uma surra, porra?

O ruído vindo da rua diminuiu enquanto o patrulheiro entrava na delegacia.

— Kenny, nós não podemos te esconder todas as noites. É melhor que você vá até a Seção de Acidentes e Emergências, para que eles deem uma olhada nisso. Nós vamos providenciar uma escolta. Aquelas mulheres lá fora estão enlouquecidas.

— Sr. Elder? — O policial de plantão retornara. — Se quiser me acompanhar. O inspetor gostaria de ter uma palavrinha com o senhor.

Elder já encontrara Resnick uma vez nos últimos quatro anos, e, mesmo na época, os encontros foram breves. Sua reputação era de ser um sujeito da velha guarda, mas, apesar disso, bom em prisões de ladrões, não muitos anos antes de ele surpreender Deus e o mundo indo viver com uma jovem policial, cerca de vinte anos mais moça que ele.

— Frank.

— Charlie.

O aperto de mão foi caloroso e forte, um rápido sorriso passando pelo rosto de Resnick; sua expressão porém, quando ele sentou-se, era de preocupação.

— Você está fazendo hora extra — disse Elder.

— É um negócio muito chato, Frank. A sua garota. Sinto muito. Especialmente depois do que aconteceu antes.

— Obrigado.

— Eu não sabia como entrar em contato diretamente com você. Achei que talvez você e Maureen mantivessem contato.

— Ela me telefonou assim que soube.

Resnick assentiu, constrangido com o problema que o Esquadrão Antidrogas lhe deixara para solucionar.

— Katherine — perguntou Elder. — Como ela está?

— Está bem. Ótima, Frank, levando tudo em consideração.

— Eu gostaria de ver minha filha.

Resnick tirou alguma coisa pequena do punho da camisa.

— Daqui a pouco.

— Meu Deus, Charlie. Aquele filho da mãe do Keach manteve ela trancafiada...

— Eu sei, eu sei.

— E agora você...

— Frank, a coisa não é assim. Você precisa me ouvir.

Elder recostou-se respirando forte.

— E não é sempre assim?

Resnick ajeitou o corpo na cadeira.

— O carro em que ela estava foi parado na rua Forest Leste. Ocorrera um acidente na rua Cranmer: uma arma disparou.

— E pensaram que ela estava envolvida?

— Na verdade, não. Estavam parando todo mundo. Coisa de rotina. Eles teriam se livrado, se Katherine não houvesse desacatado um dos policiais.

— Ela andou bebendo?

— Talvez um pouco.

— Não fez o teste do bafômetro?

— Ela não estava dirigindo.

Agora, estamos chegando ao fundo da questão, pensou Elder.

— Os policiais os tiraram do veículo — disse Resnick. — Os dois. Identificação, o palavreado comum. Trouxeram todos para cá.

— O motorista — disse Elder —, ele era conhecido de vocês.

— Rob Summers. Dois antecedentes. Nada muito sério. Posse de maconha. Perturbação da ordem pública. Algum tipo de problema na universidade. Manifestações.

— Eu o conheci. Rapidamente. Eu não sabia que ele tinha antecedentes.

— O Esquadrão Antidrogas o vinha vigiando há algum tempo. Suspeitavam que ele estivesse lidando com pequenas quantidades de maconha, distribuindo a droga, geralmente para amigos. Não valia a pena prender o cara.

— E agora?

— Há alguns indícios de que ele poderia estar aumentando a escala, aparentemente. Subindo de patamar.

— E eles gostariam de ter um motivo para apertá-lo.

— Algo assim.

— E foi aí que minha Katherine entrou em cena.

— Quando o veículo foi revistado havia um pouco mais do que cinco gramas de heroína numa pequena bolsa de couro no painel de instrumentos.

— Você está dizendo que a droga era dela?

— Na bolsa dela, Frank. A droga era dela.

— Ela estava transportando a heroína para ele.

— Provavelmente.

— Não há modo de fazê-lo confessar?

— O que você acha?

— E Katherine?

— Além do fato de que, sim, a bolsa é dela e de que não tem ideia de como a droga foi parar lá, ela não disse absolutamente nada.

— E você acha que mantendo-a presa poderá fazer com que ela pense duas vezes, entregue o cara, o tal Summers, mude de ideia?

— Alguém acha que sim.

— Alguém?

— Bland, um detetive-inspetor.

— Então, ele não conhece Katherine muito bem.

Resnick sustentou o olhar de Elder.

— E você conhece bem a sua filha, Frank? Dirigindo em plena luz do dia com um traficante e uma boa quantidade de droga classe A. Uma droga que ela própria levava.

Katherine estava deitada na cama estreita, os joelhos recolhidos e apertados contra a parede da cela, o colarinho amarelado de sua jaqueta bem puxado contra o pescoço. Se antes houvera um cinto no jeans amarelo, este fora meticulosamente removido. Seus pés estavam descalços.

— Kate? — A voz dele soou forte, no aposento fétido e sem ar. — Katherine.

Um pequeno movimento do corpo e nada mais. Uma bandeja de comida intocada estava perto dela, no chão.

— Fale comigo.

Um silêncio não interrompido e depois abafado pelo braço dela, de modo que Elder precisou se esforçar para ouvir.

— Para quê?

— Eu quero ajudar.

Aí ela riu, um som áspero que a fez levantar a cabeça e que foi quebrado por uma tosse nervosa. Elder se aproximou e se sentou, inclinado, perto do pé da cama. Quando sua perna, inadvertidamente, tocou o pé dela, ela o retirou de supetão.

— Você quer ajudar — disse ela, sem olhar para ele, a voz baixa e seca.

Houve uma época em que ele se sentara daquela forma quando ela era uma criança, 4, chegando aos 5 anos; sua mão tocava o rosto da filha e, enquanto ele falava e dizia o nome dela, ela lentamente batia de leve no antebraço dele, os dedos macios, quentes, pequenos. Os olhos dele brilhando com lágrimas que brotavam.

— É claro que quero — disse ele.

O riso de novo, mais forte dessa vez.

— Você quer dizer, ajudar como fez da última vez?

Elder recuou ao ouvir aquilo, como se tivesse levado um golpe.

Durante um instante, ele precisou desviar o olhar, porque subitamente percebeu que a filha o encarava, o olhar dela, a horrível inexpressividade dos olhos.

— Katherine... — começou ele.

Mas aí ela se virara novamente na direção da parede, a cabeça metida nos braços.

Elder ficou ali onde estava, sem se mexer, constrangido, ouvindo a respiração da filha. Quando o sargento de guarda disse que acabara o tempo, Elder se inclinou sobre ela uma vez mais, parou quase que beijando-a, levantou e virou-se, o som metálico da porta fechando atrás dele.

Ela está viva e você é um herói, o seu retrato está em todos os jornais, em todos os canais toda vez que você liga a porra da TV.

Palavras de Joanne.

CAPÍTULO 29

Martyn Miles atendeu à porta.

— Ela está mal, Frank. Na melhor das hipóteses, está abalada.

Joanne estava sentada numa das extremidades do sofá, as pernas encolhidas sob o corpo, expressão abatida, segurando uma taça de vinho pela metade. Um cigarro fumegava num cinzeiro no chão.

— Você viu Katherine? — perguntou ela.

— Vi.

— Como ela está?

— Confusa, com raiva, perturbada. Pode escolher.

— Durante a minha visita, ela manteve o rosto voltado para a parede. Não falou absolutamente nada.

— As drogas que alegam ter encontrado na bolsa dela — disse Miles. — Foram plantadas, com toda certeza.

— Martyn — disse Joanne. — Por favor, não se meta.

Ele continuou como se ela não tivesse falado, como se ele não houvesse ouvido.

— Não pretendi ofender, Frank, nada contra você, mas a polícia, todo mundo sabe como são alguns deles.

— Martyn — falou Joanne. — Eu estou avisando...

— Está bem, está bem. Calma, sim? Apenas fique calma.

Cinzas caíram na frente do vestido de Joanne e ela tirou-as com um movimento casual.

— Heroína, Frank. O que é que ela estava fazendo com heroína?

— Hoje em dia... — começou Martyn.

— Não ouse dizer que ela é como essas modelos magricelas de quem você tanto gosta — cortou-o Joanne, um tom de voz penetrante. — Cheirando cocaína e só Deus sabe o quê a cada cinco minutos do dia.

— Esse é um dos seus delírios, querida, não meu.

— Vai se foder — disse Joanne, bebendo o que restava de vinho na taça.

— Tudo que estou dizendo, Frank — continuou Miles —, é que hoje em dia nunca se pode dizer ao certo. Bem, você sabe disso melhor do que qualquer um.

— Pelo amor de Deus, Martyn, pare de tentar atraí-lo para o seu lado.

— Eu não acho que isso seja uma questão de lados.

— Não?

— Não.

— Se fosse, por que você não conta o que me disse, quando ouviu que Kate tinha sido presa? Veja até onde ele está do seu lado, então.

— Ah, pelo amor de Deus, esqueça isso, Joanne...

— Por quê? Porque não lhe agrada? Que Frank saiba o que você realmente pensa?

— Agora você está sendo imbecil.

— Estou?

Miles deu uma olhada para Elder, como que dizendo: "Você é testemunha de como ela está sendo irracional."

— Acho — respondeu Frank — que gostaria de saber o que você disse.

— Ele disse que aquilo era o que ela merecia.

— Não, o que eu falei foi que não era uma coisa tão ruim assim.

— Por que isso, Martyn? — perguntou Elder. — Não sei se entendi.

— Você sabe, Frank. Nesses últimos meses, como ela vinha se comportando. E agora tudo indica que também tenha um problema com drogas.

— E você acha que ser trancafiada numa cela fará com que ela veja a luz?

— Pode meter um certo medo, sim.

— Você não acha que ela já ficou amedrontada o bastante?

— Isso foi há um ano, Frank. Ela não pode ficar se escondendo para sempre.

— Ouça você mesmo — Joanne estava quase gritando. — Apenas ouça, porra. Você não está entendendo nada, merda!

— E você está?

— Estou, porra!

— É isso aí. É isso aí. Fique histérica — disse Miles. — Ajuda muito.

Lágrimas rolaram pelo rosto de Joanne.

— Martyn — disse Elder. — Talvez você deva deixar que eu e Joanne conversemos.

— Ótimo.

* * *

As lanternas do pátio pareciam pequenas velas através da vidraça, seus reflexos dobrados e redobrados no vidro. Com um novo copo de vinho, Joanne estava de pé encostada na janela, olhando para fora, e Elder imaginara, se, de alguma maneira, aquilo a fazia sentir-se invisível. Ou teria algo a ver com como ela se sentia, o que poderia acontecer se alguém a tocasse? Ele podia ver o rosto dela, seus contornos no vidro, não muito reais, brancos contra o escuro. O pequeno triângulo de pele onde o cabelo se dividia na nuca.

Agora já passou da meia-noite, pensou Elder, quase 1 da madrugada.

O reflexo do rosto dele deslizou sobre o dela e os dois se fundiram. Vagarosamente, ele encostou a mão no ombro de Joanne.

— Frank.

Ao proferir seu nome, um pequeno círculo de névoa formou-se no vidro à sua frente. Ela pronunciou o nome novamente e virou-se, enlaçando-se nos braços dele. Olhos fechados a princípio, ele a apertou, a cabeça abaixo de seu queixo, sentindo o coração dela disparar contra seu peito.

Passaram-se vários minutos e a respiração dela foi se regularizando. Levantando o rosto em direção ao dele, disse:

— Desculpe.

Balançando levemente a cabeça, ele se afastou.

— Preciso de um cigarro — disse ela, e cruzou a sala.

Elder foi até a cozinha, abriu a torneira e bebeu água. Quem quer que fosse a faxineira de Joanne, a pessoa dera duro na limpeza dos fundos das panelas brilhantes, penduradas em perfeita ordem de um suporte de metal reluzente fixado alto na parede.

Na sala de estar, Joanne estava sentada numa das extremidades do sofá, e ele sentou-se defronte dela, numa cadeira estofada de tecido claro, que cedeu um pouco com seu peso.

— O que acontecerá? — perguntou Joanne.

— A Katherine?

Ela lançou-lhe um olhar em resposta, como que dizendo: "Quem mais?"

— Eles podem indiciá-la por porte de drogas com a intenção de traficar e, nesse caso, ela quase que certamente será libertada depois de pagar fiança. Mas não acho que farão isso.

— Por sua causa?

— Isso não vai pesar nem a favor, nem contra.

— Então, o quê?

— Sinceramente, acho que não é em Kate que eles estão interessados. É nele, o tal Summers. Eles acham que, se fizerem pressão, ela deixará escapar alguma coisa que poderão usar contra ele.

— E ela não fará isso?

— Parece que não.

— Meu Deus. — Joanne deu uma última tragada no cigarro e esmagou a guimba num globo de vidro vazio.

— Há quanto tempo eles se encontram? — perguntou Elder. — Ela e Summers. Você sabe?

Olhando para o chão, Joanne balançou a cabeça.

— Não sei com quem ela vem se encontrando, Frank. Pelo menos, não nesses últimos tempos. Ela não fala comigo. Sobre nada. E, se pergunto, ela simplesmente me ignora. Martyn tem razão, ela vem tendo um comportamento perigoso e não sei mais o que fazer. — Aí ela olhou para ele. — Ela é nossa filha, Frank.

— Eu falarei com ela, se puder.

Joanne puxou um lenço de papel do bolso, enxugou os olhos e acendeu outro cigarro.

— Durma aqui, Frank.

— Acho que não.

— Essa hora da noite...

— Vou para um hotel.

— Não há necessidade.

Ele balançou a cabeça.

— É melhor.

— Martyn não vai voltar, não esta noite.

— Não se trata disso. — Ele cruzou o espaço entre eles e fez menção de beijá-la no alto da cabeça. — Vejo você amanhã, está bem?

— Está bem. — Ela tentou pegar-lhe a mão, mas ele já estava a caminho da porta.

Lá fora, todo vestígio de vento amainara, e o ar, enquanto ele caminhava de volta pelos tortuosos cruzamentos das ruas, na direção do centro da cidade, estava pesado e parado.

CAPÍTULO 30

Contrariando todas as probabilidades, Elder dormiu como uma pedra. O radiorrelógio em seu criado-mudo acordou-o com um barulho insano, um pouco fora da estação. No espelho do banheiro, seu rosto parecia cansado e abatido; uma cicatriz fina, onde Adam Keach o cortara com uma faca, corria do centro da testa e descendo pelo nariz, as marcas dos pontos como pequenas perfurações de cada lado.

O refeitório do hotel estava cheio de empresários em ternos escuros apreciando o suculento café da manhã inglês enquanto liam o *Telegraph* ou o *Mail*. No bufê, os ovos mexidos estavam duros e pedaços de tomates, vindos de um fornecedor, boiavam em seu próprio suco. Às torradas, trazidas à mesa cedo demais, faltava a cor marrom, e estavam quase frias.

— Café ou chá? — indagou a garçonete, com um sorriso cativante, a voz carregada de sotaque, para os ouvidos de Elder, provavelmente da América do Sul ou da Espanha. Embora tivesse pedido café, ela lhe trouxe chá, e ele não teve nem a vontade, nem a energia para reclamar.

Ele encontrou Maureen Prior no Starbucks no Lister Gate, perto da entrada para o Broad Marsh Center. Ela estava sentada a uma mesa no fundo quando ele chegou, vestida discretamente em marrom e bege. Ele talvez já a tivesse visto vestida em cores mais vivas, mas não conseguiu se lembrar bem quando. O cabelo dela, de comprimento médio, meio castanho, suavizava seu rosto ovalado.

— Que bom ver você, Frank.

— Igualmente.

Ele foi até o balcão para pegar o café que pedira, levou-o de volta e sentou-se.

— Estou triste com o que aconteceu à Katherine — disse Maureen.

— Obrigado.

— Ela foi indiciada?

— Não, graças a Deus.

— Então, houve um pedido especial.

— Não da minha parte. Não pedi nenhum favor.

— Ela é sua filha, Frank. Cinco gramas na bolsa dela. É difícil que ela se safe dessa.

Elder contou a Maureen o que acontecera, o pouco que ele sabia, e ela ouviu com atenção, partindo pequenos pedaços de pão doce com a mão, quase sem notar.

— É claro que eles acham que ela está mentindo — disse ela, quando Elder terminou. — Está acobertando Summers.

— Você sabe alguma coisa sobre ele?

Maureen balançou a cabeça.

— E o Esquadrão Antidrogas, alguma ideia de quais policiais estão envolvidos?

— Resnick mencionou um nome. Bland.

Maureen sorriu.

— Ricky Bland.

— Você o conhece?

— Só pela fama.

— E que fama é essa?

— Um pouco aproveitador. Obtém resultados. De uma forma ou outra. Veio da Polícia Metropolitana há vários anos.

— Você não gosta dele.

— Como eu disse, não conheço o sujeito.

— Você sabe a que me refiro.

Maureen comeu mais um pedaço do pão doce.

— Tenho ouvido umas histórias. Vamos dizer que ele navega com o vento. Uma vez ele foi investigado, ele e um parceiro. Eaglin? Não estou certa do nome. Uma certa quantidade de cocaína foi confiscada e depois desapareceu. Houve alguns boatos de que Bland e esse outro cara haviam vendido a droga novamente para o traficante do qual eles a haviam confiscado, para começar.

— Nada foi provado?

Maureen riu.

— O que você acha, Frank? Eles ainda estão soltos, trabalhando. Prendendo os bandidos. Alguns deles, pelo menos.

— Você acha que eles são culpados?

A risada se transformou em um sorriso.

— Você me conhece bastante bem, Frank. Todo mundo é culpado, na minha opinião.

Observar Maureen comer aguçou o apetite de Elder, e, vendo que o homem olhava para o seu prato, ela empurrou-o na direção dele.

— E quanto a você, Frank?

— O quê?

— Como está se saindo em Londres?

— Não tão mal.

Ela lhe lançou um olhar sério.

— Quando terminar, você deveria pensar em voltar para cá.

Ele balançou a cabeça.

— É muito complicado. Além disso, se eu quisesse mais, há um monte de casos no lugar onde moro. Devon e a Cornualha trouxeram de volta à ativa quatro detetives já aposentados e estão buscando mais gente assim.

— O roubo de carneiros está em alta, não? — O sorriso voltou ao rosto de Maureen. — Alguém bagunçando a frota de pesca de cavalinha?

— Seis assassinatos em oito dias. Um deles especialmente cruel, um casal espancado violentamente numa garagem e depois morto a tiros.

— Você ficou tentado, então?

— Não foi para isso que fui morar lá.

— Se você estivesse por aqui, ficaria perto de Katherine.

— Não é onde ela me quer.

— Você acha que ela fala isso a sério?

— Eu sei que sim.

Maureen resistiu à tentação de falar mais.

— Ricky Bland, você vai vê-lo? Posso ir com você, se quiser.

— Bondade sua, mas não, está bem assim. Contudo, preciso de um endereço, no caso de ele não estar fazendo hora extra.

Maureen já estava com o celular na mão.

— Só preciso fazer uma ligação.

A casa era em Mapperley Plains, um condomínio, perto do campo de golfe, com janelas de PVC e portas da frente com umbrais de alumínio e vidro fosco. Um Audi A6 azul, com marcas de batida, estava estacionado do lado de fora da garagem. O gramado da frente precisava de uma boa aparada, a grama não estava uniforme.

Elder bateu à porta e tocou a campainha.

Nada aconteceu.

Uma limusine Honda desceu cautelosamente a rua, diminuiu a marcha, quase parando, e depois continuou caminho. Vigilância dos vizinhos, pensou Elder.

Tocou a campainha de novo.

Dessa vez, houve um movimento na parte de dentro, uma porta interna se abriu e ferrolhos foram abertos, fechaduras fizeram ruído. O homem que apareceu tinha mais de 40 anos, usava uma barbicha, cabelo cortado rente, um agasalho de ginástica com decote em V apressadamente vestido e um short quadriculado que deixava de fora pernas musculosas.

— Richard Bland?

— Quem é você, porra?

— Frank Elder. Eu já fui policial.

Ele olhou bem para Elder, os olhos apertando um pouco por causa da luz.

— É melhor que seja coisa boa, amigo.

— Katherine Elder foi presa ontem. Posse de heroína. Ela é minha filha.

Bland olhou-o novamente e abriu bem a porta.

— Entre. Estava tentando tirar um cochilo. Três noites sem dormir, porra. Pensei que você era um desses caras querendo doações, fome em Sumatra ou qualquer outro lugar.

Havia poeira em pequenos círculos nos cantos do hall. O aposento para o qual Bland levou Elder estava quase sem móveis, atulhado de roupas, latas e embalagens de quentinhas vazias espalhadas pelo chão. As venezianas estavam dois terços arriadas.

— A porra da minha ex-mulher levou toda a mobília quando foi embora. Mandou uma van vir aqui enquanto eu estava fora. Estou dormindo no andar de cima na porra de um saco de dormir. — Ele apontou para a porta da cozinha. — Há cerveja na geladeira; sirva-se.

Quando desceu de novo do andar de cima, vestindo agora uma camisa azul fora da calça jeans, Bland pegou umas cervejas para ele mesmo, acendeu um cigarro, e mandou Elder pegar duas cadeiras de armar, de plástico, encostadas contra a parede.

Eles se sentaram do lado de fora, num pequeno pátio que dava para um retângulo de gramado malcuidado, sem cercas, uma linha de mudas recentemente plantadas. No meio do burburinho do tráfego, crianças gritavam e cachorros desencadearam uma sinfonia de uivos. Apesar de ser janeiro, fazia um pouco de calor.

— Vou me mandar da porra desse lugar — disse Bland — logo que puder. Vou voltar para a cidade. Um desses apartamentos novos, perto do canal. Só que, no minuto em que eu vender isso aqui, a cadela vai ficar com metade, merda.

Elder não disse nada.

— Você é casado?

— Não sou mais.

— Então, sabe do que estou falando.

Durante alguns minutos, eles trocaram histórias sobre a vida na polícia. Bland perguntando a Elder sobre o tempo que este passara na Divisão de Crimes Hediondos, dando detalhes sobre como as drogas se disseminavam, a constante entrada de armas no país.

— Os merdas dos Noddies patrulhando St. Ann com coletes à prova de balas, com as Walther P990 metidas nas porras dos coldres, como Clint Eastwood. Eu, eu posso entrar numa boca de fumo ou descer uma viela na Meadows e tudo que preciso é meter um dedo na bunda deles, supondo, é claro, que vão se dobrar e ceder. — Ele tossiu um catarro e cuspiu-o no chão. — Todo garoto que trafica nas ruas tem uma Glock ou uma réplica convertida metida na porra da cueca de grife. A negrada dirigindo por aí em carros de 30 mil libras mais o motor, ouvindo rap aos berros e com uma Uzi no banco dianteiro. Tudo muito bem, eles só estão se matando uns aos outros mesmo, só que a questão é que eles não fazem isso rápido o suficiente.

Ele jogou a guimba do cigarro dentro de uma lata vazia de cerveja Heineken e acendeu outro.

— Sua filha — disse ele —, ela estava levando a droga para o cara com quem ela viajava, Summers, não há nenhuma dúvida. Achei que uma noite na cadeia poderia fazer com que ela entregasse o cara, mas isso não aconteceu. Não se preocupe, nós vamos pegar o filho da puta de outra maneira.

— E Katherine?

Bland abriu outra cerveja.

— Precisa reconsiderar o tipo de gente com quem anda.

— Me fale de Summers — disse Elder, depois de um momento.

— Rob Summers. Robert. Trinta e poucos anos. Mudou para cá, vindo de Humberside, há 12 ou 13 anos, para cursar a universidade. Ficou por aqui do modo que todo mundo costuma fazer. Preguiçosos demais para mexer a bunda e ir morar em outro lugar. Ou estão chapados demais para isso. — Bland engoliu um pouco de cerveja. — Começou a vender um pouco de bagulho quando ainda era estudante, nada muito sério. Vem fazendo isso desde então. Coisa pequena, apenas um pouco abaixo do que chamaria muita atenção, você sabe como é.

— Então, por que tanto interesse?

— Há algum tempo, nove meses talvez, o nome dele começou a pipocar. Agora, com grandes traficantes. Picas grossas de lugares importantes. Clubes e coisa assim. Clientela de alto nível.

— Ele está preso com vocês?

Bland fez um muxoxo.

— Ele é um filho da mãe esperto, não é? Adora o som da própria voz. Acha que pode se livrar de qualquer coisa conversando, porra. Acha que pode abrir as águas do mar Vermelho, se quiser. Passa a conversa em gente ingênua que nem sua filha para transportar para ele, transportar a droga.

Ele podia ver a raiva surgir no rosto de Elder e inclinou-se para a frente na cadeira, de policial para policial, de homem para homem.

— Ouça o que estou dizendo, Frank, não vá ficar se desgastando por aí, bancando esse papel de pai indignado, sim? Não vá foder com tudo. Não agora, quando já estamos perto. Alguém está vindo de fora, fazendo com que ele fique inquieto. Há muita coisa em jogo.

— Você está me pedindo? — indagou Elder.

— Sim, estou pedindo, é isso.

— E Katherine?

— Ela pode se safar. Vou dar um telefonema. Vá buscar a garota, se quiser. Mas só depois de eu telefonar.

— Muito bem — disse Elder, levantando-se. — Obrigado por isso, pelo menos.

— Estamos conversados sobre Summers?

— Não vou pôr a mão nele, você tem minha palavra.

Bland engoliu um pouco mais de cerveja, arrotou e limpou a boca com as costas da mão.

— Precisa de uma carona para voltar à cidade?

Elder balançou a cabeça.

— O tempo está bom, vou andando.

Bland acompanhou-o até a porta da frente.

— Onde você conseguiu este endereço? — perguntou.

Elder hesitou.

— Maureen Prior.

— Está perdendo tempo com ela — disse Bland, com ar de desprezo. — Mandou costurar a boceta quando tinha 17 anos. Posso lhe indicar vários caras que contaram os pontos, se quiser.

Elder precisou se conter para não lhe dar um soco.

CAPÍTULO 31

O sargento de custódia fez Katherine assinar um recibo relativo ao conteúdo de seus bolsos e da bolsa. Logo que os dois saíram, ela começou a se afastar.

— Espere, Katherine, espere — disse Elder.

— Para quê?

— Precisamos conversar.

— Eu não preciso.

Ele segurou-a pelo braço, mas ela se livrou dele, sacudindo o braço.

— Se você precisa conversar, telefone para os samaritanos. Procure um psicanalista. — Seus olhos o fuzilavam. — Eu fiz isso. Veja que bem isso me fez, porra.

Ele ficou parado ali, observando, enquanto ela caminhava para a outra calçada, forçando o tráfego a se desviar e frear; num momento, ela estava atravessando a esquina da Circus e, logo em seguida, desapareceu.

Ele tinha um bom palpite para onde ela iria e não era para casa.

"Não vá foder com tudo", pedira-lhe Bland, "deixe Rob Summers em paz, deixe-o para nós." As cortinas da frente na casa em Sneinton estavam novamente fechadas, o mesmo gato amarelo sentado no peitoril da janela junto à porta. Quando Summers atendeu, Elder empurrou-o de volta pelo corredor.

— Você se esqueceu de me dizer uma coisa — disse Elder.
— Deixe de lado seu currículo. Dando aulas, compondo poemas, a velha história. De alguma forma, você esqueceu o fato de que também traficava drogas.

— Ela não está aqui — disse Summers —, se é isso o que está pensando.

— É claro que ela está aqui, porra.

— Está bem. Mas está deitada, lá em cima. Está exausta, certo? Mortinha.

— E de quem é a culpa?

— Ela tomou um remédio para dormir.

— Não preciso perguntar onde ela conseguiu isso.

Summers balançou a cabeça.

— Entre aqui e se sente. Ou você quer ficar aí de pé, gritando no hall?

A sala estava a mesma bagunça de antes, o mesmo cheiro adocicado de maconha no ar. Summers ligou o som estéreo, mas deixou o volume baixo.

— Muito bem — disse Elder —, comece a falar.

Summers tirou um pacotinho de seda Rizla e uma lata de Old Holborn de uma das prateleiras e começou a enrolar um cigarro para si.

— Quando eu estava na universidade, trafiquei droga, sim. A maior parte para amigos. Isso não é segredo.

— Você foi preso? Indiciado?

— Alguém me denunciou.

— Algum cidadão honesto.

— Algum filho da mãe.

— Você foi considerado culpado?

— De posse de drogas.

— Isso ainda é crime, se não me engano.

— Vamos lá — disse Summers. — Um pouco de maconha. Hoje em dia, tudo que a polícia iria fazer era dar um aceno de cabeça e uma piscadela, com ordem de manter a coisa escondida.

— E o que você ganhou? Suspensão da sentença? Liberdade condicional?

— Mais ou menos.

— Mas isso não foi tudo.

— Eu não... — Por um momento Summers pareceu verdadeiramente confuso. Depois, balançou a cabeça. — Meu Deus, você andou remexendo tudo isso?

— Agressão, não foi?

— Foi em uma manifestação. Uma demonstração no campus da universidade. Algum imbecil, da direita cristã americana, antiaborto, veio falar na União dos Estudantes. Só me arrependo de não ter lhe dado uns bons socos quando tive a oportunidade. Provavelmente, ele agora faz parte de uma equipe de pensadores, assessorando Bush sobre políticas sociais.

— E você é o quê?

— Nós simplesmente passamos por tudo aquilo.

— Cinco gramas de heroína, mais do que suficiente para uso pessoal.

Summers balançou a cabeça, mais energicamente dessa vez.

— Não era minha.

— Você está dizendo que era de Katherine? É isso que você está me dizendo? — A voz de Elder reverberou nos cantos da sala. — Você está me dizendo que ela é viciada em heroína?

— É claro que ela não é.

— Porque, se for, eu sei quem a levou para esse caminho.

— Relaxe, ela não é viciada. Ela nem chega perto da droga.

— Então, como é que a coisa foi parar na bolsa dela?

— Não sei. Nós fomos a uma festa na noite anterior.

— Ah, então foi isso? Alguém que fez uma brincadeira? Uma palhaçada na festa? Uns engraçadinhos, um pedaço de bolo, três balões e uma pitada de heroína?

— Não sei. Talvez fosse um engano.

— Um engano?

— Está bem, está bem. Mais provavelmente, alguém tentando armar para cima de mim.

— E por que fariam isso?

— Olhe aqui — disse Summers. O cigarro que ele havia enrolado se apagara e ele o acendeu novamente. — Acredite ou não, cabe a você decidir. Há 18 meses, mais ou menos, fui parado na rua. Fui parado e revistado, certo? Eu estava descendo a Hockley. Tarde da noite. Acontece a toda hora. Bem, você sabe. Deve saber. Dois caras em trajes civis. Esquadrão Antidrogas, ou pelo menos foi o que me disseram. É claro, não encontraram nada, não havia nada para encontrar. — Uns fiapos incandescentes se soltaram do cigarro dele. — Talvez eu tenha falado um pouco demais, não sei. Por algum motivo, eles ficaram putos. Desde esse dia, estão na minha cola. Ah, não o tempo todo. Apenas uma vez ou outra, quando não têm nada melhor para fazer. Me revistam, me dão umas porradinhas. Motivo para acreditar... Você sabe como é.

— É por isso que você toma precauções.

— É por isso que eu estou limpo.

— É por isso que você toma cuidado para não ser apanhado carregando a própria droga.

— Não há droga.

— Não?

— Não.

— Este lugar cheira como um café barato em alguma rua de Amsterdã.

Summers jogou a cabeça para trás e riu.

— Vou ter que acreditar no que você está dizendo.

Elder estendeu rapidamente a mão e agarrou o braço de Summers entre o cotovelo e o pulso.

— Eu não ligo a mínima para o que você faz, quanto skank, heroína e merda você trafica. Mas se você envolver minha filha mais uma vez, seja como for, vai acertar as contas comigo. Está entendido?

— Me larga, porra — sibilou Summers.

Elder aumentou a força e depois largou.

— Estou falando sério. Se Katherine se meter em encrenca de novo por sua causa, eu volto aqui. E você vai se arrepender de ter nascido.

Uma hora mais tarde ele estava na via expressa, indo para o sul.

CAPÍTULO 32

Karen acordou antes de o despertador tocar e permaneceu deitada ouvindo o vento bater nas janelas e um veículo ocasional passando pela rua molhada lá fora. Uma, duas vezes, ela se virou, puxando as cobertas, tentando dormir mais uns dez minutos, mas não adiantou. Mais cedo ou mais tarde, ela teria que enfrentar a fria viagem para o banheiro, o chuveiro.

— O que há com você, minha criança? — dissera seu pai, quando fora visitá-la. — Toda essa promoção, inspetora-chefe agora, e você se contenta em morar desse jeito.

Criança! Ela imaginou se algum dia alcançaria uma idade em que seu pai cessaria, automaticamente, de chamá-la assim. Na sua opinião, apenas quando ela tivesse um filho. Mas havia alguma verdade no que ele dizia, ela ganhava o bastante para se mudar para um apartamento maior, mas para onde se mudaria? E por quê?

Ela era feliz ali. O terrível frio lá fora. O que ela deveria fazer — disse ela a si mesma pela milésima vez — era pagar para substituir aquelas janelas velhas, do tempo de Matusalém, por janelas de vidro duplo, novas. Deixar do lado de fora a umidade. Fazer uma revisão no aquecimento central, radiadores com termostatos individuais. Radiadores, pelo amor de Deus, que funcionassem.

No banheiro, ela jogou água fria no rosto, estremeceu, e espremeu pasta de dentes na escova.

Uma das razões pela qual ela não tomava aquelas providências, ela sabia, eram as inevitáveis discussões e a dor de cabeça. Achar uma firma imobiliária que não a enrolasse, ou pior, a esfolasse, era a primeira coisa. Operários que cumprissem os horários e se empenhassem no trabalho até este terminar, em vez do costumeiro dois dias aqui, dois dias ali, agora você os vê, depois não vê mais; o lugar transformado numa bagunça, enquanto eles alternam trabalho por toda Londres. Alguém em quem você pudesse confiar.

Karen enxaguou a boca, cuspiu, enxugou o rosto, e sentou-se na tampa da privada.

Alguém em quem você possa confiar.

Alguém que tivesse acesso a sua casa, a suas coisas; que gostasse de subir e descer, entrando, escalando paredes e andaimes.

Ela pensava em Steven Kennet, o rosto largo, sorrindo.

Agora você percebe por que eu menti.

Não, pensou ela, ficando de pé e ligando o chuveiro. Ainda não.

Enquanto a água corria sobre seu corpo, ricocheteando nos ombros e na nuca, ela revisou, mentalmente, o que soubera a respeito da possível intrusão no apartamento de Maddy Birch.

Nada fora levado, o local quase não fora remexido, apenas uma sensação de que alguém estivera ali.

Karen estendeu a mão para o sabonete líquido.

Ontem, ouvira uma mensagem dizendo que Vanessa Taylor telefonara, mas Karen estivera ocupada demais para retornar a ligação. Ela tentaria naquela manhã, antes de engrenar nas tarefas do dia. Poucos minutos depois, ela já estava enxuta e parcialmente vestida, colocando pó de café na máquina. Não passava muito das 6 horas.

Elder telefonara para Karen de Nottingham, explicando o motivo de sua ausência com o mínimo de detalhes possível, somente a essência da coisa. Agora, já dentro do prédio, ele optou pela escada em vez de usar o elevador, e arfava um pouco quando chegou ao quarto andar.

— Como ela está, Frank? — perguntou Karen, imediatamente. — Sua filha?

Elder levantou os ombros.

— Tão bem quanto se pode esperar.

Ele parecia cansado, pensou ela; olheiras pesadas.

— Você falou com Kennet de novo? — perguntou Elder.

Karen assentiu.

— Nós o pressionamos bastante, a respeito de Maddy e a respeito dessa mulher mais recente, Jennifer. Nada. Nada que possamos usar. Ah, às vezes você fica com a impressão de que ele está perto de nos revelar algo, que vai ceder, mas aí ele se fecha. Quase como se ele estivesse nos sacaneando. Se divertindo. — Ela balançou a cabeça. — Na hora em que finalmente nós o liberamos, eu já estava pensando como Mike, já estava com vontade de dar um soco na cara dele.

— Vocês não tinham provas para manter o safado preso?

— Não o suficiente.

— Então, não há chance de um mandado de busca? Revirar a casa dele, ver o que se pode encontrar?

— Não sem algo mais sólido. Conjeturas, é o que o juiz dirá. Suposição. Sem motivo razoável.

— E o que você acha?

— Ainda acho que ele é a nossa melhor chance.

— Denison não conseguiu descobrir nada sobre Loftus?

— Nada.

Karen desembrulhou uma pastilha de hortelã e ofereceu-a a Elder, que balançou a cabeça.

— Mais cedo, conversei com Vanessa Taylor — disse ela. — Há duas noites, ela achou que havia alguém rondando seu apartamento.

Elder inclinou-se vivamente para a frente.

— Ela acha ou tem certeza?

— Ela não sabe ao certo, estava escuro. Num minuto ele estava ali, e no outro não. Nenhuma chance de descrição ou qualquer coisa parecida. Se não fosse o que aconteceu com Maddy, duvido que ela mesma se incomodaria em me telefonar. O apartamento dela não é longe de onde Maddy morava.

— Você informou à delegacia local?

— A própria Vanessa já tinha feito isso. Eu chequei. Eles prometeram mandar um carro patrulha a certos intervalos durante a noite, aumentar o patrulhamento a pé.

— E como ela estava?

— Um pouco nervosa. Preocupada em não estar desperdiçando nosso tempo.

— Você acha que um de nós deveria ir falar com ela?

— Não sei se faria alguma diferença. Meu palpite, nessas circunstâncias, é que a imaginação dela esteja trabalhando a todo vapor.

Karen empurrou sua cadeira, afastando-a da mesa, e esticou as pernas.

— Acho que vou visitar Estelle Cooper. Conversar com ela sozinha, dessa vez. Ver se ela se abre um pouco. Talvez resulte em alguma coisa útil.

— De mulher para mulher — disse Elder.

Um sorriso passou pelo rosto de Karen.

— O quê?

— Shirley Brown, Stax, 1974. Eu costumava tocar esse disco a toda hora.

Elder não sabia do que ela estava falando.

Quando Karen chegou a Hadley Wood, Estelle Cooper não estava em casa. Os filhos, de acordo com um vizinho, estavam de folga da escola. Um dia enforcado, não é assim que chamam agora? Estelle os levara a passear. Em algum lugar em Londres. O Museu da Ciência?

Karen voltou para o carro. Ela tentaria novamente depois do fim de semana; não havia sentido em conversar com Estelle quando a família poderia estar ali. O que ela queria era ver Estelle Cooper sozinha.

Talvez, pensou Vanessa, ela simplesmente não estivesse de bom humor. Coca-Cola e um pacote de pipoca. O Odeon, Camden Town. Afrouxar as amarras. Relaxar. *Simplesmente amor*. Eles deviam estar brincando com esse título, não é? E, é claro, ficar sentada sozinha não ajudava. Ela se lembrou quando saíra para ver *O diário de Bridget Jones*, com Maddy. Como haviam gostado do filme, cada minuto, até mesmo do final piegas. Praticamente haviam se mijado de tanto rir.

Pobre Maddy. Deus, como sentia falta dela!

Por algum motivo ela não quis ir para casa de metrô e, em vez disso, ficou esperando 15 minutos pelo ônibus; junto dela, uma dúzia de pessoas, metade delas famintas por terem bebido no bar, comendo rapidamente hambúrgueres e frango xadrez, o cheiro de cebola, espetinhos de carne e caldo quente, além de restos de comida a seus pés. Ela estava a ponto de desistir daquela má ideia e voltar para a estação do metrô, quando apareceu o ônibus, um 134, vindo do sinal de tráfego na direção deles.

O piso inferior do veículo estava apinhado de gente, de modo que ela foi para o andar de cima, e ocupou um lugar vago junto da janela, mais para o fundo. Assim que ela se sentou, um homem juntou-se a ela, quase se jogando para cima dela quando o ônibus arrancou.

— Desculpe — disse ele. Em seguida: — Vanessa? Você é a Vanessa, não? Eu quase não a reconheci. — Um sorriso rápido, de desculpas. — Faz muito tempo.

O homem estendeu a mão.

— Steve. Steve Kennet. Eu costumava...

— Eu sei, eu sei.

— Não vejo você desde... Devem ser séculos. Alguns anos, pelo menos.

Vanessa assentiu com a cabeça e ficou em silêncio. Uma das últimas vezes que ela vira Steve Kennet, uma noite no bar, quando Maddy fora ao toalete, ele se inclinara por sobre a mesa e dissera:

— Que tal sairmos uma noite só nós dois? O que você acha?

Depois ele tentara disfarçar, como se fosse uma piada, mas ela não teve certeza.

— Terrível, não foi? — disse ele. — O que aconteceu com Maddy. Não pude acreditar, quando recebi a notícia. Você não sabe quem foi, não é? Sabe se foi alguém que você conhece?

Vanessa balançou a cabeça.

— Então, afinal de contas, por onde você tem andado? — Mais interessado, agora. — Quero dizer, hoje à noite. Não foi trabalhar, espero.

— Cinema.

— Algum filme bom?

— Na verdade, não.

— *Piratas do Caribe* — disse Kennet. — Já viu?

— Não.

— É bom. A gente ri bastante, sabe?

— Foi esse que você assistiu hoje à noite?

— Eu? Não. Só saí para tomar uns drinques, umas cervinhas.

Vanessa olhou pela janela. Eles iam devagar pela rua Kentish Town, passando perto de onde ela trabalhava. Refletida nas vidraças mais altas dos prédios, ela pôde ver a imagem de Kenneth, a espessura de seu cabelo, a gola da jaqueta de couro levantada contra o pescoço, os olhos a observando. No parque Tufnell, ela fez menção de que ia saltar.

— Aqui não é o seu ponto — disse Kenneth.

— Não é?

— Não, a menos que você tenha se mudado.

— Como é que você sabe onde moro?

— Nós passamos a pé por aqui uma noite, lembra-se? Eu, você e Maddy. Voltando para o apartamento dela. Essa é minha rua, você disse.

— Bem — disse Vanessa, levantando-se. — Não é mais.

Ele virou as pernas para o corredor, deixando apenas um espaço apertado para que ela passasse.

— Posso saltar aqui, se você quiser. Levo você até em casa.

— Não se preocupe.

Assim que ela desceu, as portas se fecharam. Forçou-se a não olhar para trás, enquanto o ônibus se afastava, sabendo que veria seu rosto na janela, olhando para baixo. Agora, ela tinha uma boa caminhada de uns vinte minutos para fazer, e por quê? Porque se sentira constrangida sentada ali, comprimida por ele, certa de que, a qualquer momento, ele diria algo que ela não queria ouvir, algum tipo de proposta?

A dois terços da caminhada ao longo da rua Junction, ela virou à direita em St. John's Grove, tomando um atalho. Ao final de sua rua, ela hesitou, depois apertou o passo. Foi somente quando se aproximava do pequeno trecho que levava à porta da sua casa que ela pensou que Kennet poderia ter sido o homem de pé na sombra há poucas noites.

As chaves escorregaram de sua mão.

A pele congelou.

Somente com a porta totalmente aberta, ela se virou.

Nada, ninguém estava lá.

Vanessa, disse para si mesma, pelo amor de Deus, mantenha a calma.

Quinze minutos depois, deitada na cama, ela prestou atenção a cada som durante mais uma hora, até que finalmente adormeceu.

CAPÍTULO 33

As primeiras nuvens de chuva haviam desaparecido, deixando o céu de Primrose Hill com um tom de azul cristal típico de inverno, a luz refletindo no telhado da mesquita na borda do parque Regent's abaixo. De seu vantajoso ponto de vista perto do topo, Elder observava Robert Framlingham vir da rua Prince Albert como um latifundiário saindo para inspecionar a vastidão de suas terras e de seus subsídios. Framlingham usava uma jaqueta Barbour e um par de borzeguins ligeiramente engraxados, costurados a mão.

— Frank, que bom ver você. — O aperto de mão era firme e caloroso. — Desculpe se me atrasei.

— Vamos sentar ou dar uma caminhada? — perguntou Elder.

— Ah, dar uma caminhada, acho eu. Você pode me pôr a par dos acontecimentos enquanto andamos.

Na maior parte do percurso, Elder falou e Framlingham ficou muito contente de ouvir, o local cheio de gente passeando com cachorros, jovens mamães e os sempre presentes casais de namorados, estudantes, gazeteiros e aposentados, todos aproveitando ao máximo o sol.

Quando Elder terminou, eles continuaram a andar por algum tempo, em silêncio, Framlingham ruminando tudo aquilo mentalmente.

— Kennet, você está bem seguro disso, então?

— Não necessariamente.

— E Shields? O que ela acha?

— Não há muito a que ela se apegar.

— Até agora, Frank. Até agora. — Framlingham fez uma pausa para tirar alguma coisa que grudara na sola de seu calçado. — Aquela coisa com Mallory e Repton no carro, com aquela jovem patrulheira. Eu fico imaginando se eu deixaria passar aquilo em branco, afinal de contas.

Elder deu-lhe uma olhada.

— Você sabe de algo que eu não sei.

Framlingham permitiu que um sorriso se espalhasse lentamente por seu rosto.

— Muito mais do que pensa, Frank, muito mais. E quase tudo que sei provocaria um grande alvoroço. — Por um momento ele pousou a mão no braço de Elder. — Tudo que eu estou dizendo é: não perca a visão do quadro geral.

Eles deram um aperto de mãos.

— Sua filha, Frank. Eu escutei um pouco da história. Sinto muito. Se eu puder ajudar de alguma forma, me avise.

Com um aceno, ele foi embora.

* * *

O shopping center de Brent Cross ficava perto da rua North Circular, não mais de dez minutos de carro, vindo de onde Elder estava. Pelo meio da manhã, os estacionamentos estavam quase lotados.

Vicki Wilson estava parada no corredor central, entre Next e Hennes, defronte de um estande de demonstração muito colorido, que prometia para hoje o telefone celular de amanhã. Perfeitamente maquiada, Vicki apresentava seu melhor sorriso profissional, e distribuía, alegremente, panfletos exaltando as virtudes de uma maravilha tecnológica que permitia a você enviar mensagens de texto, tirar e enviar fotografias, baixar videoclipes dos últimos lançamentos do cinema, além dos dez tons de chamada mais populares, assistir aos últimos gols da Primeira Divisão do futebol, navegar pela internet e, se o tempo permitisse, fazer uma chamada telefônica ocasional. Ela usava uma saia curta justa e uma camiseta com o logotipo do fabricante impresso sobre os seios.

Ela estava ali desde as 10 horas, por quase uma hora, com ainda cinco a cumprir em seu horário, e os pés já começavam a doer, metidos naqueles sapatos estúpidos.

Minha nossa, pensou ela, quando Elder se aproximou. Um outro filho da mãe que não podia tirar os olhos dos seios dela. Elder já passara uma vez, vagarosamente, virara-se e voltara. Quando ele chegou perto, repensou sua opinião. Merda. É a porra da polícia.

— Vicki Wilson?

— Se está fazendo essa pergunta, é porque já sabe a resposta. — A voz dela era dura, sotaque da periferia leste de Londres, Goodmayes ou Dagenham.

— Frank Elder.

— Tome. — Ela colocou um panfleto na mão dele.

— A que horas você tem um intervalo? — perguntou Elder.

— Ainda vai demorar.

— Que tal um café?

— Agora?

Elder experimentou um sorriso.

— Por que não?

— Espere um minuto.

Ela abriu os panfletos em leque sobre a mesa atrás dela, pegou uma jaqueta verde-limão das costas da cadeira e passou-a por sobre os ombros, pegou a bolsa e foi andando com Elder na direção do elevador perto do canto da loja Marks & Spencer.

Eles se sentaram no final de uma fileira de pequenas mesas que dava para um dos corredores; lá embaixo, os fregueses perambulavam por oásis de plantas de folhagens verdes, de plástico e verdadeiras, vicejando igualmente debaixo do telhado de vidro.

Com um pequeno suspiro, Vicki tirou os sapatos de salto alto. Encoste uma unha no rosto dela, pensou Elder, e ela deslizará como patins no gelo fresco.

— Como é que você descobriu onde eu estava? — perguntou ela.

— Sua agência.

— Fico imaginando se eles não lhe deram meu endereço e as medidas de meu busto, enquanto estavam com você no telefone.

— Eles deram.

— Você está brincando, cacete!

— Talvez não as medidas do busto.

Vicki balançou a cabeça.

— Vocês policiais são todos iguais.

Elder manteve silêncio.

— É Jimmy, não é? É sobre ele que você quer conversar.

— Jimmy?

— James William Grant. Jimmy. Era assim que ele gostava de ser chamado. Pelos amigos. — Vicki mexeu um pouco do chocolate que cobria seu cappuccino junto com a espuma e levou a colher à boca. — Você veio verificar se eu fiz o que me mandaram fazer, acho eu.

— O que mandaram você fazer?

— Manter minha boca fechada, é claro.

— Sobre o quê?

— E eu sei? Sobre tudo, porra.

— Quem mandou fazer isso?

— E eu sei? Alguém da polícia civil.

— Descreva o cara.

Vicki recostou o corpo na cadeira.

— Uns 40 anos, talvez. Elegante. Um pouco antiquado, mas elegante. Brincou com a situação. Não fez muita pressão. Mas aquele olhar dizia tudo. Meio que falando que não valia a pena enganá-lo, sabe?

— Ele tem um nome?

— Não que eu saiba. Mas eu já o tinha visto. Havia visto antes disso. Depois de... Depois que eles mataram Jimmy. Falando com a pessoa que o matou. Aquele filho da mãe.

— Como você sabe que foi ele quem matou Grant?

— Ele veio até mim e me falou. Naquela manhã. Logo depois que a coisa aconteceu. Eu estava sentada no banco traseiro do carro da polícia, certo? Não sabia realmente o que estava acontecendo. Exceto que Jimmy morrera. Disso eu sabia. De qualquer modo, ele veio, apontou o dedo para meu rosto, e fez um som de tiro. Como um garoto pequeno, sabe, fingindo que tinha uma arma na mão. Esse é o dedo, disse ele, que puxou o gatilho. Colocou a mão de lado. E então, riu e foi embora. Mallory. Eu perguntei ao policial no carro e ele me disse quem era. Detetive-superintendente Mallory.

— E esse detetive, aquele que veio ver você, ele e Mallory, eles estavam juntos?

— Estavam, eu já disse isso, não é?

— Diga-me novamente o que ele disse para você?

— Eu já falei.

— Fale de novo.

— Se aparecer alguém fazendo perguntas, qualquer um, você não sabe de nada. — Ela levantou a xícara do pires, mas não bebeu. — Ninguém veio fazer perguntas. Até agora. E, se vierem, eu não sei nada. Afinal das contas, Jimmy nunca conversava sobre, você sabe, o que ele fazia. Não falava mesmo. De vez em quando, brincava sobre o assunto, se gabando, acho. Aquela grande sacada, essa outra, mas era tudo. Nada mais. Apenas, às vezes ele estava ali e às vezes não estava. Além disso, eu não o conhecia há muito tempo. E eu gostava dele, gostava muito. — Ela olhou para Elder, os olhos cheio de lágrimas. — Por que eles precisavam matar Jimmy?

— Não sei.

— Ele sempre dizia que se safaria, não importa o que fizesse. Dizia que eles não tocariam nele, sabe?

— Eles?

— A polícia.

— Ele não disse mais nada? Não deu nomes?

— Disse que havia alguém o protegendo, foi tudo. Proteção total. Como alho. Você sabe, para manter afastados os vampiros. — Ela balançou a cabeça. — Não era verdade, não é? No final, não adiantou.

Elder bebeu o restante do seu café.

Vicki retocou o batom, deixando uma impressão quase perfeita no guardanapo dobrado.

— É melhor eu voltar para aquele maldito trabalho.

— Fique com isso aqui. — Elder tirou um bloco de notas do bolso, anotou o número de seu celular e arrancou a página. — Se você pensar em alguma coisa, telefone para mim.

Vicki hesitou, depois meteu o papel no compartimento lateral da bolsa.

— Obrigada pelo café.

— Não há de quê.

Elder acompanhou-a de volta ao estande, onde um bando de crianças, depois de espalhar os panfletos pelo chão, escrevia obscenidades com ortografia errada, nos espaços em branco do painel.

— Fora daqui, porra! — gritou ela. — Todos vocês.

Enquanto eles caçoavam, assobiavam e faziam gestos obscenos, Elder se curvou e ajudou a recolher os panfletos do chão. Depois, ele se despediu e se dirigiu ao local onde havia estacionado o carro.

— Eu posso me encontrar com você na noite de domingo — disse Framlingham, em resposta ao telefonema de Elder. — Whitestone Pond. Perto do velho castelo de Jack Straw. Estacionarei no lado norte. Sete horas, mais ou menos?

Já estava escuro quando Elder chegou, Franklingham sentado com o vidro do carro meio abaixado, ouvindo a irradiação de *Idomeneo*, do Metropolitan Opera House.

Quando a ária terminou, ele abaixou o volume do rádio, Elder sentado no banco do carona, a seu lado.

— É claro — disse ele, quando Elder terminou de falar —, ele poderia estar mentindo para ela. Vicki, é este o nome dela? Poderia estar se gabando.

— Por que ele faria isso?

— Querendo impressionar?

— Acho que não.

— Grant tinha as costas quentes, é isso que você está pensando?

— Ou isso, ou exatamente o inverso.

— Você quer dizer que ele seria um informante?

— É possível.

— Ele seria um informante de alto nível, se isso for verdade. De alta classe. Não um vagabundo choramingão da pior qualidade.

— Quão fácil seria descobrir isso?

Um sorriso passou pelo rosto de Framlingham.

— Você quer dizer, quão difícil. O cargo de informante — Fontes Humanas de Inteligência Infiltradas, como chamamos isso atualmente. FHII, você acredita nisso? Se a coisa não tem a porra de uma sigla, ela não existe. Mas isso não tem importância. Toda essa informação é mantida em um arquivo confidencial na Scotland Yard. Restrito a poucos. Funcionários de alto escalão, apenas. E eu estou dizendo "alto escalão".

— Isso incluiria você, certamente?

— Se houvesse boas razões, Frank, seria possível.

— Então, você vai tentar?

— Vai demorar um ou dois dias, mas sim.

A lua irrompeu por dentre as nuvens, enquanto Elder contornava o lago, indo na direção de onde viera.

CAPÍTULO 34

Houve uma época em que Estelle achava que os jardins eram a única coisa que a mantinham mentalmente sã. Se é que poderia se chamar aquilo de mentalmente sã. Suas amigas, se é que ela tinha alguma, teriam dito: "Querida, você tem seus filhos", e embora fosse verdade que eles ainda constituíssem uma parte significativa de sua vida, eles não eram mais dela da mesma forma que costumavam ser. A cada dia Jake agia e falava mais como seu pai, e Amber, com 5 anos e meio, perdia muito tempo num mundo de sapatilhas e saias curtas de balé, além do tom certo do cor-de-rosa para seu casaco de lã, o tom certo de azul para o lacinho que mantinha seu cabelo preso na nuca.

Quanto a Gerald, é claro que ele era um perfeito cavalheiro — às vezes, tão educado que era como se houvesse esquecido quem ela era, e a via como uma prima distante que tivesse vindo para ficar. Partia cedo todo final de semana para o centro e quase sempre retornava tarde, ocasionalmente telefonando para dizer que sentia muito, mas não poderia chegar a tempo do jantar, e, se isso acontecesse, de vez em quando ele lhe trazia flores e um pequeno bilhete. Uma vez, ela encontrou, em um dos bolsos do casaco do marido, um cartão de propaganda de um clube exclusivamente masculino no Soho, e ela teve cuidado em deixá-lo no lugar em que o encontrara, contente de ele ter achado um lugar para relaxar e descontrair. Atualmente, quando ele lhe pedia sexo, era no máximo uma vez por mês, sempre apagando a luz antes; quando a perna dele deslizava por sobre a dela de modo que ela reconhecia, ela colocava seu marcador de livro com cuidado na página e pedia licença para ir ao banheiro; com frequência, ao retornar, ele já estava dormindo e roncando.

Estelle estava de pé perto de um de seus canteiros de rosas, no final da manhã, usando um velho casaco de lã verde, calças frouxas metidas na altura das canelas em galochas, um par de luvas de jardinagem amarronzadas e gastas nas mãos. O problema com o mês de janeiro era que era muito tarde para plantar mais bulbos, e muito cedo para plantar qualquer outra coisa; tudo que ela fazia de útil era manter os canteiros bem cuidados, cobrir as porcarias deixadas por um ou outro gato da vizinhança, podar as poucas folhas secas com sua tesoura.

Ela pensou como eram feias essas roseiras cortadas, seus ramos verdes e rígidos se lançando cegamente no ar.

Em algum lugar de sua mente, ela ouviu o carro se aproximando, depois silêncio, e, por último, a campainha da porta da frente. Se a porta da estufa não estivesse aberta, era muito improvável que ela escutasse qualquer coisa. Não que tivesse importância; quem quer que fosse, um desses mórmons almofadinhas ou alguém querendo doações para a quermesse da igreja, eles logo perderiam a paciência e iriam embora.

Perto do fundo do jardim, um pardal se banhava na lama, as asas fazendo voar uma película de terra. Ajudado pelo ar frio da noite, o solo secara muito bem, o céu era de um cinza azulado, manchado de nuvens, e a temperatura na casa de 14 ou 15 graus, no máximo.

O portão lateral fez um clique, abrindo-se. Quando se virou, Estelle viu a detetive negra que apertara sua mão por um momento. Alta, ela não se lembrava de como ela era alta; podia jurar que era tão alta quanto Gerald, os saltos da bota deixando marcas profundas no gramado.

— Sra. Cooper. Estelle. Como está hoje? — Sorrindo, sorrindo, sorrindo. — Eu toquei a campainha, mas imaginei que a senhora estivesse no jardim e que não me ouviria. Espero que não se importe de eu ter vindo até aqui.

— Não, claro que não. Absolutamente. — O que mais ela poderia dizer?

— Você faz tudo isso sozinha? — perguntou Karen Shields, olhando em volta. Embora com toda probabilidade aquilo significasse um elogio, para os ouvidos de Estelle a pergunta pareceu mais uma acusação: É isso tudo que você faz na vida?

— Às vezes, Gerald ajuda com o trabalho pesado, isto é, ele costumava fazer isso. E Jake, agora que está mais velho, ele... — Abruptamente, ela parou. Por que é que estava dizendo aquilo?

— Estelle? — perguntou Karen, com suavidade. — Você está bem?

Ela levantou os olhos para Karen, aquele rosto grande, imponente, com lábios muito vermelhos. Bonita, era essa a palavra.

— Estelle?

— Hum? Sim, é claro. — É claro o quê? Ela não sabia.

— Por que não entramos? — sugeriu Karen. — Gostaria daquela xícara de chá que você me ofereceu na última vez em que estive aqui. Alguma coisa para espantar o frio. — Caminhando de volta para a casa, ela deu o braço a Estelle.

As duas sentaram-se na estufa, agora com a porta fechada, os vidros começando a ficar embaçados. Aqui e ali, uma flor vermelho-tijolo ou branco se apegava a um ou outro pé de gerânio, as folhas superiores saudáveis e verdes, enquanto as reunidas em torno da base estavam enrugadas, marrons e finas como papel.

O chá foi servido em largas xícaras brancas, com um fio dourado pálido nas bordas; o bule de porcelana repousava numa bandeja, com um jarro de leite e açucareiro combinando, embora este último permanecesse intocado. Saborosos biscoitos estavam arrumados em um prato.

Karen deixou o tempo correr, ouvindo, enquanto Estelle falava aos arrancos, com dificuldade, esperando o que poderia ser um momento oportuno.

No final, ela fez a pergunta durante um silêncio, e soou como uma pedra caindo lentamente num poço.

— Estelle, eu sei que isso será difícil e se eu pudesse evitar perguntar isso, eu o faria; mas quando você disse que havia coisas que Steven Kennet queria que você fizesse, mas que você não queria fazer, eu preciso saber que coisas eram essas.

A mão de Estelle tremeu, e o chá derramou da xícara dela para o pires, e dali para seu colo.

— Como eu sou boba — disse ela, enxugando a mancha com um guardanapo. — Desculpe, o que foi que você disse?

Quando Karen partiu, uma hora e meia depois, sua expressão estava rígida de raiva e mágoa, a mente alerta. Enquanto estavam juntos, Kennet persuadira Estelle a participar de algumas fantasias nas quais desempenhava o papel de estuprador. Às vezes no local onde moravam, outras em hotéis baratos, e até mesmo depois de escurecer, em Wimbledon Common e Hampstead Heath.

Nesses casos, o que ela fazia, contra sua vontade, era caminhar pela trilha fingindo estar perdida, quando ele surgia, aparentemente como um estranho gentil, oferecendo-se para mostrar-lhe o caminho. Ou, às vezes, usando uma máscara, ele saltava sobre ela, agarrava seus braços e jogava-a no chão.

Já no final do relacionamento, quando ela não concordava mais em encenar essas coisas, ele a estuprou de verdade.

Do carro, Karen telefonou para Mike Ramsden antes de dar a partida no motor e colocar o cinto de segurança.

— Mike? Quero que Kennet seja interrogado de novo. O mais rápido possível. Tire-o de cima de um telhado à força, se for preciso.

Um último olhar para trás — para a casa — antes de partir.

Steve Kennet não pôde ser encontrado em lugar algum. Ele não fora trabalhar naquela manhã, não dera motivos, nem desculpas. Seu endereço residencial era um apartamento perto da rua Seven Sisters, entre o parque Finsbury e Nag's Head. Ninguém atendeu. Um casal que morava no andar de cima disse que não tinha certeza se ele dormira em casa na noite anterior. Ele chegara e depois fora embora. Seu carro era uma van Ford, 5 cwt, branco e sujo. Eles não o tinham visto naquela manhã, também.

— Continuem procurando — disse Karen. — Vigiem o apartamento. Tenham uma descrição dele pronta para ser distribuída, detalhes da van.

Quando a mãe de Tara levou Jake e Amber de volta para casa, um pouco antes das 16 horas, e não encontrou (aparentemente) ninguém em casa, ela simplesmente colocou-os de volta no seu Toyota e levou-os para o número 35, onde estava Tara. Lá, ela lhes deu biscoitos de chocolate e suco e, depois que eles brincaram juntos e o telefone de Cooper continuava sem atender, fez com que comessem macarrão com suco de tomate M&S.

Na opinião das duas crianças, aquilo fora uma delícia.

O pai de Tara foi até a casa de Estelle assim que chegou do trabalho e bateu com força na porta; entrou no jardim pela entrada lateral e viu a estufa trancada, a casa às escuras. Ele gritou, mas nada se moveu.

Eles pensaram em chamar a polícia, mas decidiram esperar até que Gerald Cooper chegasse do trabalho. Pelo menos, ele teria uma chave.

Aconteceu que Gerald pegou o trem mais cedo, e estava de volta às 19 horas, para encontrar um bilhete dos pais de Tara pregado na porta. Ele pensou em tomar um rápido gim-tônica antes de ir buscar as crianças. Deus sabe onde Estelle se metera, aquela égua idiota.

Ele a encontrou no saguão, pendurada no candelabro, o banquinho da cozinha que ela usara chutado para longe.

CAPÍTULO 35

Elder leu as más notícias na expressão de Karen antes de ouvir as palavras.

— Merda — disse ele. — Pobre mulher.

— É mesmo.

— Como você está se sentindo?

— Como eu estou? Que diferença isso faz? Pelo amor de Deus, ela está morta.

— Você foi ver Estelle ontem? Falou com ela?

Karen sufocou um riso na garganta.

— Sim. Falei com ela.

— Como ela estava?

Ela olhou para Elder como se ele fosse algum tipo de idiota.

— Como você acha? Eu cheguei lá, acalmei-a e fiz com que ela me contasse tudo o que o canalha do Kennet fez com ela.

— Ele estuprou Estelle?

— Estuprou. Às vezes sob a forma de uma espécie de jogo com o qual ela compactuava, outras estupro mesmo.

— Ela contou isso a você?

— Sim, e depois eu a deixei sozinha naquela casa com aquelas luvas de jardinagem e a porra de suas xícaras de chá elegantes e uma merda de um candelabro falsificado. — As lágrimas corriam soltas pelo rosto de Karen. — E, ontem à tarde, quando eu queria que aquele filho da puta fosse trazido para interrogatório de novo, o safado desapareceu.

Elder afastou uma cadeira da escrivaninha dela.

— Sente um pouco.

— Não quero me sentar.

— Sente, tome um café, vamos conversar sobre isso.

— Também não quero porra nenhuma de café.

— Karen.

— O quê?

— Sente-se. Vamos. — Suavemente, mas com firmeza, ele pegou Karen pelo braço. — Vamos sentar.

Karen suspirou e fez o que ele pediu; achou um lenço de papel na bolsa, enxugou os olhos e assoou o nariz. Elder puxou uma outra cadeira que estava do outro lado da mesa e sentou-se diante dela, bastante perto para poder segurar sua mão.

— Não foi culpa sua, você sabe disso.

— Ah, não. Foi, sim. É claro que foi.

— Você não fez nenhuma dessas coisas com ela.

— Eu fiz com que ela falasse sobre elas, pensasse sobre elas.

— Você estava fazendo o seu trabalho.

— A merda do meu trabalho.

— Além disso, você acha que ela não pensava nisso todo o tempo? Você acha que ela poderia esquecer algum dia? — Ele pensava em Katherine, na casa de Rob Summers, antes do Natal. *Papai, eu nunca vou voltar a ser como era antes.* — É Kennet — disse Elder. — Ele é o culpado. O que precisamos fazer é tomar providências para que não aconteça de novo. E fazer com que o safado pague.

Jennifer McLaughlin estava atendendo um freguês que pedia algo para dor de garganta e compaixão: doenças comuns nessa época do ano. Elder entrou e pediu dez minutos do seu tempo. Junto com Karen, eles andaram pela Broadway, Jennifer aproveitou a oportunidade para fumar um cigarro, enquanto Karen fazia o máximo para inalar a fumaça mas só conseguiu aspirar o cheiro de gasolina. A loja da Starbucks estava cheia e eles continuaram indo em direção à Pizza Express.

Karen fez as perguntas tão delicadamente quanto pôde, mas Jennifer, 15 anos mais moça que Estelle Cooper fisicamente e diversas gerações mais nova mentalmente, não estava absolutamente perturbada.

— Nós brigamos por causa disso, sim, é claro que brigamos. Toda aquela coisa de representar. Não sei por que continuei com isso durante tanto tempo. — Fazendo uma pausa, olhou direto para Karen. — Embora, bem, é que era excitante no início, sabe? Entende o que quero dizer? É somente depois que a gente começa a pensar o que estava fazendo nisso tudo.

— E quando você fugiu dele, no feriado — perguntou Karen —, foi realmente por causa disso? Por coisas desse tipo?

Desviando o rosto, Jennifer soprou vagarosamente uma coluna sinuosa de fumaça.

— Foi — disse ela.

— Nós gostaríamos que você viesse conosco e desse um depoimento — pediu Karen. — Imagino que não haja objeções.

— Agora? Você quer dizer agora?

— Hoje à tarde seria ótimo. Quando você sair do trabalho. Podemos dar uma carona e depois levar você em casa, se isso ajudar.

— Está bem. — Ela olhou para eles novamente, primeiro para um e depois para o outro. — Ele fez alguma coisa dessa vez, não é? Alguma coisa séria?

— É possível — respondeu Elder.

— Meu Deus — murmurou Jennifer, e fez o sinal da cruz.

— Se for necessário — perguntou Karen —, você estaria disposta a depor no tribunal?

— Ah, sim.

— Você não se lembra do nome de ninguém com quem Steven saiu antes de você, não é? — indagou Elder. — Nós gostaríamos de falar com o maior número de pessoas possível.

Jennifer pegou o maço de cigarros.

— Não sei. Talvez consiga me lembrar, se pensar sobre o assunto. Nomes que ele mencionou. Nada além dele se gabando, como podem imaginar. Mas, de imediato, há apenas... — Os cigarros escapuliram da sua mão. — Apenas aquela policial, aquela que foi assassinada. Ah, meu Deus. Ah, meu bom Deus! — Um tremor súbito correu por seu corpo, retirando todo vestígio de cor do rosto.

No final, Jennifer McLaughlin apresentou três nomes, segundo ela, que Steven conhecera uns poucos anos atrás. Uma poderia ter trabalhado em Waitrose, uma outra era enfermeira. Todas eram — ou haviam estado — radicadas na zona norte de Londres.

— Então, eu e você, Frank — disse Karen —, temos que fazer um pouco como antigamente: botar o pé na estrada. O que você acha?

CAPÍTULO 36

Elder pegou a caixa de CDs e olhou para a capa: um negro de cara redonda, com cabelo cortado à escovinha, um saxofone pendurado no ombro, as mãos unidas como se rezasse.

— Stanley Turrentine — falou Elder, na direção da cozinha. — Será que eu deveria ter ouvido falar nele?

Nenhuma resposta.

Saxofone e mais o quê? Órgão?

— Desculpe — disse Karen, trazendo duas taças recentemente lavadas e uma garrafa de Aberlour que ela descobrira como promoção na parada que fizeram no Waitrose. — Você disse alguma coisa, mas eu não consegui entender.

— Turrentine, ele é famoso?

— Famoso como celebridade ou para quem conhece tudo de jazz?

— Ambos.

— Talvez um pouco do último. — Ela serviu duas generosas doses de uísque, entregou um copo a Elder e levantou o seu. — Saúde.

— Saúde.

— Eu o vi há uns anos no Jazz Café. — Karen sorriu. — Nos tempos em que eu saía à noite.

— Agora você fica em casa, fazendo tricô e crochê.

— Algo parecido.

A bebida estava boa, aquecia o fundo da garganta. Eles tinham jantado num restaurante na rua Upper, comida turca; tiveram que esperar vinte minutos na fila, mas valeu a pena. Churrasquinho de carneiro no espeto, arroz, molho quente, uma garrafa de vinho tinto.

— Ele tocou essa música— disse Karen, prestando atenção. — Você conhece?

Elder balançou a cabeça.

— "God Bless the Child". — Ela cantou uns versos.

Durante a tarde, eles tinham descoberto o paradeiro de duas das três mulheres de cujos nomes Jennifer McLaughlin conseguira se lembrar e entraram em contato com elas.

Maria Upson, uma enfermeira da seção de ortopedia no hospital de Middlesex, confirmara praticamente tudo sobre Kennet que eles já sabiam ou suspeitavam; eles saíram durante nove meses e ela se lamentava por todo minuto dos últimos seis.

— Homens — disse ela, com um olhar depreciativo para Elder —, você os conhece, ou pensa que sim, aí deixa eles passarem por debaixo da sua guarda, e eles se transformam em crianças de 5 anos que querem aconchego e afago, ou então em assassinos compulsivos. — Ela não precisou acrescentar com quem Kennet mais se parecia.

Lily Patrick era gerente de treinamento no Waitrose e o que ela falou foi diferente. Kennet era gentil, engraçado, atencioso. Está bem, certa vez ele escalara o prédio dela, entrando pela janela do seu quarto no segundo andar, em plena noite, e lhe dera um baita susto, mas fora apenas para lhe entregar uma dúzia de rosas e balões vermelhos pelo aniversário dela.

— Você sabe, que nem aquele homem do anúncio de chocolate.

— E sexualmente — perguntou Karen —, ele nunca lhe sugeriu fazer algo com o qual você não se sentiria confortável?

— Não. — Enrubescendo, mas apenas um pouco. — Que tipo de coisa?

— Jogos, fantasias. Esse tipo de coisa.

— Nós realmente representamos um pouco de *Romeu e Julieta*, certa vez. Sabe, a cena do balcão. Depois de assistirmos ao filme.

— Eu estava pensando em algo menos romântico.

— Eu não compreendo.

— Fantasias de estupro, talvez.

— Estupro? — Lily enxugou as mãos no seu macacão do Waitrose, como se houvessem subitamente ficado sujas. — Você está brincando, certo? Isso é algum tipo de brincadeira?

— Não.

— Tem que ser.

— São coisas que as pessoas fazem, Lily. Fantasias desse tipo. Pessoas comuns.

— Não as pessoas que eu conheço. E não Steve.

Elder estivera pensando numa canção do Dire Straits que Joanne ouvia sem parar. Ele tentou se lembrar de sua vida ideal, a dele e de sua ex-esposa, se é que eles tiveram isso.

— Se o relacionamento com Steve era tão bom — perguntou ele —, por que vocês pararam de se encontrar?

— Ele foi embora, não é? Oriente Médio, algum lugar por lá. Para trabalhar. Um projeto grande, reconstrução de hospital, eu acho. Kuwait, talvez. Em algum lugar onde não se podia beber, tenho certeza. Nada de álcool. Eu me lembro de Steve brincando com isso, como ele teve que ser cuidadoso com a empresa aérea na qual ele voou, no caso, sabe, de não servirem bebidas. O máximo de bebida grátis que eu puder, disse ele, antes de ir pro "deserto".

— Então, ele gostava de um drinque? — indagou Karen.

— Não mais do que a maioria das pessoas.

— E, depois, você não o viu mais? Quanto tempo? Dezoito meses?

— Quase dois anos... Ele ainda está lá, não é? Morando lá?

— Você teve alguma notícia dele?

— Não, na verdade. Desde o penúltimo Natal, não ouvi falar dele.

Eles agradeceram a ela pelo tempo dispensado e foram embora. Ela parecia pensativa e um pouco triste.

O terceiro nome — Jane Forest — ainda estavam esperando achar seu paradeiro.

Karen estava sentada em um sofá de dois lugares, espaldar baixo, laranja com roxo e almofadas vermelhas; Elder estava da mesma forma à sua frente, em uma cadeira cinzenta, de vime. Uma música tocava acima dos ruídos do tráfego, e vozes abafadas vindas da rua.

— Há mais ou menos dois anos — disse Karen —, de acordo com Lily Patrick, Kennet foi para o Kuwait. — Ela balançou a cabeça. — Acho que não. Dezoito meses atrás, ou pouco tempo depois, ele começou a se encontrar com Jennifer McLaughlin.

— E durante esse tempo ele também se encontrava com Maddy Birch.

— E, ao que se presume, fazendo compras nos supermercados Tesco, em vez de ir ao Waitrose.

— Isso parece formar um padrão — disse Elder.

— Então, por que motivo, enquanto se encontrava com a Miss Waitrose, ele também saía com uma outra pessoa?

— Porque queria alguém cujas fantasias tendiam para o lado mais grosseiro do que as do homem do anúncio do chocolate ou *Romeu e Julieta*.

— Muito provavelmente. Embora até mesmo Julieta tenha morrido no final.

— E também Romeu, lembra-se? — Elder tomou um gole de uísque. — Se eu conhecesse Shakespeare melhor, provavelmente poderia pensar em alguém mais parecido com Kennet do que Romeu.

— Otelo — sugeriu Karen. — Não, Iago.

Elder já vira a peça *Otelo* certa vez. Quando ele estava na sexta série. O teatro The Grand, na cidade de Leeds. Matinê. Ele se lembrava do professor mandando-os calar a boca, depois lendo o ato da revolta, quando já estavam de volta ao ônibus; lembrava-se do nome da garota que se sentava a seu lado, mas não muita coisa da peça. Desdêmona? Um lenço?

— Espere, espere — falou Karen. — *Titus Andronicus*.

— Quem?

Ela riu.

— Não sei. Sei somente que havia muito sangue.

Stanley Turrentine parecia ter chegado ao fim. O ambiente ficou confortavelmente silencioso.

— Desculpe pela outra noite — disse Karen, depois de um momento.

— A outra noite?

— No seu apartamento. Você deve ter pensado que estava querendo excitá-lo.

— Não.

— Você não achou que eu estava me jogando pra cima de você e que depois recuei?

— Eu não achei que você estava se jogando em cima de mim, em absoluto.

Karen balançou a cabeça e riu.

— Meu Deus! Acho que estou perdendo o jeito.

— Não, sou eu. Estou esquecendo como ler os sinais.

— Um pouco enferrujado?

— Mais ou menos.

— Bem — ela pegou a garrafa de uísque e colocou outra dose no copo dele —, o que você precisa é de um pouco de lubrificação. — E depois, aborrecida: — Eu não acredito que acabei de dizer isso.

— Você não disse.

— Não, você tem razão.

Mas ele estava sorrindo, sorrindo com os olhos, e embora, sem ter certeza, já tendo avançado até ali, ela o beijou. Um só beijo teria sido ótimo, aceitável, dentro dos limites da situação, um ponto de onde ainda se poderia retornar, mas foi mais do que um só: a boca dele, seu pescoço, seu rosto, seus olhos. As mãos no corpo dela, nas costas, nas coxas, nos seios. Ela o puxou para si, tirando-o da cadeira e jogando-o no chão. Ah, meu Deus, eles iam transar no chão? Seus dedos quentes nas omoplatas dela, a perna dele entre as dela. Uma parte de sua mente relampejando avisos. O diafragma dela estava em uma caixa no banheiro, não tinha camisinhas, e as chances de ele ter uma eram menores do que zero. Enquanto o polegar dele acariciava o bico do seio dela, ela se reposicionou. Botões e zíperes. Ela desafivelou o cinto dele. Sua boca salgada e amarga. Agarrando uma das almofadas do sofá, ela elevou o corpo e se meteu entre as pernas dele. Ele a beijou aqui e ali. Os calcanhares dela martelando a espinha dele. Seus gritos acordariam um defunto.

Depois de terminado, eles ficaram deitados lado a lado. De alguma forma Karen conseguira ligar o som novamente. "More Than You Know". Elder estava espantado com as cores da pele dela, tudo indo do chocolate escuro ao cinza-chumbo.

— Vou tomar um banho — disse Karen, por fim, levantando-se com dificuldade.

Elder ficou ali, imaginando que horas seriam, se ele deveria dormir lá aquela noite. E se queria isso.

Ela voltou cinco minutos depois, usando um roupão de algodão, um copo d'água na mão, um largo sorriso no rosto.

— O quê? — disse Elder.

— Não faz muito tempo, eu poderia ter posto um vestido bacana, bem justo, feito a maquiagem e ido ao Funky Buddha, Sugar Reef, Chinawhite. Arranjado um astro emergente do rap ou um punhado de jogadores de futebol de times da Primeira Divisão. E com que eu terminaria? — Ela riu. — Com carne branca cansada.

— Obrigado. Muito obrigado.

— Não há de quê.

— Você tem uma boca e tanto, você sabe disso.

— Você deve saber.

Elder balançou a cabeça.

— Olhe, eu preciso ir.

— Está bem. Precisa de ajuda para se levantar?

Ele olhou para ela para ver se falava sério, mas não conseguiu descobrir. Enquanto ele estava tomando uma chuveirada, seu celular tocou e Karen atendeu.

— Aqui — disse ela, entregando-lhe o aparelho, enquanto ele desligava o chuveiro e estendia a mão pela cortina. — Uma mulher. Jovem.

Ele sabia que era Katherine antes de ouvir a voz da filha.

— Papai, preciso te ver. É importante.

— O que aconteceu?

— Falo quando nos encontrarmos, está bem?

— Está bem, mas não tenho certeza quando...

— Papai, se não fosse urgente, eu não teria pedido.

Ele sabia que era verdade.

— Amanhã de manhã, então — disse Elder. — Nove e meia, 10 horas?

— Dez está bom. No Castle. Eu encontro você do lado de fora.

— Katherine...

— Amanhã. — E ela desligou.

— Algum problema? — perguntou Karen, depois que ele se vestira. Ela estava em fazendo café.

— Tenho que ir até Nottingham amanhã. Minha filha, de novo. Volto assim que puder.

— Não se preocupe. Vamos continuar procurando Kennet. Ver se conseguimos descobrir o paradeiro dessa Jane Forest. Dessa vez, eu chamo um táxi para você.

Elder assentiu.

— Ótimo.

Ela o beijou na porta, nada muito demorado.

— Nem tão cansada — disse ela, sorrindo. — Só muito branca.

CAPÍTULO 37

Era um dia imaculado de inverno. Elder pensara em ir dirigindo, mas, no final, optara pelo trem. Não levou mais do que uma hora e meia, uma hora e quarenta minutos, e ele estava no centro da cidade, passando pelo canal e depois pelo terminal rodoviário, numa extremidade do Broad Marsh Center levando-o ao Lister Gate, Castle Gate e Maid Marian Way. O castelo repousava num rochedo, aquilo não era bem a ideia que as crianças faziam de um castelo, com grandes torres, janelas estreitas e arcos desmoronando, o castelo de Robin Hood e do rei João, lutas de espada, arcos e flechas, mas sim algo mais recente, mais quadrado e menos convencional.

Os terrenos da propriedade estavam tão bem cuidados e arrumados como no tempo em que Elder se lembrava, a terra dos canteiros recentemente revolvida, a madeira do coreto parecendo ter recebido uma demão de tinta fresca, ou talvez fosse apenas o sol de inverno, desimpedido, pálido — mas quente o bastante para espantar o frio.

Katherine estava perto do muro mais baixo, encostada no parapeito, o olhar vago. Ela olhou para ele quando o pai se aproximou, metida no que parecia ser um agasalho de lã masculino, com zíper fechado quase até o pescoço, tênis, calças frouxas.

Elder hesitou, inclinou-se para beijá-la no rosto, e, quando ela virou o rosto para o lado, beijou o cabelo mal cortado dela.

— Não é uma manhã ruim — disse ele, tentando puxar assunto. — Foi uma boa viagem de trem. Bem-iluminado, sabe. Rápido, também. Mal dá tempo de olhar o jornal, tomar uma xícara daquele chá horroroso, e já chegou.

Ele estava balbuciando.

Havia manchas escuras em torno dos olhos dela que ele já observara antes. O agasalho enorme a fazia parecer subnutrida e pequena. Doente. Não fazia muito mais do que um ano, ela competira em atividades olímpicas por seu condado, ela... Ele se obrigou a parar o pensamento.

— Na noite passada — disse ele. — Você parecia preocupada.

— É, sim, bem... Vamos caminhar. Podemos simplesmente caminhar?

Eles começaram a andar vagarosamente pela trilha que os levaria, no final, até o próprio castelo.

— Você tem que me prometer — disse Katherine, de repente.

— Prometer o quê?

— Você só tem que prometer, só isso.

— O quê?

— Que você não vai explodir, ficar com raiva. Apenas me deixe terminar, está bem?

— Está bem.

Demorou um pouco até que ela recomeçasse a falar.

— Quando você veio aqui antes, a heroína era de Rob, você tinha razão. Bem, não dele exatamente, ele estava levando a droga para alguém. Não, espere, espere. Lembre-se do que você disse. Acalme-se, está bem? Fique frio. — Katherine parou, a cabeça baixa, os braços pendentes nos lados do corpo. — Eu sabia que era uma má ideia.

— Não, está tudo bem — disse Elder. — Continue.

Eles voltaram a caminhar lentamente.

— A culpa foi minha, realmente uma idiotice. Se eu tivesse mantido a boca fechada, nós teríamos nos safado, não teria acontecido nada. Mas quando chegamos à delegacia e aquele canalha do Esquadrão Antidrogas se envolveu...

— Bland?

— Sim. Ele vem acompanhando o caso de Rob há séculos, pegando no pé dele por isso e aquilo, sabe, fazendo ameaças. Como eles iam surpreender Rob quando estivesse de posse de uma quantidade grande, conseguir jogá-lo na prisão por muito tempo. Realmente, ele nunca fez nada... Quer dizer, Rob poderia ter sido preso um monte de vezes por pequenas coisas, mas tudo que esse Bland fez foi ficar importunando ele.

Katherine parou na curva, olhando para trás na direção do portão e por sobre a cidade.

— Então, depois da última vez, quando você veio até aqui, ele foi lá uns poucos dias mais tarde, 6h30 da manhã, ele e um certo amigo dele...

— Eaglin? — interrompeu Elder, lembrando-se que Maureen mencionara esse nome.

— Não sei. Eles não se importaram muito em se apresentar formalmente. Reviraram o lugar todo. Rob tentou fazer com que parassem, e eles bateram nele, o derrubaram e o chutaram.

— Eles tinham um mandado?

— Disseram que sim.

— Você não viu esse documento?

— Eu não vi nada. Era só o som de coisas quebrando e gritos vindo do andar de cima, enquanto eu estava tentando ajudar Rob. Um corte na cabeça dele sangrava muito.

— E isso aconteceu quando?

— Há dois dias, segunda-feira.

— O que houve depois?

— Eles desceram, os rostos cheios de sorrisos, agitando uma bolsa com crack. "Pegamos você, seu safado. Quero ver se livrar dessa." Alegaram que haviam encontrado a droga debaixo das tábuas do quarto de dormir.

— Era onde ele guardava?

— Eles plantaram a droga. Não era dele.

— Assim como a heroína no carro não era dele.

— Não.

— Não? Não adianta ficar encobrindo os erros de Rob, Kate.

— Não estou. Não dessa vez. Não sobre isso. Quero dizer... — Ela olhou para o céu, depois para baixo, evitando o olhar do pai. — Quero dizer, era ali que ele guardava a droga, sim, está bem, às vezes, mas não crack, ele não traficava crack, nunca, dificilmente, é sério, aquela droga não era dele. Não era.

Lágrimas corriam pelo encovado rosto de Katherine. Enquanto Elder remexia os bolsos à procura de um lenço limpo, ela enxugou o rosto com a manga do casaco.

— O que aconteceu depois que eles o prenderam? — perguntou Elder.

— Aí é que está, eles não o prenderam.

— Por que não?

— Porque queriam que ele fizesse um acordo.

— Que tipo de acordo?

— Queriam que ele passasse informações a eles.

— Sobre o quê?

— O que você acha?

— Quem era o fornecedor. Outros traficantes, talvez, não sei.

Katherine começou a andar, novamente.

— Fornecedores, sim. Se havia um local seguro que eles usavam. Parece que era essa informação que eles queriam, mais do que qualquer outra coisa.

— E ele deu essa informação a eles?

— Ele não tinha outra alternativa.

Eles haviam chegado ao muro alto que dava vista para o Castle Boulevard, o canal e os Meadows. Um pequeno grupo de pássaros, seis ou sete, brancos demais para serem pombos, levantou voo do rochedo e as aves se espalharam em uma curva aleatória antes de pousarem no telhado do museu Brewhouse, logo abaixo.

— Rob lhes deu o endereço de um apartamento em Forest Fields, ele achava que ninguém usava mais o lugar e foi tudo que ele conseguiu pensar. Aconteceu que o apartamento ainda estava em uso. Bland e seu parceiro foram lá quando estava quase escurecendo. O que nós soubemos é que eles apreenderam perto de 9 mil libras e só Deus sabe quanto crack. Heroína, também. Se alguém descobrir quem foi o delator, Rob vai ser morto.

— Onde é que ele está agora?

— Escondido.

— Além do dinheiro e da droga, Bland e Eaglin, eles fizeram alguma prisão?

— Não que eu saiba.

Por um momento, ela deixou que ele lhe segurasse a mão.

— Onde é que você está morando? — perguntou ele.

— No apartamento de Rob, por quê?

— Vá para casa. Vá para casa da sua mãe.

— Não.

— Vá, Kate.

— Mas se ele quiser entrar em contato comigo...

— Ele seria idiota se viesse até aqui. Ele pode telefonar para o seu celular, não é?

— Acho que sim.

— Há alguma coisa que você precise pegar lá?

— Não, nada.

— Então, vá agora, eu vou andando com você.

— E aí? — O rosto dela era frágil e parecia implorar. — Há algo que você possa fazer?

— Não sei. Posso tentar. Mas não posso prometer nada. Está bem? Você entende?

Ela assentiu, fungando, mãos nos bolsos, tão desprotegida como se fosse uma criança de novo, sofrendo por causa de um brinquedo quebrado, uma boneca favorita perdida, amigas que se recusavam a brincar com ela na hora do recreio, ou porque ela perdera uma luva, arranhara o joelho. Ele nunca conseguira aceitar o fato de amá-la como amava; nunca conseguiria isso.

— Vamos — disse ele. — Vamos, temos que ir.

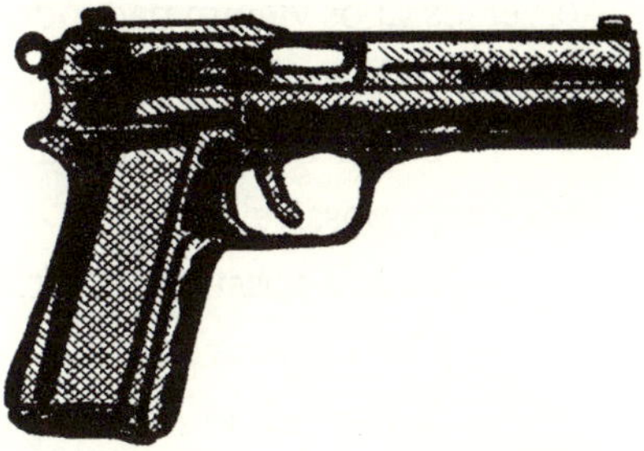

CAPÍTULO 38

O sol persistia atrás de uma fina camada de nuvens, mas, perto do Trent, o ar frio atingia em cheio a pele desprotegida. Maureen usava luvas e cachecol, o agasalho abotoado e de zíper fechado. Ela encontrara Elder no lado sul da ponte, perto de County Hall, e eles caminhavam ao longo do rio na direção de Wilford, com City Ground às suas costas.

Além de uns poucos corredores e ocasionalmente alguém passeando com cachorros, a trilha era só deles dois.

— Você acredita nela? — perguntou Maureen.

— Acredito.

— Mas não em Summers?

— Sem falar com ele cara a cara, é difícil dizer. Afinal, ele já mentiu para mim antes.

— Tenha dó, Frank. Sendo o sogro um ex-policial, o que é que você esperava dele?

— Não me ajuda aceitar a versão dele sobre o caso como verdadeira, só isso.

— Mas e Katherine? Ela foi testemunha ocular.

— É. Acho que sim.

Eles continuaram a andar. Perto da passarela de pedestres que dava acesso ao Memorial Gardens, alguns cisnes e patos de diversos tipos vieram nadando ao encontro deles, esperando por migalhas de pão.

— Bland e Eaglin, invadindo a casa e embolsando a coisa, você acha possível?

— Tudo é possível, Frank, você sabe.

— Mas é provável?

— O Esquadrão Antidrogas, alguns deles, da velha guarda, têm uma lei própria. E esses dois, eles são conhecidos por dançarem conforme a música. Mas isso... Não sei, Frank, eu precisaria de provas.

— É.

— Não seria fácil.

— Se algo assim já houvesse acontecido, a notícia correria como um raio.

— Sim. O segredo é saber com quem falar, em quem confiar.

— Então não há nada diferente.

Maureen sorriu.

— Absolutamente nada.

Na ponte Wilford, eles cruzaram o dique e foram seguindo a curva do rio, voltando.

— A que horas é o seu trem, Frank? — perguntou Maureen.

— Daqui a 15 minutos.

— Vou bisbilhotar por aí e ver o que aparece. Eu mantenho você informado.

— Tenha cuidado.

Ela olhou-o severamente

— Obrigado, Maureen.

Eles apertaram as mãos.

— Como é que vai indo a investigação?

— Quando damos três passos para a frente, damos dois para trás depois.

— Melhor do que se fosse o contrário.

Na estação, ele comprou um jornal e sentou-se para dar uns telefonemas. O telefone de Katherine estava desligado e ele deixou uma mensagem.

— Foi bom ver você, não se preocupe. Um beijo, papai.

Elder telefonou para Karen do celular, enquanto o trem se aproximava da estação de St. Pancras: ainda não havia sinal de Kennet, mas eles conseguiram fazer contato com Jane Forest, Karen esperava falar com ela ainda naquela tarde.

A cicatriz que descia do rosto de Jane Forest, começando logo abaixo da orelha direita e continuando pela mandíbula, era visível apenas quando ela se expunha à luz. Quando ela usava o cabelo preso na nuca. Consciente disso, na maioria dos dias ela usava um agasalho de gola rulê ou uma echarpe por dentro da gola da camisa ou da blusa.

— Por que você não deu parte? — perguntou Karen.

— Eu estava apavorada.

— Por causa dele?

— É claro. Mas não só por causa disso.

— Por que, então?

— Do que as pessoas diriam.

— As pessoas?

— Quando o caso viesse a público. Para qualquer um que eu precisasse explicar a coisa. A polícia. Vocês. Meus pais. Todo mundo.

— Você era a vítima. A vítima não tem culpa.

— Será? — Jane Forest torceu a tampinha da garrafa d'água Evian e levou-a à boca. As duas estavam de pé num pátio minúsculo nos fundos da floricultura onde ela trabalhava, localizada na pequena fileira de lojas no final de West Hill, adjacente aos Parliament Hill Fields. Jane usava um macacão verde amarrado nas costas, o nome do estabelecimento bordado em pequenas letras amarelas na frente. — Você conhece a extremidade norte de Heath — perguntou Jane —, passando pelo vale?

Karen balançou a cabeça.

— Nós costumávamos ir lá, sempre de madrugada. Estacionávamos nos fundos do bar Jack Straw's Castle. Não que fôssemos os únicos. Naquela hora da noite, a maioria era de gays, muito couro preto, correntes, esse tipo de coisa. Sadomasoquismo. Então, nós descíamos do carro no meio de Heath, lá onde a vegetação é praticamente de samambaias e árvores enormes, mas há trilhas por dentro. Árvores bem altas, sabe. E eu andava por ali como se estivesse sozinha, fingindo que não sabia que Steve estava por perto. E eu não sabia. Quero dizer, eu não sabia exatamente onde ele estava.

Ela tomou mais um gole da bebida e enxugou o canto da boca com o dorso da mão.

— Às vezes, ele me fazia esperar, perambulando para cá e para lá, durante séculos. Vinte minutos, ou até mais. Aqueles caras olhando para mim de vez em quando, por detrás dos arbustos, imaginando o que diabo eu estava fazendo lá.

— Você não ficava com medo? — indagou Karen.

— É claro que sim. Era isso que ele queria.

— Continue — disse Karen.

— Bem, mais cedo ou mais tarde, Steve saltava sobre mim e eu... Não sei... Fingia rechaçá-lo, tentava fugir.

— E ele alcançava você?

— Ah, sim. — Surgiu um certo brilho nos olhos azul-esverdeados de Jane Forest.

— E depois?

— Nós transávamos.

— Consensualmente?

— Não entendi.

— Ele não forçava você?

— Sim, é claro.

— Contra a sua vontade?

— Sim. Não. Quero dizer, não de verdade. Mas na brincadeira, na brincadeira que fazíamos, sim. Ele me mantinha subjugada, arrancava, sabe, parte da minha roupa...

— Batia em você?

— Geralmente, não. Não batia com força.

— Algum outro tipo de violência?

— O que quer dizer com isso?

Karen olhou para a cicatriz no rosto de Jane Forest, que afastou a cabeça para o outro lado, enquanto tocava com as pontas dos dedos, ligeiramente, a linha saliente e pálida.

— Às vezes... não com frequência... mas às vezes, ele trazia uma faca. Era uma faca grande, larga, um tipo de faca de cortar carne. Tinha um cabo preto, com... como se diz isso?... marcas para prender os dedos melhor nele. Minha faca de açougueiro, era como ele a chamava. Sempre queria deixar claro, me assegurar, que não iria me retalhar.

Ela começou a tremer, primeiro nos braços, a parte superior do corpo, e depois o restante. Karen pegou a garrafa da mão dela antes que caísse.

— Uma noite, no meu aniversário, ele disse: "Eu tenho uma coisa especial para você, uma comemoração." Ele amarrou minhas mãos nas costas. Ele... ele pôs a ponta da faca... dentro de mim... E quando eu comecei a gritar, a gritar mesmo, ele me deu um soco na cara, mas isso não me fez parar de gritar, e ele me cortou. Cortou meu rosto.

— Venha cá — disse Karen, afastando um caixote revirado da parede. — Venha cá, sente-se. Calma. Agora abaixe a cabeça, na direção de seus joelhos. Isso. Assim mesmo.

Um passarinho pousou por um momento no alto do portão que levava do pátio para o beco, amarelo debaixo das asas azul-cobalto.

— Depois — disse Janet, quase sem levantar a cabeça —, assim que aconteceu, ele ficou muito perturbado, muito mesmo. Ficou quase fora de si de preocupação. E foi realmente gentil, carinhoso, sabe? Me levou para o hospital Royal Free. Um acidente, Seção de Acidentes e Emergência. Nós dissemos que eu andei, sonâmbula, e tropecei em alguma coisa, caí contra a janela, quebrando a vidraça.

— Eles aceitaram essa versão?

— Parece que sim. Estancaram o sangramento e deram os pontos. Steve segurou minha mão todo o tempo. — Ela olhou para Karen. — Ele estava tão arrependido, verdadeiramente arrependido. Ele sabia que deixara a coisa ir longe demais, fugir do controle. Disse que não me culparia se eu nunca mais quisesse me encontrar com ele.

— E você fez isso?

— A princípio eu achei que as coisas se acertariam. Ele tinha sido tão gentil e tudo mais. Mas depois daquela noite, eu não sei, tudo ficou diferente. Quero dizer, nós nunca... Não foram apenas com aquelas brincadeiras que paramos, sabe, nós nunca mais transamos. Ele não... ele não se atrevia a encostar a mão em mim. E então, depois de algum tempo, ele me disse que estava saindo com uma outra pessoa.

Ela afastou o olhar.

— Aconteceu de novo, não foi?

— Achamos que sim.

— Ele... ele fez... Ah, meu Deus!

Ela deixou que o rosto caísse na direção da cintura de Karen, que, por diversos minutos, a segurou, acariciando seu cabelo e tocando, inadvertidamente, a borda do tecido cicatrizado, que corria pelo rosto de Janet até o pescoço.

Junto com outra policial, Vanessa Taylor passara duas horas daquela tarde interrogando um garoto de 9 anos arrogante e melequento sobre o lançamento de pedras nos trens, que causara sérios danos aos vagões e aos condutores. O garoto, o pai dele e uma assistente social, mesmo não se comunicando um com o outro, foram rápidos o bastante para interromper o interrogatório e interceder. A mãe do garoto abandonara o lar 18 meses antes, levando dois filhos menores consigo, e deixando o garoto e uma irmã mais velha. A reação do pai fora correr para o serviço de assistência social, alegando que ele não podia lidar com aquela situação. Resultado: o garoto fora levado para custódia, e a menina fora morar com uma tia. Nos meses que se seguiram, ela voltou para o pai, e, depois de quase um ano — e duas tentativas curtas de adoção —, o garoto seguiu o mesmo caminho. O serviço social, nesse ínterim, estava preocupado, achando que o relacionamento entre o pai e a filha de 13 anos não era adequado, para dizer o mínimo.

Nos últimos dias antes do Natal, o garoto fora expulso da escola e, uma semana depois, ferira seu tutor nas costas da mão com uma caneta esferográfica, alegando que o homem tentara molestá-lo.

Já sabendo dessa história, Vanessa começou a entrevista mostrando simpatia por uma pessoa tão jovem e que já sentira tanto a mão dura da vida; trinta minutos depois, ela queria usar a mesma mão para arrancar com um bofetão o sorriso debochado daquela cara cínica. Taciturno, até mesmo chorão quando lhe convinha, ele era rápido como um advogado em proclamar seus direitos e privilégios, escarnecendo da relativa impotência dela sobre ele.

Quando o interrogatório terminou, o garoto foi entregue de novo à guarda do pai, a assistente social devorando um pacote de pastilhas de hortelã, enquanto redigia um outro relatório. Vanessa nunca precisou tanto de um drinque.

Dois canecos de cerveja e uma vodca com tônica mais tarde, ela entrou no Nandos com um sargento por quem ela tinha uma pequena queda, e devorou uma galinha assada com arroz, enquanto o ouvia dissertar incansavelmente sobre o craque Thierry Henry e as glórias que viriam quando o Arsenal terminasse o seu novo estádio de 60 mil lugares, em Ashburton Grove.

Cortou-o da lista.

Nove e quinze. Tarde demais para ir ao cinema, cedo demais para voltar para casa.

No Bull and Last costumava haver shows de música. Às vezes era jazz, mas às vezes era uma coisa legal. Naquela noite, quando ela entrou no bar, não havia nada, apenas música eletrônica e umas poucas máquinas profusamente iluminadas, além de uma televisão falando para si mesma em cima do balcão. Mesmo assim, o local estava cheio, a maioria homens sentados sozinhos ou em pares. Um trio de garotas claramente menores estava quase nu, usando mais enfeites do que roupas.

Ela poderia ter dado meia-volta e saído, mas em vez disso pediu uma vodca com tônica, e levou-a para uma mesa vazia perto do meio do salão; alguns rostos se voltaram para observar seu andar, mas não muitos.

Poucos minutos depois, percebeu que havia alguém inclinando-se sobre ela, vindo de trás.

Steve Kennet, sorrindo, bebida na mão, jeans, camisa quadriculada e jaqueta de couro, ainda com um leve odor de loção pós-barba. Ele sentou-se ao lado de Vanessa antes que ela pudesse reagir.

— Pau que nasce torto nunca se endireita — piscou ele. — Esse sou eu.

CAPÍTULO 39

Vanessa não se moveu. Não devolveu o sorriso de Kennet.

— O que é que você está fazendo aqui?

Kennet deu de ombros.

— O mesmo que você. — Mostrou-se bastante amável.

— Por que aqui?

Ele olhou em torno.

— Não é um bar ruim. É quieto, exceto nas noites de shows ou quando há alguma banda tocando no Forum. Nessas ocasiões, isso aqui fica entupido de gente.

— Você vem muito aqui?

— Eu diria que não muito, mas de vez em quando, sim. Sou freguês.

— Você está me seguindo?

Quando riu, ele jogou a cabeça para trás, o pomo de adão sobressaindo debaixo da pele.

— O que você acha?

— Não sei. Naquela noite, no ônibus, e agora aqui.

Kennet deu de ombros.

— É um mundo pequeno.

— Não tão pequeno assim.

— Coincidência, então.

Vanessa manteve o olhar firme durante um tempo, depois pegou sua bebida.

— Eu vou embora, se estou incomodando — disse Kennet. Ele fez menção de se retirar. — Você teve um dia ruim, talvez. Quer ficar sozinha.

— Tive sim. Foi um dia de merda.

— Mantendo as ruas seguras.

— É, pode-se dizer que sim.

— Muito bem, eu só pensei, sabe, em ver uma amiga, beber um pouco juntos, um bate-papo...

— Não sou sua amiga. Não somos amigos.

— Todo esse tempo...

— Eu era amiga de Maddy. Não sua amiga. — A voz dela estava alta o bastante para que algumas cabeças se voltassem na direção deles.

— Certo. Muito bem. — Kennet já se levantara, ainda sorrindo, recuando para ir embora. — Pensei apenas que você ia gostar de ter companhia, só isso.

Mãos levantadas, como se estivesse se rendendo, ele foi em direção ao balcão, puxou um tamborete e sentou-se, trocando rapidamente algumas palavras com o barman, que olhou para Vanessa e riu.

Ela fechou os olhos, pegou o copo e abaixou a cabeça na direção deste, encostando a borda na ponte do nariz. Quando sua respiração se normalizou, inclinou-se e terminou a bebida em dois goles.

— Você sabe, há uma lei — disse ela ao barman, acenando com a cabeça para o trio de garotas ali perto — que proíbe servir bebida alcoólica a menores.

Kennet nem se dignou a lançar um olhar na direção dela, mas uma das garotas pôs a língua para Vanessa e a xingou, enquanto as outras duas faziam gestos obscenos às suas costas.

Ela pegou um ônibus até Archway, e enquanto o veículo parava e seguia, ela pensava sobre o garoto que havia entrevistado, que tipo de vida ele levava, e sua irmã, também; ficou imaginando quanto as preocupações da assistente social eram verdadeiras, fazendo o melhor que podia para não pensar em Kennet.

Era uma noite razoavelmente agradável, temperatura amena, nem de perto tão fria como antes, e, saltando do ônibus, ela afrouxou a echarpe e abriu o zíper do casaco. Na extremidade mais distante das luzes, ela comprou um número de *Big Issue*, embora soubesse, com toda certeza, que a publicação acabaria na lata de lixo, sem ser lida. Na rua Holloway, ela aumentou as passadas. Mais exercício, era isso que precisava, ou não demoraria muito para não caber mais em um tamanho "M". Natação. Por que ela não largava o trabalho uma hora mais cedo, e dava umas braçadas na piscina do Prince of Wales?

Na esquina da sua rua, ela diminuiu o passo e olhou em volta, mas a noite estava clara, assim como relativamente quente, e não havia sombras espreitando nos cantos escuros. Como de costume, ela levou alguns segundo para localizar a chave, e quando estava colocando-a na fechadura, um braço enlaçou-a firmemente pelo pescoço, e ela sentiu algo frio e pontiagudo comprimindo a parte de baixo do queixo.

— Não grite — sibilou Kennet no ouvido dela. — Não faça nenhuma merda de som.

Elder telefonara para Maureen em Nottingham não uma vez, mas duas.

— Está difícil, Frank. Eles estão me vendo fazer perguntas demais, cedo demais, e a coisa toda pode desandar. Me dê mais um dia, está bem? Logo que eu souber de alguma coisa definida, entro em contato. Você tem a minha palavra.

Pelo menos Katherine estava em casa, como ele queria. Depois de uns cinco minutos de conversa incoerente, com mais silêncios do que palavras, ela lhe perguntara se ele queria falar com Joanne, e ele dissera, não, está tudo bem, em outro momento.

Calmamente, Elder pegara a garrafa e o copo.

Ele estava bebendo demais, passando muito tempo sozinho. Por que essa situação era boa quando ele estava na Cornualha — talvez o aspecto que ele mais apreciava — porém não aqui, na cidade?

Também era difícil não deixar sua mente escorregar para as lembranças da noite anterior, o gosto e o toque da pele de uma outra pessoa. Ele estava já a meio caminho de discar o número de Karen, quando parou; o que acontecera entre eles fora um episódio isolado, uma combinação de necessidade e circunstância, nada mais. *Carne branca cansada*, não foi isso que ela dissera? Sorvendo seu uísque, ele ligou o rádio, uma reportagem especial do nosso correspondente em Darfur.

No corredor, Kennet chutou a porta da frente. Estava escuro; não completamente, mas uma escuridão silenciosa. Jornais grátis e correspondência indesejada estavam espalhados para todo lado e debaixo de seus pés. O ar era seco e frio. Quando Vanessa abriu a boca para gritar, ele estreitou o ângulo do braço contra a garganta dela, e um som sufocado, apertado, foi tudo que saiu. A faca estava firme contra a curva de seu pescoço.

— Subindo! — sibilou ele. — Subindo. Para o andar de cima.

Alguma coisa parecia ter acontecido com os olhos de Vanessa. Os contornos dos objetos — degraus, corrimãos, o fio que pendia, com uma única lâmpada — estavam embaçados. Foi aí que ela percebeu que não enxergava bem por causa das lágrimas.

O joelho de Kennet pressionou a parte de trás da sua coxa.

Outra vez, dessa vez mais forte.

— Vamos. Continue.

No primeiro patamar do corredor, ela escorregou e quase perdeu o equilíbrio, mas ele a segurou, firmando suas costas. Seu hálito, cheirando a cerveja, fumo e algo mais que ela não conseguia distinguir, era quente e cru contra sua pele.

— Ande. Vamos, vamos.

A televisão estava ligada no apartamento do primeiro andar, o som de risos abafado e rápido. Uma das características que ela sempre gostara em relação a este prédio eram as pessoas reservadas. Se ela encontrasse por acaso um dos outros inquilinos no corredor, um rápido aceno de cabeça era tudo que geralmente acontecia entre eles, e, ocasionalmente, um breve cumprimento. Alguma observação inofensiva sobre o tempo ou uma queixa sobre as latas de lixo, era o máximo que qualquer um deles trocara em palavras.

Ela sabia que precisava se livrar dele antes que chegassem ao seu apartamento e ele a levasse para dentro. Livre-se dele ou peça socorro.

No último patamar, ela meteu o cotovelo com o máximo de força possível no peito dele, enquanto chutava com o salto do sapato a canela de Kennet, mas tudo que aconteceu foi ele rir e aumentar a pressão no pescoço, até ela ficar com medo de que seu fluxo de sangue parasse e ela desmaiasse.

— Para dentro. Vamos, para dentro.

Os dedos dela não conseguiam colocar a chave na fechadura até ele retirar a lâmina do seu rosto e a mão dele deslizar suavemente por sobre a dela.

— Pronto. — Segurando-a até que a chave entrou e abriu a porta.

— Boa garota.

Os olhos de Vanessa se fecharam, apertados.

Estavam dentro do apartamento.

— Não acenda a luz — disse ele. — Ainda não.

O braço dele não estava mais no pescoço dela, e ela se afastou uns poucos passos dele, cambaleando, a mão contra a garganta. Ela ouviu Kennet girar a chave na fechadura e passar o ferrolho na porta.

As cortinas estavam abertas e, quando ela se virou, havia luz suficiente para ver a forma, mas não os detalhes do rosto dele. A faca estava de volta à sua mão mas mantida baixa, ao lado do corpo. Ela achou que ele estava sorrindo, mas não tinha certeza.

— Alguma coisa para beber? — disse ele, a pergunta ordinária pegando-a de surpresa.

— O quê? — Um grasnido de som e pouco mais.

— Uma bebida. Você sabe, vinho, cerveja. Vodca, sua bebida favorita. — Como se aquilo fosse normal, algum tipo de namoro. Vindo para casa depois do bar. Subir para tomar um café, ambos sabendo o que isso significava. Suas feições estavam mais claras agora, e, sim, havia um sorriso brincando nas bordas da boca e em torno dos olhos.

— Olhe — disse Vanessa, não conseguindo reconhecer sua própria voz —, por que você simplesmente não vai embora? Vá embora. Eu esqueço o que aconteceu, está bem?

— Esquecer? Acho que não. Não antes de terminarmos. Não antes de chegarmos ao fim. — Ele batia a faca de leve na perna. — E então, e a bebida?

A garrafa estava na prateleira em um canto na parede, à esquerda do aquecedor. Vodca Stolichnaya, quase acabando. Junto dela, dois copinhos. Livros, não muitos. CDs, David Gray, Damien Rice, Norah Jones. Revistas. O telefone estava na mesinha baixa, à direita, o celular no bolso de dentro do casaco. Ela conseguia ouvir a própria respiração reverberando dentro da cabeça, como que batendo contra a parede interna do crânio.

— Para mim, só uma dose pequena — disse Kennet, um sorriso levemente afetado no rosto.

Trêmula, Vanessa colocou a vodca no copo e a bebida derramou pela borda.

— Nervos — disse Kennet. — Não se preocupe. Você logo vai conseguir controlá-los.

Ela pensava em Maddy, sobre o que acontecera com ela. Ela sabia que precisava fazer alguma coisa, antes que fosse tarde demais. A garrafa de vodca estava firmemente na sua mão, o vidro frio e liso contra a palma. Seus olhos voltaram-se rapidamente para a porta, a chave ainda na fechadura.

— Venha cá — disse Kennet, inclinando-se para a frente. — Por que você não coloca isso aí em algum lugar para não se machucar?

Ele tirou a garrafa da mão dela e, com um sorriso, colocou-a de novo na prateleira.

— Assim é melhor — disse ele. — Agora, relaxe. Vamos nos conhecer um pouco mais. O que você acha?

Quanto tempo eles já ficaram sentados ali, Vanessa não sabia. Sentados um defronte do outro, a mesinha entre os dois. Os joelhos se tocando. Quinze minutos? Vinte? Mais? Kennet falava uma coisa ou outra, sobre seu trabalho, suas férias na Espanha, e todo esse tempo metendo a mão entre as pernas dela. Devagar, devagar, forçando-as a abrir, os dedos pressionando firme, depois suavemente, antes de desviar a atenção para os seios, e tudo aquilo acontecendo, essas carícias inusitadas, quase casuais, sem dizer nada.

Quando ele apertou, com o indicador e polegar, o bico do seio descoberto, ela repentinamente gritou.

— Perdão — disse ele, com um sorriso de desculpas. — Minhas mãos estão muito frias. Esquente-as um pouco para mim, está bem? — E meteu ambas as mãos entre as coxas dela, as pernas apertadas.

Vanessa jogou o que restava de sua vodca no rosto dele, mirando nos olhos. Logo depois, ela se lançou para o lado, pegando a garrafa na prateleira.

— Sua vagabunda! — disse ele, agarrando-a pelo braço.

Livrando-se dele, Vanessa bateu o recipiente contra o rosto de Kennet com a maior força que pôde. A base do vidro atingiu a têmpora, um pouco acima do olho, e conforme ele cambaleou , ela deu um novo golpe, os dentes cerrados, o mais forte possível, e a garrafa quebrou contra a maçã do rosto, jogando-o para o lado num meio círculo, a perna esquerda se dobrando debaixo dele, e sangue espirrando pela face.

Vanessa deixou a garrafa cair e correu para o banheiro, procurando o celular enquanto corria.

A porta tinha dois ferrolhos, um em cima e outro embaixo, e ela os fez deslizar, encostando o peso do corpo contra ela enquanto discava o número de emergência.

— Emergência. Que tipo de serviço, você precisa?

Ela deu os detalhes o mais precisamente que pôde, esperando todo esse tempo que Kennet se atirasse contra a porta e a arrombasse.

Quando isso não aconteceu, ela começou a chorar — e mesmo ouvindo as sirenes, distantes a princípio, depois mais perto, cada vez mais perto, e depois passadas altas e pesadas na escada, ela chorou mais forte, e não conseguiu parar nem mesmo quando os primeiros policiais a responder o chamado convenceram-na que ela estava em segurança e podia destrancar a porta; nem mesmo quando ela viu a garrafa manchada de sangue no chão; nem mesmo quando o jovem patrulheiro, mal saído do treinamento, tão moço que mais parecia um menino, conseguiu levá-la firmemente, porém sem grosseria, até uma poltrona e fazê-la sentar-se, segurando as mãos dela e dizendo que tudo estava bem, que eles haviam apanhado o canalha. Ele correra pela rua Holloway e colidira na lateral de um ônibus, se arrebentando todo. Estava a caminho de um hospital agora, muito provavelmente algemado dentro da ambulância. Era isso. Vamos, chore, deixe extravasar. Aquele garoto com um rosado de bunda de criança nas bochechas, ainda segurando suas mãos, enquanto outros policiais isolavam a cena do crime.

— A faca — disse Vanessa. — Ele tinha uma faca.

— Nós vamos encontrá-la. Não se preocupe.

E eles realmente encontraram, uma hora depois, onde Kennet a jogara, no jardim da frente da casa mais próxima da rua principal, encostada num muro.

CAPÍTULO 40

O médico fizera um exame meticuloso em Vanessa, afirmando que ela não apresentava lesões corporais, esperara enquanto um policial tirava fotos das marcas no pescoço dela e depois lhe dera algo para ajudá-la a dormir. Mas é claro que ela não dormiu. Por metade do que restava da noite, ela ficou deitada na cama, os joelhos junto ao peito, tentando apagar da mente o som da voz dele, o maldito calor de seu hálito. No restante, ela ficou sentada, metida na sua velha camisola, enrolada num cobertor, olhando as imagens que se moviam na tela da TV. *ITV Nightscreen Skiing*, no canal 4. Uma edição autenticada do *Antiques Roadshow*, especial para os deficientes auditivos.

— Você é uma garota de sorte... Uma sorte de matar — dissera um dos policiais, tentando, logo depois, engolir as palavras de volta.

— Você se comportou brilhantemente — dissera outro. — Porra, você foi corajosa.

Vanessa não estava exatamente pensando em si, ela pensava em Maddy. Será que fora ele? Kennet? Será que fizera aquelas coisas com ela? Ela nunca chegara a ver as fotografias do corpo, apenas falara com alguém que jurou que conhecia alguém que vira, mas ela sabia que, além de ter sido estuprada, Maddy fora retalhada selvagemente com uma faca antes de morrer.

Garota de sorte.

Ela era, ela era; apertou o rosto contra o material áspero do cobertor e chorou.

Alertada pelo chefe de polícia de Kentish Town, Karen chegara pouco depois da meia-noite e conversara rapidamente com ela, o bastante para obter uma versão simplificada do que acontecera, e tomou providências para que Vanessa fizesse um depoimento formal pela manhã. Ela pensou em telefonar para Elder e acordá-lo com as novidades, mas decidiu deixá-lo dormir.

No hospital, Kennet levara 11 pontos no rosto, e uma radiografia do peito mostrara três costelas quebradas. Ele encontrava-se deitado numa enfermaria lateral, sedado, com analgésicos, e algemado por um dos pulsos à cama, com um policial de guarda sentado de pernas cruzadas do lado de fora, lendo o *Mail* e tentando atrair o olhar de uma das enfermeiras e arranjar uma outra xícara de chá.

Elder foi posto a par dos acontecimentos às 7 horas e encontrou-se com Karen no hospital às 8. Ramsden e Denison já estavam lá, o policial uniformizado tendo sido dispensado, para satisfação dele.

Um dos elevadores estava enguiçado e o maqueiro estava cuidadosamente posicionando um paciente numa maca de rodinhas no outro, de modo que eles foram pela escada.

— Ele já foi indiciado? — perguntou Elder.

— Ainda não.

— Quais são as possibilidades?

— Até esse ponto? Agressão com agravantes. Posse de uma arma ofensiva. O bastante para mantê-lo preso.

Quando entraram na enfermaria, Kennet estava virado de lado, com o lençol até o queixo, os olhos fechados. Uma enfermeira acabara de medir a temperatura e a pressão sanguínea dele e estava anotando os resultados na sua folha de registro.

— Ele está dormindo? — perguntou Karen.

A enfermeira balançou a cabeça.

— Kennet — disse Karen, se aproximando. — Sr. Kennet.

Nenhum movimento, nenhuma resposta.

Ramsden agarrou o lençol e puxou-o para baixo.

— Sr. Kennet — disse Karen —, eu preciso fazer algumas perguntas.

Os olhos de Kennet haviam se fechado de novo.

— Há alguma razão — indagou Karen para a enfermeira — pela qual ele não possa responder às perguntas?

A enfermeira balançou a cabeça.

— Os analgésicos podem ter feito com que ele ficasse um pouco zonzo, mas a não ser isso, não.

— Comigo ele teria um tratamento de choque — falou Ramsden.

Karen lançou-lhe um olhar de advertência.

— Ouça aqui, Kennet — disse Elder, inclinando-se na direção da cabeceira da cama. — Por que você não se senta? Quanto antes terminarmos com isso, melhor.

Nada.

— Enfermeira — disse Karen —, será que você poderia nos ajudar a fazer com que ele se sentasse?

— Acho que sim, eu... — Ela parou por um momento, hesitando. — Sr. Kennet, vamos. — Quando ela tocou o ombro dele, Kennet se afastou violentamente.

— Qual é o problema? — disse o médico, andando na direção deles. Ele era alto, com barba, na casa dos 30 anos, sotaque do norte do país.

— Esses policiais — disse a enfermeira —, eles querem fazer umas perguntas ao paciente.

— Está bem, enfermeira. Obrigado.

Ela afastou seu carrinho com equipamentos médicos.

— Detetive inspetora-chefe Shields — disse Karen, estendendo a mão.

O aperto de mão do médico foi firme, porém breve.

— Este homem é acusado de um crime grave — disse Karen. — E nós temos motivos para acreditar que ele pode nos ajudar em diversos outros. É importante que falemos com ele.

— Agora?

— Agora.

O médico levantou a tabuleta pendurada nos pés da cama e passou rapidamente os olhos por ela.

— Ele parece ter recebido uma forte dose de medicamentos para controlar a dor...

Ramsden bufou.

— Se posso sugerir, uma hora mais ou menos faria com que os efeitos soporíferos da medicação se esvaíssem, e vocês poderiam obter respostas mais claras para quaisquer perguntas que necessitem fazer. Além disso — ele olhou para as algemas —, ele não vai a lugar nenhum, não é?

Fora do quarto, Karen falou com a sede pelo celular, enquanto Ramsden acendia um cigarro.

— Certo — disse ela, interrompendo o telefonema. — Nós temos um mandado de busca para o apartamento de Kennet. Mike, vá até lá. Lee se encontrará com você. Paul pode ficar aqui no hospital. Vou providenciar para que ele seja substituído por alguém da polícia local.

Sorrindo, Ramsden pôs-se a caminho.

— A casa de Vanessa fica muito longe daqui? — indagou Elder.

— Não. Neste momento, ela deve estar prestando depoimento. Eu telefonarei para ela do carro.

Ao se aproximarem do atalho da Archway, o tráfego estava pesado em todas as direções, e eles ficaram retidos ao lado de um caminhão articulado que voltava para a Holanda e atrás de alguém transportando meia dúzia de crianças, diversas das quais faziam caretas pela janela traseira. Karen experimentou o rádio, depois desligou-o.

— Imagino que não há testemunhas? — disse Elder.

— Do que aconteceu a noite passada? Não.

— É a palavra de Vanessa contra a dele.

— Quase isso.

— E não há ferimentos?

— Nela? Um arranhão no pescoço. Pouco mais. Não muito para apresentar a um júri.

— Talvez a coisa tenha ganhado maiores proporções hoje de manhã.

— Talvez.

— E a faca?

— Os peritos estão procurando impressões digitais. Tenho esperança de que ele não tenha tido tempo de limpá-la.

— Você vai tentar comparar a faca com os ferimentos no corpo de Maddy?

— É claro.

Eles avançaram uns poucos metros.

— Eu achei que Livingstone tinha melhorado esse trânsito — disse Elder.

— Ele melhorou.

— E continua assim... Não sei como vocês aguentam.

Karen sorriu.

— Eu acho que o máximo de tráfego que vocês têm na Cornualha é um trator, de vez em quando.

— Gado. Às vezes um rebanho de carneiros.

— Eu não sei como você consegue, Frank.

— O quê?

— Morar daquela maneira. Longe de tudo.

— De tudo?

— Não seja obtuso. Você sabe a que eu me refiro.

O caminhão passou para a pista da esquerda e Karen acelerou no espaço aberto, desviando abruptamente para a direita, cortando não apenas um outro veículo, mas vários; e depois à esquerda de novo, passando pelos sinais, sobrepujando um ônibus 43.

— Você gosta disso? — perguntou Elder.

— Eu adoro. — Karen sorriu.

Vanessa estava pálida, os olhos inchados. Os arranhões em torno do pescoço estavam mais nítidos. Ela preparou café para eles, mas não deixou a água ferver o suficiente, de modo que alguns grãos ficaram boiando na superfície, só parcialmente dissolvidos. Seu relato da agressão e o que levara a isso foi direto e sem emoção, como se ela estivesse descrevendo algo que acontecera a um amigo distante em vez de algo que acontecera com ela mesma. Apenas quando falou do momento em que Kennet se lançara contra ela pela primeira vez, a faca ao lado de seu rosto, sua voz estremeceu e sumiu. Elder pôde ver uma tênue linha vermelha atravessando a pele.

— O homem que você disse estar do outro lado da rua — disse ele. — Você acha que também era ele?

Vanessa esperou um momento antes de responder.

— Não tenho certeza.

— Isso não tem muita importância — disse Karen. — Pelo que você falou, parece que ele a estava seguindo. Montando o cenário para ontem à noite.

— Concordo — disse Elder —, mas se era ele, isso compõe um padrão. Espreitar. Seguir.

— Vocês estão pensando em Maddy, não é? — disse Vanessa. — Sobre o que aconteceu com ela?

Tanto Karen quanto Elder lhe devolveram o olhar.

— Vocês acham que ele a matou?

— Nas atuais circunstâncias — começou Karen —, nós temos que levar em consideração...

— Ah, sem essa! — Vanessa quase gritou, de repente, raivosa. — Não me venha com embromação.

— É uma possibilidade — falou Elder.

— É mais do que a porra de uma possibilidade.

— Talvez.

— Talvez?! — Agitada, Vanessa foi em direção à porta, parou e virou-se. Não havia lugar algum para onde ir. — Kennet, o que ele disse?

— Até agora, nada.

— Ele me ameaçou com uma faca, quase me estrangulou. Ele ia me estuprar.

— Eu sei — disse Karen. — Eu sei.

— Ele ia me matar.

Karen estendeu a mão para pegar a de Vanessa, mas ela afastou a sua; cruzou a sala até a pia, abriu a torneira de água fria e depois não fez nada, ficou ali, observando a água correr.

Depois de uns segundo, Elder foi até lá e fechou a torneira. Quando ele roçou o ombro, acidentalmente, no dela, Vanessa sobressaltou-se.

— Nós precisamos ir — disse ele, em voz baixa.

— Então, vão.

— Vanessa — disse Karen na porta —, você deve pedir para ver alguém.

— Alguém?

— Você sabe a que eu me refiro. Aconselhamento. Na delegacia, eles orientarão você, tenho certeza.

Vanessa olhou de volta para Karen, a expressão de desespero.

— Não deixem que ele saia livre dessa.

— Não se preocupe. Não vamos deixar.

Kennet estava sentado na cama, encostado em alguns travesseiros, seus pontos sobressaindo como pequenas marcas de passarinho, ao longo de seu rosto. Vendo Karen e Elder, ele sorriu.

— De volta à terra dos vivos — disse Elder.

— Acabei de voltar.

— Teve mais sorte do que alguns.

— Temos perguntas — disse Karen — sobre a noite de ontem.

— Você quer dizer quando fui agredido?

— Você foi agredido?

— É claro — Kennet levou as pontas dos dedos à sua mais nova cicatriz. — O cara que me deu os pontos disse que eu tive sorte em não perder um olho.

— E Vanessa, ela teve sorte em escapar com quê?

— Tudo que aconteceu com ela foi legítima defesa da minha parte.

— Espere — disse Karen. — Espere. Você está dizendo que foi atacado por ela?

— É claro. Ela me convidou para ir lá, ficou dando bola, tudo ia bem e, de repente... vupt... me golpeou com a porra da garrafa.

Sem mais nem menos. — Ele balançou a cabeça. — Eu sabia que ela estivera bebendo, mas não tanto. Não para chegar àquele ponto. Ficou fora de controle. Se eu soubesse, nunca teria concordado em voltar com ela para casa depois do bar.

— Ela convidou você, é o que você está dizendo?

— Sim, é claro. O que mais?

— A faca — disse Elder. — E a faca?

Kennet devolveu-lhe o olhar, os olhos arregalados de espanto.

— Que faca?

— Aquela que você jogou fora pouco antes de trombar com o ônibus.

— Não sei nada sobre faca nenhuma.

— Veremos.

Dez minutos depois, Elder e Karen estavam no corredor, do lado de fora do quarto. Kennet perseverara com sua história. Fora Vanessa quem o agredira, quebrando a garrafa no seu rosto, e quaisquer machucados que ela pudesse ter eram resultado de ele ter procurado contê-la. No final, ele a deixara praguejando e gritando e fora para casa, tão atarantado com o que acontecera que não sabia para onde ia. Ao atravessar uma rua, fora atingido pela lateral de um ônibus. Não tinha ressentimentos, esperava que ela estivesse bem, nada mais do que uma dor de cabeça.

— Quanto tempo você acha que ele vai se apegar a essa história? — perguntou Karen.

— Enquanto puder. Alguma novidade sobre as digitais na faca?

— Esperamos que sim — disse Karen.

Elder olhou para seu relógio.

— Mais umas 12 horas antes de ele ser indiciado.

— Tempo suficiente.

O médico concordou que não havia condições para Kennet ter alta do hospital. Quando fosse liberado, eles já teriam tido notícias não apenas sobre a faca, mas também sobre os resultados da busca no apartamento. Era provável que houvesse tempo suficiente, pensou Karen.

CAPÍTULO 41

Quando o celular de Elder tocou, poucos minutos depois de ele sair do hospital, Maureen Prior era a última pessoa que ele tinha em mente. O trem dela chegaria à estação de St. Pancras dentro de quarenta minutos. Era importante que eles se encontrassem. Não tomaria mais do que uma hora do tempo dele.

O café era francês, uma pequena doceria afastada da rua principal indo em direção ao sul, a partir da estação. Havia algumas mesas na calçada, talvez mais meia dúzia dentro do estabelecimento. Pão, croissants, baguetes e uma máquina reluzente de café espresso. Duas mulheres de certa idade, elegantemente vestidas, estavam sentadas perto de uma janela dos fundos, tomando café; um homem de cabelo grisalho, casaco de pele de camelo dobrado nas costas de sua cadeira, lia o *Le Monde* e comia um *croque-monsieur*. Elder, que frequentava regularmente aquela estação ferroviária ao longo dos anos, não fazia ideia de que existia um lugar como aquele por lá.

Estava bastante quente, o suficiente para eles se sentarem do lado de fora.

Acima de suas cabeças, rastros deixados por aviões a jato, o sol era uma mancha atrás de uma cortina cinzenta.

Um jovem, de avental branco, trouxe-lhes café.

— Como é que você soube dessa cafeteria? — perguntou Elder, olhando em torno.

— Charlie me contou.

— Charlie?

— Charlie Resnick. Ele disse que seria um bom local para nos encontrarmos.

— Então você esteve falando com ele.

Maureen sorriu.

— Sobre os cafés de Londres?

— Sobre Bland. E Katherine.

— Eu precisava falar com alguém. Alguém em quem eu pudesse confiar.

"Esse seria Resnick", pensou Elder.

— O que foi que ele disse?

Ela sorriu de novo.

— Não muito. Ele é um ótimo ouvinte. Charlie.

— Ele não ficou surpreso?

— Sobre Bland? Não; na verdade, não. Mesmo sem os boatos, Charlie nunca gostou muito dele. Tempo demais no meio da fumaça. Infecta os pulmões, faz a gente apodrecer por dentro. Palavras dele. Acha que a única razão pela qual Bland largou a polícia metropolitana foi para se manter um passo à frente da Corregedoria.

— Ele nunca foi indiciado?

— Por corrupção? Não. Houve denúncias, mas não foram provadas. A mesma história de sempre. Teve sua ficha manchada algumas vezes, aparentemente, mas isso foi tudo.

— Então — disse Elder —, há um plano?

— É sobre isso que eu queria falar com você. E achei que devia ser pessoalmente. Melhor do que arriscar um telefonema. — Ela levantou a xícara de café do pires. — Estou ficando paranoica na velhice.

— Cuidadosa — disse Elder. — Não há mal nisso.

— E quanto a você, Frank? Está levando bem as coisas por aqui?

— Na cidade grande? Sim, acho que sim.

— Perto de algum resultado?

Elder deu um sorriso, apenas com os olhos.

— Acho que há mais coisa em jogo.

— Sempre há, Frank. Sempre há.

O café estava perfeito. Forte, não amargo. Elder ouviu com atenção. Como plano, era bastante simples, direto; as chances de sucesso, com toda certeza, dependeriam da ganância de Bland.

— Summers, ele vai participar do plano?

— Acho que sim. Há muita coisa pendente sobre sua cabeça que não o deixa confortável. Ele talvez veja isso como um meio de sair limpo.

— E Katherine, isso não vai colocá-la em alguma situação perigosa?

Maureen pensou um pouco antes de responder.

— Não mais do que a situação em que ela está agora.

Elder assentiu.

— Você quer que eu fale com ela?

— Mais tarde, Frank. Quando acabar.

— Você me avisa quando iniciar o plano?

— Melhor ainda — disse Maureen. — Eu aviso a você quando estiver feito.

Steve Kennet recebeu alta do hospital algemado a um policial uniformizado que tinha a forma e o tamanho de um pequeno tanque de guerra. Paul Denison o acompanhava bem de perto. O único telefonema que Kennet tivera licença para dar, a uma firma de advogados, ocasionara a presença de Iain Murchfield, que fora deixado segurando a barra no escritório naquela tarde de quinta-feira. Se ele suasse um pouco mais atrás da porra das orelhas, conforme Ramsden observara, morreria afogado.

Karen convocara Elder no momento em que este reapareceu, e, pela expressão dela, dava para ver que as novidades, pelo menos algumas delas, eram boas.

— Sabe por que ele não estava dando importância à história da faca? Deve ter apagado tudo nas roupas enquanto corria. Mas não inteiramente, como ele pensa. Digital de polegar na base da lâmina. Parcial, mas clara.

— E bate com a dele?

— Estamos esperando a confirmação.

— E quanto ao apartamento? Alguma coisa interessante?

— Não muito. Uns poucos vídeos duvidosos. Roupas, sapatos, o mesmo de sempre. Eu pedi para o Mike voltar, tentar de novo.

— Kennet está aqui?

— Está com o advogado. Decidindo a estratégia. — Karen sorriu. — É um garoto recém-formado. Parece que precisa de uma estratégia até para amarrar os sapatos de manhã.

Um pouco depois das 16 horas, chegou uma informação dos peritos. A digital parcial combinava com a de Kennet. Mas ainda era parcial, de qualquer maneira.

Eles levaram Kennet à sala de interrogatório dez minutos mais tarde, a hora exata sendo anotada escrupulosamente por Karen no início da entrevista. Na ausência de Ramsden, Paul Denison, ligeiramente nervoso, estava sentado ao lado dela. Elder sentou-se numa sala ao lado, munido de fones.

Kennet inclinou-se para a frente, os antebraços apoiados na borda da mesa, leves sinais de estresse começando a surgir em torno dos olhos. Ao seu lado, sentado meio desajeitadamente, Iain Murchfield tinha um caderno de anotações aberto sobre os joelhos, caneta na mão.

O cabelo de Karen estava puxado, seu terno completamente abotoado, seu olhar quase nunca se afastando do rosto de Kennet.

— Eu gostaria que você me dissesse — começou ela — o que aconteceu na noite passada, entre o momento em que você encontrou Vanessa Taylor no bar Bull and Last e o momento em que vocês voltaram para o apartamento dela.

Num tom monótono, Kennet repetiu, com pequenas adições, a versão de acontecimentos que fornecera no hospital.

— Você continua afirmando, então, que a patrulheira Taylor golpeou-o com a garrafa, sem causa ou motivo?

— A não ser pelo fato de que ela estava fora de si, sim.

— E os ferimentos que ela afirma...

— Foram feitos quando eu tentei evitar que Vanessa me arrancasse o olho. Ela ficou maluca, não é?

— E isso inclui as marcas no rosto dela?

— Não sei. Que marcas?

— Marcas de cortes.

— Eu não sei. Vidro da garrafa, suponho. O vidro voou por toda parte.

— Esse ferimento foi causado por uma faca.

Kennet inclinou-se para longe da mesa.

— Não sei nada sobre isso.

— Você não atacou a patrulheira Taylor com uma faca?

— Não.

— Segurou-a contra a garganta dela?

— Não.

— Com força suficiente para romper a pele.

— Olhe aqui, olhe aqui. — Kennet se agitou de novo. — Eu já disse. Não sei nada sobre uma faca. Está bem?

— Não?

Kennet enfatizou cada palavra.

— Não havia faca nenhuma.

— Verdade? — disse Karen, num tom ligeiramente divertido.

Kennet virou-se para o advogado.

— Quanto tempo mais eu vou ter que aguentar isso?

— Detetive inspetora-chefe — disse Murchfield, reunindo toda coragem que pôde —, devo me queixar sobre a intensidade com que a senhora está importunando meu cliente.

Karen olhou para ele com uma mistura de expressão divertida e desprezo.

— A faca à qual estou me referindo, Sr. Kennet — disse ela —, é aquela que o senhor jogou fora quando tentava fugir.

— Isso é besteira. É mentira. É tudo armação, porra.

Uma coisa chamou a atenção de Elder; algo em relação ao excesso de protestos.

— Nesse caso — disse Karen —, eu gostaria de ouvir a sua explicação de como a sua digital foi aparecer na lâmina.

— Que lâmina? Que digital, caralho? — A cadeira dele raspou o chão, arrastada, quando ele se virou na direção de Murchfield. — Você. Faça alguma coisa, sim? Fica aí sentado, observando eles me ferrarem.

Murchfield folheou o caderno.

— Eu devo protestar novamente pela maneira com que a senhora está interrogando meu cliente.

— Protesto anotado.

— E devo lembrá-la, se for necessário, que está se esgotando o tempo restante para que a senhora decida se meu cliente será indiciado ou posto em liberdade.

— Muito bem — disse Karen. — Você tem razão. Vamos indiciá-lo. Que tal começar com agressão e ferimentos graves? Lei de agressão contra a pessoa, 1861. Paul, conduza-o para o encarregado da custódia e tome providências para que seja devidamente indiciado e preso. Veremos se isso muda a maneira de ele encarar as coisas. Esse interrogatório terminou às 16h23. — Ela se levantou. — Obrigada, Sr. Murchfield, pelo seu ótimo conselho.

— O que você acha? — perguntou Karen.

Elder fez uma careta.

— Com todas as testemunhas que podemos reunir sobre o comportamento passado de Kennet, a coisa se resume a sua palavra contra a de Vanessa, e a maioria dos jurados vai ficar do lado dela. Mas, quanto a provas concretas, uma digital parcial é algo muito fraco.

— Mike deverá descobrir alguma coisa, não se preocupe.

Porém, às 19 horas, era exatamente assim que eles estavam.

Kennet fora devidamente indiciado e estava se preparando para passar a primeira noite na cela; na manhã seguinte, sexta-feira, ele compareceria perante o juiz e eles insistiriam que lhe fosse negada a fiança. Entretanto, quando voltou, Ramsden tinha a expressão triste e más notícias.

— A menos que vocês incluam uma pilha de programas de Brentford de até dez anos atrás, não há nada interessante à vista.

— Você também procurou na van? — perguntou Elder. — Aquela que ele usa para trabalhar.

— O que você acha que eu sou? Um amador?

— Desculpe.

— Sem problemas.

Mas a mente de Elder se lançou para outro local; a primeira vez que ele vira e falara com Kennet, do lado de fora da casa onde ele trabalhava no parque Dartmouth, Kennet com um cigarro enrolado, pedindo fogo.

— Ele tem um carro — disse Elder. — Além da van.

— Você tem certeza?

— Um sedã quatro portas. Azul-escuro. Ford, acho eu, mas não posso jurar.

— Lee — disse Ramsden —, vá checar. Se estiver registrado no nome dele, nós estamos feitos.

— Ótimo trabalho, Frank — disse Karen. — Bem lembrado.

— Vamos ver — disse Frank. — Vamos ver.

CAPÍTULO 42

Elder voltou para Finchley por volta das 7 horas. A manhã em que Karen lhe falara pela primeira vez sobre a prisão de Kennet parecia muito distante, agora. Duas aspirinas, pensou ele, e um banho demorado.

Seu celular tocou antes que ele pudesse abrir as torneiras, a adrenalina pulsando ao ouvir a voz da filha.

— Katherine, você está bem?

— Estou, por quê?

— Nada. É que, você sabe...

— Você parece preocupado.

— Nada sério. Um pouco de dor de cabeça. Tive um dia cheio.

Houve um breve silêncio, e depois:

— Eu queria pedir a você, essa coisa, a polícia, você sabe o que está acontecendo?

— Acho que sim, sim.

— Só que Rob... Bem, o que eles estão querendo que ele faça... Ele não tem certeza em quem pode confiar.

— Com quem ele tem falado?

— Com aquela mulher, uma policial. Maureen. Principalmente com ela.

— Maureen Prior. Ela é confiável, pode acreditar.

— Mas tem Bland, ele é um deles.

— Não. Não, ele não é mais.

— Eu não sei.

— Quando é que Rob vai se encontrar com eles? Quando ele vai se encontrar com Bland de novo?

— Logo, eu acho. Nesses próximos dias.

— Assim que tudo terminar, talvez você devesse sumir por uns tempos. Até as coisas se acalmarem.

— Rob tem amigos lá em Hull. Familiares, também.

— Por que você não vai para lá, então? Apenas por uma semana mais ou menos.

— Você não se importa?

— Me importar? Com o quê?

— Eu e Rob ficando juntos, assim.

— Não é o que eu escolheria.

— Mas você não se importa?

— Você já tem idade para tomar suas próprias decisões.

— Cometer meus próprios erros, é isso que você quer dizer.

Uma pausa.

— Talvez.

Surgiu a voz de um homem, pouco audível atrás deles. Muito provavelmente, a de Rob, imaginou Elder, e depois Katherine dizendo:

— Olhe, papai, é melhor eu ir.

— Está bem. Apenas tenham cuidado. Vocês dois. E mantenha contato, está bem?

— Está bem.

— Eu amo você — acrescentou ele, mas a comunicação já fora encerrada.

Elder tomou um gole de uísque e depois outro. Lembrou-se de como ela estava quando ele a encontrou, prisioneira numa cabana construída às pressas, encostada nas rochas, no alto da costa norte de York. O fedor de peixe podre e sangue coagulando. Os machucados descolorindo seu rosto e costas. Será que esse plano era mais uma roubada na qual ele estava ajudando a filha a entrar, algum perigo novo? Ou será que ela mesma escolhera aquilo, quando começara a se encontrar com os marginais da praça Slab, saindo com alguém que traficava drogas, mesmo que fosse em pequenas quantidades? Era difícil ter pena e deixar de julgá-la.

Enquanto a banheira enchia, e a despeito da afirmação de Maureen de que ela faria contato, Elder telefonou para a amiga.

— As coisas estão se encaixando, Frank — disse ela. — Mais uns poucos dias, é tudo que preciso.

— Katherine disse...

— Você falou com ela?

— Ela telefonou hoje mais cedo.

— Ela é uma boa garota, Frank.

— Não é mais uma garota.

— Você sabe o que eu quero dizer. Ela é forte.

— Tem que ser. Ou então, estaria acabada. Acho que estaria.

— Vou ficar de olho nela, não se preocupe. Se eu fizer mais que isso, colocar alguém tomando conta dela, há uma boa chance de que Bland venha a saber.

— Eu sei.

— Terei cuidado. Farei tudo que puder.

— Obrigado, Maureen.

— Tenha cuidado também, Frank.

— Farei o possível.

Ele encheu o copo e levou-o para o banheiro. Não havia nenhuma mensagem de Karen sobre o carro de Kennet, o que significava, provavelmente, que eles ainda o estavam rastreando. Às 10 horas da manhã seguinte, o próprio Kennet compareceria a uma audiência com o juiz. Isso lhes daria mais tempo. E amanhã ele falaria com Sherry, conversariam sobre o que ele pudera desencavar. A água estava muito quente ao toque e ele abriu rapidamente a torneira de água fria, agitando-a antes de entrar na banheira. Quando Katherine era bebê, com 1 ano e meio mais ou menos, ele a levava para tomar banho com ele, e ela batia na água e ria, escorregadia como um peixe entre suas mãos. Tempos como aquele nunca voltam. Ele dissera "Eu amo você", sabendo que ela não estava mais na linha?

— Eu amo você, Katherine — disse em voz alta, lágrimas correndo de seus olhos.

CAPÍTULO 43

O veículo era uma caminhonete Ford Mondeo, com pouco mais de 28 mil quilômetros rodados. Fora encontrado estacionado na rua Tollington, perto dos fundos do velho hospital Royal Northern. Nele, havia um par de botas de trabalho, salpicadas de reboco e tinta, um macacão e uma camisa quadriculada de lã enrolada ao lado de outra. Cópias antigas do *Sun* e do *Mail*. Um catálogo *London A-Z*, com encadernação em espiral, muito manuseado. Tíquetes de estacionamento. Pacotes de barras de chocolate e meio tubo de pastilhas de hortelã. Diversas fitas de áudio no compartimento lateral da porta do motorista: Queen, David Lee Roth, U2, clássicos de Bruce Springsteen. Uma caixa de fósforos restando apenas cinco deles. Um par de luvas de couro gastas. Uma garrafa térmica vermelha e preta que ainda cheirava vagamente a café. Um livro de Patricia Cornwell, marcado na página 121. Fios grossos para fazer "chupeta" em bateria de carro. Uma chave de fenda. Um pedaço de camurça, endurecido e escurecido pelo uso. Uma lata enferrujada de lubrificante para uso doméstico; uma garrafa de plástico de concentrado de limpa-vidros, para todas as estações e que não embaça, e uma outra de um preparado descongelante. Um vasilhame de 2 litros, vazio, que já contivera óleo de motor. E na mala, metida debaixo do estepe, uma pequena caixa de metal que continha, cuidadosamente embrulhado em um pedaço de tecido que parecia ter sido arrancado de uma velha camisa, um único brinco, verde e dourado, na forma de uma lua; uma pulseira de prata simples, um colar com uma linda corrente de prata e um relógio de pulso com uma correia de couro amarronzada, marca Lorus, com um visor simples e o nome Maddy Birch gravado no verso, junto com a data: 15.07.81.

Karen bebeu uma boa xícara de café na cantina e depois, no banheiro, encharcou seu rosto com água fria.

— Acalme-se — disse a si mesma. — Calma. Fique fria.

Um pouco depois das 10 horas, Steve Kennet voltara para a prisão, onde ficaria até o dia 27, quando então compareceria a um tribunal especialmente convocado, tendo sido negada a liberdade sob fiança. Agora, ele estava de volta à sala de interrogatório, a garganta seca, parecendo quase não ter dormido. Ao seu lado o advogado brincava com a caneta, retirando a tampa e recolocando-a repetidamente.

Ramsden imaginou que se ele continuasse com aquilo, iria estender a mão, agarrar a caneta e depois enfiar na bunda ossuda do cara.

— Esta entrevista — começou Karen —, iniciada às 11h47...

Com firmeza, ela levou Kennet a repassar os mesmos acontecimentos da noite anterior, as mesmas negativas, deixando-o se enterrar cada vez mais fundo.

— Sr. Kennet — disse Karen, com um ar indiferente, quase como numa reflexão tardia —, o senhor possui uma caminhonete Ford Mondeo, azul-escura, ano 1998?

Mesmo de onde estava observando, através do vidro, Elder pôde ler o surto de apreensão que passou pelos olhos de Kennet.

— Sr. Kennet?

— Sim.

— O senhor possui...

— Sim, eu disse que sim.

— Meu cliente — interveio Murchfield — gostaria de fazer uma pausa no interrogatório agora. São quase...

Mas Karen cortou-o bruscamente.

— Com certeza que ele gostaria. — E, logo depois, falou: — Fico pensando, Sr. Kennet, se consegue identificar isso?

Ramsden levantou o colar, que estava dentro do saco plástico próprio para provas materiais.

Kennet empalideceu.

— Não — disse ele. — Não tenho ideia.

— Ou isso?

O brinco.

— Não. — Um vigoroso balançar da cabeça.

— Ou isso?

A pulseira.

— Não.

— Sr. Kennet, esses artigos foram encontrados na mala do seu carro.

Recobrando-se, Kennet remexeu o corpo pesadamente na cadeira e deu de ombros.

— Isso não têm nada a ver comigo. Eu nunca vi essas coisas antes.

— Dentro do seu carro, cuidadosamente embrulhadas e escondidas.

Kennet olhou para ela, em silêncio, abatido.

— Exatamente onde o senhor as deixou.

— Meu Deus, já lhe disse...

— O senhor não me disse nada.

— Está bem. Vou contar de novo. Essas coisas, elas não têm nada a ver comigo. Nunca vi nenhuma delas antes, está bem?

— O senhor não faz ideia de como elas foram parar em seu carro?

— Elas não são minhas, porra.

— Estavam no seu carro.

— Quem falou?

Ramsden sorriu.

— Eu falei.

— Então foram vocês que colocaram essas merdas lá.

Karen inclinou-se, afastando o corpo da mesa. Ela tinha suor acumulado nas palmas de suas mãos e enxugou-as na calça. Havia suor no ar, também: dela, dele, de todo mundo.

— Há pouco mais de uma hora — disse Karen —, um dos meus policiais mostrou essa pulseira a Jennifer McLaughlin, e ela a identificou como sendo dela.

Um latejar, observou Elder, começara a surgir no canto do olho esquerdo de Kennet.

— Esse brinco — disse Karen, apresentando o invólucro de plástico da prova — foi identificado por Jane Forest como sendo dela.

— E daí?

— Jennifer McLaughlin e Jane Forest, duas mulheres com as quais o senhor manteve relacionamento.

Kennet devolveu-lhe o olhar, sem piscar.

— Então, o senhor pode explicar como esses itens estavam escondidos no seu carro?

— Não, não posso. A não ser que alguém tenha posto eles lá.

— Esse alguém, Sr. Kennet, foi o senhor.

Kennet virou-se na cadeira, o joelho encostando na perna de Murchfield, o impacto arrancando a caneta da mão do advogado.

— Você — disse Kennet —, quando você vai fazer algo, em vez de ficar apenas sentado aí, enquanto eles me fodem completamente?

Murchfield gaguejou, enrubesceu, estendeu a mão para apanhar a caneta.

— Há ainda um outro item — disse Karen, quase conseguindo manter o tom de triunfo na voz, enquanto balançava o relógio de pulso, dentro do saco plástico, defronte do rosto de Kennet. — Este relógio. O relógio de Maddy Birch. Pode-se ver o nome dela claramente gravado nas costas dele. O senhor está vendo? O senhor está vendo o nome, Sr. Kennet? O nome e a data? Sr. Kennet, fale para o gravador, por favor. O senhor concorda que o nome nas costas deste relógio é o de Maddy Birch?

— Sim.

— E que este relógio pertencia a ela?

— Sim.

— Pode me contar como o senhor tomou posse dele?

Kennet devolveu-lhe o olhar e balançou a cabeça.

— Sr. Kennet?

— Não. Não. Não posso.

— Bem, a minha versão da história é que ela estava usando este relógio na noite em que foi morta.

— Não sei.

— E que nessa noite, o senhor retirou o relógio do pulso dela.

— Não.

— Depois de ter estuprado Maddy Birch.

— Não.

— E a assassinado.

— Não. — O suor na testa de Kennet era claramente visível, a parte superior de seu corpo balançando um pouco, de um lado para o outro, como se estivesse apanhando.

— Sr. Kennet, vou colocar para o senhor que na noite de quarta-feira, dia 26, para quinta-feira, dia 27, do mês de novembro, nas vizinhanças do Centro Comunitário de Crouch End, o senhor agrediu e estuprou Maddy Birch, depois esfaqueou a moça repetidamente até ela morrer.

— Não.

— Ela estava usando este relógio, não estava? Naquela noite?

Kennet levantou as mãos, fechou os punhos, e enquanto Karen afastava rapidamente sua cadeira para ficar fora de seu alcance, e Ramsden estendia o braço para desviar um possível golpe, ele bateu com os punhos com toda força no centro da mesa.

— Ela não poderia estar usando este relógio. Não naquela noite. Eu já o tinha pegado, semanas antes.

Karen conseguiu controlar sua respiração.

— Como é?

— O relógio. Eu já estava com esse relógio. Há semanas.

— E como o senhor fez isso?

— Eu invadi o apartamento dela. Quando ela não estava lá.

— Quando foi isso?

— No final de outubro. Terça-feira, quarta-feira, não sei. No meio da semana.

— E o senhor já tinha feito isso antes?

— Invadido? Sim, mas não no apartamento de Maddy. Outros. Jane. Jennifer. — Ele quase sorriu.

— E toda vez o senhor levava o quê? Um *souvenir*?

— Sim. Quero dizer, nem sempre, não.

— Nada mais?

— O que você quer dizer?

— O senhor não levava nada mais?

— Não levava, não.

— O que, então?

— Não sei, eu... Às vezes, eu apenas ficava por lá. Não fazendo nada. Às vezes, sabe, eu olhava as coisas.

— Que tipo de coisas?

Kennet deu de ombros; agora que estava falando, ele se sentia mais à vontade.

— Depende. Roupas. Diários, às vezes. Qualquer coisa.

— Calcinhas — sugeriu Ramsden, sarcasticamente. — Calcinhas. Roupa íntima.

— De vez em quando.

— Tocava punheta em cima delas, não é?

— Não.

— Sr. Kennet — disse Karen —, quando o senhor estava sozinho nesses lugares, nesses aposentos, o senhor praticava alguma atividade sexual?

Ele olhou para ela cuidadosamente antes de responder, para os olhos, para a boca.

— Às vezes — disse ele —, eu me masturbava. Numa camisinha, que eu levava para casa. Você quer dizer esse tipo de coisa?

— Acho, Sr. Murchfield — disse Karen —, que podemos fazer uma pausa no depoimento. Não mais do que vinte minutos. Esse interrogatório foi suspenso às 12h19...

— O que você acha, Frank?

Eles estavam do lado de fora do prédio, o céu encoberto, mas a temperatura uns bons três graus a mais do que na véspera. Karen quase chegara a filar um dos cigarros de Ramsden, mas, em vez disso, preferira ficar mascando chiclete.

— Você o fez suar, sem dúvida.

— Toda aquela coisa sobre o assassinato acabou com ele, na verdade. Mas no momento em que conseguiu se recuperar, a coisa ficou diferente de novo. Ele quase pareceu orgulhoso do que fez. E certamente, aliviado.

— Você acha que eu o deixei escapar?

— Eu não sei mais o que você poderia ter feito.

— Mas é verdade. É como se ele houvesse escapulido de alguma maneira.

— Continue fazendo pressão em cima dele. Se houver mais alguma coisa, ele vai ceder.

Karen botou o último chiclete na boca, fechou o pacote e meteu-o no bolso do paletó preto.

— Frank, naquela noite no meu apartamento... Nós não voltamos a conversar sobre aquilo.

— Talvez não haja necessidade.

— Não vale a pena lembrar, então? — Apenas uma leve menção de sorriso.

— Não foi o que eu quis dizer.

— Eu apenas não quero que você pense...

— O quê?

— Você sabe, que aquilo significou alguma coisa... Alguma coisa especial, quero dizer, entre nós.

Surgiu uma expressão divertida nos olhos de Elder.

— Você quer dizer que não estamos noivos?

Ela deu-lhe um soco, bastante forte, no braço.

— Eu não quero que você fique com a esperança...

— Pode acreditar, eu não tenho esperança de nada.

— Tem certeza? Porque se...

— Escute, escute. Foi formidável. Eu me diverti muito. Uma surpresa total. Mas uma bastou, está bem? Eu compreendo.

— Está bem. — Com um rápido olhar em torno para se certificar de que não havia ninguém olhando, ela o beijou no rosto.

— Embora, é claro, se eu entrar lá com a marca do seu batom no rosto...

Ela fez menção de dar-lhe um soco de novo, mas dessa vez, rindo, ele se esquivou.

CAPÍTULO 44

Elder mal tinha estacionado o carro na porta do prédio quando seu celular tocou. Katherine, pensou ele. Ou Maureen. Em vez disso, ouviu o familiar sotaque de Framlingham.

— Esse seu apartamento, Frank. Está apresentável, não está?

— Você devia saber.

— Em vinte, trinta minutos eu chego aí.

Ele chegou em 15 minutos, trazendo presentes. Bolo de aveia escocês, um pedaço de queijo Mrs. Kirkham, de Lancashire, e uma garrafa de vinho.

— Achei que você poderia estar faminto, Frank. Deve ter sido um dia cheio.

— Bastante.

— Esse Kennet, temos o suficiente para deixá-lo preso, pelo menos?

— Acho que sim.

Framlingham desembrulhou o queijo e colocou-o num prato.

— A sua ideia de que Grant podia ser um informante... e portanto protegido... parece não ter dado muito resultado. Mas, como linha de investigação, não é desprovida de valor. — Ele procurava um abridor de garrafa na gaveta da cozinha. — Vinho barato australiano, Frank. Garlands Shiraz. De uma vinícola familiar perto de monte Barker.

A rolha saltou com um ruído agradável.

— Mike Garland, ele é um mestre-vinicultor, conhece o ofício.

Framlingham levou a taça ao nariz, depois bebeu, deixando a bebida na boca por um longo tempo antes de engolir.

— Coisa fina, Frank. Fumo, tempero, licor, ameixa.

Elder cortou um pedaço de queijo, que se esfarelou contra a faca.

— Essa coisa toda — disse Framlingham. — Grant e Mallory, desemanharar esse novelo faz a leitura de *Ulisses* parecer a merda do *Harry Potter*. Mas a chave é a seguinte: por anos, indo até quando ele era um detetive-inspetor, seu informante registrado era Lynette Drury. Uma ex-prostituta, agora dona de um bordel, e, mais importante, ela já morou com um conhecido marginal chamado Ben Slater.

Framlingham partiu um bolo de aveia em dois e cuidadosamente colocou queijo em cada metade.

— O contato entre Mallory e Slater provavelmente aconteceu antes. Há uns vinte anos, em 1984. Juntamente com outros três, Slater foi levado a julgamento por roubo lá em Romford. Ficaram cinco dias presos, o juiz achou que não era caso de indiciamento; Slater e os outros foram libertados.

— E qual é a ligação de Mallory com isso?

Framlingham sorriu.

— Mallory trabalhava no Grupo Especial de Patrulhamento, chamado pela equipe que estava em campo. Isso foi uns poucos anos antes do grupo ser dissolvido.

— E que idade ele teria na época? Trinta? Um pouco mais?

— Vinte e nove.

Assentindo, Elder provou o vinho.

— Então, agora — disse Framlingham —, nós avançamos dois anos, para 86. Houve uma série de roubos a mão armada nos condados do interior, todos eles dentro de um raio de 50 quilômetros de Londres. Agências do correio, empresas de construção civil. Nessa época, Mallory foi transferido para o GAT, Grupo de Apoio Territorial, na graduação de sargento. Slater foi posto sob vigilância, seu telefone foi grampeado, tudo que você possa imaginar. Finalmente, ele foi preso sob acusação de roubo depois da invasão dos escritórios de uma empresa de construção em Colchester. Graças a uma denúncia anônima, o GAT estava lá, em peso. Entretanto, no julgamento, um dos policiais não conseguiu, infelizmente, identificar Slater como um dos assaltantes. Não é preciso dizer quem foi esse policial. Slater foi libertado. Iniciou um processo contra a Polícia Metropolitana por molestação e detenção equivocada, do qual posteriormente desistiu. Durante algum tempo, as coisas se acalmaram. Aí, em 1989, houve um assalto a mão armada, num local com nome bem apropriado, a Colina dos Atiradores. Os ladrões bateram um veículo contra um carro-forte, perto da delegacia de Woolwich Common. Quatro homens fugiram com 80 mil em notas usadas. Slater e um outro homem chamado Warland foram interrogados, mas não foram indiciados.

— Mallory estava envolvido?

— Ainda não. Um ano e meio depois, esse outro cara, Warland, foi parado por excesso de velocidade quando seguia para o norte, saindo do túnel Blackwall. Acontece que ele transportava metade do saque de um assalto a um supermercado e uma carabina de cano serrado na mala, além de uma certa quantidade de drogas ilegais. É claro que ele cantou feito canário. Deu o serviço todo para a delegacia de Woolwich Common... Informou nomes. Slater era um destes.

— E aí Slater foi preso?

— Preso e indiciado. — Framlingham comeu mais um pouco de queijo, bebeu mais vinho. — Mas quando ele é posto diante do juiz, a posição da polícia contrária à fiança não é tão forte quanto deveria ser. Surpresa, surpresa. Slater foge do país, provavelmente para a Espanha. Parece que ele só retorna para cá em 92. Nessa época, Mallory já é detetive-inspetor no Esquadrão Voador.

— Como no seriado *The Sweeney*.

— Certíssimo. Com Maurice Repton como seu adjunto, segurando sua mão. O protagonista, Dennis Waterman, e seu parceiro, John Thaw. É por aí que a ex-namorada de Ben Slater, Lynnete Drury, é registrada como informante de Mallory. É impossível dizer o que havia entre eles antes. Mas meu palpite é que eles foram íntimos durante anos. Todo o bando.

— Onde, exatamente, Grant entra nisso?

— Daqui a pouco Slater fica limpo como bunda de bebê até 1995. Depois, ele é suspeito de um assalto ao aeroporto da cidade de Londres. Lingotes de ouro. Setecentas e cinquenta mil libras. E essa é a primeira vez que o nome de Slater é ligado ao de Grant. Uma história familiar. Ambos foram presos e indiciados, mas o processo se desfaz quando é levado a juízo. O depoimento de uma das principais testemunhas é contaminado, e o júri é instruído a ignorar tudo que ela disse.

— Ela?

— Drury. Lynette Drury. — O sorriso de Framlingham durou mais tempo dessa vez. — Correu o boato de que o relacionamento dela com Mallory foi muito além do mero papel de informante declarado pela Scotland Yard.

— Eles foram amantes?

— Do modo como você coloca, Frank, fica parecendo algo antiquado, quase charmoso. Tudo que sei é que ela ainda transava com Ben Slater. E com Grant também, por falar nisso.

— E não há nada mais recente que ligue todos eles?

— Até Mallory matar Grant. Não; aparentemente, não. Mas, quem sabe?

— Alguém — disse Elder. — Em algum lugar há alguém que sabe.

— Que tal Lynette Drury? O que ela sabe encheria um livro.

— Você tem o endereço?

— É engraçado você perguntar. — Framlingham pegou um pedaço de papel do bolso de cima do paletó. — Aqui está. Blackheath. Já tem dois anos, ela pode ter se mudado desde então.

— Certamente você saberia disso.

Com um movimento preguiçoso, o braço de Framlingham se estendeu para o vinho.

— É melhor terminar isso, Frank. Não suporto desperdício.

Não muito tempo depois que Framlingham partira, o celular de Frank tocou outra vez.

— Bland — disse Maureen. — Ele mordeu a isca. Esta semana, talvez, no máximo segunda-feira.

CAPÍTULO 45

A casa ficava mais além da borda sul de Heath, uma *villa* alta, estilo vitoriano, situada bem longe da rua, atrás de altas sebes e de um pesado portão de ferro. O portão gemeu um pouco quando Elder levantou o fecho e o empurrou. Na borda de um trecho de terra preta, entre arbustos e grama, um casal de melros procurava vermes. As janelas do andar superior eram vedadas por grossas cortinas, enquanto as do andar de baixo tinham rendas decorativas. O que parecia ser um vitral original resistia ao tempo na porta da frente. Num dia nublado, com um céu cor de chumbo, ele podia imaginar a casa parecendo assustadora e sinistra; mas naquela manhã, com um céu azul-pastel por cima e sinos de igreja bimbalhando no Vale, a casa era tudo, menos isso.

Elder tocou a sineta, um cão latiu e depois silenciou.

Passos na escada e no corredor.

— Pelo menos — disse o homem que abriu a porta —, você não é das Testemunha de Jeová. A menos que esteja se vestindo informalmente.

O homem usava uma camiseta preta e calça branca de algodão que deixava pouca coisa para ser imaginada; tinha o cabelo louro e cortado rente — não tão rente quanto um recruta ou um membro do Partido Nacional Britânico, mas curto o bastante para estar na moda. O cachorro era um terrier de pelo branco, com tufos amarelos e cinzentos, que o homem afastou com o pé.

— Frank Elder.

— Não me diga. Você está concorrendo como candidato independente nas eleições municipais. É a favor do desenvolvimento sustentável e reciclagem de dejetos, contra o casamento gay.

— Isso é assunto em pauta?

— Casamento gay? Não para mim. A menos que você tenha vindo aqui para me fazer uma oferta.

— Pelo amor de Deus, Anton — veio a voz de mulher de dentro da casa —, pare com essa conversa de cabaré de segunda classe e deixe o homem entrar.

Ela era uma figura esbelta numa cadeira de rodas, com um xale cobrindo os ombros e um cobertor por cima dos joelhos. A cadeira era operada por meio de baterias, e ela acionou a alavanca para se adiantar até a porta. Elder observou que seu rosto tinha profundas marcas, a pele esticada em torno do seu olho esquerdo, fora de alinhamento, como se ela talvez tivesse tido um derrame.

— Sou Lynette Drury — disse ela, a voz roufenha.

— Frank Elder.

— Isso é oficial, Frank? Devo ligar para meu advogado na hora da missa?

— Acho que não.

Ela o encarou com o olho bom, como que tomando uma decisão.

— Eu não tenho tido muitas visitas nesses últimos tempos, Frank. Posso passar sem ele.

Com jeitinho, ela virou a cadeira de rodas e voltou para casa.

— Anton, você acha que seria muito humilhante você nos servir algo para beber?

Anton sumiu de imediato, o cachorro nos seus calcanhares. Elder acompanhou Lynette Drury para dentro de uma sala de pé-direito alto, com janelas na parede de trás e nas laterais, o jardim ao fundo, um gramado cercado de arbustos, pequenas árvores frutíferas espinhosas e roseiras bem aparadas.

— Você não é do tipo comum, Frank, mas mesmo assim eu sinto o cheiro da profissão.

— Leva algum tempo para ele desaparecer — disse Elder.

— Foi Ben que mandou você?

— Não.

— Nem George Mallory?

Elder balançou a cabeça.

— Eu achei que não. — Ela fez um gesto na direção da mesa escura, polida, junto à janela. — Pegue um cigarro para mim, Frank? E acenda-o, por favor.

Ela inalou profundamente a fumaça, o bastante para produzir um ataque de tosse, e fazer Anton vir do outro aposento para bater-lhe de leve nas costas e enxugar a saliva e o batom escuro da boca.

— O quê? — perguntou ela. — Não vai fazer sermão?

Anton lançou-lhe um olhar por sobre o ombro ao sair da sala.

— Você tem que parar, está se suicidando — imitou ela, e depois riu. — Parece que eu estou viva, Frank? Parece?

Ela tossiu de novo, mais controlada dessa vez.

— Anton — gritou ela, na direção da porta —, onde está a porra da bebida?

A resposta foi o espocar de uma rolha e Anton, momentos depois, reaparecendo com duas taças de champanhe, a garrafa num balde de gelo, repousando numa bandeja de prata.

— Tim-tim, Frank. À sua saúde. É bom trazer um pouco de animação, hein? Se não, de que adianta?

— À sua saúde.

— Muito bem — disse ela para Anton —, pode voltar para o seu joguinho ou seja lá o que for que você tenha no quarto de empregado. Polir a baixela.

— Eu já vendi a baixela.

— Ela e a porra da sua bunda.

Elder tomou mais um gole de champanhe; ele não fazia ideia se era um produto de qualidade ou aqueles de 6,99 libras vendidos nas lojas Tesco. Aparentemente, os sinos haviam cessado de tocar. Presumivelmente todas as pessoas direitas de Blackheath já estavam ajoelhadas.

— Todo mês — disse Lynette — Ben me manda uma caixa de champanhe. Evita que eu vá comprar pessoalmente e serve para aliviar um pouco a consciência dele. E ele também paga o ordenado de Anton, é claro. Embora provavelmente eles estejam transando. Não que Ben seja gay, não me entenda mal. Apenas não liga com quem transa, desde que seja apertadinho.

Ela tossiu de novo, e um pouco de champanhe derramou pelas veias roxas nas costas da mão.

Elder pegou a taça dela.

Anton reapareceu por um momento na porta, e depois, tranquilizado, saiu de novo.

— Mas aposto — disse ela — que você está mais interessado em George Mallory. Mais do que em Ben. Estou certa?

— Talvez.

— O queridinho das mulheres beijava as garotas e as fazia chorar. Ele era assim. E agora está fugindo, apavorado, não é? Embora ele jamais admitiria isso, é claro. Ele poderia estar no meio de um incêndio, as chamas chegando à altura das axilas, e ele ia jurar cegamente que tudo corria às mil maravilhas. Mas ele mandou aquele esquisito do Repton até aqui, não é? Um sinal certeiro. Maurice Repton tentando enganar você, metido num daqueles terninhos bacanas que ele gosta de dizer que são feitos sob medida em algum alfaiate sem graça lá em Winchmore Hill, que costumava ser cortador de fazenda em Savile Row. Maurice com todas aquelas dúvidas. Se alguém veio me ver, fazendo perguntas. Divisão de Investigações Criminais ou seja lá como eles chamam hoje em dia. Mudam a porra dos nomes com a frequência que uma puta muda a calcinha. Não, eu respondo. Com o número de visitantes que recebo hoje em dia, qualquer um pensaria que eu peguei a porra da praga, o HIV. Se alguém vier, diz Maurice, você nos telefona? Nos informe. A nós, como se fossem marido e a porra da mulher.

Ela fez uma pausa, recuperando o fôlego. Cinzas caíram da ponta do cigarro.

— É claro, como eu disse a ele, ninguém nunca vem aqui. Até hoje.

Elder pegou o restante do cigarro de entre os dedos dela e substituiu-o pela taça de champanhe.

— Eu devo contar a eles sobre você, Frank? Maurice e George. O que você acha?

— Acho que é você que decide.

— Veremos, veremos. Vamos ver como você se comporta, o que você quer. O que você quer saber. O que você quer saber, Frank?

— Para começar, o que fez Mallory ficar perturbado?

Ela lançou-lhe um olhar enviesado, por cima da taça.

— Não era para ficar, então? Não era mesmo para ficar.

Depois de pensar alguns momentos, Lynette girou sua cadeira e reposicionou-a perto da janela dos fundos.

— Traga aquilo ali, por favor, Frank.

"Aquilo" era uma pequena mesa de jacarandá com um cinzeiro e um apoio para a taça, que Elder encheu novamente, antes de acender outro cigarro para ela. O detetive pegou uma cadeira de madeira de espaldar curvo e sentou-se perto dela.

Havia poucos sinais de que eles se encontravam a uma pequena distância de carro do coração de Londres e a uma curta caminhada, descendo a colina, até o burburinho que era Lewisham. Ou que pessoas vindas de outros lugares estariam, naquela linda manhã de janeiro, passeando pelo parque Greenwich, na direção do Observatório, para logo após descerem os declives e visitarem o Museu Marítimo e o navio-exposição *Cutty Shark*.

No jardim, nada se movia. As tênues sombras dos arbustos, lançadas pelo sol de inverno, pareciam ter sido pintadas sobre a grama, num tom suave de cinza.

Lynette tossiu antes de falar.

— Há poucos dias, recebi um cartão de Ben, de Chipre. A República Turca do Norte de Chipre, para ser mais exata. Como um cartão de Ano-Novo, acho eu. Ele tinha um imóvel em Paphos, lá no sul, por alguns anos. Nós íamos lá todo inverno durante algum tempo. Eu e Ben. Às vezes, umas outras pessoas. Amigos. George e Maurice, por exemplo, foram conosco algumas vezes, no início.

Ela expeliu uma lenta corrente de fumaça na direção da taça.

— Ficou muito cheio, Paphos, turistas demais. Muitos expatriados, também. Foi aí que Ben vendeu o lugar e se mudou para o outro lado da ilha. Kyrenia. Um lugar lindo. E, além disso, não tem tratado de extradição. República turca. — Ela riu, um som curto, sem ar. — O que eles vão fazer, mandar a porra das Forças Especiais arrancarem o homem de lá?

Elder girou a taça entre os dedos. Até que ponto deixar que ela usasse o tempo, tagarelando sobre qualquer coisa que a mente dela atingisse? Quando pressionar?

— Por que você não está com ele lá? — disse Elder o mais gentilmente que pôde.

Mais uma risada que ela afastou com um gole trêmulo de champanhe.

— Eu? Por que ele não me quer? Que tipo de pergunta estúpida é essa? Por que ele iria me querer, porra? Olhe para mim!

— É óbvio que ele tem carinho por você.

— Ele o quê?

— Você mesma disse, alguém para cuidar de você, o champanhe.

— E você acha que isso é porque ele tem carinho por mim, porra?

— Que mais seria?

Ela agarrou o braço dele, bem acima do pulso.

— Para me manter quieta, porra, é por isso. Comprar a porra do meu silêncio. Me comprar. — Elder achou que ela iria soltar seu braço, mas, em vez disso, a pressão aumentou. — Nós tínhamos a coisa planejada, não é, eu e Ben? Estava tudo certo. Mais ou menos desde o início. Mesmo todo o tempo em que eu andei com George, não mudou nada. Nós iríamos para Chipre no inverno e nunca mais voltaríamos. Aposentados. Gozar o resto de nossas vidas queimando ao sol. Olhe ali. Em cima da lareira.

A fotografia estava numa moldura de prata. Uma Lynette Drury mais jovem, quase bonita — impressionante, sem dúvida —, iluminada pelo sol; ao seu lado, um homem de cabelo preto, atraente, com um nariz forte, aquilino, e olhos escuros que refulgiam, enquanto o restante de seu rosto esboçava um sorriso.

— Era desse jeito que ia ser — disse Lynette — o restante da merda de nossas vidas. E, não interessa quanto... Quanto de sujeira em que tudo se transformou, era a isso que eu me apegava. O resto da minha vida queimando na porra da praia.

As unhas dela cravaram-se fundo no braço de Elder, quase rompendo a pele.

— Bem, eu não estou lá agora, não é? E não vou a lugar nenhum. Eu vou morrer aqui neste lugar tendo apenas uma bicha como companhia, enquanto ele e Mallory estão lá vivendo por cima da carne-seca, depois de tudo... Depois de tudo aquilo...

Um novo acesso de tosse fez com que ela se dobrasse para a frente, e Elder aproveitou para soltar o braço da mão dela, deu tapinhas de leve e massageou suas costas bem abaixo das omoplatas. Ele achou que Anton iria reaparecer, mas não houve sinal dele; talvez ele se contentasse em só ficar escutando atrás da porta.

— Eu e Ben, nós estávamos morando juntos. Não oficialmente casados, mas já fazia algum tempo. Eu dirigia aquele lugar em Strealtham, garotas, sabe, algumas delas jovens, ou quase tão jovens quanto pareciam ser. Foi quando conheci George Mallory. Uma das garotas teve uma pequena discussão com um cliente. Avançou para cima dele com uma faca. Entrou em pânico. E logo o serviço de emergência estava por toda parte. Ambulância. Polícia. George estava lá. Prometeu aliviar a barra. E cumpriu a promessa. O problema é que ele queria algo em troca. Queria a mim, para o bico dele, não é? "Não tem como", falei. "Não vou entregar Ben." Mas ele disse que não era isso o que queria. "Jogue limpo e nós todos saímos ganhando. O seu Ben, ele sabe o que acontece, está por dentro das coisas. Leva uma conversinha com ele, vê o que ele diz." De modo que eu fiz isso, e Ben concordou.

"Uns meses mais tarde houve outro roubo, em Hatton Garden. Diamantes. Um baita lucro. Ben sabia quem tinha sido. Ele me disse, eu repassei a George, eles foram pegos com a boca na botija, e a maior parte do roubo foi recuperada. A Scotland Yard me pagou apenas 5 mil libras, certo? Dinheiro de recompensa por ter dado a informação que levou à prisão. Eu e George dividimos a grana. Esplêndido. Seis meses depois, mais dinheiro, pelo mesmo motivo. Aí, quando me dei conta, ele estava dando em cima de mim. Queria alugar um apartamento para mim em algum lugar. Eu contei a Ben, achando que ele ia mandar George se foder, mas, em vez disso, ele disse: 'Por que não? Não vai nos fazer nenhum mal, vai, eu e você termos alguém como Mallory no bolso?'"

Ela olhou, pela janela, tomou um pequeno gole de champanhe.

— E a coisa ficou assim, durante anos. Favores para lá e para cá. Pequenas comemorações. Festas. Cantores de música pop e astros de cinema de segunda classe. Alguns deles americanos. Hollywood, sabe. Se esfregando em verdadeiros marginais, e amando aquilo tudo, não é? LSD, heroína, cocaína. Garotos e garotas, todos escolhidos a dedo, pagos. E George, ele estava no centro da coisa, sabe? Se aproveitando de tudo. Garotas, principalmente; ele gostava de garotas, e como gostava. Duas ou três juntas. Garotas novinhas. Não novinhas demais, ele não é um desses pedófilos filhos da puta. Esse tipo de coisa eu não aprovo, nem chego perto, me causa arrepios, mas garotas novas, de uns 15, 16, apareciam no pedaço muitas vezes. No final, a coisa toda desandou. Você não vai querer saber como e eu não vou contar para você. Nunca.

De qualquer maneira, Elder ia perguntar, mas Lynette não lhe deu oportunidade.

— As coisas se acalmaram — disse ela. — Voltaram a ser como eram antes. Ben se aliou a Will Grant, e eles marcaram uns bons pontos. Cara interessante, esse Will Grant. Isso eu posso dizer dele. — Ela lançou a Elder o que teria sido um olhar malicioso. — Uma ou duas vezes a lei chegou perto demais, e George precisou arrumar as coisas, livrar os dois da cana. Então, alguns anos atrás, houve uma grande discussão depois que eles fizeram aquele serviço em Gatwick. A polícia chegou xeretando tudo, como de costume, e alguém dedurou Grant, e é claro que ele pensou que fui eu. Achava que George tinha me convencido a entregá-lo. Isso não é verdade, nem por um minuto eu pensei nisso, mas Grant, não tendo ninguém, ficou muito paranoico. Achou que estávamos planejando ficar com a sua parte, de quase 1 milhão. Eu não seria persuadida a fazer isso. Não o entregaria de jeito nenhum. E, quando o caso foi arquivado e todos se safaram, ele disse que estava tudo bem, todos eram amigos de novo, perdoar e esquecer. Mas não, a confiança que poderia ter existido havia desaparecido. Especialmente com George. Sempre achei que Grant era um pavio queimado, depois daquilo.

Ela apagou a guimba do cigarro.

— Grant tinha ameaçado George, esse foi o problema. "Eu sei onde os corpos são enterrados, George, lembre-se disso." Falou que tinha uma informação que podia mandar George para a prisão perpétua.

— Você sabe qual era?

— Eu? Não faço ideia. Era apenas conversa, provavelmente. Mas George, ele acreditou, eu sei disso. Eu nunca tinha visto George preocupado, realmente preocupado, mas com isso ele estava.

— Preocupado o bastante para matar Grant, se tivesse a chance?

Lynette olhou para ele com o olho bom.

— George mataria a própria mãe, se achasse que ela pudesse se voltar contra ele.

Anton entrou novamente na sala.

— Hora da sua soneca antes do almoço.

Lynette soltou um palavrão, sorriu e virou a cadeira.

— Foi bom ter conhecido você, Frank. Venha me visitar em outra ocasião.

— Eu gostaria de fazer isso. — Ele colocou no braço da cadeira um cartão de visitas em que escrevera seu endereço em Londres e o número do celular.

— Mentiroso safado.

Elder sorriu e levantou a taça.

CAPÍTULO 46

Karen Shields e Mike Ramsden estavam gradualmente vencendo as resistências de Kennet, descascando sua carapaça de meias verdades e negativas que ele construíra em torno de si mesmo, esmiuçando cada incidente no qual ele invadira os apartamentos ou as casas de diversas mulheres que moravam sozinhas, algumas que ele conhecia bem, outras que mal conhecia. Eles o persuadiram a falar, às vezes com a voz entrecortada, às vezes, a despeito de seus melhores interesses, quase com alívio, de sua vida sexual. Como ele persuadira e convencera, com agrados ou intimidações, as mulheres a compartilhar daquela vida: fantasias de atividade sexual forçada e estupro, que frequentemente eram encenadas em lugares públicos, onde o risco de ser descoberto era um elemento que adicionava excitação ao ato.

Mas quanto ao assassinato de Maddy Birch, eles não conseguiram abalar Kennet. Ele permaneceu firme, assegurando que não estivera envolvido. E, como ainda não havia provas que o ligassem ao crime, outras que não as circunstanciais, eles se viram bloqueados.

— O canalha mantém a sua versão — disse Ramsden —, ele quase me leva a acreditar que está dizendo a porra da verdade.

— Sobre Maddy? Talvez esteja.

— Você acha?

— Nesse ponto, não. Acho que ele é muito, muito culpado. Mas, a menos que possamos provar, dobrar o cara...

— É.

— Precisamos descobrir o que ele estava fazendo, Mike. Na noite em que ela foi morta. Se não estava assistindo a Jackie Chan e entornando umas cervejas na rua Holloway, o que estava fazendo? Talvez estivesse bebendo em outro lugar? Em algum lugar mais perto de onde Maddy foi morta. Gastando tempo até que ela terminasse a aula de ioga. Se preparando, criando coragem, quem sabe? Vamos mandar Lee e Paul fazerem uma ronda pelos bares com uma fotografia dele. Tottenham Lane, Crouch End, Hornsey Rise.

— Está bem.

— E, Mike, outra coisa. Essa história dele de se levantar cedo na manhã do dia seguinte para ir trabalhar... se ele ainda estava de férias, para todas as intenções e propósitos, por que iria trabalhar? E onde?

— Ele é autônomo, não é? Trabalha quando tem vontade.

— Mesmo assim. Vamos martelar esse ponto.

— Isso foi uma piada?

— O quê?

— Martelar. Construção. É o trabalho de Kennet...

— Mike?

— Sim?

— Não é hora para piadas.

Atenção para o detalhe, pensou Karen, checar e checar mais uma vez. Era isso que levava a maioria dos casos a uma conclusão satisfatória. Isso e pura sorte. Ela ainda tinha esperança de que a sorte deles não houvesse acabado.

Nesse ínterim, o processo pelo qual o patrimônio de Grant seria reclamado pelo governo já começara seu lento e tortuoso progresso. Suas contas bancárias haviam sido rastreadas e examinadas; a venda do apartamento de cobertura seria negociada. Não havia registros de que ele possuíra um cofre de segurança para depósitos num banco.

As roupas e outros pertences que haviam sido retirados do apartamento estavam guardados num conjunto de caixas de papelão que dois policiais levaram meia hora para localizar e transferir para uma sala onde Elder pudesse examinar, item por item, peça por peça.

Ternos, paletós, camisas, sapatos, artigos de toalete, quinquilharias, livros de histórias de Stalingrado, Berlim, da Primeira e da Segunda Guerra Mundial — algumas, até onde Elder pôde perceber — sem terem sido lidas, as lombadas intactas. Uns poucos discos de vinil com as capas amassadas e rasgadas: o original de *Dusty in Memphis*, *Otis Blue*, de Otis Redding. CDs que misturavam Phil Collins e Simply Red com cantores pop dos anos 1960, mais Dusty, Lulu, Sandie Shaw. Alguns discos de Aretha Franklin. The Temptations. Alguns DVDs: *Titanic*, *Pearl Harbor*. E vídeos: *O mundo em guerra*, numa caixa, *Cruz de ferro*, *Apocalypse Now*, *O barco — Inferno no mar*. Uma porção de musicais antigos: *Funny Girl*, *Top Hat*, *Nas águas da esquadra*, *Um americano em Paris*, *Carrossel*. Uma caixa de artigos de papelaria que servira para guardar papel A4 e que agora continha fotografias.

Elder espalhou as fotografias na mesa. Fotos de férias, praias, guarda-sóis, corpos bronzeados, plantas exóticas, comemorações, rostos fazendo caretas para a câmera, champanhe, charutos. Três homens do lado de fora de uma boate, ligeiramente bêbados, elegantemente vestidos, surpreendidos pelo súbito flash de luz: Grant, Mallory e um homem que Elder reconheceu, da fotografia emoldurada na casa de Lynette Drury, como sendo Ben Slater. Também havia fotografias de Grant e Slater na companhia de outros: em restaurantes e bares, relaxando na piscina, nas corridas de cavalos ou cães, um camarote de cortesia no estádio do Chelsea, o saguão de partidas do aeroporto de Heathrow.

Elder folheou-as de novo.

Grant e Mallory juntos às cordas numa luta de boxe — Elder pegou esta e colocou-a contra a luz — Maurice Repton ao fundo, quase no limite do enquadramento.

Grant e Mallory.

Eu sei onde os corpos são enterrados, George, lembre-se disso.

Alguma informação que poderia mandar Mallory para a prisão perpétua.

Até onde ele foi? Até onde tudo deu errado?

Elder arrumou novamente as fotografias em pilhas e recolocou-as na caixa.

Cerca de duas horas depois tudo estava sendo lacrado mais uma vez e restituído ao depósito.

Vicki Wilson dividia um apartamento perto da rua Gloucester com duas outras mulheres. Andrea era maquiadora, trabalhando principalmente em vídeos empresariais e em uma ou outra peça promocional para artistas da MTV; Didi, cujo nome real era Deirdre, era dançarina num cabaré do Soho. Quando Elder telefonou, Andrea estava fora, filmando, e Didi estava na cama, dormindo.

Vicki não parecia ter dormido muito, em absoluto.

Ela usava folgadas calças de ginástica, e um corpete de algodão frouxo; estava deixando o cabelo crescer, sendo que os únicos vestígios de maquiagem eram os dos cantos dos olhos, onde ela não os limpara. De uma certa maneira estranha, Elder achou que ela parecia mais atraente do que antes.

— Você não está trabalhando — disse Elder.

— Não estou com vontade. Além disso, Didi, ela está pensando em largar tudo, em ir para a Austrália. Uma companheira dela arranjou um emprego de dançarina. Sydney. Diz que é sensacional. Eu achei que poderia ir junto. Por que não? Nada me prende aqui.

— Você trabalharia como dançarina?

— Ah, sim. Dá para perceber, não é? Ia ser tiro e queda. Em cinco minutos, eles descobririam a farsa e me dariam um pé na bunda.

— E aí?

— A mesma coisa que faço aqui, acho eu. Demonstrações, vendas. Talvez um pouco de fotos como modelo. Catálogos, sabe? Eles têm que ter alguma coisa, não têm? Melhor do que isso aqui. — Ela tossiu e tirou um lenço de papel do bolso da calça. — Com safados que nem aquele Repton fuçando por aí.

— Ele procurou você de novo?

— Procurou.

— Me conte.

Vicki alisou os cabelos.

— Primeiro foi como antes. Queria saber se alguém tinha me procurado, fazendo perguntas. "Não", eu disse, "é claro que não. Por que alguém faria isso?" Não mencionei o seu nome. Não quis te dedurar. Aí ele mudou de tática. Veio todo meloso. "Por que não saímos para tomar um drinque, alguma coisa para comer, nos divertirmos?" Durante todo o tempo, não tirou os olhos dos meus peitos. A língua saindo tanto fora da boca que ele podia praticamente lamber o próprio pau.

Elder sorriu.

— Então, você recusou?

— É claro, porra.

— E daí em diante você não o viu mais?

— Ele deve estar com pena de si mesmo. — Ela riu sarcasticamente. — Esse tipo de gente nunca se endireita, de qualquer modo.

— Esse tipo de gente?

— Caras como ele têm alguma coisa, dá para ver nos olhos. Adoram ficar observando. Ou aquele negócio, sabe, de passar uma cordinha em seu pescoço e fingir que te enforcaram. Como é que chamam isso?

— Autoasfixia.

— É, é isso. Porra de canalhas.

— E você acha que Repton é um desses?

— Acho. Eu não ficaria surpresa. — De repente, o rosto dela se iluminou. — Talvez eu pudesse arranjar um emprego como terapeuta sexual deles, o que você acha?

— Talvez você conseguisse.

— Mas aposto que é preciso ter qualificações, mesmo para isso. A merda de um diploma. Tem que passar nesses testes de qualificação vocacional.

Elder olhava para a fotografia emoldurada do outro lado da sala.

— Adorável, não é? — disse Vicki, seguindo seu olhar.

A foto mostrava os dois, Vicki e Grant, juntos, diante de um muro de pedra baixo, o céu de um azul-piscina.

— Míkonos — disse ela. — Ano passado.

Elder assentiu.

Vicki assoou o nariz.

— Ele era um cara legal, sabe? Correto.

— Há outras fotos? — disse Elder. — Que eu possa ver?

Havia apenas umas poucas, que ela mantinha achatadas nas costas de um livro, a maioria com ela e com Grant, uma com este sozinho.

— Alguma ideia de onde esta foi tirada? — perguntou Elder.

Vicki deu de ombros.

— Chipre, eu acho.

Ele devolveu as fotografias.

— Ele nunca falou sobre Mallory?

— Jimmy? Falar sobre o policial? Por que ele faria isso?

— Não sei... alguma história entre eles. Coisa ruim.

Vicki balançou a cabeça.

— Nunca mencionou o cara. Eu nunca ouvi falar dele. Não até o canalha matar Jimmy.

CAPÍTULO 47

St. Ann era uma dessas áreas do centro da cidade que, na década de 1960, fora em grande parte demolida, sob muitos protestos, para a construção de novas moradias, mais modernas; agora parte do local estava sendo posta abaixo e substituída novamente. O apartamento no qual Summers escolhera como um lugar seguro para um traficante era no andar de cima de um prédio de 12 apartamentos. Apenas uma das luzes na escada central ainda funcionava; o corredor estreito fedia a mijo azedo, vômito e excremento. Mais da metade dos apartamentos estava com as janelas tapadas com tábuas, e diversos outros tinham lençóis e cobertores velhos colocados nas janelas, em vez de cortinas. Um deles, perto do alto da escada, tinha uma pequena lâmpada acesa sobre a campainha no centro da porta, flores artificiais dentro de um vaso de plástico ao lado, um adesivo proclamando *Jesus te ama*, um capacho no chão, gasto mas limpo.

Bland subiu a escada primeiro, Eaglin atrás dele. Ambos usavam jaquetas de couro — preta e marrom, respectivamente — calças jeans e tênis. Eles se movimentavam silenciosamente para homens corpulentos. O Audi de Bland estava estacionado na rua paralela. Os dois estavam armados. Eaglin levava uma lanterna pesada na mão esquerda.

O apartamento que eles procuravam era na extremidade mais afastada, um pano preto cobrindo as janelas.

Do andar de baixo podia-se ouvir uma música de hip-hop.

Bland, o ouvido na porta, escutando, antes de se afastar.

— Polícia! — gritou ele, através da caixa de correio. — Abra!

Não houve resposta.

Com um olhar para o parceiro, Bland recuou um passo e depois outro, levantou a perna e lançou-a contra a lateral da porta, perto da fechadura. Quando a porta cedeu e abriu, Eaglin se jogou para dentro, Bland atrás dele, ambos com as pistolas nas mãos.

— Polícia! — exclamou Eaglin, no escuro. — Polícia!

E acendeu a lanterna.

O aposento estava vazio, salvo por uns poucos cartazes ainda pendentes das paredes e por Resnick, sentado numa poltrona toda torta, tentando não sorrir.

— Que porra! — disse Eaglin, atarraxado no chão.

— Ricky — disse Resnick, em tom amável. — Dave.

— Charlie — falou Bland, se recuperando —, o que você está fazendo aqui? — Mas, na verdade, ele já sabia.

Eaglin também. Abaixando a lanterna, com a arma ao lado do corpo, ele girou e voltou rápido pela porta e, ao fazer isso, um foco de luz pegou-o em cheio. Dois policiais armados estavam no corredor do lado oposto à escada, um de joelhos, o outro de pé, com as pernas ligeiramente afastadas. Ambos apontavam fuzis MP5 para o peito de Eaglin.

— Largue a arma — ordenou. — Largue a arma agora.

Eaglin largou a arma.

— Agora chute ela para longe. Para cá. Para cá.

Dentro do apartamento, Resnick e Bland ainda olhavam um para o outro.

— Nós recebemos uma denúncia — disse Bland. — Algum bandido usava essa casa como refúgio. Estoque de drogas. De dinheiro, também.

— Isso é oficial? — perguntou Resnick.

— Claro. Que mais poderia ser?

— Então você tem um mandado?

— Ora, vamos, Charlie. Nós recebemos a denúncia há menos de uma hora. Não houve tempo.

— Eu sei exatamente de onde vocês receberam a denúncia — disse Resnick. — E de quem. E o que vocês prometeram a ele também, a parte dele do que vocês pegariam. Eu toco a fita para você mais tarde, Ricky. Para refrescar a sua memória.

Do lado de fora, Eaglin estava com a cara encostada no concreto, os braços algemados nas costas.

Quando recebeu o telefonema, Elder estava sentado com um copo de uísque, lendo, o rádio ligado.

— Pronto — disse Maureen. — Estão em segurança, presos, os dois.

— Falando?

— Ainda não. Mas vão falar.

— Muito bem, Maureen. Obrigado.

Elder foi até a janela e olhou para fora, na realidade não prestando atenção em nada, mas pensando em Katherine. Aliviado de que a coisa terminara, ou parte dela, pelo menos.

Rob tem amigos lá para as bandas de Hull. Família, também.

Elder imaginava se ela estava realmente segura, ao menos por agora.

Você já tem idade suficiente para tomar suas próprias decisões.

Cometer seus próprios erros, isso é o que você quer dizer.

Até mesmo alegre, que chances havia disso acontecer?

Framlingham acordou Elder um pouco depois das 6h30.

— Café, Frank? Eu levo os croissants. Por minha conta.

Elder acabara de sair do chuveiro, ainda se enxugando, quando soou a campainha. Ele fez com que Framlingham entrasse, botou a chaleira no fogo, e foi até o quarto se vestir.

— Eu sabia que se não conseguisse conversar com você logo de manhãzinha — falou Framlingham —, nós provavelmente só iríamos nos encontrar lá pelo fim do dia. Talvez até mesmo amanhã.

— Muito ocupado, então?

— Reuniões, Frank. Planejamento. Documentos. Alvos. A porra do governo está maluca. — Ele pegou dois pratos no armário. — Quando este país finalmente naufragar, não vai ser por causa de uma invasão, revolução ou uma maldição divina, vai ser por causa da papelada, o próprio peso da porra do papel, comissão após comissão, relatório após relatório. Isso vai nos afundar, Frank, entre o mar do Norte e a merda do oceano Atlântico, escreva o que eu estou dizendo.

Elder entrou na cozinha usando calça escura e uma camisa azul-clara.

— É difícil conseguir coisa melhor que isso — disse Framlingham, servindo dois grossos croissants, um em cada prato. — Eu os comprei em Hampstead, no caminho para cá, em uma padaria em South End Green. São maravilhosos.

— Quanto de café? — perguntou Elder, antes de colocar o pó na jarra.

— O suficiente para ficar bem forte.

Elder desligou o fogo da chaleira e esperou alguns momentos antes de derramar a água no pó. O que Framlingham, com uma esposa e casa do outro lado de Londres, fazia naquela área, bem ao norte da cidade, numa hora relativamente cedo da manhã, ele não perguntou.

— Então — disse Framlingham —, alguma coisa importante, você disse na sua mensagem.

Quase não tocando no café ou no croissant, Elder contou novamente, em detalhes, sua conversa com Lynette Drury, enquanto o outro comia, bebia e escutava. Quando Elder terminou, ele ficou sentado por mais um tempo, pensando.

— Alguma chance de ela testemunhar no tribunal?

— Duvido.

— Nem mesmo para ferrar Mallory?

— Eu realmente não sei. Os dois não se amam, isso é bem evidente. Talvez haja algum meio de ela ferrar Mallory sem levar junto Slate ao mesmo tempo, mas quem sabe?

Framlingham estendeu a mão e se apoderou de um pedaço do croissant de Elder.

— Que pena você não ter levado uma escuta.

— Isso era inadmissível, de qualquer modo.

— Continue nesse caminho, Frank. Alguma coisa sobre Grant incriminou o canalha, e o que quer que fosse, ainda não desapareceu. E nós precisamos descobrir o que foi. Poderíamos prender Mallory, é claro, levantar algumas acusações, mas não tenho certeza se esse é o melhor caminho a seguir.

Ele juntou os dedos e comprimiu o bastante até que o sangue desaparecesse das pontas.

— Continue pressionando, Frank. Estamos chegando perto.

CAPÍTULO 48

Elder encontrou Graeme Loftus cedo. Loftus já estava inquieto com boatos sobre alguma coisa importante prestes a acontecer, atravessava o estacionamento, com seu cabelo ruivo como uma bandeira.

— Uma palavrinha — disse Elder, postando-se no caminho dele.

Loftus ou atropelava Elder, ou parava.

— Que porra é essa? Não, espere. Espere. A princípio, eu não reconheci você. É aquele assassinato de novo, não é? Maddy Birch? Olhe, eu já respondi todas as suas perguntas sobre isso. Quero dizer, não me entenda mal, eu espero que vocês peguem o cara. Mas saia da minha cola, certo? Não tenho nada a ver com isso. Nada. Nadinha.

Elder não se moveu.

Diversos outros policiais, passando por ali, voltaram a cabeça e diminuíram o passo, mas nenhum deles parou.

— Não é sobre Maddy Birch — disse Elder. — Não exatamente sobre ela.

— O que é, então?

— Mais algumas perguntas sobre o tiroteio.

— Tiroteio?

— Vamos, Loftus.

— Meu Deus! O que há com vocês, gente? Você se refere a Grant? Essa porra desse assunto de novo e de novo.

— Isso é chamado trabalho de investigação. Pelo menos, costumava ser.

Loftus ensaiara ir embora, balançando a cabeça.

— Está bem. Vamos logo terminar com isso, então.

— Aqui?

— Aqui.

— Depois dos dois tiros que mataram Grant, você foi o primeiro a entrar no local, não foi?

— Fui. Quero dizer, talvez uns poucos segundos depois. Mas, sim, fui o primeiro a cruzar a porta.

— E o que você viu? Exatamente?

Loftus exalou ar vagarosamente, mantendo o controle.

— Como disse a você antes: o detetive-superintendente Mallory estava de pé, de costas para mim, o braço direito levantado, a pistola na mão. Pelo menos, foi o que presumi. De onde eu estava, não dava realmente para ver a arma, mas Grant, ele estava caído e ferido. Morrendo, se é que já não estava morto. E Birch, ela estava meio que agachada, a cabeça baixa, entre os dois homens. — Ele encarou Elder de frente. — Aí está. Foi isso.

— Quando você descreveu o incidente para o inquérito disse que Maddy tinha sangue no rosto.

— E daí?

— Daí que agora você está dizendo que ela tinha o rosto virado para o outro lado em relação a você, na direção oposta à porta.

— Certo.

— Então, como você viu sangue no rosto dela?

— Meu Deus, isso tem importância?

— Tudo tem importância.

— Está bem, então acho que eu devo ter visto mais tarde, o sangue, quero dizer.

— Você acha?

Durante um momento Loftus fechou os olhos.

— É, eu vi o sangue mais tarde. Deve ter sido isso. Ela tinha a cabeça abaixada, virada para o outro lado.

— Você só podia ver o quê? As costas dela? A nuca?

— É.

— E ela estava posicionada entre você e Grant?

— É.

— Bloqueando ele?

— Parcialmente, sim.

— Você podia ver o quê? A cabeça dele?

— Ele estava meio ajoelhado, inclinado para a frente. Eu pude ver que ele tinha levado um tiro na cabeça.

— Nada mais?

— Nada.

— Então, só para esclarecer, de onde você estava, podia ver o detetive-superintendente Mallory, mas não sua arma; você podia ver Maddy Birch pelas costas, agachada, e a cabeça e talvez os ombros do homem ferido.

— É.

— Você podia ver as mãos de Grant?

— Não, eu já disse...

— Nenhuma das mãos?

— Não.

— Nem qualquer coisa que ele pudesse estar segurando?

— Caralho, não!

— Você não viu Grant com uma arma?

— Não.

— Você não viu uma arma?

— Naquele momento, não.

— Não havia arma na mão dele, e nem no chão?

— Quantas vezes mais preciso repetir, porra?

— Então, como você sabia que ela estava lá?

— O que estava lá?

— Você me ouviu, como você sabia que a arma estava lá? Está no seu relatório. Uma Derringer 22 no chão ao lado da perna de Grant. Você viu ou, pelo menos, disse que viu.

— Então, eu vi.

— Mas você acabou de dizer...

— Eu não podia ver a arma quando entrei na sala. Não de onde estava. Foi isso que você perguntou.

— Então, você viu a arma quando?

— Assim que o detetive-superintendente se afastou. Ele estava apontando, mostrando a arma para Birch, acho eu.

— Então, a única pessoa que poderia ter visto a Derringer na mão de Grant, e depois no chão, pelo fato de estar de frente para ele, foi Maddy Birch?

— É, acho que sim.

— Sim, definitivamente, ou sim, você acha?

— Está bem, sim. Definitivamente sim. Agora, posso ir?

Elder se afastou.

— Fique à vontade.

Loftus passou por ele e foi embora.

* * *

O Mercedes estava estacionado com duas rodas em cima da calçada, fora do apartamento de Elder. Maurice Repton estava sentado, ereto, atrás do volante, George Mallory ao lado dele. Os vidros em ambos os lados estavam meio abertos, e ambos fumavam. Mallory saiu do carro quando Elder se aproximou e deixou cair o cigarro no chão.

— Frank Elder?

— Sim.

— Você sabe quem eu sou?

— Sei.

Ele parecia mais velho do que na fotografia, pensou Elder, e mais gordo também. Cinzas manchavam a frente de seu terno com colete. Os olhos estavam cansados, o rosto um pouco cinzento, como se, talvez, ele não estivesse num dos seus melhores dias.

— Eu achei — falou Mallory — que já era hora de nos conhecermos.

— Por quê?

Um sorriso escorreu pelo rosto de Mallory.

— Não banque o sonso comigo, Frank. Agindo como um idiota. Ah, você talvez seja uma espécie de marionete, percebo. O brinquedo de Framlingham.

Ele pronunciou cada sílaba do nome de Framlingham distintamente, separadamente, cada segmento descarregado com mais força que o anterior.

— Robert Framlingham, aristocrata rural. Ou assim ele nos faz acreditar. Listinhas amarelas nos seus ternos caipiras. Ele está atrás de você, em algum lugar, puxando suas cordas? Bem, nós temos história, eu e Robert, ele contou isso a você? Veio atrás de mim, certa vez, quando estava na Comissão de Investigações Criminais. O Esquadrão Fantasma. — Mallory riu. — É difícil ficar invisível quando se tem mais de 1,85m e usa botas de borracha verdes e uma arma. Ele me fez cinco acusações, e todas elas foram refutadas. Negadas. Desconsideradas. Caso arquivado, porra. A não ser pelo fato de que ele não gostou disso, o seu Robert, de modo que ele arranjou você para xeretar, extraindo o pus de todo boatozinho vagabundo, de toda mentirinha falsa esquecida. E você está fazendo o jogo dele, não é, Frank? Tem feito isso até agora. Subornado, é isso que você foi. O que tem sido. A merda de um subornado. Jogar as cartas de qualquer modo que possa, até o quê? Até que minha mão mostre o ás de espadas? Esqueça isso, Frank. Não há nada aí. Conto de fadas, Frank. Nada real.

Ele meteu o dedo com força contra o peito de Elder.

Repton dava risadas no carro, gozando o espetáculo, o patrão descarregando o palavrório. Ian Dury, um ator-cantor de segunda, combinado com a porra do Laurence Olivier. Sir Larry para vocês. Pobre do velho se revirando na tumba. Ambos, se pensarmos bem.

Mallory ainda não terminara. Gente indo do trabalho para casa passava por eles, com não mais de uma palavra isolada, o olhar intrigado.

— Olhando meus serviços passados, Frank, prisões feitas. Canalhas que eu derrubei. Aqueles que escaparam. A porra daquele obsessivo por computador, Sheridan. Procurando um padrão. Algo para me ferrar, me ferrar direitinho. Maddy Birch, vocês até me acusaram daquilo. Vamos lá, Frank, não negue, não seja tímido. O que você acha? Que uma noite eu vesti minha roupa de Jack, o Estripador, só para me divertir? Só para curtir um barato? Como você deve estar desapontado, agora que descobriu que foi outra pessoa. Ou você não estaria apertando as tarraxas do jovem Loftus hoje de manhã, não é?

Mallory chegou ainda mais perto; não poderia continuar sem que Elder se afastasse para o lado.

— Não, Frank. Não é meu estilo, aquele tipo de coisa. Aquela sujeira. Muito arriscado. Aqui... — Ele comprimiu o dedo indicador uma, duas vezes, contra o corpo de Elder. — Cabeça e coração, Frank, cabeça e coração. Pergunte ao Grant. Ele diria para você, se pudesse.

Mallory riu na cara de Elder, um hálito de hortelã e alho.

— Você tem uma filha, Frank. Lá no norte. Não está melhor do que poderia ser, ao que consta. Drogas, não é? Heroína? Cocaína? Eu tomaria conta dela, se fosse você. Alguma coisa ruim aconteceu com ela uma vez. Seria uma pena se acontecesse de novo.

Elder inclinou-se e deu um soco na cara do outro. Mallory percebeu o movimento a tempo para virar o rosto para o lado, e aparar o golpe. Cambaleou , sangue no canto da boca, um sorriso ainda nos olhos.

Repton saiu do carro.

— Um erro, Frank — disse Mallory. — Quando você olhar para trás... se puder, é isso que você vai pensar que foi.

Ele cuspiu no chão entre os pés de Elder e virou o corpo de novo, afastando-se.

Momentos depois, macio como graxa, o Mercedes deslizou para o tráfego e foi embora.

— Lindo, Frank — disse Framlingham quando Elder lhe contou. — Lindo. Eu não disse que estávamos chegando perto?

Elder ainda podia sentir o osso duro da mandíbula de Mallory contra seus nós dos dedos.

— Repton, é atrás dele que vamos — disse Framlingham. — É o caminho que tomaremos.

— Nós? — perguntou Elder.

— Não vou deixar você se divertir sozinho, Frank, haja ou não reuniões com o vice-ministro do Interior. Eu acho que é hora de um conveniente ataque de gripe.

Mesmo ao telefone, Elder pôde sentir a amplitude do sorriso de Framlingham.

CAPÍTULO 49

Repton usava um terno de três botões, cinza-escuro, com listinhas vermelho-claras, lapelas estreitas e um único corte nas costas; a roupa tinha sete anos e só agora começara a gastar nos cotovelos e nos fundilhos. Ele engraxara seus sapatos pretos tipo Oxford durante cinco minutos, enquanto ouvia outro político idiota cavando sua própria sepultura ao falar do Iraque. Por que Tony Blair e seus companheiros não tinham percebido que tudo que precisavam fazer era dizer que queriam acompanhar os ianques, arrasar com Saddam, assegurar o suprimento de petróleo e dar aos recrutas um bom trabalho, em troca. Sessenta por cento da população teria dito ótimo; uns poucos milhares marchariam para cima e para baixo em manifestações, agitando cartazes, mas não passaria disso, e, depois do choque inicial, nós nos safaríamos com um mínimo de baixas, com aqueles sessenta por cento subindo para setenta.

"É claro", pensava ele agora, acendendo um cigarro Benson para sua caminhada pelo estacionamento, "que é melhor ir sozinho da próxima vez, em vez de esperar pela porra dos americanos, e o número de baixas seria cortado pela metade."

Porra de fogo amigo!

Diante da porta, ele pegou o cigarro meio fumado, soprou a ponta cuidadosamente, e colocou a guimba no bolso lateral, para fumá-lo mais tarde. Não desperdiçando, não vai faltar. Qualquer oportunidade que ele tivesse quando sentado à sua mesa, antes que George aparecesse. A papelada estava lá há tempo suficiente para criar mofo.

Assim que empurrou a porta para o escritório comprido, sem divisórias, ele viu que estava com sorte. E também sem sorte. Nada de George, mas aquele porra comprido do Framlingham e Frank Elder estavam lá.

Que merda era aquilo? Vinham dar o troco da noite passada?

— Maurice, que bom ver você. — A voz de Framlingham poderia ser ouvida a três campos de futebol de distância, não interessa quantas paredes houvesse. — Eu e Frank achamos que já era hora de termos uma conversinha.

— Sobre o quê?

— Ah, você sabe, isso e aquilo. Pontas soltas de certas histórias. Não tenho dúvida de que entraremos em detalhes mais tarde.

— Besteira — disse Repton, balançando a cabeça. — Eu não vou a lugar nenhum. Você não tem jurisdição. Você...

Framlingham pousou a mão amistosamente sobre o ombro de Repton.

— Maurice, Maurice. Não há necessidade de ser hostil. Seja o que for, estou certo que poderemos chegar a um acordo, e vantajoso. — Ele deu um apertão no ombro do outro. — Para você, pelo menos.

Repton olhou em torno: diversas cabeças se voltaram na direção deles, outras se curvaram respeitosamente sobre suas próprias mesas, mas todos estavam escutando.

— Vamos lá, Maurice. Vamos no meu carro, o que você acha? — E depois, andando na direção da porta: — Belo terno, Maurice. Bom trabalho. Você precisa me dar o nome do seu alfaiate.

Lá em Nottingham, Dave Eaglin se esquivava das perguntas como um jogador de rúgbi quando se defronta com os australianos em Trent Bridge. Teimosia, firmeza e técnica de esquiva. Acima de tudo, autopreservação. Mais cedo ou mais tarde, aqueles que o interrogavam se perderiam dentro em uma de suas defesas, e aí estava acabado. Fim de papo.

Numa outra sala, também abafada e irreconhecível, Ricky Bland usava uma técnica diferente. Atacando mais, com mais imaginação, porém correndo grandes riscos. O duelo entre Ian Botham e Andrew Flintoff, os melhores jogadores de críquete do mundo. Você analisa as possibilidades de ganhar o jogo ou corre atrás contra as probabilidades e cai lutando.

— Espere, espere um minuto, Charlie. Espere. Aquela fita, a conversa que você alega que tive com Summers...

— Alega? É a sua voz, Ricky, clara como o dia.

— Talvez, talvez.

— Não há dúvidas quanto a isso.

— Está bem, para fins de argumentação, vamos dizer que possa ser eu.

— Ricky.

— Poderia ser, está bem?

— Nós temos fotografias de você e Summers conversando, com data e hora. Nós temos a fita, com data e hora. O que você acha? Sim, elas coincidem. É você na fita, gravando a conversa com Summers para recolher informações, oferecendo um acordo.

— Vamos lá, Charlie. Abra os olhos. Como você acha que acontece? Que nós íamos pegar o que precisávamos desse marginal, sem dar nada em troca? O que você acha que está acontecendo lá fora, Charlie? Não é só ajudar velhinhas a atravessar a porra da rua. Há a merda de um problema sério de drogas e só agora nós levantamos a tampa da privada. Só agora. E não se preocupe com o problema das armas, há garotos de 13 anos lá fora circulando com granadas e com a porra de bazucas. É uma guerra, Charlie, a porra de uma guerra.

— Com regras.

— Fodam-se as regras!

— Exatamente.

— Foda-se a merda das regras!

— Exatamente.

Bland se inclinou.

— Muito bem, ouça aqui. Você sabe há quanto tempo eu venho batalhando lá fora, nas ruas? Lá no meio da fumaça e depois aqui. Sabe há quanto tempo?

— Tempo demais?

— Não há tanto tempo que eu tenha perdido a cabeça. O quê? Você acha que eu ia deixar aquele safado do Summers fazer um acordo que favorecesse a ele? Deixar que ele fosse o pica grossa? Eu já estava lá fora ralando, enquanto ele ainda estava se borrando na porra das fraldas, puta merda. Quer saber? Eu prometi coisa a ele, é claro, prometi coisa a ele. Prometi o que ele quisesse, porra. Dez por cento em dinheiro vivo? Ótimo, é a comissão de quem descobre. Metade das drogas de volta para as ruas? Por que não? É tudo conversa fiada, Charlie, você sabe disso. Use seu bom-senso. Use a cabeça. Não é real, nunca vai acontecer. Summers, ele vai foder com tudo. É só o que eu preciso para ter o cara na mão, fazer com que ele entre no jogo.

— Como em Forest Fields, há apenas uma semana.

— O quê?

— Crack, heroína, 9 mil em dinheiro vivo. Outra denúncia vinda de Summers, imagino.

Bland virou um pouco a cabeça e riu.

— Nunca houve esses 9 mil, nem perto disso. Umas poucas centenas, se bem me lembro. Crack suficiente para manter você, eu e uns poucos outros felizes pelo resto do dia. Quem quer que tenha contado a você coisa diferente é um mentiroso.

— Você não entregou a Summers uma parte do resultado da incursão?

Por um momento, Bland hesitou. Pé na frente ou atrás?

— Um pouco de heroína, foi tudo. Para manter o cara na linha.

— Você sabia que ele ia vender a droga de novo nas ruas?

Bland deu de ombros.

— E se eu lhe disser que, em vez de vender, ele entregou a droga à polícia?

— Eu diria que alguém está mentindo ou então que Summers perdeu a merda da cabeça.

— E as outras coisas arrecadadas naquela incursão, Ricky, o restante das drogas, o dinheiro vivo, onde estão? Encafifados em algum lugar? Servindo de prova? Busca e apreensão?

— Estão em segurança, é tudo que você precisa saber.

— Em segurança? Onde?

Bland inclinou-se e afrouxou ainda mais o nó da gravata no pescoço; a frente de sua camisa estava molhada de suor.

— Está quente pra caralho aqui, Charlie. Que tal uma bebida?

* * *

O bar era no fundo de Hornsey Rise, bem afastado da calçada, um cartaz prometendo hóquei irlandês e futebol do País de Gales numa TV de tela grande. O letreiro com o nome do estabelecimento já vira dias melhores. Um cachorro mal-humorado, inclassificável, preso a uma das diversas mesas colocadas do lado de fora, latiu para Furness e Denison quando eles se aproximaram da porta e tentou, decididamente, morder seus tornozelos.

O interior estava escuro, cheirando a desinfetante e cerveja rançosa.

Numa mesa redonda perto da janela, um negro idoso, de cabelo branco, jogava paciência com um baralho muito amassado de tanto uso. Uma mulher aparentando a mesma idade e de dimensões fartas, que Furness achou que só existia em quadros expressionistas, estava sentada em uma cadeira com assento remendado, imitando couro, perto da lareira, segurando um pequeno drinque servido em um copo alto.

Era o tipo de bar, pensou Furness, o qual as pessoas se referiam quando diziam, em tom de admiração, que era um verdadeiro bar à antiga, ainda não estragado como os outros. Diziam isso e depois partiam para as luzes brilhantes e a madeira polida de um Pitcher and Piano, um All Bar One, as mais famosas redes de bares da Inglaterra.

O barman tinha as mangas da camisa enroladas nos cotovelos e tatuagens se contorcendo em ambos os braços, uma argola de prata atravessada no canto de sua sobrancelha esquerda e uma pedrinha encastoada no centro de seu lábio inferior.

— Que vão beber? — disse ele, de forma afável, levantando os olhos de um exemplar muito manuseado de *Amor nos tempos de cólera.*

Furness assentiu para Paul Denison, que tirou do bolso uma única folha, mostrando Kennet de frente e de perfil.

— Você acha que viu esse cara?

O barman mal lançou um segundo olhar.

— Já faz algum tempo. Foi antes do Natal, certamente.

— Então você o conhece?

— Ele costumava vir muito aqui. Assim, depois do trabalho. Bebia uma Guinness, talvez duas, e depois se mandava. Acho que morava por perto, é meu palpite.

— Você disse antes do Natal. Pode ser mais específico?

O barman dobrou a ponta da página do livro e deixou que este fechasse.

— Você quer dizer data e hora? Acho que não. Talvez no início de dezembro. Não, espere, espere, foi em novembro, no final do mês. Eu sei porque... — Ele olhou além dos dois policiais, para o velho jogando cartas. — Ernest, quando foi que nós comemoramos o seu aniversário de setenta anos?

Ernest colocou um 10 preto sobre um valete vermelho.

— Terça-feira, 25 de novembro de 2003 — respondeu ele com convicção

— Nós fizemos uma festinha para Ernest, trouxemos comida, tiramos mais cedo a decoração de Natal das caixas. A foto de Ernest quando moço está aqui em cima do balcão. Em uniforme completo... onde foi isso, Ernest?

— Segundo Regimento dos Fuzileiros Reais. — Rainha vermelha sobre rei preto.

— O que isso tem a ver com Kennet? — perguntou Furness.

— Quem?

— Kennet. — Batendo de leve na foto. — Ele.

— Ah, é. Ele veio aqui, não é? No dia seguinte. Um pouco mais tarde do que costumava vir. Oito e meia, 9 horas? Me perguntou sobre a foto, eu me lembro. Ainda estava firme, você vê. Comecei a servir a Guinness costumeira, mas não, ele pediu uísque. Dose dupla, duas vezes. De pé, aí onde vocês estão agora. Estava falando muito, mais do que de costume. Um pouco demais, eu achei. Ele disse que tinha acabado de voltar da Espanha, de férias.

— Ele não falou nada sobre um encontro com alguém? Mais tarde?

— Não para mim. Não que eu me recorde.

— E sobre para onde ele estava indo? Quero dizer, depois daqui.

O barman deu de ombros.

— Acho que para casa.

— Obrigado pela ajuda — disse Furness.

— Um drinque antes de irem? Por conta da casa.

Furness lançou um olhar para Denison.

— Ora, por que não? Uma dose pequena de uísque, talvez.

— Lee — disse Denison.

— O quê?

— É melhor não.

Furness balançou a cabeça e se afastou do balcão.

— Uma outra vez — disse ele.

— Como quiser — disse o barman, e abriu o livro.

— Abençoados sejam os puros de coração — disse Furness, enquanto acompanhava Denison pela porta. — Abençoados sejam os que têm sede, também.

— Que porra está acontecendo? — disse Mallory.

— Aqui não — falou Repton.

— Aqui não? Não tem essa merda de aqui não! O filho da puta daquele fazendeiro do Framlingham e aquele vagabundo do Elder chegam com o maior desplante, sem avisar, e a próxima coisa que se vê é você saindo com eles na porra do quatro-por-quatro de Framlingham. Dando uma voltinha, Maurice? Aquecendo o motor? Pegaram a cesta de piquenique? Foram em algum lugar para almoçar? Deixaram a cesta na porra da mala?

— Aqui não — falou Repton, novamente.

O rosto de Mallory estava marrom-arroxeado, as unhas cravando fundo nas palmas das mãos.

— Então é melhor que você diga onde, Maurice, e já.

Karen ligou para o apartamento de Elder, no final da tarde.

— Nós localizamos Kennet perto da cena do crime, no dia seguinte em que voltou da Espanha. Tomou um drinque num bar em Hornsey Rise, pouco antes da hora do assassinato. Entre o apartamento dele e o lugar onde Maddy foi morta. Ele poderia ter caminhado de lá até o centro comunitário em cinco minutos, no máximo dez.

— Bom trabalho — disse Elder. — Falo sério. Foi realmente um excelente trabalho. — E então se desculpou para ir atender o interfone. Havia um embrulho lá embaixo, esperando que ele fosse pegar.

CAPÍTULO 50

No momento em que ele chegou lá embaixo, quem quer que houvesse trazido o embrulho já desaparecera. Um envelope acolchoado, do tamanho de um livro de capa dura, com seu nome impresso na frente. Elder sacudiu, apertou o pacote e levou-o para cima. O conteúdo do envelope estava envolto em um plástico de bolhas, era uma fita vídeo com algo escrito numa letra miúda na borda. *Cantando na chuva*, apenas isso e uma data.

Quem, ele pensou, estaria lhe enviando filmes gravados em casa, e por quê?

Sem ter certeza quando teria comido pela última vez, Elder pensou em fazer a coisa certa; telefonou pedindo uma pizza e pão de alho, e, quando a comida chegou, abriu uma garrafa de cerveja que tirou da geladeira.

Uma mordida na pizza e ele meteu a fita no vídeo, apertou a tecla PLAY e se recostou. Para uma cópia, a qualidade de imagem não era ruim. Muito boa, na verdade, até a cena, talvez um quarto do total, em que Debbie Reynolds, com seu boné cor-de-rosa e uma sainha plissada, aparece de repente de dentro do bolo. Aí, abruptamente, a imagem se retorce, presa e talhada, e muda para preto e branco. Um interior, embaçado e mal iluminado. Uma cena de algum tipo de festa. Homens em smokings e gravatas borboletas; outros sem os paletós, camisas brancas, suspensórios. Mulheres em vestidos com decotes profundos. Champanhe. E, como um sinal, um rosto que Elder conhecia. Como assistindo uma atriz veterana no seu apogeu, cigarro numa das mãos, copo na outra, usando um vestido de cor suave que chegava ao chão, Lynette Drury cruzou a sala e, por um momento, olhou diretamente para a câmera, como se fosse a única pessoa presente que soubesse que a cena estava sendo filmada.

Elder apertou a tecla PAUSE e olhou atentamente para a tela, à procura de mais alguém que ele reconhecesse, porém não viu ninguém. Quando continuou, a cena mudou; a mesma sala, mais tarde. Ajoelhada numa mesinha baixa no centro do aposento, uma jovem, totalmente nua salvo por uma pulseira do formato de uma serpente na parte superior do braço, inspirava cocaína usando uma nota de dinheiro enrolada, enquanto um homem, as calças em torno dos joelhos, metia por trás dela.

Houve um surto de estática e o que deveria ser uma outra câmera, seis pessoas sentadas em torno de outra mesa, em outra sala, jogavam pôquer. E, entre seus rostos, Elder reconhecia: Mallory, Slater, Grant, e, de pé atrás de Mallory, Maurice Repton. Mais jovens, todos eles. Uma década talvez, calculou Elder. Possivelmente mais.

A imagem se rompeu de novo e veio diferente.

Um quarto de dormir, esparsamente iluminado. Elder ajustou o brilho com o controle remoto, mas pouco adiantou. Sombras se moviam nuas na cama, braços, pernas. Três corpos, entrelaçados; duas mulheres e um homem. Uma das mulheres se separou e ficou de pé ao lado da cama. Não era bem uma mulher. Era ainda uma garota, de quadris estreitos, praticamente sem seios, cabelo louro comprido. O homem estendeu a mão para ela, que se esquivou, virando o corpo. Saindo da cama, o homem agarrou-a e a puxou. Enquanto seu braço apertava o pescoço dela, a outra mão puxava o cabelo. Lentamente, a cabeça girando na direção dele, ela parecia estar gritando.

Elder podia ver sua boca, completamente aberta, mas não havia som.

Ele chegou mais perto e olhou atentamente para a tela.

O homem segurava firmemente a garota, aumentando a pressão, e agora a outra garota, parecida, porém mais baixa, com cabelo mais escuro, começou a bater nele, dando socos nas costas e nos ombros, para fazer com que ele parasse, mas sem adiantar.

De repente, sem aviso, o homem largou a primeira garota e virou-se para a outra, lançando seu antebraço com força contra o rosto dela, de forma que a cabeça da garota foi jogada para trás, girando, e ela caiu da cama para o chão.

Imaginando ter ouvido o impacto, o choque de osso contra osso, Elder conteve a respiração.

Agora o homem agarrara os tornozelos da garota, puxou-a de volta para a cama, as pernas abertas, e colocou seu corpo acima dela.

A garota loura cravou as unhas nas costas dele, mas o homem acertou o cotovelo no rosto dela, fazendo espirrar sangue do nariz. Agarrando-a, ele a forçou para baixo. As mãos no pescoço, apertando, enquanto se apoiava nela com todo o peso.

Elder parou a fita, rebobinou e olhou de novo, procurando o momento em que o corpo da loura amoleceu, enquanto Mallory a empurrava para o chão e ela ficava ali, sem vida.

Mallory.

Se havia alguma dúvida na sua mente antes, agora não havia mais.

A garota morena quase não era visível no canto mais afastado do quarto, a boca ligeiramente aberta, em silêncio, olhos esbugalhados, o braço cruzado sobre os seios. E, por um segundo, talvez dois, uma sombra recaiu sobre ela, seguida pela figura parcial de um homem, completamente vestido, entrando no quarto, na cena. Depois nada.

A tela ficou branca.

Depois preta.

Depois nada.

Tesouro sem dono.

Elder foi até a cozinha, um pouco inseguro nos pés, e serviu-se de uma dose de uísque, o gargalo da garrafa tintilando no copo.

Quando telefonou para Framlingham, encontrou-o em Hampstead, um chalé com terraço em Vale of Health, a um pulo de Heath. A mulher que recebeu Elder na casa tinha quase 50 anos, era alta, e usava um vestido verde de ponto de agulha. Morena, já ficando elegantemente grisalha. Imponente, foi a palavra que lhe veio à cabeça.

Ela não fez menção de se apresentar, o mesmo acontecendo com Framlingham, quando este apareceu, curvado, no umbral da porta, chinelos macios nos pés.

Os dois sentaram-se numa pequena sala de estar, saboreando uísque Macallan de 12 anos e assistindo a garota cair no chão, repetidamente.

— Era disso que Mallory tinha medo? Foi com isso que Grant tinha ameaçado?

— Acho que sim.

— Tem que haver mais coisa.

— Você acha?

— Precisamos de mais do que apenas uma fita, Frank. Precisamos de um lugar, precisamos de nomes. Se há corpos enterrados, nós precisamos saber onde estão.

— Há uma data — disse Frank — escrita na etiqueta, juntamente com o nome *Cantando na chuva*, 17 de maio de 1996. Pode ser de quando o filme foi gravado... podemos checar os deslocamentos... mas tenho minhas dúvidas. Se você olhar com cuidado, data e nome, eu diria que foram escritos em tempos diferentes.

— Então essa é a data do vídeo, da festa?

— Uma boa aposta.

— A incursão policial em Gatwick, aquela que ligou Grant com Slater, quando aconteceu?

— Foi em 1995.

— E quando o caso foi arquivado pelo tribunal?

— Um ano mais tarde.

Framlingham sorriu.

— Festa de comemoração, portanto.

— Pode ser.

— Para Mallory, também. Agradecendo pela ajuda. Deixar que ele ganhasse umas rodadas de pôquer, arranjar para ele umas garotas.

Elder tremeu por dentro, lembrando.

— Quando conversei com Lynette Drury, ela disse que era disso que Mallory gostava, garotas bem novinhas.

— E aquela era ela, Drury, na festa? Você não tem dúvida?

— Nenhuma.

— Devemos falar com ela, então.

— Mais cedo ou mais tarde.

— Onde os corpos estão enterrados, você acha que ela sabe?

— Se estão enterrados.

— Se...

Elder pensava no rosto de Lynette Drury, a dor atrás dos olhos. *E, não interessa quanto de sujeira isso tudo se transformou, é a isso que eu me apegava.*

— Sim — disse ele —, acho que ela sabe.

— Você acha que foi ela que mandou esse vídeo para você?

— É possível, sim.

— Ela negará.

— É claro.

Framlingham rebobinou a fita.

— Ali, Frank, o homem que entra no quarto no final... quais são as chances de que seja Repton?

— Você acha que devemos apertar o cara primeiro?

— Por que não?

Framlingham levantou-se, um pouco desajeitadamente. Essas cadeiras, essa sala, elas não eram feitas para um homem do seu tamanho.

— Vou ver se consigo fazer um café. Não quero que você adormeça no volante.

CAPÍTULO 51

O escritório de Framlingham era dominado por uma pintura a óleo de seu iate, classe Mistral, de trinta pés, com velas brancas de fímbria verde. Em molduras perto deste quadro havia três pequenas aquarelas do estuário Blackwater, próximo de St. Osyth Marsh, que ele pintara quando jovem.

O próprio Framlingham parecia bem à vontade atrás de sua mesa, a cadeira inclinada, um perna cruzada preguiçosamente sobre a outra. Elder estava de pé perto da janela, defronte das persianas arriadas, os pés separados, as mãos ligeiramente cruzadas às costas. Ambos olhavam para Maurice Repton, que não parecia à vontade em absoluto.

Quase não se ouvia o tênue tique-taque do relógio na prateleira do outro lado do escritório, contra o sibilar áspero da respiração de Repton.

O telefone na mesa de Framlingham tocou sem que ninguém atendesse, e depois ficou mudo.

— Vocês estão me tirando o couro — disse Repton.

— Bobagem, Maurice. É apenas um bate-papo.

— Uma porra de intimação, na sua sala, às 11 em ponto.

— Você não estava esperando café?

— Que se foda o café!

— Chá, então. Talvez seja possível conseguir chá.

— Você é um merda — disse Repton.

Framlingham sorriu, como se aquilo fosse um elogio. Talvez fosse, vindo de Repton.

— Eu apenas achei — disse ele — que você ia gostar da privacidade. Em vez de retomar a discussão com todo mundo em volta.

— Não há nada a discutir.

Framlingham inclinou-se preguiçosamente para a frente.

— Acho que, se há um problema, é preferível que não aumente muito. A questão é saber por onde começar. Embora eu e Frank pensemos que o que vimos no vídeo talvez seja esse ponto de partida.

— Que porra de vídeo?

Framlingham e Elder se entreolharam.

— *Cantando na Chuva* — disse Framlingham. — Sempre foi meu favorito.

Observando o rosto de Repton, cada vez mais cinzento, Elder pensou no telefonema que recebera anteriormente, de Maureen Prior, pela manhã. Em Nottingham, Bland estava começando a aceitar algum acordo, o melhor que ele podia conseguir na péssima situação em que se encontrava. No final, pensou Elder, era o que todos eles faziam. Bland e gente de sua laia. Fora aqueles que escolhiam uma arma encostada na cabeça ou uma corda apertada no pescoço; aqueles que iam, em silêncio, para a sepultura.

Repton ficara sentado assistindo à fita praticamente sem se mexer, quase sem falar. Agora que ele estava diante de uma tela em branco, um nervo se torcia arritmicamente sobre o olho direito, as mãos firmemente cruzadas no colo. Elder abriu um pouco as persianas e a luz infiltrou-se na sala.

No silêncio, Framlingham falou:

— Há apenas dois caminhos a seguir, Maurice.

Repton não disse nada.

— Pode tentar salvar seu amiguinho Mallory, mas isso não vai acontecer. Não vai funcionar. Você já o protegeu por tempo demais. Servindo de guarda-costas. Já é hora de salvar sua própria pele, se puder.

Repton olhou rapidamente para ele, e depois desviou o olhar. Havia algo que o perturbou no vinco da perna da calça, e ele endireitou a alteração cuidadosamente, com o dedo indicador e o polegar.

— Preciso pensar sobre isso — disse ele.

— É claro. — Framlingham levantou-se. — Preciso ir ao banheiro, de qualquer maneira. Cinco minutos, está bem? Frank ficará ali, do outro lado da porta. E nada de telefonemas, Maurice, está bem? Na verdade, Frank, por que você não alivia Maurice do celular dele, só por precaução?

Com expressão amargurada, Repton entregou seu telefone.

— Você não está armado, não é, Maurice? — perguntou Framlingham. — Está carregando algum tipo de arma? Seria negligência minha deixá-lo sozinho com tempo suficiente para pôr uma bala na cachola.

— Vai se foder — disse Repton.

— Frank — disse Framlingham.

Elder revistou Repton cuidadosamente; ele não estava armado.

— Cinco minutos — disse Framlingham, abrindo a porta. — Não desperdice esse tempo.

Quando voltaram à sala, Repton parecia não ter se movido.

— Vou precisar de garantias — disse ele.

— É claro — disse Framlingham, retomando seu lugar atrás da mesa. — É compreensível. Valorizamos sua ajuda, num caso como esse. Sentença mínima, prisão em regime aberto. Estará do lado de fora em um ano e meio, imagino eu.

— Não — falou Repton. — Nada de prisão. Não mesmo.

— Maurice, seja razoável. Você sabe que não posso prometer isso.

— Então não há acordo.

— Ah, Maurice, Maurice. O que eu posso fazer? Você quer que eu convoque a Comissão de Investigações Criminais para se encarregar do caso? Aqui... — estendendo a mão para o telefone. — Posso telefonar para eles agora mesmo. Se você se sente mais à vontade falando com eles do que comigo...

— Ouça aqui — disse Repton. — Tudo que você quer saber em que George esteve envolvido, até quantos anos atrás? A maior parte dos últimos vinte anos? — Ele bateu de leve, duas vezes, os dedos contra a têmpora. — Está tudo aqui. Nomes, lugares, quantias, tudo. E aquela coisa na fita... — Ele riu. Não foi um som agradável. — Vocês querem saber onde os corpos estão enterrados? — Ele bateu na cabeça de novo. — Mas eu quero garantias. Uma, nada de prisão. Duas, proteção, antes e depois do julgamento. Vinte e quatro horas, dia e noite. E, depois, quero uma nova identidade e um novo endereço do outro lado do mundo.

Framlingham pôs o fone de novo no gancho.

— Maurice, eu farei o que for possível. Mas você quer tanta coisa, que, em boa-fé, eu só posso prometer.

— Então dê a porra dos telefonemas — disse Repton. — Registre meus pedidos. Já sabe do que preciso. — Ele se levantou. — E não me venha com essa merda de Programa de Proteção à Testemunha. Não quero passar o resto da minha vida olhando por cima do meu ombro, esperando ver quem vai chegar pela porra da porta. Você vai tratar disso de modo diferente. Vai cuidar disso você mesmo. Com todo o carinho.

Framlingham suspirou.

— Está bem, Maurice. Farei o que puder.

— Amanhã, a essa hora — falou Repton. — E não vai ser aqui. Eu faço contato com você, está certo?

— Está bem.

— Meu celular — disse Repton a Elder, estendendo a mão.

Elder entregou a ele o aparelho.

— Como vamos saber — disse Framlingham, depois que Repton deixara a sala — se ele não vai telefonar imediatamente para Mallory?

— Não vamos saber.

— Então, nesse caso, vamos esperar que o instinto de autopreservação bata em seu coração um pouco mais forte do que a lealdade.

CAPÍTULO 52

Nayim vinha trabalhando com Steve Kennet há cinco anos, com intervalos, ele e Victor, constituindo uma espécie de equipe. Faziam qualquer coisa, no ramo da construção, com exceção daquelas que eram realmente muito especializadas. Problemas elétricos simples, encanamentos, isso era moleza, mas instalações de aquecimento debaixo do assoalho, qualquer coisa mais complicada, eles chamavam os peritos e ficavam de fora. Contudo, restauração, substituição do piso, janelas, escadas, trabalho externo, reparação de danos na alvenaria, substituição de azulejos, novos telhados, não havia muita coisa com que eles não conseguissem lidar. Havia montado um loft, não muito tempo atrás, em West Hampstead, projetado por um arquiteto. O imóvel era de uma escritora. Com reportagens sobre ela no jornal local. Colocou uma dedicatória para ele num dos livros dela, coisa fina. Não que ele o tenha lido, veja bem.

Nayim estava sentado junto a Karen Shields num banco no parque Waterlow, corvos fazendo alvoroço nas árvores. Um garoto pequeno era empurrado para lá e para cá num balanço. O antigo prédio do hospital no qual Nayim e Victor estavam trabalhando era claramente visível, a pequena distância, abaixo da colina.

Fazia frio, frio demais para ficar por muito tempo sentado confortavelmente.

Quando Nayim tirou um de seus cigarros e ofereceu outro a Karen, esta balançou a cabeça. Ela se perguntava de onde ele era. Espanhol, talvez? Português? Um pouco de sotaque. Pele azeitonada.

— No final de dezembro — disse Karen —, perto do Ano-Novo. Um dos meus policiais foi até aquele lugar onde você e Steve Kennet trabalharam, na rua do parque Dartmouth.

Nayim assentiu.

— Vocês devem ter trabalhado bastante tempo naquela obra.

— Tempo demais. O proprietário estava ficando louco, mas não foi nossa culpa. O inverno, sabe? Chuva. Sempre chuva.

Karen sorriu.

— Inverno na Inglaterra. É isso que acontece. Chove sempre.

Nayim deu uma risadinha.

— E vocês estavam fazendo o quê? — perguntou Karen. — Consertando o telhado, algo desse tipo?

— É, um telhado novo. Trabalho de alvenaria, calhas. Madeira nas molduras das janelas, tinha apodrecido.

— Então você devem ter começado, quando? Em novembro, por aí?

— Antes. Outubro, deve ter sido.

— O fato de Steve Kennet ter tirado férias no meio do trabalho não deve ter ajudado.

Nayim levantou os ombros.

— Steve abreviou suas férias, voltou ao trabalho logo.

— E isso foi quando?

— Novembro. Última semana.

Karen se forçou a diminuir a velocidade.

— Quando ele voltou — disse ela —, como ele estava?

— Desculpe, não entendi...

— O humor dele. Ele estava conversador, amistoso, contente de ter voltado?

Nayim balançou a cabeça.

— A princípio, ele mal disse uma palavra. Eu tentei. "Ei Steve, que bom que você voltou", mas ele simplesmente resmungou, subiu direto no telhado e começou a trabalhar.

— Por acaso, você notou se ele estava com algo? Quero dizer, fora do comum? — Karen torcendo, na esperança.

Mas Nayim balançou a cabeça.

— Apenas a bolsa de ferramentas. Como sempre.

Karen levantou-se e limpou o fundilho das calças.

— Se nós quiséssemos dar uma olhada lá em cima, onde ele estava trabalhando... você acha que seria difícil?

Nayim levantou os olhos para ela, inquieto sem saber porquê.

— Eu acho que é bem fácil. Você pode entrar no vão do telhado pelo apartamento mais alto, se quiser. Se o proprietário der permissão.

Karen assentiu e sorriu.

— Obrigado por nos ceder o seu tempo.

Quando ela se virou, algo rápido e marrom-acinzentado se escapuliu por entre as folhas que haviam se acumulado entre a trilha e o laguinho; ou um esquilo que acordara mais cedo da hibernação, ou um rato. Entre os dois, pensou Karen, um rato.

* * *

O inquilino estava fora e não respondia ao celular. Karen gastou a maior parte de uma hora indo do proprietário à companhia administradora do imóvel, grande parte do tempo sendo solicitada a escolher as opções no telefone ou ficar no aguardo, escutando *As Quatro Estações*, de Vivaldi. Finalmente, de pura frustração, ela fechou o celular com força, pulou para dentro do carro, e dirigiu uns poucos quilômetros até o escritório da companhia, em Edgware. Lá, de terno preto, salto alto, mais alta do que todas as mulheres e do que a maioria dos homens, ela conseguiu a atenção que queria. A permissão certa, as chaves certas. Sem mais delongas.

Quarenta minutos depois, ela e Ramsden, com a assistência de Furness e Denison, passavam pelo reservatório da colina do parque Dartmouth, virando à direita através do tráfego e procurando um lugar para estacionar.

O hall de entrada e a escada haviam recebido um novo carpete recentemente; a costumeira abundância de correspondência não solicitada e panfletos de restaurantes estavam empilhados em ordem numa mesinha logo depois da porta de entrada. No apartamento do primeiro andar, alguém praticava violino. No andar de cima, a lavadora de roupa rangeu no seu ciclo rotativo quando eles passaram. Uma bicicleta, presumivelmente pertencente ao proprietário do apartamento superior, estava no patamar da escada, do lado de fora da porta.

Karen trocou um rápido olhar com Ramsden antes de girar a chave na fechadura.

A entrada para o forro foi fácil de achar, através de um alçapão no teto entre a cozinha e o banheiro.

— Mike? — disse Karen, olhando para Ramsden.

— Paul — disse Ramsden —, sobe você.

Furness pegou uma cadeira e firmou-a. Denison empurrou o alçapão e fez com que ele deslizasse, erguendo o corpo e desaparecendo de vista.

— Que tal aí em cima? — gritou Ramsden.

— Escuro.

Furness entregou a ele uma lanterna.

— Você sabe o que está procurando?

— Acho que sim.

Poucos minutos depois, ele encontrou o que buscava, preso com fita crepe à lateral de uma das vigas, bem escondida entre o ângulo e o próprio telhado. Fita crepe grossa, escura e, pensou Denison, papel plástico por baixo.

As duas coisas.

Ele passou o embrulho para baixo e, usando luvas, Karen retirou a fita, dobrou de volta o plástico e depois desenrolou as diversas páginas da última edição vespertina do *Standard*, datada de 26 de novembro de 2003.

Era uma faca de açougueiro com lâmina de 20 centímetros de aço inoxidável, firmemente aparafusada, até o fundo. Cabo negro, lâmina brilhante, a ponta ligeiramente curvada para um dos lados, como se tivesse sido brandida contra algo duro, como osso.

— Primeira coisa a fazer, levar isso para os peritos — disse Karen. — Com toda certeza ele apagou as impressões digitais, mas precisamos verificar. Depois, comparar essa faca com as fotos dos ferimentos no corpo de Maddy Birch.

Ramsden abriu um sorriso maldoso.

— Vai ser na mosca!

CAPÍTULO 53

Debaixo da maior segurança que pôde conseguir, Framlingham pusera técnicos para trabalhar na fita de vídeo: depois de melhorar a imagem o máximo que puderam, eles a haviam transferido para um disco. Dali, imprimiram um certo número de imagens digitalizadas, e foram elas que Elder levava com ele enquanto caminhava por Blackheath. Já passava das 18 horas e o céu assumira um tom alaranjado, luminoso; algumas estrelas eram fracamente visíveis, comparadas com as poucas e preciosas da Cornualha. Uma delas, Frank se lembrou de ter lido em algum lugar, era um tipo de estação espacial, e não uma estrela mesmo.

Hoje Anton usava uma camiseta branca em vez da preta, mas, a não ser por isso, ele parecia exatamente igual. A mesma expressão sardônica, ligeiramente afeminada, no olhar.

— Ela está no que nós sarcasticamente chamamos de sala do café da manhã, assistindo a um jogo de sinuca. Eu não consigo acompanhá-la nisso. Todos aqueles comentários sussurrados, como se estivessem na igreja. Um cara simplesmente beijou a bola contra a primeira caçapa. Bem...

Se Lynette Drury estava realmente assistindo a uma partida de sinuca, fazia-o com seu olho bom fechado.

A sala estava fedorenta e quente.

— Não deixe a pobrezinha cansada — disse Anton.

Elder trouxe um banco e sentou-se num ângulo entre a cadeira de rodas e a tela. Ficou ali, em silêncio, enquanto um dos jogadores conseguia marcar 47 pontos.

— Não pensei que voltaria tão cedo — disse Lynette.

— Mesmo depois de você mandar a fita?

— Que fita?

— *Cantando na Chuva.*

— Nunca fui muito fã de Gene Kelly. Gostava mais de Fred Astaire. Achava que ele era mais gracioso na dança. Mais elegante.

— Tem alguma coisa faltando nos créditos — disse Elder. — Na minha cópia, pelo menos. Não há nada sobre as locações. A cena da festa, em particular.

Lynette observou um homem careca, com uma faixa na cintura que mal continha sua barriga de cerveja, desviar uma bola e levantar o olhar para o céu como que para ganhar coragem.

— Manningtree — disse a senhora, ainda olhando para a tela. — Ben tinha um imóvel lá. Não apenas ele. Ele e uns poucos amigos. Country clube, era como eles chamavam. Não existe mais.

— Desapareceu?

— Foi vendido para uma fundação. Não sei qual.

— Há quanto tempo aconteceu?

— Deve ter sido há três ou quatro anos. Foi mais ou menos na época em que Ben comprou a casa em Kyrenia.

Elder tirou as fotos do envelope e esparramou-as no colo de Lynette. A respiração dela se acelerou e depois diminuiu. As fotos mostravam, de maneira nua e crua, a história do que acontecera no quarto. Não era preciso muita imaginação para preencher as lacunas.

— Eu presumo — disse Elder — que havia uma câmera escondida no cômodo.

— Em cada um deles. Sempre que havia uma festa, Ben deixava câmeras gravando todo o tempo. Em determinados anos ele fazia uma fita de Natal, sabe, com os melhores momentos. Distribuía essas fitas para os amigos.

— Não neste ano, em particular — disse Elder, apontando para as fotos.

— Não, neste ano não. — E depois: — Cuidado com o que está fazendo, porra! — quando o adversário do homem careca prendeu a bola amarela, enquanto tentava encaçapar a verde.

— As duas garotas — perguntou Elder. — Você sabe o que aconteceu com elas?

Ela levou um certo tempo para responder.

— Eu sei que houve um problema. Houve uma divisão das tarefas.

— Divisão?

— É. Não sei como. E nem quis saber.

Elder inclinou-se para a frente e bateu de leve em uma das fotografias, mostrando a garota no chão, ao lado da cama.

— Essa garota está morta. Pescoço quebrado, é meu palpite.

— Se você diz.

— E essa outra? — Ele apontava para a menina jovem, de cabelos escuros, se encolhendo, aterrorizada, no canto mais distante do quarto. — Que aconteceu com ela?

O olho bom de Lynette reluziu entre a fotografia e o rosto de Elder, e depois voltou para a tela, a tempo de ver uma das bolas, vermelha, deslizar graciosamente para a caçapa principal, e a bola da vez deslizando para encobrir a preta.

— Eu disse que eles fizeram uma divisão. Ben e George, entre eles. Fizeram a coisa desaparecer.

— Entre eles?

— Porra, sim! Será que preciso repetir cada merda de palavra que eu digo?

A raiva na voz ocasionou um acesso de tosse, trazendo saliva para os lábios.

Elder esperou até que ela passasse.

— Como exatamente eles fizeram esse caso desaparecer? Compraram a garota? O quê?

— Estou tentando assistir à partida — falou Lynette. — E você está esculhambando com a minha concentração.

— Quem eram elas? As duas garotas? Como se chamavam?

Lynette começou a tossir de novo.

— Por favor, chame Anton para mim. Preciso de um drinque.

— Você costumava arranjar garotas para ele. Mallory. Garotas novinhas. Você deve saber quem elas eram.

— Eu preciso da porra de um drinque!

Anton mostrou a cara na porta.

— Fora — disse Elder.

— Um drinque.

Anton hesitou, sem saber o que fazer.

— Cai fora! — disse Elder.

Ele saiu.

— Até agora você tem nos ajudado — disse Elder. — Nos ajude com isso.

— Eu não fiz nada.

Ele tocou sua mão, mas ela a retirou, virando o rosto para a parede. Apenas aos poucos ele percebeu que ela estava falando, repetidamente, em voz baixa, quase inaudível, os mesmos nomes.

— Judy. Jill. Judy e Jill. Judy e Jill.

Ele pegou o braço dela, suavemente, sem fazer força, e sentiu a pele escorregar, solta, pelo osso.

— Judy e Jill — repetiu ele. — Eram esses os nomes.

Ela virou o olhar para ele.

— Elas eram gêmeas.

Muito depois de Elder ter ido embora, muito depois da sinuca haver terminado e uma segunda partida ter começado, Lynette levou sua cadeira para fora daquela sala e entrou no cômodo ao lado, culpa e incerteza se debatendo uma contra outra na sua mente. Ela achou que talvez tivesse o telefone de Mallory em algum lugar. Talvez ela lhe devesse pelo menos isso.

CAPÍTULO 54

Repton viu a viatura da polícia se aproximando na direção oposta e checou o velocímetro, tirando o pé do acelerador e diminuindo a velocidade. Ser parado por estar dirigindo sob influência de álcool era a última coisa que ele precisava. Não que ele estivesse completamente bêbado, pelo menos não de acordo com alguns padrões.

Checando o retrovisor para se certificar de que a viatura continuara seu percurso, ele sorriu. Não tinha bebido quase nada, pela porra de alguns padrões! Meu Deus! Fazia tanto tempo que ele e George não enchiam a cara! Praticamente em coma alcoólico às 5 horas da manhã, e, ainda assim, estavam em suas mesas de serviço três horas depois, prontos para o batente, mais um dia de trabalho duro. Não era como esses maricas de hoje em dia!

Entornar garrafas direto! Eles não sabiam fazer isso direto; não sabiam como beber, porra!

Merda! Ele só tinha ido longe demais, não é?

Longe demais na bosta da estrada.

Vendo seu reflexo enquanto se preparava para fazer o retorno, ele deu uma risada alta. Metáforas, Maurice? A porra das metáforas. Quem você acha que você é, caralho? Ele tinha ido longe demais na bosta da estrada, está bem, sem erro.

Estacionou o carro num espaço entre um Escort muito rodado e uma van branca, a roda dianteira raspando no meio-fio e talvez riscando a pintura da van com a traseira, mas tudo bem.

Vinte minutos depois das 2 da manhã.

Havia uma garrafa de uísque no porta-luvas; ele desatarraxou a rolha e tomou um gole rápido.

Seu hálito ricocheteou de volta no para-brisa como se estivesse saindo do cu de um cachorro.

Poético, Maurice, pensou ele, enquanto saía do carro. Poético, porra.

"Sauna e Massagem Green Lanes", dizia o anúncio iluminado sobre o vidro opaco. Com metade das letras faltando, queimadas ou arrebentadas, você só saberia o que estava escrito se fosse um cliente habitual ou um desses pobres-diabos que fazem a merda das palavras cruzadas do *Times* em cinco minutos.

Estendendo a mão para a maçaneta e não a encontrando, ele imaginou pela enésima vez o porquê daquilo, pois o local ganhara uma nova porta da frente havia mais ou menos um ano, eles haviam colocado a porra invertida, a maçaneta na bosta do lado errado.

Porra!

Quando finalmente abriu a porta, esta moveu-se rápido demais e ele quase bateu de cara na parede. Um hall do tamanho de uma privada de anões.

Imediatamente à sua direita, uma cortina de contas coloridas pendia do teto quase até ao chão, e ele abriu-a com as mãos e entrou na sala. Rosie, como de costume, estava sentada no seu banquinho atrás da mesa, cabelo oxigenado (preto nas raízes), maquiagem de 2 centímetros (ou mais) esparramada pelo rosto. Cento e trinta anos, Deus a abençoe, e tão feia quanto no dia em que nasceu. Nada mais para fazer, 12 horas por dia, a não ser ficar preenchendo os cadernos de charadas, assistir sua televisão de bolso preto e branco, beber xícara após xícara de café solúvel e fumar incontáveis cigarros.

— Maurice, como vão as coisas?

Ele já dissera para aquela vaca imbecil para não usar seu nome.

Havia três garotas ocupando as cadeiras, diante da mesa, do outro lado da sala — duas ele vagamente reconheceu, mas uma delas era nova, nenhuma de suas favoritas à vista. Ocupadas, talvez. As garotas estavam metidas em macacões brancos abotoados e tinham as pernas nuas, duas folheavam as revistas *Now* ou *Hello!* preguiçosamente, ou uma outra dessas bobagens, e mal se deram ao trabalho de levantar os olhos quando o homem entrou.

A terceira garota, aquela que ele não reconhecera, estava inclinada, as pernas levantadas, dois botões inferiores do seu macacão desabotoados, um sapato de salto alto no chão, o outro pendurado nos dedos dos pés. As unhas pintadas alternadamente de vermelho e azul.

— É tudo que você tem aqui, Rosie? — A voz dele soou ligeiramente embotada para ele próprio, mas quem ia se importar? Naquele local, ninguém.

— Verônica está lá em cima.

— Aquela cadela gorda!

— Aquela ali é Edie. Ela é nova.

Edie, pensou Repton, que tipo de nome era aquele? Não que elas usassem seus nomes verdadeiros, de qualquer maneira, a maioria delas. Ele sempre achava que Rosie tirava os nomes de uma cartola.

— Ela sabe de que se trata, não sabe?

Repton olhou para a garota enquanto falava, e ela devolveu o olhar, encarando, a boca aberta num sorriso. Nova, muito bem, pensou ele, pronta para impressionar o cliente.

— Edie é da Eslovênia — disse Rosie.

Que a bosta do céu nos acuda, pensou Repton.

Ele seguiu a garota para o andar de cima, uma bunda muito gostosa, a última porta do corredor meio aberta, e eles entraram.

Repton tirou o paletó enquanto Edie fechava a porta atrás deles, estendendo a mão para ajudar o outro a se despir e estender a roupa dobrada no pé da cama.

— Nada disso. Nada disso. Põe na porra do cabide, puta merda, sua cadela eslovena gostosa. Sem querer ofender.

A garota tirou um cabide de metal de dentro de um guarda-roupa raquítico de madeira compensada, arrumou no cabide o paletó, e até mesmo alisou os ombros — ele gostou de ver aquilo — antes de pendurá-lo no gancho duplo atrás da porta.

Vai ser bacana, pensou Repton, enquanto tirava um lenço do bolso e colocava o pequeno quadrado sobre o travesseiro — bem, nunca se sabe — e deitou-se, enquanto Edie ficava de pé a seu lado, curvando-se para desabotoar o cinto, puxá-lo pelas alças e então se concentrar em desabotoar a braguilha. Botões, ele sempre insistira neles, nada da porra de zíper. Podia acontecer algum desastre.

Sentiu seu pau endurecer e fechou os olhos.

Concentrava-se na massagem macia pelas mãos de Edie.

A primeira vez que ele fizera aquilo, ele se lembrou, ou que deixara que fizessem aquilo, ele era um jovem patrulheiro, nervoso a ponto de vomitar, os outros caras caçoando dele, fazendo uma "vaquinha" para pagar sua despesa, uma putinha do País de Gales, com mistura de sangue negro e terra debaixo das unhas. No momento em que ela o tocou, ele gozou, a porra indo parar em seus olhos.

Rindo da lembrança, ele olhou para Edie, a expressão solene, concentrando-se na tarefa a ser executada, pensou ele, prendendo o riso.

— Vem cá — disse ele —, vem cá, mais perto, aqui.

Estendendo a mão, apoiado em um cotovelo, ele desabotoou os botões restantes do macacão dela. Uma rendinha no alto do sutiã, bicos dos seios durinhos. Calcinha branca, não muito maior do que um selo de carta. Para variar, nada de piercing no umbigo. Bem, graças a Deus.

Sentindo-se mais perto, ele reclinou e fechou os olhos mais uma vez.

A primeira coisa a ser feita amanhã era procurar Framlingham e mandar ele tomar no cu.

A respiração acelerando, ele curvou as costas enquanto a mão da garota se movia mais depressa. Mais firme. Mais depressa.

Não ouviu a porta se abrir, e depois fechar.

— Maurice. — A voz era suave, quase como uma carícia.

Os olhos de Repton se abriram a tempo de ver o rosto de Mallory; o sinistro volume do silenciador na ponta da arma.

— Goza de novo, Maurice — disse Mallory e disparou.

A garota gritou e, sem mexer os pés, Mallory golpeou-a com a mão livre, mandando-a com força contra a parede, a boca sangrando.

Levantando a arma, Mallory disparou mais uma vez.

Osso e tecido mancharam o lenço de linho irlandês de Repton, e a fronha barata, de poliéster debaixo dele, já manchada irrecuperavelmente por centenas de cabeças suadas, escurecia agora da cor-de-rosa para o vermelho.

CAPÍTULO 55

Elder falava com Karen Shields, uns poucos minutos antes das 8 horas, o dia ainda não tendo começado de fato, quando Framlingham telefonou, com mais urgência na voz do que Frank estava acostumado.

— É Repton. Ele foi baleado.

— Foi muito ruim?

— O pior possível.

Karen leu a preocupação no rosto dele.

— Como aconteceu? — perguntou Elder. — Quando foi?

— Em Green Lanes. Nas primeiras horas da manhã. Alguém entrou numa casa de massagens e deu dois tiros nele. Por que você não vem para cá agora? É a meio caminho entre Manor House e Turnpike Lane.

— Está bem, vou para aí.

— É sério? — perguntou Karen e Elder assentiu.

— Boa sorte com Kennet. Telefono quando puder.

Naquela manhã o trânsito estava o pesadelo de sempre, especialmente depois que ele tomou o que parecia, no mapa, o itinerário mais direto, atravessando o meio do bairro Wood Green. Ele se prometeu, quando acabasse tudo aquilo, nunca mais praguejar contra a espera de dez minutos para ir até o centro de Truro, aos sábados.

Havia viaturas da polícia estacionadas junto à cena do crime, metade na rua, metade mais afastada, rolos de fita mantendo a calçada interditada por 40 metros de cada lado do prédio onde ocorrera o incidente.

Elder deixou seu carro estacionado irregularmente em fila dupla, com um bilhete rabiscado às pressas no para-brisa. Framlingham estava dentro do prédio conversando com o detetive-inspetor chefe da Divisão de Homicídios e o detetive-inspetor da polícia de Wood Green. Ele continuou sua conversa por vários minutos, apresentou Elder e depois levou-o para um lado.

— É um pesadelo, Frank.

— O que já sabemos?

Framlingham levou-o para fora. Havia pequenos grupos de pessoas olhando do outro lado da rua, homens em coloridas vestes africanas ou com o cabelo cortado ao estilo dos judeus chassídicos; mulheres vestidas dos pés à cabeça, de preto. Hortaliças expostas fora de diversas lojas de gregos e turcos apresentavam pigmentos roxos, vermelhos e verdes ao sol do inverno.

Framlingham acendeu um cigarro.

— Nós sabemos que Repton levou dois tiros, um na cabeça, outro no peito. Balas calibre 9 milímetros. — Ele soprou fumaça no ar. — Calças enroladas nos tornozelos, pobre-diabo. Que modo inglório de morrer.

— Alguma coisa sobre o atirador?

Framlingham:

— Não fez nenhuma tentativa de se disfarçar. A mulher que dirige a casa nos deu uma descrição bastante precisa.

Elder leu o olhar no rosto de Framlingham.

— Mallory — disse ele.

— É.

— Sem sombra de dúvida?

Framlingham balançou a cabeça.

— A garota que estava com Repton quando ele empacotou mora no país ilegalmente, morta de medo de ser mandada de volta para o lugar esquecido por Deus de onde veio. Ela jura que o cara chamou Repton de Maurice. Antes de dar os tiros. Maurice.

— Você já expediu um aviso de captura dele? Mallory?

— Ah, sim.

— Algum sinal?

— Ainda nem uma pista. A não ser neste local, ninguém parece ter visto Mallory desde as 21 horas de ontem. Eu não me surpreenderia se ele estiver tomando as providências para viajar. O passaporte desapareceu. Sua descrição foi enviada para todos os aeroportos, barcas, terminais do Eurostar, mas não ponho muita fé nisso. Ele tem umas duas horas de vantagem, talvez mais. A esta hora, ele provavelmente está se registrando num hotel na Costa del Sol, aguardando ansioso a hora do almoço.

Ou Chipre, pensou Elder. Ou Chipre.

Na sala de interrogatório, Kennet parecia ainda mais cansado, a ansiedade evidente nos olhos, e as mãos raramente ficavam quietas.

— Esta faca — disse Karen, mostrando a sacola de plástico de provas — foi encontrada no vão do telhado da casa na rua Dartmouth Park, onde você trabalhou.

Kennet devolveu o olhar de Karen e não disse nada.

— Você trabalhou naquele prédio?

— Você sabe que sim.

— Na época do assassinato de Maddy Birch.

— Não.

— Pense de novo.

— Não, eu já disse. Eu estava de férias.

— Você voltou mais cedo. Estamos certos disso.

— Isso não significa que voltei para trabalhar. Eu ainda estava de férias.

— Mas você voltou mesmo, não é? Na manhã de quinta-feira. Na manhã em que Maddy Birch foi assassinada.

— Eu voltei? Quem disse isso?

— O homem que trabalha com você.

— Ele pode ter se enganado.

— Acho que não. Acho que você foi trabalhar naquela manhã às 8 horas em ponto. Mal cumprimentou os outros. Subiu direto para os andaimes e entrou no vão do telhado, levando sua bolsa de ferramentas com você.

— Eu dificilmente me esqueço dela.

— Então admite que esteve lá?

— Numa certa hora, sim. Se você está dizendo que estive.

— Quinta-feira, 27 de novembro.

— Não sei.

Karen inclinou-se para a frente, chegando mais perto. Ela podia sentir o suor exalando dos poros de Kennet.

— Vamos lá, Steve, você teve um arranca-rabo com sua namorada, voltou mais cedo da Espanha, não havia necessidade de voltar ao trabalho, podia ter ficado em casa com os pés para cima, assistindo TV, perambular pelas casas de apostas, perder umas poucas libras no jogo, mas em vez disso, se lançou ao emprego, na primeira oportunidade.

— Havia um trabalho para terminar, nós estávamos atrasados. Isso se chama senso de responsabilidade, talvez você tenha ouvido falar nisso.

— Você é muito responsável, então?

— Gosto de pensar que sou, sim.

— Assumir responsabilidade.

— É.

— Então, por que não assume a responsabilidade disso? — Karen pegara a faca de novo e a levantara defronte do rosto de Kennet.

— Vou lhe dizer uma coisa — disse Kennet. — Você me mostra alguma prova que diga, sem contestação, que a faca é minha, e eu assumo a responsabilidade por ela, está bem? É justo?

Sem tirar os olhos dele, Karen reclinou-se na sua cadeira.

Perto das 16 horas, não muito antes de escurecer, Elder manteve duas conversas rápidas com Katherine, ambas interrompidas, nenhuma satisfatória. Exceto pelo fato de que ela estava bem. Rob Summers estava bem. Ele ainda estava com a polícia, falando, esmiuçando as coisas. Ela não sabia o que estava acontecendo com Bland e seu parceiro, exceto que ela esperava que eles fossem para a geladeira por um bocado de tempo.

— Eu vou até aí ver você — disse Elder, ao final do segundo telefonema.

— Quando?

— Não sei. Assim que puder.

Quantas vezes ele dissera aquilo quando ela estava crescendo. Agora, não. Katherine, agora não. Está bem. Mas logo, logo.

Framlingham estivera ausente, sendo convocado para uma série de reuniões, em algumas das quais Elder também estivera envolvido, enquanto, durante outras, ele fora deixado livre para tocar o bonde. Mallory fora visto, sem confirmação, numa barca de Folkestone a Calais, embarcando num voo em Heathrow para Miami, tomando um cappuccino no Starbucks na avenida da Opera, em Paris.

— Vá para casa, Frank — disse Framlingham, por fim. — Vá para casa e descanse um pouco. Já fizemos tudo que era possível.

CAPÍTULO 56

Era um fim de janeiro cinzento, um desses dias que não promete nada a não ser, mais cedo ou mais tarde, que ele vai acabar. Elder estava acordado desde as 5 da manhã, pensando, mas tentando não pensar. Lá pelas 6h30, ele já havia tomado uma chuveirada, se vestido, bebido suco de laranja e duas xícaras de café, tinha descido a rua para comprar um jornal... e comprara três; lera rapidamente as diferentes versões do assassinato de Repton, que continham mais imaginação do que descrições de fatos reais, as poucas certezas mescladas com fantasias envolvendo execuções de gangues e barões da droga turcos exercendo vingança. Apenas um dos relatos, como que numa nota à parte, mencionava o fato de que Maurice era um dos policiais envolvidos na operação ocorrida havia três meses, na qual um criminoso muito conhecido, James William Grant, fora baleado e morrera. O bastante para deixar um rastro de retribuição pendente no ar.

Cabeça e coração, pensou Elder, enquanto dava de ombros dentro do seu casaco.

Cabeça e coração.

Ele entrou na sala de Framlingham bem antes das 8 e o amigo estava lá, garrafa térmica prateada em cima da mesa. Elder suspeitou que ele permaneceu no escritório durante toda noite.

— Dê uma olhada nisto, Frank — disse ele, entregando um fax a Elder.

A imagem borrada de duas garotas olhava para ele: uniforme escolar, blusas brancas, gravatas listradas não muito apertadas no pescoço, sorrisos falsos.

— Jill e Judy Tremlett. Desapareceram de casa, no dia 17 de maio de 1996. Vistas pela última vez numa boate em Colchester, no aniversário de 18 anos de uma amiga. Alguns relatos falam das duas saindo com uma mulher mais velha, nunca identificada. De acordo com outros, uma das garotas, Judy, se queixou de estar enjoada e foi para fora da boate à procura de ar fresco. Jill foi atrás dela. Quando o pai delas chegou para buscá-las, um pouco antes da meia-noite como tinham combinado, elas não estavam em lugar nenhum.

"Foram tomadas as providências de sempre. Todo mundo na boate foi interrogado, o itinerário para casa foi verificado em caso de elas terem começado a caminhar ou pedido carona; motoristas foram checados. Parecia durante algum tempo que o pai estava na armação, mas essa pista não deu em nada. Nunca foram encontrados os pertences pessoais, nada de sapatos, roupas, nada. Não foram mais vistas, nenhum sinal. Elas tinham 17 anos."

Elder estava de novo vendo as imagens granuladas da fita de vídeo, lembrando-se das palavras de Lynette Drury. *Garotas e garotos, escolhidos a dedo, pagos. E George, ele estava no centro da coisa, não é? Se deliciando. Especialmente garotas; ele gostava de garotas, George. Duas ou três de cada vez. Garotas bem jovens.* Uma mulher mais velha, dissera Framlingham, nunca identificada.

— Há fotos melhores — disse Framlingham, assentindo na direção do fax. — Eu mandei que a trouxessem rapidamente. No caso de não termos certeza.

Elder balançou a cabeça.

— Eu tenho certeza. São as garotas.

Framlingham suspirou.

— O antigo refúgio de Slater em Manningtree. Eu conversei com o secretário da Fundação. Parece que eles usavam o lugar principalmente para cursos. Medicina alternativa, terapia holística, esse tipo de coisa. — Ele olhou para o relógio. — Devo receber um mandado de busca dentro de uma hora.

— Você acha que elas estão lá? — perguntou Elder.

— É um começo, Frank. É um começo.

Karen Shields falara com seu chefe, insistira, puxara os cordões; a tecnologia estava lá mas nem todo mundo tinha acesso a ela, nem todos os casos recebiam a mesma prioridade, justificavam as mesmas despesas.

— Ela era uma de nós — repetia Karen. — Lembre-se disso. Uma de nós.

Pelo meio da manhã, ela já tinha aquilo de que precisava instalado no computador: uma reconstrução tridimensional do corpo de Maddy Birch, em contorno, mostrando a extensão e a profundidade dos ferimentos à faca em ambos os braços e no tórax. O operador Sheridan introduziu, com as dimensões exatas, o formato da faca encontrada no vão do telhado. Deu zoom em um dos ferimentos, o mais profundo primeiro, e depois movimentou a faca transversalmente e para baixo. Uma contração de pele em torno do ponto exato, não mais do que seria esperado, mas, a não ser isso, uma coincidência tão perfeita quanto se poderia desejar. Para dentro e para fora. Limpa.

Karen engoliu em seco e o som saiu alto, pouco natural.

Ela assistiu enquanto Sheridan repetia o processo com o segundo ferimento, mais abaixo no tórax, do lado esquerdo. Também coincidia. Essa faca, ou uma idêntica sob todos os aspectos, havia provavelmente sido a causa da morte de Maddy Birch. Provavelmente. Karen podia ver o advogado de defesa discutindo as probabilidades no tribunal. Computadores são como estatísticas, você pode manipulá-los para provar o que quiser.

— Mike — disse ela, falando para o outro lado da sala —, já chegou alguma informação dos peritos?

Ramsden balançou a cabeça.

— Então, ligue para eles, por favor.

O policial do outro lado da linha nem teve tempo de se explicar.

— Você está falando — disse Karen, o rosto lívido de raiva —, que ainda está processando a porra da minha solicitação? E não me venha dizer para moderar minha língua, faça a bosta do seu trabalho. E rápido.

Quando ela desligou o telefone, todos na sala bateram palmas.

Dois minutos mais tarde, ela ligou de volta.

— Olhe aqui, desculpe o mau jeito agora há pouco. Eu não tinha o direito de falar assim com você... Sim, sim, sim, isso seria ótimo. Muito bom. Quando você puder. É. Não. Eu entendo mesmo. É claro. E obrigado de novo.

Ramsden olhou para ela com expressão interrogativa.

— Paciência — disse Karen, com um sorriso. — Paciência. Tudo tem sua hora.

* * *

Lá fora, mais perto do litoral, o vento estava forte, o céu da cor de ardósia, azul-cinzento. Abel Magwitch, pensou Elder, um personagem de *Grandes esperanças*. Os pântanos de Essex. Ele se pôs a imaginar se Jill e Judy haviam recebido aquele livro na escola. Que esperanças elas tinham em relação a si próprias. Dezessete anos. A mesma idade de Katherine.

Duas gralhas-do-campo pularam dos galhos de uma árvore próxima e desenvolveram uma confusa caçada no gramado. O local parecia ter recebido uma boa restauração desde que fora vendido, o exterior pintado de azul e dourado.

Framlingham caminhava em torno do perímetro do terreno, com a presidente do conselho curador. Ele usava um terno de lã acinzentado, a mulher, um terno de cor suave, com camisa inteiriça, cabelo preso na nuca, assentindo enquanto ouvia, interpondo um pergunta ocasional, e depois assentindo novamente.

No final da terceira volta, a mulher entrou no prédio de novo e Framlingham cortou caminho até onde Elder estava.

— Café no salão — disse Framlingham. — Dez minutos. Descafeinado, com certeza. Ela foi buscar o relatório do perito que foi contratado para fazer o levantamento do imóvel antes da venda. Talvez nos dê uma pista por onde começar.

Elder olhou para a fileira de árvores e além. *Eles fizeram uma divisão. Ben e George, entre eles. Fizeram a coisa desaparecer.*

— Elas não têm que estar aqui — disse ele. — Podem estar em qualquer lugar.

— Mas pense nisso, Frank. Teria sido no meio da noite. A festa continuava, cheia de gente ainda por aí. Duas garotas escolhidas há poucas horas, prometeram a elas só Deus sabe o quê. Eu duvido que eles quisessem ir longe, arriscando serem descobertos. — Framlingham enfiou as mãos nos bolsos do casaco. — Não, você tem razão. Elas podem estar em qualquer lugar. Mas meu palpite é que elas estão em algum lugar por aqui.

Com um súbito grito, a gralha-do-campo seguiu a outra para cima da árvore.

Os peritos criminais ligaram de volta às 12h40. Karen comia um sanduíche de salada de galinha na sua mesa de trabalho e bebia água mineral de uma garrafa.

Era o mesmo policial de antes.

— Detetive inspetora-chefe Shields?

Karen afirmou que sim, desanimada.

— Eu gostaria de ouvir um pedido de desculpas da senhora, mais uma vez.

— Você está falando sério?

— Estou, sim senhora. Muito sério.

Karen revirou os olhos para o teto e cruzou os dedos.

— Desculpe.

— Muito bem. Agora pode ter sua recompensa.

Enquanto ouvia, fazia perguntas e ouvia de novo, um sorriso se espalhava, cada vez mais largo, no seu rosto.

Levantando da mesa e cruzando a sala, ela esperou até que estivesse bem perto de Ramsden para que sua voz pudesse sair em sussurro.

— Kennet. Leve-o para a sala de interrogatório assim que puder.

Depois de pôr a fita no gravador, ela deixou que Ramsden fizesse as primeiras perguntas, insistindo sobre o álibi de Kennet, como se isso fosse a única coisa que eles tinham. Dez minutos depois, com Kennet mais relaxado, ela apresentou as duas facas; a encontrada perto do apartamento de Vanessa, e a encontrada no telhado do parque Darmouth.

— O que você acha, Steve? — disse ela, quase indiferentemente. — Semelhantes, não são? Você não acha?

— Facas de cozinha — disse Kennet. — E daí?

— Mas elas não são parecidas?

— Se você está dizendo...

— Fazem parte de um jogo.

— Ah, é? — Como se aquilo não tivesse importância, como se ele não estivesse interessado.

Karen colocou-as mais perto dele, quase a seu alcance.

— Dê uma boa olhada. O mesmo tipo de cabo, as mesmas ranhuras, o mesmo aço carbono. Boas facas, para profissionais.

— Caíram do jipe daquele chef famoso, Jamie Oliver — disse Kennet, com um sorriso afetado.

— Quem quer que tenha comprado essas facas, Steve — disse Karen, sem se sentir intimidada —, tinha cuidado com seus utensílios. Cuidado com suas ferramentas. Você não acha? Alguém que conhece o valor de uma boa lâmina.

Kennet deu de ombros e se mexeu um pouco na cadeira.

— Eu perguntei a Jane sobre elas.

— Quem?

— Jane Forest. Você se lembra. Ela diz que estava lá quando você levou as facas para casa, pela primeira vez. Diz que você estava muito orgulhoso.

— Você não pode acreditar nela. Nem a porra de uma única palavra.

— Por quê?

— Porque ela é louca, não é? Médicos, pílulas, o tempo todo. Doente mental.

— Eu fico imaginando por que ela é assim? — falou Karen, olhando firme para ele.

Kennet aguentou o olhar dela, mas não por muito tempo.

— Vamos lá, Steve — disse Karen. — Economize nosso tempo. Admita, elas são suas.

— Prove.

Karen reclinou-se na cadeira e sorriu.

— Essa — disse ela — é a parte que eu gosto. — Por um momento sua língua tocou a borda dos lábios. — Esta faca, a menor delas, aquela com que você atacou Vanessa Taylor, tem a impressão digital do seu polegar na lâmina, além de ter sido também identificada pela própria Taylor. E esta, a faca que você tentou esconder...

— Eu não...

— A amostra tirada do sangue encontrado na lâmina coincide com o seu DNA.

— Não havia sangue nela! — Kennet levantou-se rapidamente, jogando a cadeira para trás. — Não havia uma gota de sangue nela!

— Não muito — concordou Karen, em voz baixa. — Vestígios microscópicos, mas o bastante.

— É mentira, caralho!

— Sente-se de novo — disse Ramsden, avançando para Kennet atrás da mesa. Dois patrulheiros apareceram na porta.

— Você deve sugerir para seu cliente — disse Karen, amavelmente, para o advogado de Kennet —, que seria uma boa ideia ele se acalmar.

Kennet deu um passo na direção dela e depois parou, ombros derreados.

— Você será levado para o sargento encarregado da custódia dos presos — disse Karen — e indiciado pelo assassinato de Maddy Birch. Agora, tirem ele daqui.

Ela permaneceu sentada por mais 15 minutos, sozinha, até que o suor secasse na sua pele e o cheiro de adrenalina tivesse se dissipado quase que inteiramente da sala.

CAPÍTULO 57

Eles ocuparam uma mesa numa sala lateral, um pouco longe para serem servidos, mas era um preço pequeno a pagar pela privacidade e um pouco de espaço. Karen deixara seu cartão de crédito no balcão do bar com um limite bem claro, o qual, do modo como Mike Ramsden emborcava grandes doses de uísque com "amaciantes" de cerveja, não iria durar muito tempo. Sheridan perambulara pelo local e encontrara uma máquina de charadas, e estava ocupado testando seus conhecimentos sobre esportes no período 1960-1990. *Qual o jogador não pertencente a um time da Primeira Divisão, que entrando como reserva na prorrogação conseguiu tirar um coelho da cartola nas quartas de final da Copa da FIFA de...* Furness jurara que vira Denison rezando uma ave-maria no banheiro masculino, e depois se persignar antes de meter dois dedos na garganta e vomitar para que pudesse continuar a beber.

— Eu te devo uma, Frank — disse Karen.

Ela usava um terno cor de alfazema com um corpete roxo, de mangas curtas, o paletó do terno pendurado nas costas da cadeira, seu braço roçando o dele enquanto os dois se apertavam de pé, junto ao balcão, esperando por outra rodada de bebida.

— Bobagem — disse Elder, levantando a voz acima do burburinho geral.

— Foi você que resolveu procurar Kennet de novo, depois de eu tê-lo descartado como suspeito.

— Você iria voltar a ele mais cedo ou mais tarde.

— Provavelmente mais tarde.

Elder balançou a cabeça.

— Não se menospreze. Você fez um bom trabalho. Todos vocês fizeram.

Ela sorriu.

— Você sempre tem dificuldade em aceitar um elogio?

Ele se viu sorrindo de volta.

— Acho que sim.

— De qualquer forma, vou pagar-lhe um jantar, como agradecimento. E nada de discussão.

— Está bem. Quando vai ser isso?

Karen olhou para seu pulso.

— Daqui a uma hora, mais ou menos.

— Você está falando sério?

— Já reservei a mesa.

Elder deu uma olhada pelo bar.

— As pessoas vão comentar.

Karen sorriu de novo.

— Olhe para mim, Frank. Eu sou uma mulher negra, descendente de afro-caribenhos, tenho quase 1,80m de altura e consegui ser promovida a um alto cargo na Divisão de Homicídios. Você acha que as pessoas não comentam isso?

Eles se retiraram do estabelecimento pouco depois das 21 horas, o motorista do táxi, para variar, deixando-os em paz para conversarem seus assuntos particulares.

— O que você disse antes — começou Elder, um pouco hesitante — sobre o fato de ser negra...

— E alta, Frank, não se esqueça.

— Está bem, e alta. Mas você sabe o que quero dizer, com o fato de você ser uma detetive-chefe-inspetora.

— O quê?

— Eu estava apenas pensando...

— Se sou importunada?

— É.

— Na minha frente, não. Pelas costas, não ligo. — Karen inclinou-se e cruzou as pernas. — Na maioria das vezes em que uma mulher é promovida além de um certo nível, há sempre uns caras, você sabe, que perguntam com quem ela precisou trepar para chegar lá. Comigo, o buraco é mais embaixo... É mais como: quem pegou a Associação de Policiais Negros pelos colhões dessa vez?

— E isso não incomoda?

Ela encarou Elder.

— O que vou fazer? Ter um faniquito? Dar o troco? Eu moro nesse país desde que tinha quatro anos, Frank. Algumas coisas você enfrenta, quanto ao resto, você deixa ricochetear e vai em frente.

Karen riu.

— Houve um tempo em que eu não faria isso sem pensar duas vezes.

— Faria o quê?

— Levar um cara branco para jantar fora.

— Então, eu devo ficar lisonjeado.

— Deve mesmo.

— Aonde nós vamos, afinal?

— Surpresa.

Elder sorriu.

— Eu sou do interior, lembre-se. Qualquer coisa além de uma ida ao restaurante do bairro é uma surpresa para mim.

— Muito bem — disse Karen. — Nós vamos ao Moro. Se é que isso significa alguma coisa para você.

— Deve significar?

— É um restaurante espanhol. Mas não é um restaurantezinho qualquer. E você deveria ficar impressionado. É preciso reservar mesa com semanas de antecedência para se jantar lá. Até mesmo nas segundas-feiras.

— E o que você fez? Ameaçou prender o chef?

— Mais ou menos isso.

O táxi deixou os dois na esquina da rua Clerkenwell com a avenida Rosebery e eles foram andando, passando por uma sucessão de lojas fechadas e pequenos cafés até que chegaram a um restaurante na calçada direita de uma rua estreita. Nada de auspicioso pelo lado de fora.

Karen hesitou antes de empurrar a porta.

— Eu deveria ter avisado. Não é bem uma mesa. O melhor que eles conseguiram foram dois lugares no bar.

Aconteceu que, quando Karen informou seu nome ao maître, tinha havido um cancelamento e eles foram conduzidos até uma das diversas pequenas mesas perto da janela, com vista para a rua.

— Vinho, Frank? Tinto ou branco?

— Tinto está bom.

Depois de uma pequena hesitação, Karen escolheu um Bobal Tempranillo, safra de 2001, que constava na carta de vinhos.

Elder se ajeitou na cadeira e olhou em volta. O local estava cheio, agitado; um burburinho constante de conversas sobrepostas, interrompidas por alguma voz isolada mais alta, uma gargalhada ocasional. Nos fundos do restaurante, um grupo de aproximadamente trinta homens em ternos escuros, que pareciam estar lá desde a hora em que haviam terminado o trabalho, fazia mais barulho do que a maioria. De cada lado da mesa, casais bonitos se entreolhavam, no seu primeiro ou segundo encontro.

Elder não estava certo do que esperar do cardápio, seu conhecimento da cozinha espanhola não ia muito além da *paella* ou *chorizo*, mas nenhum dos dois pratos constava da lista. Karen pediu uma entrada de fava com presunto e ele a acompanhou.

— Me fala sobre o trabalho dos peritos com a faca — disse ele.

— Você realmente sabe como conquistar uma mulher, Frank.

— É isso que eu deveria estar fazendo?

— Meu Deus, não. — Um sorriso encrespou os cantos dos olhos dela.

— Então, me conte.

— Eu estive estourando a paciência do pobre coitado da Perícia Criminal. Dickenson? Dickerson? Depois de um tempo, ele me disse que haviam encontrado uma amostra microscópica de sangue, bem na base da lâmina, perto do encaixe do cabo. A única razão, eu suponho, pela qual ele não conseguiu apagar a mancha. De qualquer forma, quando ele falou isso, eu estava pensando: "Ótimo, fantástico, tem que ser o sangue de Maddy Birch." Adicione isso ao que havíamos obtido com a simulação no computador, e tínhamos certeza de que aquela fora a arma.

— Está tudo bem? — perguntou o garçom, inclinando-se para eles.

— Ótimo — respondeu Karen, sem levantar os olhos.

O garçom foi embora.

— Então — continuou ela —, lá estava eu, toda excitada, e perguntei a ele, presumindo já saber a resposta: "O sangue coincide com o de Maddy Birch, certo?" E ele disse: "Não." Eu fiquei com vontade de gritar com ele no telefone, realmente, perdi o controle, mas já tinha feito isso antes.

Ela tomou um gole de vinho.

— E aí — disse Elder — você perguntou de quem era o sangue.

— O que eu realmente disse foi: "De quem é essa porra desse sangue?"

— E ele respondeu...

— E ele respondeu que era de Steve Kennet. Eu fiquei com vontade de beijá-lo. Provavelmente, teria feito se ele estivesse presente.

— Que bom que não estava. Você sabe, colegas de trabalho, intrigas na delegacia.

Karen inclinou-se para trás na sua cadeira, como se quisesse colocar Elder em foco mais claramente.

— É isso que você é, Frank? Um colega de trabalho?

— Não por muito tempo.

— O caso de Mallory e Repton?

Elder assentiu.

— O que você pretende com tudo isso?

Ele contou o que pretendia enquanto comiam o prato principal, Karen tendo optado por uma perca com purê de abóbora assada, Elder, carneiro com purê de grão-de-bico apimentado e espinafre.

— Então, quais são as chances — disse Kare, descansando o garfo e a faca — de encontrar Mallory e trazê-lo de volta?

— Quanto a encontrá-lo, eu acho que as chances são bastante boas. Mas, se ele foi se reunir a seu amiguinho Slater na RTCN...

— Na o quê?

— RTCN, República Turca de Chipre do Norte. Não há tratado de extradição.

— Asil Nadir. Eu me lembro.

— Exatamente.

— Você quer mais um pouco de vinho?

— Nós já terminamos essa garrafa?

— Quase.

— É melhor não.

— Você está com vontade de beber alguma coisa diferente? Conhaque? Uísque?

— Talvez mais tarde.

Karen levantou a sobrancelha, achando engraçado.

— Não faça grandes planos, Frank.

Elder bebeu um espresso duplo, observando-a se refestelar com um enorme sorvete de chocolate com malagueta. A despeito dos protestos dele, ela pagou a conta. O restaurante chamou um táxi para eles.

— Você vai ter que ser cuidadoso — disse Karen, se ajeitando no assento do carro.

— Em relação a quê?

— Criar uma reputação.

— Eu não sei do que você está falando.

— Duas vezes, não é? Que você tem desvendado casos difíceis. Ano passado e agora esse.

— Sorte — disse Elder —, na maior parte deles. Isso e as pessoas com quem eu tive prazer de trabalhar.

Karen riu.

— Seu galanteador!

Fazia sentido que o táxi deixasse Elder primeiro. Eles ficaram de pé, na calçada, fora do pequeno edifício de apartamentos, a casa dele, contudo não por mais muito tempo, o motorista mantendo o motor em marcha lenta, o taxímetro rodando.

Era uma noite de temperatura surpreendentemente suave para aquela época do ano.

Ela parecia linda, pensou ele, o modo como a luz brilhava em seus olhos.

— Diga boa-noite, Frank.

— Boa-noite.

Ela lhe deu um beijo na boca.

Elder espreguiçou-se, acordando no escuro, sem saber se estivera dormindo por minutos ou horas, sem saber o que o acordara, a não ser o cheiro de hortelã e alho evidente no quarto.

Seus olhos focalizaram Mallory parado ao pé da cama, pistola na mão.

— Às vezes você pode delegar — disse Mallory —, passar para outro. Às vezes há tanta merda espalhada à sua volta, que é preciso que você mesmo se encarregue da limpeza.

Seus olhos se estreitaram um pouco enquanto ele fazia a pontaria.

— Você devia ter ficado na Cornualha, Frank. Era muito mais seguro.

Quando seu dedo tocou o gatilho, ele ouviu um som às suas costas e se virou. Voltando do banheiro, Karen pegara a chaleira de aço inoxidável do balcão da pia na cozinha. Ela girou o objeto com força contra o rosto de Mallory, a borda mais dura alcançando o nariz dele em cheio, a carne se abrindo como uma ameixa mais do que madura.

Elder jogou-se sobre Mallory, fazendo o possível para arrancar a pistola das suas mãos.

Mallory lutou e praguejou enquanto Karen o golpeava com a chaleira pela segunda vez, aprofundando o ferimento.

Elder forçou-o para o chão e, com um pé na nuca do outro, puxou um braço para trás das costas e depois o outro.

O som feito por Mallory, forçado entre os dentes quebrados, não era muito diferente de um grunhido.

— Mantenha-o assim — disse Karen, pisando numa calcinha antes de pegar um par de algemas na bolsa. — Para qualquer emergência — disse ela, rindo.

Elder estava abalado demais para retribuir o sorriso.

— Fique de olho nele — disse Karen. — Vou dar um telefonema.

Elder falou que sim e deixou o corpo cair na beirada da cama. Mais um momento, mais um segundo, e ele estaria morto. *Cabeça e coração.*

Quando sua respiração se estabilizou, ele ouviu a voz de Karen vinda do outro aposento, concisa e clara. Ele já sabia que nunca a esqueceria, entrando nua no quarto, preparando-se para girar a chaleira contra o rosto de Mallory. E quase certamente salvando sua vida.

CAPÍTULO 58

Katherine combinara de encontrar Elder no Arboretum, perto do centro da cidade. Ele caminhou para o parque através do final da rua North Sherwood, procurando sinais do início da primavera. Fazia quase um mês da tentativa de assassinato que ele sofrera; três desde a morte de Maddy Birch e três semanas desde que os restos mortais de Jill e Judy Tremlett haviam sido exumados debaixo da casa em Manningtree. Cinzas e ossos.

Havia crocos, Elder viu, amarelos e brancos ao longo dos canteiros, e aqui e ali, entre as folhas de grama, também havia anêmonas, ainda aparecendo pálidas contra a terra escura.

Rob Summers estava sentado com Katherine num banco perto do jardim de rosas, e quando viu Elder, se levantou e se afastou, permitindo que os dois conversassem a sós.

Katherine deixara o cabelo começar a crescer de novo, e havia uma pequena coloração nas maçãs do rosto, embora Elder achasse que uma ou duas boas refeições viriam a calhar.

— Papai.

— Kate.

A pele dela parecia nova quando ele a beijou.

— Você veio dirigindo?

Ele balançou a cabeça.

— Trem.

— Da Cornualha para cá?

— Vim a Londres ontem. Tinha umas coisas que eu precisava fazer.

— Qual é o nome dela? — disse Katherine, quase com um sorriso. — Karen?

— Desde quando minha vida pessoal tem algum interesse?

— Desde que você começou a ter uma.

Foi a vez de Elder sorrir. Dois garotos pequenos, que certamente deveriam estar na escola, passaram nos seus skates. Uma garota, usando um uniforme de uma Escola de Ensino Médio para Meninas parou e pediu fogo; Elder não tinha, mas Katherine sim.

— Então, você tem se encontrado com ela? — insistiu Katherine.

Elder hesitou; nem mesmo ele tinha certeza.

— Não é assim tão direto — disse por fim. — O tipo de emprego que ela tem não deixa muito tempo para outras coisas.

— Como costumava acontecer com você.

— Acho que sim.

Ele estendeu a mão para pegar a dela, mas Katherine não deixou.

— Você acha que é tudo que precisa, não é? Você sempre achou.

— O quê?

— Um carinho rápido, um abraço, um beijo no rosto. Como se isso fizesse as coisas todas se acertarem.

— Desculpe, eu só estava tentando...

— As coisas não são assim. Compensar por tudo, sabe.

— Tudo?

Ela desviou o olhar.

— Todas as vezes que você não esteve lá.

Havia lágrimas nos olhos dela que nenhum dos dois queria ver.

— Você está dizendo que foi minha culpa?

— O quê?

— Não sei. Tudo. Isso, agora.

Ela olhou para ele, encarando-o, depois virou lentamente a cabeça para o lado, metendo a mão no bolso à procura de um cigarro.

— Kate...?

— O que é?

— Nada. — A advertência congelou em seus lábios. — Você quer dar uma caminhada? — disse ele, muito tempo depois.

— Não.

Eles continuaram sentados. Summers apareceu um pouco abaixo na trilha, andando na direção de um coreto, circulando-o.

— Você e Rob, vocês ainda...

— Nós estamos indo devagar. Apenas, sabe, a coisa esfriou um pouco. Rob precisa de tempo para se decidir, resolver a merda que fez. — Ela sorriu. — Ele fala algo assim de tempos em tempos. Consertar a merda que fez. Como se fosse nos anos 1960, coisa assim.

— O que vai acontecer com ele?

— Com a polícia, você quer dizer?

Elder assentiu.

— Ele vai ser indiciado por posse. Então, muito provavelmente vai ganhar uma condicional. É isso que estão dizendo. Vai ter que fazer... como se chama?... ação comunitária e entrar num programa de reabilitação. Cem horas de serviços para a comunidade e alguns anos num programa de reabilitação.

— Ele está contente com isso?

— Ele não tem muita escolha.

— E você?

— Eu o quê?

— O que você vai fazer?

Katherine prendeu a fumaça antes de deixar que ela se esvanecesse lentamente no ar. Ela ia largar o vício. Ia. Talvez até a Quaresma.

— Eu comecei a frequentar a terapia de novo.

— Verdade? Katherine, que bom. Fico contente. Essa é realmente uma ótima notícia.

— Está bem, está bem. Não fique entusiasmado demais.

Ele sabia que não deveria perguntar, mas não resistiu e foi em frente.

— Você já pensou sobre voltar à faculdade? A estudar?

— Uma coisa de cada vez, papai. Certo?

— Está bem. Desculpe. — Alguma coisa na expressão dela o fez lembrar quando ela tinha 10 ou 11 anos, mal havia crescido, e ele sentiu sua respiração mudar, seu peito comprimir o coração.

Katherine apagou a guimba do cigarro.

— Eu vou falar com alguém em Clarendon. Há um programa de livre acesso para estudantes do supletivo que não parece muito ruim. — Ela se levantou. — Vamos. Antes que você fique todo meloso e passe dos limites. Vamos alcançar Rob.

— Está bem.

Summers estava sentado no centro do coreto, o corpo recostado para trás contra a grade de ferro fundido, escrevendo num caderno.

— Olhe só para ele — disse Katherine. — Ele gosta de fazer pose, às vezes.

— Se você for mesmo para Clarendon — disse Elder — e começar a estudar de novo, onde vai morar?

Katherine deu um sorriso.

— Mamãe está ameaçando redecorar meu quarto.

— Talvez, quando chegar o verão, você possa sentir vontade de correr de novo.

Ela lhe deu um rápido olhar de esguelha.

— Não antes que eu possa caminhar, está bem?

Elder telefonou para Resnick antes de pegar o trem de volta para Londres. Tanto Bland quanto Eaglin estavam tentando sobrepujar um ao outro em apontar culpados, oferecendo informações em troca de um acordo mais brando.

Framlingham o convidara para comparecer a uma reunião com o chefe da promotoria sobre o caso de Mallory, que estava sob contínua revisão. Enquanto as circunstâncias da morte de Maurice Repton eram inegáveis, pelo menos até onde a promotoria sabia, as que cercavam o que acontecera com as gêmeas Tremlett não eram tão indiscutíveis.

Os corpos de duas jovens haviam sido encontrados debaixo de um dos porões, cobertos por uma camada de concreto, apressadamente jogado. Ambos estavam muito queimados. Parecia que haviam sido colocados ali e depois alguém ateara fogo neles, usando gasolina, presumivelmente num esforço para destruir os restos mortais de modo que não pudessem ser reconhecidos. Mas, mesmo o fogo tendo escurecido e esfrangalhado parte da pele, outras partes dos corpos tinham sido preservadas. Diversas impressões digitais ainda eram parcialmente claras. Além do mais, uma comparação da arcada dentária das vítimas com suas fichas médicas permitiu a certeza da identificação.

Minúsculas hemorragias atrás do olhos de Judy Tremlett sugeriam que ela morrera por estrangulamento; uma hemorragia no cérebro da irmã levou o patologista a concluir que a moça morrera por fratura do crânio. Em nenhuma das duas havia monóxido de carbono presente; já estavam mortas quando seus corpos foram queimados. Uma pequena — muito pequena — consolação.

Mallory ainda negava a responsabilidade pelas mortes, ou que tivesse qualquer conhecimento de como elas haviam ocorrido.

Policiais do Bureau de Investigações Criminais continuavam a interrogar o acusado sobre algumas investigações nas quais ele estivera envolvido, indiciamentos que, por várias razões, não haviam dado em nada, e também diversos roubos que permaneciam não resolvidos até então. E Mallory, é claro, estava feliz por deixar as coisas demorarem, dando uma pequena informação aqui, uma pequena desinformação ali, durante todo o tempo jogando com o sistema, atrasando o que era, com toda probabilidade, inevitável.

Quando terminou a reunião com o chefe da promotoria, Framlingham insistiu em pagar um drinque para Elder, e este ficou feliz em aceitar. Ele ia pegar o trem com leito para a Cornualha naquela noite e um telefonema para o celular de Karen fora desviado para a sala de trabalho, onde ele não conseguira deixar nenhuma mensagem.

— Não estou pedindo a você — disse Framlingham — para se mudar com armas e bagagens. Começar uma nova carreira. Sua missão terminou, eu entendo. Mas o que eu estou dizendo é para você ser mais flexível. Nos dar quatro meses por ano.

— De forma alguma.

— Vamos lá, Frank. O inverno, pelo amor de Deus. Você não pretende passar o inverno lá, não é?

— Pretendo.

— Frank...

Elder sorriu e balançou a cabeça.

— Olhe aqui, não posso fazer promessas, está bem? Nada definido, nada combinado. Nós manteremos contato. Se houver alguma coisa que você achar que eu possa realmente estar interessado, que seja adequado, telefone para mim. Eu direi sim ou não.

Framlingham estendeu a mão.

— Nada poderia ser mais justo, acho.

No meio-fio, ele meteu a mão no bolso e tirou um envelope com o nome de Elder escrito.

— Recebi um telefonema daquela mulher, Shields, hoje de manhã. Ela ouviu dizer que íamos nos encontrar. Mandou entregar isso. Me pediu que eu bancasse o moleque de recados.

Elder enfiou o envelope no bolso.

— Boa viagem, Frank. Tome cuidado.

Havia ainda uns vinte minutos antes do embarque e Elder comprou um café na plataforma 1, sentou-se em uma das mesas e pegou o envelope. Quando o abriu, um tíquete caiu em cima da mesa. Dee Dee Bridgwater no Jazz Café. Um sábado, em março. Karen escrevera nas costas do tíquete: *É um pouco distante, mas se você estiver na cidade...*

Elder bebeu um pouco de café, meteu o tíquete de volta no envelope e rasgou-o em dois, arrependendo-se imediatamente do que fizera.

— Idiota — disse ele, e uma velha, passando por ele com uma maleta de rodinhas, virou a cabeça e sorriu.

O tíquete estava dividido em duas partes, mas colado ele provavelmente seria aceito. Somente para ter certeza, ele meteu as metades no bolso de cima do casaco.

Ainda faltavam dez minutos para o trem.

AGRADECIMENTOS

Devo agradecimentos especiais à minha editora, Susan Sandon, por ler o original com sua sagacidade de sempre, e por sugestões sem as quais o resultado final seria uma obra de menor valor. Meus agradecimentos vão também para minha agente, Sarah Lutyens; para Justine Taylor, da Random House (Reino Unido), por aguentar firme; a Mary Chamberlain, pela precisa e camarada edição do original; a Mark Billingham, por fornecer respostas a perguntas cruciais em horas cruciais; a Sherma Batson e Sarah Boiling, por lerem as primeiras versões do manuscrito, e, finalmente, a todo o pessoal da Random House, por sua amizade e apoio.

Este livro foi composto na tipologia Chaparral Pro Light,
em corpo 11,5/15,5, e impresso em papel off-white 80g/m²,
no Sistema Cameron da Divisão Gráfica
da Distribuidora Record.